THE HORUS HERESY®

猩红君王
THE CRIMSON KING

[英]格雷厄姆·麦克尼尔 著　赵笛 译

浙江科学技术出版社

First published in Great Britain in 2017.

Games Workshop Limited,Willow Road, Nottingham, NG7 2WS, UK.

This edition published in China by Zhejiang Science and Technology Publishing House in 2022.

Copyright © Games Workshop Limited 2017.

This translation copyright © Games Workshop Limited 2021.

Translated and used under licence by Zhejiang Science and Technology Publishing House. All rights reserved.

The Crimson King © Copyright Games Workshop Limited 2017. GW, Games Workshop, Black Library, The Horus Heresy, The Horus Heresy Eye logo, Space Marine, 40K, Warhammer, Warhammer 40,000, the 'Aquila' Double-headed Eagle logo, and all associated logos, illustrations, images, names, creatures, races, vehicles, locations, weapons, characters, and the distinctive likenesses thereof, are either ® or TM, and/or © Games Workshop Limited, variably registered around the world. All Rights Reserved.

No part of this publication may be reproduced, stored in a retrieval system, or transmitted in any form or by any means, electronic, mechanical, photocopying, recording or otherwise, without the prior permission of the publishers.

This is a work of fiction. All the characters and events portrayed in this book are fictional, and any resemblance to real people or incidents is purely coincidental.

本书英文版由 Black Library 于 2017 年出版。

Games Workshop Limited，地址：Willow Road, Nottingham, NG7 2WS, UK.

本书中文版由浙江科学技术出版社于 2022 年出版

Copyright © Games Workshop Limited 2017.

This translation copyright © Games Workshop Limited 2021.

浙江科学技术出版社可在授权下翻译与使用。保留所有权利。

The Crimson King © Copyright Games Workshop Limited 2017。GW、Games Workshop、Black Library、荷鲁斯之乱、荷鲁斯之眼标识、星际战士、40K、战锤、战锤 40000、"天鹰"双头鹰标识，以及所有相关标识、插图、图像、名称、生物、种族、载具、地点、武器、角色及其中的特色同类物，所有带有 ®、TM 以及 © Games Workshop Limited 的标识均为在全世界注册的商标或为 Games Workshop Limited 版权所有。保留所有权利。

未经许可，不得将本书任何部分以任何形式复制、存储在某个检索系统中，也不得以任何形式或手段，包括电子、机械、影印、记录或其他方式，传播本书的任何部分。

本书为虚构作品。书中人物、事件均为虚构，如有雷同，纯属巧合。

故事简介

荷鲁斯之乱
这是一段传奇岁月。

众多伟岸英雄为了统御银河奋力拼搏。

地球帝皇的亿万大军纵横星海，以一场伟大远征将银河纳入囊中——在这些精兵强将面前，无以计数的异形种族难当锋锐，就此在历史长卷上被抹消了踪迹。

人类种族威震寰宇的璀璨年代拉开了序幕。

黄金白玉堆砌而成的闪耀堡垒颂扬着帝皇的诸多凯旋。一百万个世界上林立的纪念碑，翔实描述了那些悍勇战将的传奇功绩。

帝皇的战士中最强大的便是基因原体，这些英武绝伦的人物率领帝皇麾下的星际战士大军斩获了无数胜果。他们势不可当，高贵超凡，是帝皇基因实验的巅峰成就。星际战士则是银河之中前所未有的强悍士兵，每个人皆有以一敌百之力。

数以万计的星际战士组成庞大军团，追随各自原体踏入星海，以帝皇之名征服银河。

所有基因原体中最出众的是荷鲁斯，亦唤荣耀者、光明星辰、帝皇宠儿、如父爱子。他受封战帅，是帝皇麾下各路大军的总指挥官，是万千世界与整个银河的征服者。他是无出其右的战士，也是手腕卓绝的外交家，他的野心无边无界。

万事已然俱备。

出场人物

基因原体

赤红的马格努斯	千子军团基因原体
洛加	怀言者军团基因原体

第十五军团"千子"

阿泽克·阿里曼	首席智库
阿蒙	原体的侍从
哈索尔·玛特	亮羽学派大师
索贝克	阿泽克·阿里曼的侍从
门卡拉	黑鸦学派大师
萨纳克特	天枭学派大师
托贝克	火凤学派大师
伊格尼斯	破灭之主
潘苏	药剂师

第六军团"太空野狼"

波德瓦·比亚奇	第三连符文牧师
斯瓦夫尼尔·疾狼	第三连灾厄使者
欧吉尔·寡目	盾卫
吉洛斯尼尔·盲狱	第三连盾卫
哈尔·巴勒吉尔	狂战士

帝国人员

马卡多 ································ 掌印者，泰拉摄政
亚速·纳加森那 ······················ 马卡多的猎犬
迪奥·普罗姆斯 ··············· 游侠骑士，前任极限战士首席智库
安塔卡·塞万 ························ 前任暗鸦守卫智库
安姆维特·乌西库 ··············· 机械圣仪师，机械神近卫军
克里顿斯·阿拉谢 ··········· 机械神教贤者，乌萨拉斯机兵之主
齐格曼·维登斯 ················ 机械神教贤者，预算师
文迪卡崔斯 ············ 沃拉克斯级战斗机器人，数据工匠
西萨瑞亚·拉文图尔 ················ 卡米提·索纳的典狱长
薇勒达女士 ····························· 占卜师
亚姆比克·索斯鲁寇 ············ 雪人，薇勒达女士之子
勒缪尔·高蒙 ····························· 前任记述者
卡蜜尔·希梵尼 ··························· 前任记述者
凯娅·帕瓦提 ···················· 普罗斯佩罗的幸存者

目录

第一部　心之所向

第一章　黄道仪　特米鲁查　明智之选 2

第二章　先知　妖傀　诅咒 17

第三章　莫可名状　兄弟　亚弗戈蒙 34

第四章　阿蒙·拉殿堂　平局　扰动 49

第五章　救星　重写密码　哀伤的面纱 64

第六章　尘埃里的恶魔　碎片　耗散系统 79

第二部　太阳神船

第七章　日瓦戈号　先知猎手　冰霜之躯 96

第八章　星海　卡米提·索纳　对等交换 112

第九章　参入者　通晓星术　猩红太阳仪 125

第十章　释放　难以置信　令人发指 141

第十一章　冰原狩猎　断剑　抓住你了 156

第十二章　早期征兆　锈蚀与安息　倾覆高塔 173

第十三章　神王欧西里斯号　庞然恐魔　找到他 187

第十四章　探索征途　无尽悲伤　那座山脉 203

目录

218　　　　　　　　　　第十五章　清算者　像阿萨海姆一样大
　　　　　　　　　　　　　　　　　你就是我的代价

235　　　　　　　　　　第十六章　火海现身　纯粹恨意　朦胧镜面

第三部　开口

250　　　　　　　　　　第十七章　灵魂回响　血与沙　好人
266　　　　　　　　　　第十八章　卡德摩斯　束缚仪式　焕然一新
279　　　　　　　　　　第十九章　敖顺　安库·埃南　极端险境
293　　　　　　　　　　第二十章　恶魔宿主　尘归尘　黑暗王子
313　　　　　　　　　　第二十一章　退化　灵魂冲撞　黑暗重生
326　　　　　　　　　　第二十二章　世界的终结　迷宫　单单一个灵魂
340　　　　　　　　　　第二十三章　尘埃双眼　毫无实战可能　罪恶

一天夜里，某个被放逐的祭司来到了阿斯科曼尼部落的家园。不期而至的渡鸦先知昭示着即将降临的厄运，但通达事理的酋长并未将他赶走。酋长带着祭司坐在篝火旁，与他一同破骨取食。作为回报，祭司向酋长讲述了一场战斗，那便是每一位冰原勇士心中的天人之战。

他说："听好了，族群的酋长。我们每个人心中都有两头狼交战不休。其中一只是邪恶，是愤怒、嫉恨、妒意、哀愁、悔恨、贪婪、高傲、自怜、愧疚、憎恨、欺瞒、妄自尊大和目中无人；另一只是良善，是喜悦、热爱、希望、平和、谦逊、仁慈、共情、真挚、怜悯和信念。"

阿斯科曼尼酋长对此沉思良久，足足静坐了一夜。等到黑夜逃遁无踪，阳光将厚重坚冰照耀得剔透晶莹的时候，他才开口问道："哪头狼会赢？"

祭司简洁地回答："你勤加饲喂的那一只。"

——摘自艾哈迈德·伊本·鲁斯塔的《天外来客传奇》（未出版）

时间已经流尽。

夜幕降临，然而这崭新的长夜并非一段黑暗年代。它将带来残酷无情的启迪，其中充斥着人类种族焚灭的灼灼火光。如此可畏的光辉必将在每个灵魂深处投下两道相互交锋的阴影。暴君的黑暗与救星的光明展开对决，而英雄人物的真实品质恰恰在此体现。

那我自己呢？

我是良善的吗？

在我看来的确如此，然而我的看法究竟能有多可靠？

马卡多抛来种种问题，多恩则提出种种要求，在此间闲暇之时，我常常会迈出这座别墅——它显然是为了我这种体形所建造的——在近旁的湖边漫步，在幽暗湖面上凝视自己的倒影。

但这张紫铜色的面孔当真是我吗？

自从鲁莽击破那扇金色大门至今，我一次次尝试弥补自己铸下的滔天大错，但这个疑问常常萦绕在我心头。

那的确是我的一副面相，是马格努斯的一副面相。

至少，这一点应当是明确无疑的。

我自视为良善的一面——或许是最好的一面。在湖面上与我对视的那张面孔具有恰到好处的自豪、高尚与聪慧。那是一个历经沧桑的灵魂，深知学海无涯，天外有天。

如今我已经意识到，这仅仅是赤红的马格努斯的众多面相之一。

我的虚无灵体昔日被狼王击成碎片，在浩瀚之洋中随波逐流，恰似一尊坠地瓦解的雕像。猩红君王的其余碎片是否与我一样自视良善？它们能否意识到其余碎片的存在，抑或它们各个自以为举世无双？考虑到叙事重心往往会被放在叙事者身上，那么每一块碎片是否都自以为出类拔萃？

或许吧，但所有碎片无疑都要承认，在天界深处的某颗无名星球上，盘踞于那座参天高塔顶端的强大存在才是我们的整体，是我们的源头。

这些深奥的问题难以轻易解答，但我反正无所事事，便孤身坐在这冷寂湖边，潜心思索自己何以走到今日境地。

这种深刻内省向来会把我的思绪引到荷鲁斯身上。

即便我的兄弟早已变成为某种非人的可怕存在，我也依旧思念他。我思念头顶群星，而非厚重岩层表面的生物荧光。我思念过往年代里那种令人宽慰的牢固现实，昔日的宇宙尚且有矩可循。

如今现实和虚幻已经越发难以分辨，我也越发难以确定二者之间究竟是否存在差别。

我们向来要透过一层朦胧帷幕来探知现实。

我们误以为自己的认知受到严苛法则的约束，我们只承认那些确信无疑的事实。但这是固执而任性的自欺欺人。随着我们纵观宇宙的视角越发宽广，我们的认知也就不可避免地越发依赖二手信息。我们依赖上级权威来构建自身世界观的方方面面。

我在这一点上大加赘述，是为了清晰无误地说明我们千子军团何以自诩掌握现实的真理。

我们自诩洞观现实，因为帝皇告诉我们这就是真理。

如今看来我们昔日多么幼稚。

我们轻信他的理由也显而易见。

我的父亲在毫无生机之处创造生命，化无为有。他令隐晦难辨的智能核心化作现实，凭借意志让虚幻缥缈的知觉凝聚成形。这是一项辉煌成就，在人类功业的编年史里前所未有。

但人无论如何光辉伟岸，孰能无过。

即便是记忆本身，这最不可靠的故事旁白，它同样建立于集体思维上。实际的真相总要让位于商定的真相。我之所以说这些，是为了待到来日这场恢宏纷争被录入史册的时候，你能够坚守己见，避免轻信，在心中牢记并非所有真相都生而平等。

然而我发现了一个无可辩驳的真相：反目成仇的老友是最为棘手的死敌。

第一部

心之所向

第一章

黄道仪
特米鲁查
明智之选

"天际的景象不对劲。"哈索尔·玛特说道。阿泽克·阿里曼能感觉到这位亮羽学派大师全身散发出来的灵能压迫，对方正在针对这座空间站的环境调节自己的内在生理机能，从而更好地适应那宏伟壮观的规模与令人眩晕的形态。

"哪里不对劲？"阿泽克·阿里曼问道。

"这里根本不该有天际。"

哈索尔·玛特此言有理，即便那样讲并不完全准确。这里确实是有天际景象的，只不过初看之下难以辨别。

黄道仪是一座网格状的开放球体建筑，由九道不断转动的圆环结构连锁组成。最小的圆环直径有三十六公里，最大的则有五十四公里。透过沃土号的舰桥舷窗，乍看之下黄道仪显得纤细脆弱，然而其真实规模与考斯的轨道锚点不相上下。

一艘风暴鸟展开猎鹰般的双翼与黄道仪的赤道环保持等同的速度和朝向，它搭载着六名军团战士前往这道圆环的内面，降落在一簇晶莹森林般的亚空间扇叶旁。

圆环向上方徐缓旋转，在抵达弧形轨迹的顶点之后又从众人身后逐渐落下，透视效果令其显得下宽上窄。每一道圆环都具有完美的弧度，在整个缓缓旋转的同心圆结构中央有一枚黄铜球体，由一支洞穿两侧极点的轴杆固定。

超人体质与动力装甲本该让军团战士们免于眩晕，但这座空间站的超凡结构正在对他们施以严苛考验。就连帝皇之子的卢修斯与天枭学派的萨纳克特这两位绝顶剑客都表现得十分谨慎。

火凤学派的托贝克仿佛是一根绷紧的弹簧，时刻准备爆发。阿泽克·阿里曼的黑鸦学派实践者索贝克紧随导师左右，尽其所能地掩盖着不适感。

唯独门卡拉看似不以为意，那位德高望重的战斗先知颇为中意周遭的怪异环境。

"真是一座宏伟建筑！"他赞叹道。与此同时，一组由水晶和青铜制成的观星镜片从千米之上静静划过，表面依附着不计其数的灵能共振器。

阿泽克·阿里曼点点头，低声诵读了一段《黑鸦箴言》，让自己的意识潜入低层心境。他五脏六腑里翻江倒海的感觉略有缓解。

"的确如此。"他表示认同，随即将视线投向黄道仪的精巧结构之外，遥望那团充斥了深幽太空的巨型亚空间能量旋涡，"然而它的主人却执意观察一个格外凶险的天象。"

"恐惧之眼。"门卡拉低语道，那几个字像诅咒一样在阿泽克·阿里曼的头盔内部回荡。

"一个十分熟悉的名称，然而在此之前我对此毫无印象。"

"的确，"门卡拉说，"仿佛这片空间自始至终都与这个名称相关联，只不过近日才刻意将其展现出来。"

"有趣的理论，"阿泽克·阿里曼说，"或许等到任务结束之后再进一步探讨会更好。"

黄道仪虽然看似暴露在太空之中，实际上却被一个规模空前的整域力场彻底笼罩起来，所有圆环都具备可供呼吸的空气环境，恐惧之眼的大部分邪异影响也被抵御在外。种种亚空间鬼影在周遭的圆环表面低声嘶鸣，闪烁模糊的幻象在众人视野边缘不时浮现，然而一旦受到任何注意便踪影全无。

"这个建筑的名称有误。"索贝克说，他头盔的镀铜护目镜反射着病态的亚空间邪光。他的猩红盔甲则让阿泽克·阿里曼回想起夕阳光辉下的提兹卡金字塔。是原本的金字塔，绝非千子军团当今避难之处的金字塔，绝非那些在闪电肆虐的破碎荒漠上星罗棋布的空洞废墟。

"何出此言？"托贝克问道，他单膝跪地，将手掌印在金属甲板上。一团蓝焰顿时从他的乌黑手甲周围跃起，像搜寻猎物的毒蛇般沿着他的手臂向下滑行。

索贝克挥动手杖，那象牙杖身的顶端雕刻了一簇眼睛形象。"这更像一台巨型浑天仪。那是一种原始的日心天体模型，借助一套组成球形框架的圆环来代表星体经纬。"

阿泽克·阿里曼从他的实践者身旁走过，跪在一个宽达五米的聚焦孔旁。纵然他们立足的黄道仪赤道环足有一公里宽，厚达百米，但整个建筑结构依旧显得无比脆弱，它能够高速遨游太空这一说法很荒谬。

黄道仪核心位置的那枚青铜圆球完美地落在聚焦孔中央。那枚圆球直径十五公里，分毫不差，围绕在它周围的同心圆环优雅地缓缓旋转。

阿泽克·阿里曼的目光告诉他那枚圆球位于自己下方，然而强烈的眩晕感则预示着它应该是在上方。

"既然这是一台观测仪器，那么观测者在哪里？"托贝克问道，他熄灭了包裹自己手甲的烈焰，"我们已经抵达了指定地点，不该在开阔空间里拖延太久，以免招来鲁斯的恶狗。目前我们可是无力自保的。"

火凤向来是军团中最为直率的一支灵能学派，然而浩瀚之洋的善变潮汐不可避免地此消彼长，托贝克的火凤学派如今处于强势阶段。黑鸦的预见视野愈发模糊，火凤的粗暴力量则愈发强横。

无论托贝克的态度如何粗鲁，他方才所说却正是阿泽克·阿里曼心中所想。他们从沃土号发出的问询仅仅得到了二进制码的回复，并没有通信或图像的应答。

他们得到了一串坐标和一个精确的时间。

阿泽克·阿里曼心中闪过一道预感，他随即站起身来，恰好看见圆环的弧形表面上开启了一扇门。几节角度奇特的阶梯由此显现——那阶梯取材于漆黑如夜的大理石，其中嵌着细微的碧蓝脉络。萨纳克特的豺狼与猎鹰双刃顿时跃出剑鞘，一黑一白两把兵器闪动寒光。卢修斯也在刹那间拔出利剑，那条令人厌恶的长鞭则像毒蛇般凭空盘卷。

"或许他们来了？"索贝克说。

门内部的阶梯看起来像是上下颠倒，阿泽克·阿里曼眨眨眼，驱散了这令人头晕目眩的幻觉，看着一队银黑两色的身影从中出现。它们的椭圆形陶瓷头颅上空空如也，只有一枚熠熠闪烁的亮银符记烙在面孔中央。阿泽克·阿里曼注意到那些机器人各不相同，并且其排列组合的方式有些许唤魔仪式意味。

这些是名字吗？或许源自巴风特的书记员所召唤的七十二邪魔？

"啊，原来如此！"门卡拉转头看着萨纳克特开口道，"显然你们天枭学派无法捕捉机械构造体的思维。"

"机器人？"哈索尔·玛特扫视着那些带有陶瓷面孔的构造体，"他们派了机器人来？"

阿泽克·阿里曼捕捉到了同僚话音中的冷笑，自从普罗斯佩罗的惨剧之后，这位亮羽学派大师便时常面带讥讽。

那些机器人向千子步步逼近，它们的流畅动作昭示着创造者倾注的心血和工艺。此等精纯匠心让阿泽克·阿里曼不禁联想到卢修斯与萨纳克特的对决，联想到那位疤面剑客挥出制胜一击的瞬间。

阿泽克·阿里曼的预见视野察觉到了机器人内部的一团黑焰。

他摇摇头，说道："这些不是机器人。"

它们是妖傀。

阿泽克·阿里曼辨别出那枚符记源自一套文字，属于古老地球上某个早已消逝的国度，描述着某种传说生物，然而他无法回想起任何深层含义。

阿萨瓦想必知道。那位粗粝冷漠的黑鸦学派兄弟向来沉迷于神龙诸国的过往传奇。他肯定可以为大家讲述关于妖傀的一切：这个名号的词源分析、与之相关的民间传说，以及种种深奥莫测的细枝末节。但阿萨瓦早已在数十年前告别军团加入了远征军，此时此刻必是在泰拉某处的监狱里。也许他反而更加幸运，不必承受野狼所施加的羞辱。千子将那场惨败化作一袭丧服披风紧紧裹在身上，而猩红君王尚未明言这种哀悼何时才能结束。

或许永远都不会结束。

哈索尔·玛特满不在乎地将那九个妖傀视为机器人，两者之间的相似性显而易见。纵然遵照完美人体的模样打造而成，仿佛是在刻画古老传奇中的阿基里斯，诸多构造体的钢青色身躯依旧是冰冷机械。透过那些修长肢体与优雅轮廓，阿泽克·阿里曼看到了凶猛无情的力量，以及与之交融的以太威能。

"若不是机器人，它们究竟是什么？"卢修斯问道，他丝毫看不到那些妖傀体内的亚空间能量。

"或许近似于六密宗的傀儡？"索贝克提出自己的想法。

"但这些构造体工艺精细且轮廓清晰。"阿泽克·阿里曼回答。

"远非机器人，"萨纳克特说，他的银色死亡面具映射着那些构造体的以太光焰，"更像是被唤入精美宿体的守护精灵。"

"守护精灵？"托贝克厉声说道，顿时紧紧握住镶嵌蛇鳞的剑柄。虚妄烈火在他的头盔护目镜中闪烁燃起。

"守护精灵是什么？"卢修斯发问，他的长鞭因渴求暴力而不住扭动。

阿蒙曾经出言相劝，不希望凤凰魔下的这名战士加入此行。近来阿泽克·阿里曼与原体侍从频频意见相左，唯独在这件事上他们看法一致。然而目睹卢修斯在水晶丛林中披荆斩棘闯入萨纳克特的高塔之后，阿泽克·阿里曼便意识到这位满怀恨意的战士已经将自身命运与千子紧密相缠了。

每一枚棋子都至关重要。

"亚空间的存在，"门卡拉说道，"我们曾经将其视为一份恩惠，我们从浩瀚之洋中召唤它们常伴左右，借以增进力量、协助预言和解读奥秘。"

"让我猜猜，它们背叛了你们？"

门卡拉点点头回应道："的确如此。你怎么知道？"

"豢养的狗早晚会想起来自己是狼的。"卢修斯活动着持剑的手指回答，"我们该小心点吗？"

"我认为不必。"阿泽克·阿里曼仔细研读那些铭刻在符记周围的召唤法令，说道，"我们的守护精灵有独立意识，但这些构造体被迫服从指令。"

"如此说来黄道仪的观测者要比我们谨慎得多。"门卡拉说。

那些妖傀在千子面前停下脚步，阿泽克·阿里曼压制住暴戾的冲动，不想挑起事端。在普罗斯佩罗之事过后，狐疑便取代求知成了他的惯常态度。他静待对方展开某种形式的沟通。他的盔甲能够相对高效地翻译二进制码，足以支持正常交谈，然而就在阿泽克·阿里曼将心中话语转换成机械神教的机器语言时，另一个身影从圆环结构中缓缓浮现。

来者身材娇小，举止内敛，恐怕让萨纳克特都相形见绌，她披着一件暗黄色的信徒长袍，腰间扎着一条黑色束带。她露出面容，容貌中性，光洁的头颅上只有三条垂至脚踝的长辫。

她的一只眼睛混浊泛白，另一只则色彩斑斓，仿佛蒙上了薄薄一层油料。这是一位奥艺（编者注：奥术魔法）运用者——自身天赋异禀，兼得虚空能量的异变。

那些妖傀分立两侧，来者深鞠一躬。

"各位安好，旅行者们。"她说道，"我是特米鲁查，地狱戎卫的领袖。"

阿泽克·阿里曼鞠躬回礼，说道："我是阿泽克·阿里曼——"

他险些说出赤红的马格努斯的骄子，却改口称："猩红君王的战士。"

特米鲁查面露微笑，佯装并未注意到对方的迟疑。

"我对你和赤红的马格努斯早有耳闻，"她说道，"浩瀚之洋中回荡着你父亲的名号。"

愈发警觉的阿泽克·阿里曼掩藏住自己的惊讶，问道："那么你知道我们的来意？"

特米鲁查再次躬身，并伸手示意自己和妖傀方才走出的那扇门。

"所有带着疑问造访黄道仪的客人都怀有相同的目的，"她回答，那个映射虚空的眼眸中妖火闪烁，"向铁眼寻求答案。"

阿泽克·阿里曼跟随特米鲁查和妖傀踏入门扉，顿时一阵强烈的错位感袭来，那令人厌恶的震颤在他腹中回荡，恰似星船意外脱离浩瀚之洋时的感受。他的自动感官充斥着尖锐的静电杂音，他试图在护目镜上显现图像，但一切感官都遭到了屏蔽。

一股强烈的眩晕狠狠贯穿阿泽克·阿里曼，他紧紧握住手杖，感到有些反胃。他匆忙解开颈甲密封，扯下头盔，深吸一口气。

"慢慢调整你的状态，这种感觉会过去的。"特米鲁查说。

阿泽克·阿里曼点点头，他不敢开口作答，以免自取羞辱。他的思维混乱，如同四下滚落的占卜骨具，他首先让自己升入低层心境，建立严整格局，之后才睁开双眼。

面前景象令阿泽克·阿里曼不禁屏息，他站在一块孤零零的玻璃平台中央，周围都是不计其数的晶莹阶梯，它们向各个维度无止境地延展开来，在升降交错时形成种种诡异转角，恰似尼德兰骑士的神秘画作一样颠覆了透视法则。

遥远难辨的众多身影迈着疲惫不堪的步伐无休止地向上攀爬，但扭曲的角度和闪烁的倒影很快就遮蔽了踪迹。阿泽克·阿里曼甩开这幅景象在他心中泛起的奇特忧伤，将注意力放在周遭的环境上。

脚下这块晶莹剔透的平台是九棱柱形状，每一条边都矗立着一个妖傀。它们的特定站位组成了索斯梅斯符记，那强大结界能够确保内部的一切事物免遭外部窥探。

阿泽克·阿里曼的同伴们分散在周围，全都因环境骤变而饱受晕眩之苦，唯独卢修斯是个例外。索贝克跪倒在地，圆瞪双目，绷紧身躯，正在努力摘除头盔。

"索贝克！"阿泽克·阿里曼发出一道急切的心灵脉动。

他的实践者点点头，拄着那柄覆有眼眸形象的手杖站起身来。索贝克脸色苍白，皮肤松弛，面容憔悴。

"索贝克？"阿泽克·阿里曼追问，"你还好吗？"

"是的，还好。"索贝克确认道，随即弯腰捡起头盔。

萨纳克特那虚无缥缈的声音在阿泽克·阿里曼脑海中响起，促使他转过头去。

"你看到了吗？我们脚下的铭文？"

阿泽克·阿里曼低头检视。这座平台的厚重玻璃结构内部带有盘卷扭曲的金色铭文，像是藏在水底一样波动不清。

"是咒文？"阿泽克·阿里曼勉强回应道，"我不认识这些。"

"再仔细看看。"萨纳克特敦促。

阿泽克·阿里曼施展自身意志，试图为那些在玻璃内部肆意游走的咒文强加一副固定形态，然而它们依旧无法轻易识别。他缓缓呼出一口气，升入第三层心境，终于有了清晰的思维，并运用心灵之眼挑拣出那些他能够辨认的组合。

"天枭学派的手段？"

"是我们所学咒文的变体形式，用于在敌方战士心中营造幻象。"萨纳克特轻微地点头回答，"在当前这种超乎理解的环境里，我们应当格外谨慎，就算是那些显得真切无疑的事物也断不可轻信。"

"明智的建议。"阿泽克·阿里曼回应道，他抬起头望向平台边缘，凝视着宏伟的典礼阶梯凭空逐级攀升，每一级都在目光所至的瞬间具现成型。

与无数环绕平台的繁复阶梯不同，面前这些台阶笔直排列，跨越数百米的距离，最终引向一座壮丽建筑——那是一座外观华美的神殿，其层层叠叠的高塔配有造型雅致的飞檐。那参天绝壁般的庞大建筑正面是一列由白银和碧玉打造的立柱，中央矗立着一扇乌黑的漆艺木门。盘龙石雕驻守在大门两侧，阿泽克·阿里曼再次希望自己能够与阿萨瓦一样热衷于古老地球的文化元素。

"那是什么？"阿泽克·阿里曼问。

"那是一座奘房，名叫银亭，是铁眼所在。"特米鲁查解释道，"那是你们此行的目标。"

那的确是千子此行的真正目标，但阿泽克·阿里曼刻意没有向对方说明猩红君王派遣子嗣造访此处的核心意图。

他点点头说："我们准备好了。"

阿泽克·阿里曼和特米鲁查并肩踏上阶梯，他急于揭穿玻璃平台内部那些咒文所营造的幻象，然而环顾四周却只能看到无穷无尽的幻变阶梯与居高临下的壮观神殿。众人眼前的虚幻异景必定耗费了极大心力才构建成型，阿泽克·阿里曼仔细端详身边这位当仁不让的建筑师。

特米鲁查的苍白皮肤显然长久不见天日，那枚奇特的眼眸则显出格外强大的自控力。她忍受了此等程度的变异及其连带效果，同时还能维持自己的人性，这绝非寻常意志可为。

与阿泽克·阿里曼同行的战士们列队跟上，索贝克、哈索尔·玛特和萨纳克特在左侧，门卡拉、托贝克和卢修斯在右侧。那些妖傀分散在众人两侧，禁锢于机械身躯内部的亚空间存在仿佛是闷燃的熔炉。即便守护精灵昔日的突然背叛让千子措手不及，令普罗斯佩罗的防线一举崩溃，但阿泽克·阿里曼依旧怀念埃特皮奥带给他的那份舒缓感受。

"我能否向你提一个问题？"

"当然，"特米鲁查说，"但唯独铁眼才拥有你们所追寻问题的答案。我力不可为。"

"过谦了，"阿泽克·阿里曼微微躬身，"我恐怕要坚持发问。"

特米鲁查面露微笑："请问吧，我尽力作答。"

"你刚才自称地狱戎卫的领袖，"阿泽克·阿里曼挥手示意上方的神殿，"这个名称暗示着一份守护职责。"

"你想必熟习厄斯德拉经师的《艾赫米姆福音书》，阿泽克先生。"特米鲁查说。

"只是多年前读过叙利亚语的译本，"阿泽克·阿里曼回答，他明白特米鲁查仅仅指出了一件事实，并未做出回答，"很遗憾，那份抄本已经失落了。"

"被野狼付之一炬？"

阿泽克·阿里曼点点头。

普罗斯佩罗的失陷是他心头一道不曾愈合的伤口，然而真正令他惊恐痛心的并非整个星球的末日，而是就此化为乌有的浩瀚学识。那座不可估量的宝库中存放了苦苦钻研而得的真切知识与历经艰险获取的宝贵经验，却在眨眼间如同波斯波利斯的无价典籍那样被尽数焚毁。数千年来积累的深厚智慧被一场肆意而为的反智暴行彻底抹消。

"普罗斯佩罗的覆灭是全人类的损失，绝非仅仅殃及千子。"阿泽克·阿里曼说，区区"损失"二字实在是轻描淡写，其中悲哀几乎让他再次心痛欲碎。

"铁眼教导我们，知识绝不会永远遗失。"特米鲁查在两人交谈时从未停下脚步，"它会像久远传说那样遁入记忆的泥沼，仅仅残存在孤独的说书人心底，然而有朝一日它必将重新浮现于梦境之中。"

"颇具诗意，但你并没有回答我的问题。"

"你并没有提出你的问题。"特米鲁查指出。

"好吧，"阿泽克·阿里曼说，"铁眼是你们的囚犯吗？"

特米鲁查微笑着回答："在厄斯德拉笔下，地狱戎卫曾经是天使，他们受一位复仇神祇所托，对一座炼狱监牢严加把守，时刻防范某种至恶力量卷土重来。"

说到这里，她瞥了阿泽克·阿里曼一眼，那倦怠目光属于一位看惯了恢宏历史的学者，早已厌倦这种故弄玄虚的古老传说。

"你还是在逃避问题。"

恼怒神色在特米鲁查脸上一闪即逝。显然她并不习惯于自己的一字一句受到如此苛刻的审视，但她想必也从未遭遇过千子军团的战士学者。

"铁眼确实被囚禁在黄道仪，但这并非我们的手笔。"

"囚禁它的另有其人？"

"或许吧，但铁眼从不谈论它自己。"

"你们也没有问？"

"问有何益？"

"知识，"阿泽克·阿里曼说道，"将未知事物化作已知事实。你们轻信一位如此强大的囚徒，却丝毫不知道它落入囚笼的缘由，这显得有些鲁莽。"

"我们对自身角色抱有信念。"特米鲁查回答。

"信念？"阿泽克·阿里曼追问道，他的嗓音里饱含一股无法忽视的苦涩恨意，自普罗斯佩罗覆灭以来便已在他心底积攒许久，"信念仅仅教导我们莫怀疑问，盲从教条，一味遵循愚昧前人的行径，将某些事物尊为神圣不可侵犯。"

"你们之所以造访这里，难道不是抱有信念，期望心中疑问可以得到解答吗？"

"让我造访这里的并非信念。"

"那又是什么？"

"是猩红君王的意志。"阿泽克·阿里曼说道，此刻两人踏上了最后一级台阶，直面那辉煌壮丽的银亭。

神殿脚下的鹅卵石广场覆满寒霜，晶莹的白雪如尘般纷飞舞动，飘落在阿泽克·阿里曼的盔甲上，闪烁须臾便融作水滴。

更多地狱戎卫在此等候，那八位宗师都披着深蓝色的宽大长袍，每人心口都绣有一枚独特徽记。他们暴露在外的臂膀遍布刺青，其中交织着分形螺旋、数字序列和循环迷宫。

与特米鲁查一样，诸位宗师的双眼都展现着亚空间的侵染——一枚眼珠混浊目盲，另一枚则洞察万物。阿泽克·阿里曼能够理解其中的象征性含义。他不禁猜想，地狱戎卫是否知道这种变异形象在普罗斯佩罗人心中的意义。想到这里，另一种思绪随即浮现。

赤红的马格努斯是否来过这里？

数百名妖傀在广场两侧整齐列阵，仿佛是阅兵场上的雄壮队伍，以太烈焰在那些纹丝不动的躯体中腾跃躁动。特米鲁查从一排排机械宿主之间昂首走过，几位同僚默默地来到她身旁。

他们没有进行自我介绍，阿泽克·阿里曼也并未询问来者的名号。

那扇漆艺木门自动开启，迎接特米鲁查，展现出一座由斑岩和翡翠铺就的廊柱厅堂。冷寂的光辉与倒影舞动其中。

阿泽克·阿里曼跟随地狱戎卫之主走进大厅，他注意到整座银亭的内部空间被数不胜数的立柜所占据，那些配有水晶柜门的容器仿佛是一座征服博物馆里展出的战利品。千子战士们纷纷带着学者的好奇前去检视。有些立柜盛放着精工细作的武器，有些容纳着非人类所为的物品，然而大多数柜子里都是一具具枯骨。

阿泽克·阿里曼缓步穿行，种类繁多的展品让他颇为惊叹，但出于直觉他明白，眼前这些仅仅是银亭所容之物的沧海一粟。

他逐渐深入厅堂，目光在愈发多样的展品之间跃动：一副光洁锃亮的骨骼，顶端是一个骷髅造型的银色头盔，两只碧绿眼眸闪烁柔光，一枚几何符文印在额头位置；若干节肢动物，其高挑腿足由生物组织和机械部件混合构成；闪烁星云般的光辉气体，被囚禁在镶嵌珠玉的真空容器里。阿泽克·阿里曼愈发深入这座展馆，就愈发明确地意识到整座神殿的内部维度有种难以言喻的谬误感。

如同塞瑞雅达遵照《作庭记》的详细指示运用石块和漂白沙砾所建造的花园一样，这座展馆里的各类藏品会根据参观者的视角而显现或隐匿。某些展品在一个角度清晰可见，若是换另一个角度便难觅踪影，取而代之映入眼帘的是一批全然不同的展品。

或许整座银亭里容纳的物品都是可见的，只不过需要在这个多维空间中找到恰当的位点去观察。

阿泽克·阿里曼在一座立柜面前停下脚步，里面盛放着一套工艺精良的骨白色盔甲。那独具匠心的优雅线条表明它出自灵族，阿泽克·阿里曼能够品味到一份静默无声的亘古狂怒蕴藏其中。头盔被塑造成狂嚣鬼魅的模样，一束血红色的鬃毛从顶部垂下，像伺机待发的毒蛇盘绕在肩甲上。一把修长的颤抖长矛架在其肩头，血迹斑斑的手甲中捏着一枚三刃飞镖。阿泽克·阿里曼不需预见视野也能意识到，对于这套盔甲的宿主而言，静滞状态有违其天性。

"这是个什么地方？"他问道。

"这个地方提醒我们，并非所有求知者都应该求得知识。"特米鲁查回答。

阿泽克·阿里曼用手杖敲了敲水晶柜门，立刻察觉到囚禁其中的暴怒魂魄渴望求取他的性命。

"这是灵族。"他说。

"是的，"特米鲁查表示认同，"一个不得安息的噬魂恶灵，可以追溯到灵族陨落的初期。它的巫师主人将它引领至此，意图摧毁铁眼。他们失败了。"

"你们摧毁了他们？"

"那套盔甲的宿主永远无法真正灭亡。"

阿泽克·阿里曼对灵族传说中的万物循环有所了解，他知道那些征战神祇在生死存亡之际注定回归。

他俯身凑近这座水晶监牢，说："你的种族行将覆灭，你救不了他们。"

那套盔甲里的魂魄奋力冲击囚笼，然而地狱戎卫的虚空奥艺让它的愤怒沦为枉然。阿泽克·阿里曼与特米鲁查踏着一条螺旋路线并肩走向银亭中央，他时刻留意着同样靠拢过来的千子兄弟。

他每踏出一步，周围展品的排列方式都会改变。先前可见的种种物件从视野里彻底隐没，被其余展品取代。

当阿泽克·阿里曼踏入银亭中央时，他在一具仅剩骨骼的绿皮化石面前停下了脚步，那枚巨型颅骨肿胀不堪，脑室极端扩张。

"你们是如何获取这些展品的？"他问道。

特米鲁查交握双手。

"银亭中蕴藏着无数秘密，其中一些就连我们都尚不知晓。"她说，"在我之前的团体领袖认为，银亭向我们展示的物品都源于浩瀚之洋，取自过往和未来的交汇碰撞之处。她告诉我说，每个人在这里看到的事物都不同。"

这些话不足相信，然而未及阿泽克·阿里曼开口追问，他就迈步踏在了银亭的核心位置。

一条八边形隧道贯穿着那座从银亭外部便能望见的层叠高塔，色彩斑斓的闪烁光芒从中倾洒而下。两条旋转阶梯分别引向塔顶，交织成双螺旋形状，一条晶莹剔透，另一条漆黑如墨。

"铁眼就在塔顶静候大驾，"特米鲁查说，"但只有你我两人可以登上这条双生阶梯。"

"只有我们两个？"

"就像先前的所有访客一样。"

阿泽克·阿里曼回过头望了望他的军团兄弟和众多妖傀，以及那些身披长袍的地狱戎卫宗师。他麾下的战士都知道该如何行事，此刻再去争执究竟是否要孤身造访那个囚徒先知并无裨益。

他向门卡拉和索贝克点点头。阿泽克·阿里曼的实践者也点头回应，他全身散发着紧张感，勉强可以压制住。

阿泽克·阿里曼迈向那两道螺旋阶梯。

每一级台阶都印着金色铭文，然而与玻璃平台里那些游走不定的模糊咒文不同，这些字句明亮夺目，清晰可辨，又是一个普罗斯佩罗的倒影。在现已失落的提兹卡城中，通往智慧之殿的那条大道恰恰如此。引向那座殿堂的大理石板上铭刻着种种警世名言，摘自大图书馆里最富盛名的贤人学者。

第一级水晶阶梯上刻着：地位越是崇高，姿态越要谦卑。

黑曜石阶梯的铭文则让阿泽克·阿里曼面露冷笑：智者以人为鉴，更正自身之过。

"选择你的道路，阿泽克·阿里曼。"特米鲁查说，"做出明智的选择。"

阿泽克·阿里曼仰望着洒落九天的七彩光芒，随即选择了黑曜石阶梯。

每走一步都伴有崭新的智慧箴言。然而踏上第四级台阶之后阿泽克·阿里曼就不再费心阅读了。这些内容毫无新意。下方的展厅很快就淡出了视野，但他对此早有所料，阿泽克·阿里曼猜测这场攀登也蕴含着升华的寓意。

无尽的空间向外延伸展开，其角度超出了几何学的范畴，绝非微积分可解。一万亿条银河在他周围旋转，就像时间初创之际汇聚而成的奔涌光流，璀璨群星恍若涂抹在天鹅绒上的钻石粉尘。

宇宙的机理展露无遗，万物的秘密铺陈于前，有些人称之为神祇，但千子称之为以太。它看似辽阔空旷，然而在这浩瀚星海的无垠帷幕背后，阿泽克·阿里曼能够察觉到某种硕大无朋的恶毒存在，它正投来一道冰冷的目光。愚昧之人会声称他感受到了诸神的青睐，但阿泽克·阿里曼明白并非如此。

唯有脚下的阶梯将他锚定在现实中，它下至超乎想象的无底深渊，上至令人目眩的绝顶巅峰。从寻常角度而言，这一切并不真实，但心灵能够感知到的一切事物都可以产生真实效果，无论来自现实世界的物理法则如何加以抗辩。

特米鲁查踏着水晶阶梯上行，两人的运动轨迹相互交织，仿佛是踩着音乐节奏的一对舞伴，或是准备展开殊死决战的两名角斗士。

这第二幅图像颇为真实，看来火凤学派日益增强的力量尚未彻底蒙蔽他的预见视野。阿泽克·阿里曼立刻遮掩住思绪，又冒险瞥了特米鲁查一眼。她是否察觉到了阿泽克·阿里曼的刹那预知？似乎并没有。

阿泽克·阿里曼继续攀登，望着那些被重力催生的万千星辰踏着夺目舞步走向分外辉煌的谢幕。他看到了代表着太空文明的点点萤火蓬勃发展，又在眨眼间收缩、熄灭，不待他多加留意便销声匿迹，被全然遗忘。古老神祇与不朽宿敌之间爆发着横贯银河的战火，在时空结构上刻下一道道深重伤痕。早在太阳系凝聚成形之前，成百上千个帝国早就经历了起落兴衰。

"皆为尘埃。"特米鲁查的声音轻若耳语。

"仅此而已吗？"阿泽克·阿里曼抬手示意周围的壮阔星海，"这只是为了说明万物熵增的道理，教育我们一切都会衰败覆灭？"

"绝非如此浅显平庸。"特米鲁查回答，她的嗓音里带着一丝真挚的悔恨。

"那又是什么？"

"就算是一道注定被忽略的未来警示吧？"

阿泽克·阿里曼敲了敲肩甲上的军团标志，那枚蛇纹光环中央镌刻着鸦首徽记。

"黑鸦学派的首要原则，"他说道，"过去不可改变，坚若磐石，而未来变数繁多，宛若流水。"

"不，"特米鲁查说，"并非如此。"

阿泽克·阿里曼停下了攀登的脚步，与地狱戎卫领袖四目相对。

"看守一位先知的人竟会说出这种话？"

特米鲁查抬起臂膀，将手掌印在黑鸦学派的徽记上。浩瀚宇宙的星光顿时消逝，那种被非人智能冷酷审视的感觉也一扫而空。

那种源自虚无的可怕寂静将两人笼罩起来。

"我只有片刻时间，阿泽克·阿里曼。"特米鲁查说道，她语气慌乱，显然是惧怕计谋暴露，"你们不该来此。马上离开，永远不要回头。"

"我办不到。"对方的急切神态让阿泽克·阿里曼感到困惑，"猩红君王有命，我必须服从。"

"不会永远如此的，"特米鲁查说，"终有一天你们将要视彼此为敌人。"

"你预见到了这样的未来？"

"这是铁眼为我们展示的诸多未来之一。"

"所以这就无关紧要，"阿泽克·阿里曼逐渐失去了耐心，"如果脱离前因后果单独审视，这种'未来的回响'就毫无意义。不要耍花招了。带我去见你们的先知，我要看看它是否配得上这个称号。"

"如你所愿。"特米鲁查说，璀璨星光应声再度绽放，恰似万亿个投来凝视的眼眸。

"皆为尘埃。"特米鲁查重复道，"当你举目四望唯有灰烬与绝望时，记住这一点。"

第二章

先知
妖傀
诅咒

卢修斯在这座廊柱大厅里踱步,对于周遭的奇妙展品毫无兴趣。一些武器偶尔能让他稍加留意,但即便是其中精品也显得过于怪异或者笨重不堪,远配不上他的品位。他全身上下躁动不安,不知停顿的眼睛在银亭四处往复扫视。

他通常能够完美地感知周围环境,但银亭内部的善变维度让他无法在脑海里绘制出一幅精确地图。他在展品之间漫无目的地闲逛,时不时停下脚步去欣赏。门卡拉、托贝克和哈索尔·玛特也是如此,他们兴趣盎然,毫不做作。自从阿泽克·阿里曼离开之后,索贝克便一动不动,卢修斯能够察觉到在对方身上游走的微弱震颤,仿佛他是一根过于紧绷的琴弦。

卢修斯那张遍布自残伤疤的面孔突然露出一道狞笑,因为他看到萨纳克特走了过来——他先前造访巫师星球正是为了取走这位战士的性命。

"你根本无法欣赏这些展品,"萨纳克特说,"又何必如此呢?"

这位千子战士是个技艺卓绝的剑客,是个与他不相上下的杀手,卢修斯的手指立刻探向剑柄。萨纳克特捕捉到了对方的动作,稍稍歪过头去。

他交叉手指,轻轻触碰腰间双刃的配重球,说道:"你我还会兵刃相见的,弗格瑞姆之子,但不是此时此地。"

"算你走运,"卢修斯说,"若不是阿泽克·阿里曼的干预,我早就取走你项上人头了。"

萨纳克特没有上钩。

"这里没有威胁,否则我会察觉到的。"

"同意,的确没有显而易见的威胁。"卢修斯活动着肩膀,"这就更让我起疑了。"

萨纳克特假装指着某些格外引人注意的武器展品，抬手示意双螺旋阶梯脚下的列阵妖傀和沉默无言地狱戎卫。

"你认为地狱戎卫是一个威胁？"

"对我来说，算不上，"卢修斯点点头，也假装在评论展品，"但外面那几百个机器人确实危险。"

"它们不是机器人。"

"我听说了，但只要是人造的东西，我都能拆掉。"他轻蔑地哼笑一声，"它们连武器都没有。"

无数超新星所迸发的光芒骤然消逝，阿泽克·阿里曼在眨眼间置身于一座地下洞穴内部。这座先知殿堂建造得完美无缺，就连脚下黑曜石地面的裂隙都会不时飘散出一股硫黄热气。

正如纳卡伊的沉睡者巢穴一样，这座岩洞中央也有一条符文环绕的竖井，浓厚的火山烟云从中喷涌上来，将整个石穴映成暗红色。

大约三十个身影跪在竖井边缘，被那炼狱光辉化作幽暗剪影。翻卷扩散的烟云遮掩住了他们，难辨确切人数。这些人身无片缕，像古老地球的瘟疫医生那样仅戴着尖嘴面具，枯瘦的身躯上汗流浃背。这些大活人忍受着洞穴里高温的炙烤。

"他们是什么人？"阿泽克·阿里曼问。

"恐怖书记员。"特米鲁查回答，阿泽克·阿里曼注意到每个人左右各有一本敞开的书籍，他们双手握着炭笔癫狂地书写不止，"他们是灵能导体，是铁眼借以传达预言的工具。"

"你们的伟大先知又在哪里？"阿泽克·阿里曼问道。

"我在这里。"

那灵能沟通突如其来，势不可当，阿泽克·阿里曼不由得单膝跪倒。他立刻扬起一道念力护盾，升入第八层心境，汇聚全部力量，准备应战。拍岸惊涛般的尖锐嘶吼伴着那几个字扑面而来，这源于一种被永无止境的孤独禁锢所压榨出的彻底疯狂。

竖井喷吐的烟云逐渐消散，阿泽克·阿里曼抬起头来看到了铁眼，那是一口庞大笨重的铁棺，被几条熏成乌黑的链条悬挂在洞穴半空。

这粗蛮物体是用几块胡乱拼凑的铁板敲打而成的。状若缝合线的焊接痕迹与满是铆钉的铁条将它聚拢成一体——与其说是铁棺,不如说它更像是黑暗年代的折磨刑具。

阿泽克·阿里曼在那钢铁囚笼之内察觉到了某种令人憎恶的联结纽带,仿佛有两个灵魂被融合成了一个怪诞邪异的个体。疯狂尖叫在他脑海里回荡,众多渴望被倾听的声音汇作一股滔滔洪流。恐怖书记员们运笔如风,显得愈发癫狂。他们像着魔一样抄录着那位先知的种种预言。

"他从深重绝望中崛起,一位失落子嗣与一位堕落父亲!"

"那个双面战士将要扮演阴影骑士的领袖!"

"嘘,流放者来了!"

"尚未遭到流放,众多道路就在这里分叉。"

"他会选择哪一条?"

"我们知道!我们知道!告诉他,告诉他!"

那些声音令人心神大乱,它们口齿含混,交错杂乱,喋喋不休。那字字句句都毫无意义,只是疯子的胡言乱语,阿泽克·阿里曼不予理会。

"阿泽克·阿里曼,我等你很久了。"

旋涡般的疯狂尖叫顿时臣服于这个占据主导地位的灵魂,纷纷化作细微难辨的低语,恍若秋风扫荡落叶般轻柔。

"你是谁?"他问道。

"我是铁眼。"

"这是旁人赋予你的称呼,"阿泽克·阿里曼说,"告诉我你的真名。"

"你的父亲耗费了数千年才从我口中撬出这个秘密,你却打算在眨眼间探知吗?"

"猩红君王知道你的名字?"

"他只是你这身粗劣血肉的副产品。我是指你真正的父亲。"

对方妄图用这种侮辱来挑衅阿泽克·阿里曼,诱他在一怒之下鲁莽行事。但阿泽克·阿里曼早已多次领教过未诞者的哄骗、威胁与欺瞒,绝不会落入如此明显的陷阱。

"你是指帝皇?"

"是的,究极者、破誓者。"

又是一记显而易见的嘲讽，然而纵有普罗斯佩罗的惨剧、尼凯亚的惊变，以及帝皇遮掩浩瀚之洋真实本质的欺瞒，阿泽克·阿里曼依旧不愿听到一个亚空间生物公然辱没人类帝国之主。

"你可以暂且称我为……亚弗戈蒙。"

这些尖锐刺耳的音节让阿泽克·阿里曼全身一颤。两个恐怖书记员应声瘫倒，鲜血从他们的尖嘴面具中流淌出来。

"那不是你的真名。"

"但目前我打算采用这个名号。"

"我一定会获取你的真名，恶魔。"阿泽克·阿里曼承诺。

"啊，又听到了这个古老的称号，"铁眼说道，它的扭曲笑意如同生锈铁钩一样从阿泽克·阿里曼的脊梁上犁过，"我很高兴看到你再也无法否认我们的本质了。"

"我很清楚你是什么。"阿泽克·阿里曼说。

他再次体会到对方的笑意。

"我对此十分怀疑。你颇具智谋，阿泽克，但即便如此，你的学识也是有限的。"

"我知道的比你想象中更多。"

"好啦，承认自己的无知并不可耻。最首要的智慧真理不就是承认自己一无所知吗？"

"一无所知和所知不足之间有着云泥之别。"阿泽克·阿里曼说道，他抽取以太力量注入自己体内，品味着那股深厚潜能所引发的凶猛快意，"但我来到这里并不是为了与你辩论一个死人的教导。"

隆隆震耳的笑声顿时充斥着整座洞穴。袅袅摇摆的烟云从地面裂隙中钻出来，仿佛是诱人犯罪的毒蛇。那些恐怖书记员齐刷刷地停止了书写转过头来，透过尖嘴面具上的虚空镜片凝视阿泽克·阿里曼。

"我们知道你为何来此。"先知说，"她知道吗？"

一股强悍的以太能量突然在阿泽克·阿里曼背后迸发。他的盔甲立刻锁死，一柄由灵能烈焰构成的致命剑刃抵在他喉头。

"现在知道了。"特米鲁查说。

门卡拉愈发兴奋地凝视着封存在面前这座水晶立柜中的古老秘典。它的皮革封面衰朽残破，古老书页则薄如蝉翼。位于古籍卷首的暗淡标志早已失去了昔日的明亮光辉，然而嵌在那些几何图形内部的文字是用以诺克语书就的天使名号，这绝难错认。

"真神圣印，"门卡拉说道，他猜测这正是《索亚之书》的最后一份抄本，"女王御用星术师的纯正真理。"

他把手掌印在水晶表面，察觉到立柜内部传来一阵阵细微颤动，这是用来确保那本秘典不会化为尘埃的能量力场。若要检视这样一本脆弱古籍，同时避免将其彻底摧毁，就需要亮羽和猎鹰两个学派的顶级能手施展最为精妙的咒文。

"啊，弗西斯·塔卡，真希望我拥有你的技艺。"门卡拉沉吟道，他追忆着第二学会的昔日连长，而非那个面目全非的异变怪物。

门卡拉是黑鸦学派，纵然所有成功闯过了境阈的千子成员都熟习猎鹰学派的念力奥艺，但如此精细的工作是他绝对无望企及的。

在普罗斯佩罗的末日之后，已经鲜有人能够承担此等重任了。

于是他升入第四层心境，把光之躯体从凡俗皮囊里解脱出来。或许不需对那位上古法师生平的宝贵记录实体检视也能探知诸多奥秘。他轻柔地让自身意识穿透水晶，为那本古老秘典的往昔回响注入新生，恰似让一堆余烬重现火苗。那位故去法师留下的心灵印痕，顿时像笼罩湖面的薄雾般从秘典里浮现出来。

门卡拉能体会到这本古籍前任主人的存在，那是无形鬼魅般的恍惚记忆，恰似在视野边缘出没的朦胧人影。那显然是一位奥艺运用者，或许恰恰是这部秘典的作者本人。一位追寻知识的学者，一位钻研奥秘的战士，正如每一位千子兄弟。这是一个脱离时间之流的人，一个穿梭诸般界域的人，一个饱尝胜利果实的人。他无比高傲，自认永不落败。此等愚蠢让门卡拉不禁摇了摇头。

千子比任何人都更明白，即便是最伟大的人也会落败，甚至悲惨落败。

他突然体会到一阵灼热无比的同感痛楚，一股来自过往的心神剧震让他不由得轻声惊呼。门卡拉低下头去，刹那间看到一柄喷薄光焰的灵能剑刃透胸而出，昔日里那位法师的死状在他身上虚幻地重演了。

早已殒命的法师心中交织着惊愕与痛苦，那种无力狂怒是他许久不曾体验过的。

对方的濒死感受让门卡拉心灵受创，他的意识立刻从秘典中仓皇抽离，在众多展品之间疾速奔窜。惊惧顿时将他彻底包裹起来，无尽的死亡景象突然席卷了他的视野。

长剑、镜子、鹰首头盔、浮夸的首饰盒，每一件物品上都铺盖着死亡。这不计其数的珍宝并非珍宝，而是地狱戍卫从受害者尸体上取下的战利品。

"一切都是墓碑，"他说道，"都是杀戮的纪念碑。"

门卡拉的光之躯体猛然回归肉身，他像往常那样体会到了一闪即逝的慌乱感觉，嗅到了令人反胃的腐坏味道。他眨眨眼驱散面前的朦胧之景，猛吸一口气。

他闻到了滚烫金属、腐蚀性油脂和烧焦塑料的刺鼻味道。

一个妖傀站在他面前。

那妖傀的双拳上迸发出灵能烈焰，组成两柄碧蓝的灼热剑刃。

第一记斩击劈开了门卡拉的盔甲；第二记致命杀招向他的脖颈横扫而来。

一柄银钢长剑伴着光子能量的低沉嗡鸣将其拦住。爆矢手枪的咆哮震耳欲聋，妖傀的头颅应声炸裂。

"你们这伙人不是能预见未来吗？"卢修斯厉声说。

"你意图从我们手中夺走铁眼。"特米鲁查说。

"是的。"阿泽克·阿里曼承认，他能感觉到喉头那把灵能剑刃的灼人热度。

"为什么？"

"我奉猩红君王之命行事。"

特米鲁查在阿泽克·阿里曼身边绕行，那剑刃形状的紫色火焰从她的五指之间延伸出来，噼啪作响。面对这样的武器，阿泽克·阿里曼的盔甲毫无防护作用。他能察觉到特米鲁查心中的激烈挣扎，对方急欲了结他的性命，同时又困惑于自己为何迟迟不能动手。

"我说过让你们离开，"她说道，"我给了你们一个活着离开的机会。"

"我们脚下那些展品的原本主人是否也得到了同样的机会呢？"阿泽克·阿里曼问，"我的同僚们或许尚未看清真相，但我能认出那些都是亡者遗物。"

"他们都和你一样，"特米鲁查回答，她幻化出灵能火刃的那条臂膀微微颤抖，急于将武器刺入阿泽克·阿里曼的喉咙，"知晓未来总是不够——他们还要改变未来。他们和你一样，图谋窃取不属于自己的知识，只为满足一己私欲。"

阿泽克·阿里曼辨别出了其中的欺瞒，问道："那么为何要警告我？并非为我着想，对不对？"

"我给了你一个机会来改变你的命运。"特米鲁查说道，那颗色彩斑斓的眼珠里翻滚着绝望的灵能光辉。阿泽克·阿里曼抬起头望着那个高高悬挂的粗蛮铁棺，他能体会到从中渗透出来的力量。用于禁锢铁眼的防护结界显然并没有特米鲁查期望的那般牢固。

"你想要改变的并不是我的命运，"阿泽克·阿里曼说道，方才将他盔甲锁死的那股力量已经土崩瓦解，"而是你自己的。"

同样挣脱束缚的特米鲁查高呼一声，直刺阿泽克·阿里曼的心脏。阿泽克·阿里曼由上而下挥动手杖，抵挡住对方的攻势。以太能量轰然爆发。他旋转杖身，探出手掌。特米鲁查的炽热火刃顿时像风中残烛般轻易熄灭。

她乘着无声无息的狂风飞身扑来，从头到脚包裹着一团光芒闪烁的以太能量。阿泽克·阿里曼近旁的空气伴着一声尖啸化作熊熊烈焰。他眨眨眼，生发出一层笼罩全身的凛冽寒风。怒涛般的高温蒸汽顿时从阿泽克·阿里曼周围升腾四散。

特米鲁查径直扑进这团滚烫的灼人云雾，她皮肉剥落时的凄厉惨叫让人怜悯。她摔落在地，运用对心境的掌握来压制痛楚。她的焦黑长袍血迹斑斑，剥离皮肤的肌肉渗着鲜血。特米鲁查从指尖释放出一道道电弧，刻心钻骨的剧痛已经让她难以施展更为精妙的力量。

阿泽克·阿里曼用法杖将灵能闪电化作晶莹碎片，随即用反弹回去的力量鞭笞对手。特米鲁查挣扎扭动，她的心灵防护已经全线崩溃。对于阿泽克·阿里曼这样技艺超凡且冷酷无情的宗师而言，如此无助的猎物大可轻易诛其心智。

他营造万千幻象施以连番轰炸，用普罗斯佩罗覆灭时的种种恐怖景象填充对方的脑海。他昔日目睹的那些真切梦魇，他至今经历的无数失落伤痛——阿泽克·阿里曼将这些尽数凝聚成一支不知怜悯的长枪，狠狠捅进对方心头。

特米鲁查厉声尖叫，肉体痛楚与心灵惊惧融汇成一份超乎想象的炼狱折磨。唯一的出路就是彻底疯狂，她支离破碎的损毁心智急忙遁入这道黑暗深渊，以免继续面对那个悲剧里的种种惨象。

无异于一副空空皮囊的特米鲁查瘫倒下去。她的自主性脑功能陷入紊乱，她的胸膛以不自然的频率剧烈起伏。那双奇异的眼眸被横行肆虐的灵能烈焰化作两个熔融火坑。

阿泽克·阿里曼俯视那具抽搐残躯，冷眼旁观着对方的深重苦痛。让特米鲁查身心俱毁的这一切全都是阿泽克·阿里曼体验过的。然而军团心智与军团血肉能够忍受的悲伤和痛苦是凡俗之躯不可承受的。

"你们被骗了，"阿泽克·阿里曼说道，即便特米鲁查已经近乎毫无知觉，"铁眼从来都不是你们的囚徒。"

"它也不是你们的战利品……"

特米鲁查的面容变得僵硬，她尚未分享的智慧箴言也随之消逝。阿泽克·阿里曼抬头凝视那口铁棺。它的力量如今全部内敛，如同一条满足了可怕贪欲的毒蛇盘踞于钢铁牢笼之中。

"我说得没错，对不对？你从来都不是他们的囚徒。"

"当然不是。"

"你拦住了她的剑刃。你打破了她对我的压制。"

"是的。"

"为什么？"

"她意图取你性命，但你我尚有一笔交易要完成。"

阿泽克·阿里曼迈步走向铁棺。它也伴着锁链的尖鸣缓缓靠近。那些焊接缝隙纷纷崩裂，以太源质从中渗透出来，淌入下方的竖井。

"什么交易？"

"以弗格瑞姆之名，曼荼罗是什么玩意？"卢修斯喊道，他啐了口鲜血，从一座展柜的破碎玻璃和断裂木料之间站起身来。瓦解四散的皮革与纸张在他身边胡乱飞扬。

门卡拉半躺在卢修斯身旁，与胸膛的那道惨重伤口相比，面前这些缓缓飘洒的碎纸似乎让他更为沮丧。方才用灵能冲击打飞了卢修斯的妖傀则只剩下一摊熔融金属与烧焦塑料。

托贝克巅峰之力以一种无比直接的粗暴方式体现出来。

"曼荼罗是一种用于揭示宇宙本质的仪式符号。"萨纳克特解释道，他用武器抵挡住一柄由空气分子震颤形成的镰刀锋刃，"其形而上的象征性意义可以帮助奥艺运用者凝聚心神，借此建立用于展开战斗的神圣阵势。"

"你是说杀戮阵形吗？"卢修斯问。

"简单而言，是的。"

"你们这些满口典故的千子。"卢修斯说着扭转身躯，甩出手中的可憎长鞭，伴随震耳脆响劈下了一颗戴着陶瓷面具的妖傀头颅。那剑客随即单膝跪地，用兵刃扫向敌人下盘。亮银长剑命中另一个妖傀，切断了由陶瓷和钢铁组成的纤细腿足。妖傀重重摔倒，一股焦黑的以太火焰尖啸着从那棱角分明的头颅中喷发出来。

大批妖傀将千子重重包围，仿佛是涌向最后一道盾墙的绿皮狂潮。当门卡拉负伤倒地时，萨纳克特和其余千子便立刻在这位黑鸦大师身边结成了曼荼罗。不消片刻，驻守在乌黑大门之外的众多妖傀就一拥而入，发动攻击。至少有两百名敌人，或许更多。它们各自配备着灵能剑刃、内置枪炮、念动力场与火能力量，种种杀戮手段不一而足，混杂搭配之下更添致命威力。

萨纳克特交手过的敌人尚且数量有限，他目前难以明确这些妖傀身上的唤魔符文与它们的灵能力量之间是否存在关联。他用猎鹰剑弹开一把灵能锋刃的劈砍，猛然挺直身躯。妖傀的烈焰兵器马上以肉眼难及的迅猛速度掉转方向。

他侧身逼近，放任灵能火刀击中自己红白两色的肩甲。萨纳克特扭转身躯扑进妖傀的防线之内，将豺狼剑深深埋进那张空白面孔的中央位置。待他抽出武器抵挡下一个敌人的攻击时，剑锋上还跃动着漆黑的火苗。

双方的交战迅如电闪，远非凡人剑客能及。那些妖傀兼具机械的迅捷和虚空的威能，而千子则拥有超人的反应速度和超凡的灵能戒律。

他们组成曼荼罗的神圣几何阵形，作为手足兄弟并肩奋战，众人心意相通，将各自能力天衣无缝地融汇成一个同进同退的整体。

托贝克扬起一列喷薄火光的护盾，拦截住妖傀手炮的枪林弹雨。陶瓷弹壳在半空化作灼热气体，纵然仍以超音速击中千子，但再也无法对军团战士造成伤害。

　　作为回应，这位火凤学派大师幻化出一枚枚闪耀磷光的灼目飞镖，洞穿众多妖傀的构装护甲，直抵核心。伴着冲天而起的白热烈焰、藏匿其中的亚空间碎片顿时纷纷幻灭。

　　哈索尔·玛特对地狱戎卫发动攻击，他将敌人的血肉急速冻结，交由索贝克施展念动力量砸成碎片，这样的凶猛重击要比任何一名精锐狮卫手中的雷锤都更具威力。阿泽克·阿里曼的实践者全力奋战，脖颈上青筋暴起，仿佛是一条条脉动不已的管道。身受重创的门卡拉也运用黑鸦学派的预见视野，为诸位同僚赋予一份预见之明。

　　他们都将自身能力推到了极限，唯独卢修斯好像颇为享受面前对手的凶狠战技。

　　"作为机器人，它们的动作已经很快了。"剑客说道，他丝毫不了解这些敌人的性质，却又对此抱有一种病态的骄傲。他大笑着抽动长鞭劈开一个天衣无缝的人工头颅。黑焰从中喷射出来，任何具备灵能感官的人都可以听到一声充满了痛苦与解脱意味的刺耳尖嚎。

　　"我告诉过你，它们不是机器人。"萨纳克特回答，他轻扭手腕，滑步躲开刺向自己胯部的一剑，"你没听到阿泽克·阿里曼的话吗？"

　　他向侧面猛踏一步，踩断了来袭妖傀的膝盖。它趔趄跪倒，萨纳克特则挥动双刃剪除对手的脑袋。

　　他后退一步避开四溅的黑火。

　　"被迫摧毁如此工艺精湛的作品真是令人垂泪。"

　　"说你自己就行了。"卢修斯喊道，他踏过一个瘫倒妖傀的残破胸膛，跃入半空，在落地之前斩落了三颗陶瓷头颅。

　　卢修斯轻巧落地，平伸双臂旋转身体，刀疤纵横的面孔上裂开一道鳄鱼般的狞笑。他猛然一抖手腕，长鞭立刻盘卷在乌木握柄上，那武器近似活体的模样令萨纳克特厌恶。

　　"这种浪费精力的戏剧性效果真的有必要吗？"他问道。

　　"反正它们死了，对不对？"卢修斯反驳。

　　"那就节省精力，迎战接下来的一百个吧。"

　　"闲聊够了！"哈索尔·玛特命令道，他横扫双臂，向众多妖傀释放出一股楔形的冰封寒气，"保持住第六层心境。门卡拉，如果你不能作战，就去搜寻地狱戎卫的心灵。倘若干掉他们，或许可以切断妖傀与浩瀚之洋的联结。"

萨纳克特冒险向身后扫了一眼。门卡拉跪坐在一摊血池中央，背靠着破碎展柜的残骸。他双目紧闭，但还是点了点头，萨纳克特能察觉到那位预言者将自身心灵投入浩瀚之洋，去寻找克敌之术。

"看看他！"索贝克厉声说着，大步迈向曼荼罗阵形尖端，像一位上古先知那样将法杖和手甲举在身前，"我们的兄弟快要死了！"

"等等！"托贝克高喊，"你在干什么？"

"了结这一切！"索贝克咆哮道，他双目圆瞪，皮肤紧绷泛红。

"不！曼荼罗会被打破的。仅仅四位大师无法维持它的几何结构！"

索贝克不予理会，当着众人的面厉声吐出一个个饱含力量的奥秘音节，萨纳克特自己从未胆敢研读此等咒文，那字句像生锈的铁钉一样敲进他的脑海。每个充满欺诈性的音节都在毒害现实，众多褴褛鬼影般的鲜活梦魇在阿泽克·阿里曼的实践者周围汇聚成形——生有开裂尖角的邪物，生有破碎獠牙的邪物。

这是惊惧情绪的负面烙印，人们理应放任其藏匿在阴暗角落里。

索贝克高声咆哮着将它们拢入自身躯体，那种恐怖触感所引发的可憎冲击让每一位千子心神俱震。

"以破灭之名，他在干什么？"卢修斯说。

"重组曼荼罗。"哈索尔·玛特没有回应剑客的问题。

"德雷克耶的虚空魔。"萨纳克特说道，他的双眼应声淌出血泪。

就在他愚蠢地说出这道咒语的名号时，一丛闪耀着黑暗光辉的流星便从索贝克的手杖顶端奔窜而出，恍若闻到血腥味的战犬一样厉声呼号。那些流星毫不理会成群结队的陶瓷构装体，像穿林利箭一样径直扑向那些拥有鲜活生命的地狱戎卫。

《厄什编年史》和其他一些富有想象力的古老秘典都描述过某些禁忌的鬼魂仪式能够召唤虚空魔，这些凶狠恶毒的亚空间幽灵善于将受害者的灵魂拆解吞噬。

直至今日，萨纳克特都认为那并无可能。

那些黑暗流星击中了地狱戎卫，他顿时意识到自己的谬误。

在铁眼的守护者地狱戎卫的身躯被彻底摧毁之后,他们的尖叫声还许久不退。那是一种原始的声音,属于被嗜好杀戮的残忍猛兽撕成碎片的可悲猎物。

随着地狱戎卫灭亡,操纵妖傀行动的核心意志已不复存在。它们像一群功能失灵的智控军团机器人那样静止不动。束缚其中的亚空间存在伴着愤怒尖啸被逐回了浩瀚之洋。

索贝克的计策成功了,然而那些虚空魔让他毫无喘息之机,他未能念诵出终止咒令,来不及绘制断绝符文。众多幽灵转过身来扑向千子,渴望继续摧残新鲜的灵魂。

"索贝克!"哈索尔·玛特高喊,"停手。快!"

但索贝克僵立在原地一动不动,他方才鲁莽释放的力量与贸然签订的契约如今反噬自身。麻痹无力的指头松开了手杖,他的嘴巴伴着软骨和肌肉撕裂的脆响大大张开。

"阿玛特拉苏法印!"躺在曼荼罗中央的门卡拉高声说道,剧烈的呼喊动作让他的嘴巴和伤口喷洒出更多鲜血,"立刻营造法印,所有人!"

萨纳克特努力回想阿玛特拉苏的防护结界所需的繁杂符记与施法动作,然而那些胡言乱语的呼啸幽灵在他的脑海里填满了尖锐痛楚。

他能在自己的心灵中感受到门卡拉的存在与指引,正如那位老兵在数十年来劝导的一代代军团战士。门卡拉的奥艺习自圣殿首座阿玛特拉苏,此人则曾经追随魔导师法涅克本人——而他的导师便是赤红的马格努斯。

但这依旧不足以御敌。

那些虚空魔扑向曼荼罗,伴着呼号狂笑将其一举打破。这凶猛的冲击把萨纳克特拍倒在地,充斥着污血腥气的恶臭阴风彻底堵塞了他的头盔滤栅。

曼荼罗不复存在,众人各自为战。

虚空魔在眨眼间便抹除了地狱戎卫,然而它们此刻面对的是军团战士。

索贝克孤立无援,被禁锢在盔甲里纹丝不动,恍若一尊了无生机的雕像。那些虚空魔对他视而不见,似乎知道无法从他身上获得杀戮的乐趣。哈索尔·玛特守护在门卡拉身旁,用一团飞旋日冕般的生化灵能暂时抵挡住众多幽灵。冲天而起的夺目火柱将托贝克完全笼罩起来,他现在已经毫无顾忌,肆意地施展自身力量。由于血肉异变的威胁如影随形,猩红君王常常警告大家切不可如此鲁莽妄为。

但此刻还有什么选择呢？

絮絮低语的朦胧鬼影像癫狂嗜血的鲨群一样将萨纳克特重重包围，阿玛特拉苏法印被他完全抛诸脑后。

漆黑如夜的利爪与冻寒彻骨的幽影汇作一股湍流扑面而来，其迅捷速度是萨纳克特前所未见的。敌人的每一次触摸都是刺入心头的冰刃尖刀，让他愈发迟缓，愈发脆弱。他突然发现卢修斯就在自己背后，两人的剑客天性让他们协力作战。

他们组成了自己的杀戮阵形，被迫建立起相互信任，即便他们绝不真正信任彼此。

他们别无选择。

"你要满足心愿了。"萨纳克特说。

"什么心愿？"

"找到一个能杀掉你的对手。"

卢修斯大笑着举剑刺向虚空魔。

"就这些玩意？"他说道，"不，我可不会死在它们手下。"

萨纳克特在这位剑客的灵气中读到了确信无疑的张扬气焰，不禁猜想对方何以认定如此。

日后，很久之后，萨纳克特猜想卢修斯当时是否已经知道了等待着他的那份永恒诅咒。

倘若如此，他又是否愿意加以改变呢？

他们谁也不会葬身于此。

萨纳克特与卢修斯此刻展现出的超凡战技堪称无敌，自从特洛伊城墙脚下的那场英雄对决之后世所未见，倘若善变的命运让这两个军团保持忠诚的话，此等英勇事迹必将在帝国青史留名。

哈索尔·玛特已经体力不支跪倒，门卡拉则逐渐滑入死亡的怀抱，唯独托贝克能够与虚空魔对抗。一根根火柱带着毁灭的狂喜逐退了幽魂的黑暗，长矛般的灼热光辉将虚空魔步步逼退。

但这依旧不足以御敌。

哈索尔·玛特终于力竭，被淹没在纷飞鸦群般的无数阴影里。托贝克的呼啸烈火也戛然而止，被虚空魔的刺骨寒气熄灭。雨点般的幽魂利爪洞穿了萨纳克特的防线，深深埋进他的胸膛，让他的心脏近乎冻结。他瘫软倒地，仿佛坠入了一池深不见底的冰川融水。

他们谁也不会葬身于此。

这要归功于阿泽克·阿里曼。

阿泽克·阿里曼唇边的猩红痕迹尚未干涸，被迫妥协让那鲜血的味道饱含苦楚，承诺让那感觉变得更糟。在他立下誓言的刹那间，整座先知洞穴便消失地无影无踪，仿佛从未存在过。

从实际角度来看，确实如此。

阿泽克·阿里曼体会到一阵迅猛的坠落。

他依稀瞥见了遍地散落的破碎展柜，以及被成群幽影重重包围的军团同僚。

他们各自为战，无以为继，行将覆灭。

地板扑面而来，纵然阿泽克·阿里曼明白他并没有真正坠落。他能察觉到铁眼的存在，那就像一份拖着溺亡者堕入末日的千斤重担。

他们落地时的凶猛力量造成了一个撞击坑。阿泽克·阿里曼俯身跪地，挥动掌中的乌黑手杖，用一道灵能冲击波将那些黑暗幽魂像风中枯叶一样逐退。

开山辟地般的强悍冲击让他们脚下的平台四分五裂，碎片飞入半空。巨型残骸如同磨砂玻璃一样轻易分解，闪烁着星辰光辉的一股股以太能量喷涌而出，形成色彩斑斓的幻变云团。

铁眼停留在撞击坑中央，恍若某个没落帝国亵渎神明的偶像。那自称亚弗戈蒙的事物盘踞在这座令人憎恶的监牢里，静待阿泽克·阿里曼开口。

阿泽克·阿里曼点点头，彻底锁定了双方的契约。

"动手吧。"他说道。

隆隆笑声般的呼号狂风顿时席卷了整座大厅。翻滚沸腾的以太云团尽数汇聚到铁眼身上，仿佛它深深吸了一口气。就在大批虚空魔准备再度发起攻击的时候，地狱戎卫看守的这个恐怖先知将那口气息倾力呼出。

不可直视的夺目光辉汇聚成一个噼啪作响的圆环迅猛扩散，仿佛代表着神圣的惩戒。这光辉令任何阴影都无从逃遁，所有虚空魔在眨眼之间就被全部焚灭，只剩下厉声尖啸的灰烬。

些许残留余烬组成一股股微型尘旋风徘徊不去，妄图在实体宇宙里苟延残喘，但它们很快就会消失了。剑客卢修斯站在逐渐消散的幽影中间，那个面露狞笑的杀手浑身上下散发着一股令人厌憎的自满，仿佛是他凭借一己之力打败了虚空魔。

阿泽克·阿里曼站起身来，胸中的紧张感有所减轻。他紧闭双眼，将自身感知向外扩散，搜寻麾下战士们的生命迹象。

每一个都还在，每一个都还活着。托贝克、哈索尔·玛特、门卡拉、萨纳克特，还有索贝克……

阿泽克·阿里曼骤然睁开眼睛。"血肉异变！"他大喊。

他快步奔向索贝克。汹涌而来的预见视野让他的双眼刺痛不已，视野一片模糊。他的实践者僵立在原地，那套猩红与银白两色的铠甲依旧辉煌，正如昔日矗立在提兹卡金字塔上的华美雕像。

一个刺眼的以太幽影时隐时现地覆盖在现实场景上，那是索贝克命运的未来回响。它展示着一个陷入丑恶异变的狂乱身影。朦胧不清的战甲像蛋壳般碎裂，挣脱了束缚的肉体变异和恶性癌变肆意爆发。

"哈索尔·玛特！"他喊道，"快来！"

阿泽克·阿里曼用感知加以刺探，体会到了充斥着索贝克那份的可怕野心。帝皇的奇迹成果一朝分崩离析，一柄高悬于每个千子战士头顶的利剑已经落下。

"救，我。"索贝克紧咬牙关挤出两个字，他的面孔极端惊惧。阿泽克·阿里曼此前只有一次在军团兄弟脸上目睹过如此赤裸裸的恐慌。自身躯体异变，意图抛弃完美形态，换上一副恐怖的崭新嘴脸，这种可怕感受无可比拟。

"怎么回事？"他向哈索尔·玛特质问道，对方刚刚从他身边挤过，将一只手掌按在索贝克的头颅上，"这是谁干的？"

"这蠢货自己干的。"哈索尔·玛特说。亮羽学派大师眼中亮起一点微光，试图压制住不断聚集的万千异变。

"他救了我们。"萨纳克特说着来到阿泽克·阿里曼身后。

"解释清楚。"

"德雷克耶的虚空魔，"萨纳克特说，"索贝克召唤它们杀死了地狱戎卫。"

"之后它们就反噬其主。"哈索尔·玛特低哼一声，他吐出的冷冽气息仿佛是冰川寒雾。

阿泽克·阿里曼摇摇头，问道："阿玛特拉苏法印呢？"

"没来得及，谁也不知道他要那样做。"萨纳克特回答。

"他自己打破了曼荼罗。"哈索尔·玛特补充道。

哈索尔·玛特的力量在索贝克体内扩散开来，将其全身血肉急速冷冻，他的眼珠蒙上薄薄一层冰霜，皮肤也失去了色泽。

"这样就能阻止吗？"萨纳克特问道。

哈索尔·玛特从牢牢冻结的索贝克身上垂下了他的覆满冰晶的手掌。他的眼珠变得极为幽蓝，寒霜纵横。

"不能，"他说，"这仅是缓兵之计。这无法阻止血肉异变的势头，只能将其拖延。"

"或许足以让我们的兄弟安然返回巫师星球。"阿泽克·阿里曼说。

"或许不够，"哈索尔·玛特转向阿泽克·阿里曼，"无论你有何智谋，无论你展开了多少研究，探讨了多少理论，你还是无望终结这份诅咒。"

诅咒……

没有人愿意公开谈论这个秘密，以防不慎唤醒那股蛰伏于自身血肉中的叛逆潜能。这正如潜藏在其余军团体内的种种可怕缺陷，种种谁也不敢承认的缺陷。

在那片九阳照耀的大地上，一座座残破锈蚀的金字塔废墟里萦绕着无数鬼影，它们的絮絮低语里时常会提及此事，然而只有疯狂野兽才会聆听幽魂的耳语。

"我可以拯救你，"阿泽克·阿里曼向索贝克承诺道，"我定会拯救你。"

卢修斯绕到索贝克身后仔细观察，哈索尔·玛特的作法让他分外着迷。这种兴趣盎然的肆意窥探让阿泽克·阿里曼十分厌恶。

"怎么拯救？"

阿泽克·阿里曼转过身去。门卡拉的问题再简单不过了，然而阿泽克·阿里曼却无法提供一个简单的答案。那位预言者遭受了重创，若非将一条臂膀搭在托贝克肩甲，他恐怕都无力站起身来。

"你知道要怎么办？"阿泽克·阿里曼说。

门卡拉摇摇头，说："不，猩红君王禁止那样。"

"所以我该放任他去死吗？"阿泽克·阿里曼逐一凝视诸位兄弟，"如果这件事发生在你身上呢，萨纳克特？或者你，哈索尔·玛特？我该放任你们所有人去死吗？我该放任你们任何一个人去死吗？你呢，门卡拉？你的灵气暗淡无光，命垂一线。想象一下，倘若我是个药剂师，但猩红君王禁止我救助你。"

"这不是一回事，"门卡拉说，"你在冒险——"

"这就是一回事，"阿泽克·阿里曼厉声说，"我有办法拯救你们的性命，然而误入歧途的信念与毫无道理的苛责却把你们推向无比痛苦的死亡境地。你忘记弗西斯·塔卡了吗？你已经忘了吗？你还记得他变成了什么样的怪物吗？还有赫嘉扎？卡菲德？哈斯塔？"

"我都记得，"门卡拉含着满口鲜血说，"我也记得阿斯腾努。我记得他被你的自负所累，葬送于焚身烈火。"

"是的，他死了，"阿泽克·阿里曼说道，"但我至少尽力了。倘若血肉异变落在你头上，难道你宁愿一死也不要让我尽力施救吗？"

"当血肉异变落在我头上的时候，你必须杀掉我，就像鲁斯杀掉哈斯塔那样——迅猛无情。"

门卡拉的话语中暗藏深意——向来如此——这位兄弟的预见视野是否已经瞥见了自己的最终命运？他的未来是否生不如死？

"够了，"哈索尔·玛特说，"我不可能永远冻结索贝克的躯体。我们必须把他运上沃土号，尽快返回家园。"

阿泽克·阿里曼扭过身来，瞪着哈索尔·玛特。

"九阳世界不是我们的家园。"

第三章

莫可名状
兄弟
亚弗戈蒙

这颗星球格外顽固。

至今为止,它拒绝被冠以任何名号。有些人称其为九阳世界,然而穿梭于头顶的那些光辉星辰却反复无常地肆意增减数目,仿佛是刻意否认那个称呼。另一些人从早已消逝的语言中寻找灵感,但所有名字都迅速遭到遗忘。

还有一些人借助神话传说中的古老神祇来反映这个世界的善变,正如昔日观星学者所为。然而他们一旦选定某个名称,与之对应的天文现象就会迅速改变,让刚刚做出的选择彻底失去意义。

最终只剩下一种可行方案。

它的直白被卢修斯大加嘲弄,虽然他也不得不承认,这个名称颇为贴切——巫师星球。

一座由青铜齿轮组成的宏伟金字塔飘浮于色泽斑斓的风暴云团之间。这是一座在七彩云海上航行的镀金教堂,前所未有,也绝无仅有。

金字塔各个表面的无数齿轮滚滚转动,以太电光四处游走蔓延,它身后留下的灵能涡旋让众多朦胧鬼影般的亚空间邪魔大快朵颐。

遥远星辰的倒影,将成千上万只生有剃刀双翼的生物吸引到金字塔周围。它们恍若珠光宝气的蝠鳐,成群结队地从金字塔旁边疾速掠过,伴着摄人心魄的悠扬歌声,沐浴在光辉能量里。

阿蒙站在一座向外凸出的露台上观察着,他在那些生物的螺旋形运动轨迹里辨别出某些奥秘与含义。一股股具有智能的轻风公然闯入了他的炼金工坊,呼啸着窥探各个秘密角落。那些轻风裹着一股酸楚味道,正如凶猛风暴的前奏与落幕。

"这个世界的一切都自相矛盾,"阿蒙凝望着云团说道,"它的灵魂尚未定型。"

天空并未作答，而阿蒙身后的灰色傀儡则开始垂泪哭泣，因为那些满怀恶意的轻风穿过它们的血肉，在须臾之间解锁了封存已久的零碎记忆。

"它在一呼一吸之间重获新生，"阿蒙说着翻转双手，露出了血色的掌心，让一个轻声叹息的灵魂如轻烟般汇入亚空间，"或许那恰恰是问题所在。"

又一次占卜失败了。

又一扇通向未来的窗户破碎了。

每一台星象钟、每一份灌注以太的迷魂药、每一块染疫的肝脏、每一颗烧焦的人心、每一枚柔弱暴露的眼球，全都毫无意义。黑鸦学派如今彻底盲目——他们的力量陷入了有史以来的最低谷，而那简单粗暴的火凤学派却沐浴着原体的光辉。

阿蒙精心绘制的星图甚至不如一张废纸，天象的运动模式向他抛来一道道无法解读的谜题。

他付出惨重代价才从恶魔横行的提兹卡废土取回了一批沙粒，以此打造出品质最为上乘的占卜棱镜。然而在他将视线投向泰拉的瞬间，棱镜便轰然碎裂，险些炸瞎了他的一只眼睛。某些低等学者或许会将这个现象视为吉兆，但阿蒙所求唯有真相而已。

他的一切努力都徒劳无功。万千星辰被一股源自东方的辉耀遮掩，那是某个寄居在凡俗躯体里的新生神祇。至少火焰中的幻景宣称如此，而就连白痴也明白火焰不可轻信。

阿蒙将思维升入第三层心境，寻找一份他明知不能企及的清晰神智。现在不能，在这里不能。

他自己不能。

他苦苦寻求军团存续的答案。他的父亲在顷刻间就能给出答案，却始终刻意保持沉默。这种默然无为的态度让阿泽克·阿里曼颇为不满，但就算经历了普罗斯佩罗之事，阿蒙依旧笃信马格努斯的判断力要胜于任何人。

即便是阿泽克·阿里曼。

尤其是阿泽克·阿里曼。

马格努斯谈论过首席智库在现实范畴之外所达成的胜果。阿蒙并不期待阿泽克·阿里曼的即日回归，他不必进行占卜也看得出来，他们两人早已分道扬镳，双方差异巨大的路线必将引向一场血战。

一群光芒闪烁的蝠鳐状生物从露台头顶掠过，它们的歌声挑逗着阿蒙的感官，仿佛他只要学会聆听其中深意，便可知晓种种超凡或可怕的秘密。

在原体侍从的浮空金字塔下方，这颗星球的破碎大地一直延伸到无垠的天际。据他所知其中风景各异，绝无重复之处。阿蒙精心打造的占卜神器让他目睹过波涛起伏的钻石海洋，一道道晶莹浪潮拍打在僵死神祇所构成的辽阔岛屿上，扬起流光溢彩的飞沫。繁复扭曲的迷宫以令人头晕目眩之势径直通入星球核心，由尖叫面孔组成的奔涌瀑布则朝天空倾泻。

他心念稍动，让金字塔逐渐下降，冲破云层，真正展露出马格努斯呈现给大家的疯狂世界。

这里的天空充满了色彩斑驳的以太风暴与逆向游走的暴烈闪电，整个星球深陷于永不停歇的莫测幻变之中。在此处，一呼一吸皆充满潜能，蕴藏力量。漆黑山脉、钢铁荒漠、金属河流，还有絮絮低语的丛林，那里的一片片树荫都自顾自地向岩石讲述着古老神祇的传说。

长笛般的高塔在这片大地上星罗棋布，或是以金银打造，或是由水晶与岩石垒成，或是用钢铁和玻璃所建，每一座参天尖塔皆是灵能伟力与卓绝意志的造物。它们从来不会逗留在一个固定位置，也从来不会维持一副固定形象。

其中一些在直刺云霄的同时也深深扎根于星球岩层，另一些则轻巧地悬浮在波浪般的光芒上，还有很多匪夷所思的怪异造型，注定只能存在于这个彻底藐视自然法则的世界。

这便是他军团兄弟们的巫术高塔，是昔日高傲的第十五军团遭到狼王突袭之后的仅存硕果。

不，并非仅此而已……

提兹卡的些许残骸在灰暗云团下方闪烁着微光，那周围的荒凉废土属于所有逃过了亮羽狂徒净化烈焰的异变怪物。五大学派的金字塔如今只剩下一副副由腐坏钢铁与破碎玻璃组成的锈蚀枯骨。凶恶的叉状闪电在那些被掏空的建筑废墟里狂乱舞动，洒落于残垣断壁之间的百万块明镜碎片映射出灼目光辉。

一股似曾相识的怒火在阿蒙心头点燃。

"你会为你的所作所为付出代价。"他说道，与此同时，这个星球上少有的一个恒定事物映入眼帘。

那是一座没有任何窗棂的黑曜石高塔，其宏伟程度冠绝银河。它凶恶而肃穆的形象与幻变天空形成了鲜明对比，亚空间滚滚波涛的无形光辉不断舔舐着高塔的表面。

独眼高塔，赤红的马格努斯的巢穴。

"图书馆"一词恐怕难以恰当描述帕加马陈列厅。

被微光照亮的高墙宽广无际、绵延不绝，早已超出几何学法则的容忍限度。金银两色的书架上挤满了厚重秘典、剔透晶片、雕版印刷品、覆满铭文的骨骼，以及用皮索捆缚的卷轴。

照耀这颗星球的九阳光辉像水银般倾洒在光洁锃亮的长廊里，让手持黄铜卷轴与七彩羽毛笔的女神雕像熠熠闪烁，更具英姿。

倘若凡人向往的天堂确实存在，那么在这里想必就是图书馆了。两位或许确有能力让天堂化作现实的光辉巨人，在这鎏金厅堂里缓步前行。

他们像巧遇的老友般轻松交谈，然而这次会面绝非偶然。这两个披覆电光的伟岸存在并不是血肉之躯。他们的身体是流光薄雾，是熊熊烈火。纯粹的意志与共同的愿望让他们的魂魄凝聚成形。

赤红的马格努斯早已在普罗斯佩罗抛弃了自己的凡俗之躯，如今堪称一位自创神格的神明。在一件凭空想象而成的淡蓝长袍之下，他依旧维持着昔日的红润肤色、猩红长发与独眼容貌。

然而从其他任何角度来看，他都已重获新生。

战士马格努斯不复存在，仅剩学者之身。

与此相比，洛加·奥瑞利安则具备一副征战王者的面貌，他的猩红铠甲覆满了黄金铭文，在九阳光辉下闪耀夺目。握在他手中的那支长柄钉头锤渴望再次品尝兄弟的鲜血。他的全身披挂饱含杀伐之气，然而目睹这座巨型知识宝库之后，在他眼睛里亮起的欢欣也并无做作。

"难以想象你挽救了这么多……"他说道。

"就这些？"马格努斯悲凉地说，若是不加克制，他心中的深重悔恨足以将他吞噬，"帕加马陈列厅里存放了大约六千万本根据回忆重建的书籍，但这尚且不及提兹卡城中一座图书馆的分毫。毁于野狼手中的智慧是多年积累而成，何止千百倍于此。"

"但你还有其他的？我是说，其他的图书馆？"

"希望会的。"

"你希望会有？"

"我已经深入了解这个世界，但我尚未参透它所有秘密。"马格努斯说。

兄弟的话语让洛加突然停下脚步，他惊愕地说道："我好像从来没有听你这样说过。"

"说过什么？"

"说你有所不知。"

马格努斯悲哀地一笑，继续前行，说道："时代变了，兄弟。我变了。"

洛加紧随其后，马格努斯能察觉到兄弟的谨慎刺探。怀言者原体也变了，只不过马格努斯怀疑对方并不真正明白这种变化的程度。昔日在信仰之律号上与马格努斯交谈的那个自诩正义的狂信之徒并未彻底远去，但他如今已经接受了失败的淬炼与胜利的洗礼。

他的兄弟从金色书架上取下一本古籍。

"《琥衣之王》，我不认得这本书。"

"小心了，兄弟。"马格努斯说，"那是一部受诅咒的剧中剧。传说只要读上一行就会陷入疯狂。"

"果真如此吗？"

"谁知道呢？我从来没有去读过。"

"那么为何要保留它？"洛加问道。

"因为我有这个能力，也有这个责任。"马格努斯用循循善诱的师长语气回答，"环环相扣的知识组成了一个连续体，而我的责任就在于确保它连续不断，以此造福后世。"

"这是一份宏愿，但何必费力保存一本不可阅读的书籍呢？"洛加将书本放回原位。

马格努斯惋惜地叹了口气，说："恐怕神盟教派已经剥夺了你的求知乐趣。祭司向来惧怕书籍，这是一种需要严加管控的事物，需要从民众手中夺走的事物。这是一种充满了激进思想与无穷可能的危险事物。但我抱有不同的看法。在我眼中，书籍是知识的宝库，无论如何都值得仔细品味。拥有书籍本身就是一份奖赏，而一个优秀的故事则能将蕴藏其中的可贵之处传递给读者。"

"你向来好为人师。"洛加说道。但马格努斯看得出来，自己方才传授的真理，兄弟对其充耳不闻。

他从洛加面前转过身去，继续在陈列厅里穿行，用闪耀柔光的指尖轻轻触碰自己所过之处的一条条书脊，短暂品味那些书本的内容。加拉布罗斯的绝妙诗句、星际信使所描述的天庭机制、奥比昂伟大剧作家的传世经典、逝去国度的久远历史、诸多帝王的家族谱系，这些灌注身心的知识抚平了他的神情。他驻足于某位悲剧大师的作品前方，面容肃穆地让剧中那个狠毒女王的独白在自己脑海里回荡。马格努斯低声念诵着台词，这字字句句他都熟稔于心，同时却又像是自己刚刚一气呵成的创作。

"我策划阴谋，布设陷阱，
用预言、诽谤和梦呓，
让吾兄与吾皇反目成仇，
陷入一场生死决斗……"

"那是什么？"洛加问道。

"一段摘录，是我多年前看过的一出戏剧。"

"你有些疑惑。"

"不，"马格努斯垂下手臂，"我确实记得舞台就搭在弗泰普金字塔脚下。当时天色渐晚，仅仅一盏灯笼照亮了舞台。柯拉琳·阿森尼卡扮演了那位狠毒女王，她的表演超凡脱俗。"

这是一份美好的记忆，让他回想起美好的往昔。

那么这又为何感觉像是道听途说，而非亲身经历呢？

"很可惜她被指派给了凤凰的舰队，"洛加嘀咕道，"他的战士如今对凡人不太友好。"

"你的战士难道不是一样吗？"马格努斯甩掉那种怪异感觉，犀利地提出反问。

"你确实变了。"洛加微笑着转换话题，"你的表象一直千变万化，是你自己与旁人的感官共同创造的，但现在你显得有些不完整。"

马格努斯点点头。人们常常会忽视一点，那就是在洛加的热忱狂信与长篇大论之下，还隐藏着一道明察秋毫的锐利目光。但马格努斯并不愿意踯躅于自己的一时失神。

"普罗斯佩罗的末日剥夺了我的兴致,我不愿继续重塑自我了。"他如此解释道。

"某些人会说这是有悖天理的。"

"何以至此?"

"你违背了自己的天性。在一个充满无限可能的世界上,你却执意采用单单一副面相,刻意违背你自身本质的存在真理。"

"又要布道了吗,兄弟?"

"不。我只是说出你自己早已知道的事实。"

洛加停下脚步,再次提出那段他每每造访黑曜石高塔都会作的乏味陈诉。

"诸神可以帮助你,"他说道,"原初湮灭者无所不能,它的胜利脚步不可阻挡。对此你想必是最清楚的吧?我探知真理的深度无人能及。我目睹了整个宇宙的真相,几乎为此送掉性命。我知道你也看到了,兄弟,万千机遇唾手可得,你又为何要踯躅于这个世界呢?你我二人,我们是未诞君王的使者,我们是即将超脱的神明。"

马格努斯继续前行。他早已多次听过同样的论调,以及形形色色的修改版本,然而他自始至终的坚决抵制似乎反而推动了那位狂信之徒愈发加大劝诱的力度。他突然停下脚步,意识到洛加并未跟上。马格努斯转过头去,看到兄弟站在一束银色光辉里,虚伪星辰将那套猩红铠甲照耀得血光闪烁。洛加紧握启明举在面前,那柄由费鲁斯·曼努斯打造的钉头锤包裹着暴烈能量。

"荷鲁斯已经重生!"洛加说道,他仿佛站在一座教堂讲坛上,"他踏入诸神的领域荣获擢升。他已经超凡脱俗,你也有同样的机会。我能看到你灵魂中的裂痕,我知道其中渗透着什么。荷鲁斯让你身受重创,兄弟。也许旁人对此一无所知,但我能看到其中真相。"

马格努斯走到洛加面前,他的独眼里流转着以太光焰。

"我让你看到什么,你才能看到什么。"马格努斯用灼灼目光将洛加钉在原地,"是的,我感觉到了荷鲁斯的重生。这个世界歌颂他的崭新力量,他从不朽界域中安然返回令诸天狂喜。但我们谁都不会知道他为这份力量付出了怎样的代价,又轻率地签订了何等可怕的契约。"

马格努斯再次背对洛加,向一道刚刚具现的水晶拱门走去,不计其数的光辉书架从中显现。他的兄弟扛着武器跟在后面，从拱门下方穿过。

马格努斯听到了洛加的震慑屏息，这宏伟空间的惊人尺度一时间让他的感官难以认知——这座无比辽阔的厅堂简直不可能是室内空间。最远处的墙壁遥不可及，弧度平缓的拱顶是一幅描绘着银河的璀璨星图。

洛加跪倒在地，将手掌按在明镜般的地板上，仿佛丝毫不敢松懈。马格努斯拍了拍洛加的后背，而当他抬起手时，却有一条由夺目银光组成的蜿蜒绳索延伸出来，如同一根闪耀的纺线。

"你能看到什么？"马格努斯问道，他从洛加的形体里继续抽离着银丝。

"众多星辰……"这座广袤天穹的无垠深度让他喘不上气来，"我感觉仿佛一旦松手就会陨落。"

"我或许会让你陨落的，"马格努斯突然拽紧了那条银索，"但我尚未打定主意。"

洛加高呼一声。马格努斯明白自己从对方身上抽离的究竟是什么，感觉很畅快。洛加正在奋力挣脱，企图让灵魂回归那无限遥远的躯体，但马格努斯不以为然地抬起包裹银丝的拳头。

"不，兄弟，你休想逃离我的领域，除非你听一听，仔细听一听我要说的话。"

"兄弟，你在干什么？"洛加低语道，他的目光依旧锁定在那无限延展的天穹上。

马格努斯在洛加身边绕行，从兄弟的灵体里抽出更多银丝，并运用这闪亮材料在对方周围绘制出一道银光缚环。如今他不再循循善诱，而成了训斥逆徒的师傅。

"你显得有些苍白，洛加。金身不再啊。"

"马格努斯，你在犯错误。"

"不，兄弟，犯错误的是你，全都错了。你没头没脑地在亚空间里乱闯了一回，就以为只有你能够了解它的无限深度？你对于宇宙的核心本质管中窥豹，天真地称其为原初湮灭者，仿佛这就足以描述它谋求寰宇的恶毒本质。"

"我作为兄弟、朋友前来见你。"

"你作为荷鲁斯的旗下说客前来见我。"

"的确，这也是其一。难道我错了吗？"洛加厉声说，"帝皇背叛了你，将斩首利斧挥向你的脖子，把你的世界付之一炬。你还有什么理由犹豫不决？你早就可以坐在荷鲁斯左右，成为诸神的亲王。"

马格努斯笑了起来，说："你邀我成为亲王？我本就是一位君王。"

"什么君王？"洛加高喊，"你困居于一个世界，任由自己的身躯流血而亡，任由自己浩如烟海的学识化为尘埃。诸神可以重塑你，让你化身为神。诸神可以抹消你的子嗣所受的诅咒，让你的军团从绝境中获得新生！"

"你根本无权敲定这些交易。所以听好了，兄弟，"马格努斯说，"你的灵魂维系于我一念之间，它和你万里之外的肉体只有一丝半缕的连结。你肆意运用自己不甚了解的力量，就像一个拿到新玩具的孩童。你将自己血迹斑斑的灵魂投入一片充斥着掠食者的海洋，心中可曾对此有所顾忌？把你视作猎物的那些存在，带着无与伦比的狂怒和饥渴，就连血红天使也要为之颤抖。"

马格努斯抬起头来，看到大批染血刀锋般的贪婪幽魂应声浮现。它们将非人本质注入这座陈列厅。那些盲目邪物拥有湿滑闪亮的面孔与挤满獠牙的嘴巴。充斥陈列厅的耀眼光辉逃遁无踪，方才光可鉴人的纯净大理石失却润泽，变成了一片饱经岁月蚀刻的衰败废墟，它属于某个淹没于自身血海的覆灭种族。

洛加眼看着那些贪婪的怪物逐渐逼近，却束手无策，只能聆听兄弟的话语。马格努斯提起那条连结灵魂与肉体的银丝，俯身向兄弟耳语。

"如果我把它斩断，你的灵魂就会被撕成碎片。"

"马格努斯，别，"洛加说，"不要。"

"我会放过你，洛加，但不要再擅闯我的世界。"马格努斯说着抬起头来，将视线投向那些贪婪怪物背后的广袤星海，辨识天相，"我的爱子已经归来，我另有要事，不会再和战帅的使臣浪费时间。"

马格努斯松手放开那条银丝，银光缚环也在心念电闪之间彻底消解。洛加的灵体立刻仓皇逃遁，跨越时空与身躯会合，那些错失珍馔的掠食幽魂心有不甘地纷纷厉声呼号。

"回去找荷鲁斯吧。"马格努斯说，"任他自诩神明，我也不会向他献上信仰。"

一阵风暴中，沃土号返回巫师星球。阿泽克·阿里曼躬身蹲在右舷登机甲板的边缘位置，看着那团凶猛风暴在黑曜石高塔周围的天际燃烧。碧绿火焰将成千上万个蝠鲼模样的闪烁生物化为灰烬，那饱含力量的飘扬尘埃聚成一片流光溢彩，随时可以被重塑为崭新形态。

那就是这个世界永恒的生死循环。

"一个生命的终结就是另一个生命的诞生。"阿泽克·阿里曼说。

马格努斯曾教导他，不必害怕灭亡，那仅仅为另一种事物提供了存在的机会。

对于一个将死的军团而言，这是一份颇为冰冷的慰藉。

一艘雷鹰停泊在阿泽克·阿里曼背后的弹射轨道上，那尖锐机头和弧形机翼让它神似一只猛禽。这艘飞机并非被刻意建造成这副模样，但名称蕴含着力量，就连机械也无法抗拒这颗星球的异变能量。

卢修斯和萨纳克特已经离开了沃土号，他们从登机甲板一跃而出，各自驾驭一只散发歌声的蝠鳐状生物赶往地表。两人径直飞向萨纳克特的烈焰高塔，前去磨炼自身剑技，以备来日的生死决斗。

他们刚刚遁入云层，哈索尔·玛特就走进了甲板。这个世界的力量让他感觉良好，有点太好了。

这让他显得更加高大、更具活力，也更为危险。

十余名机仆跟在亮羽学派大师身后，它们扛起两副配备静滞力场的水晶棺，里面躺着索贝克和门卡拉。

哈索尔·玛特也来到甲板边缘，原体的高塔自然而然地吸引了他的目光。

"你确定要孤身前往吗？"哈索尔·玛特问道。

此话听起来像是对阿泽克·阿里曼饱含关切，但其中有一股赤裸裸的迫切渴望，他急欲面见原体，沐浴那强大光辉。

"我确定。"阿泽克·阿里曼说，"把索贝克和门卡拉送到我的高塔去。确保索贝克维持静滞状态，让潘苏照料门卡拉。"

"还有吗？我是否要……做好准备？"

"不。待我见过猩红君王之后，我们再着手开始。"

哈索尔·玛特点点头，将意识升入第四层心境，舞动手指绘制出索斯梅斯符记。

"你相信你对门卡拉说过的话吗？你真的相信索贝克有救？"

阿泽克·阿里曼在亮羽学派大师的话语中听到了自利的意味，他明白自己怀有同样的动机，并为此深感厌恶。目睹奥尔穆兹德被血肉异变彻底吞噬之后，阿泽克·阿里曼就无比畏惧他所承受的那份诅咒，远甚于死亡。

"我不知道，但我必须一试。"

"即便我们的父亲明令禁止？"

阿泽克·阿里曼脑海中浮现出特米鲁查，他回想起对方在造访铁眼途中做出的警告。忤逆父亲的命令是否就是他走上那条不归路的第一步？

"是的，因为如果我不去做，那么还有谁会去做？"

哈索尔·玛特点点头，他灵气中的宽慰触手可及。

"你要和我一同登陆吗？"阿泽克·阿里曼问。

"不，我自己走。"哈索尔·玛特说道，他的意志延伸出去，操纵住一群被沃土号的虚空闪光吸引过来的蝠鳐状生物。

它们的歌声顿时不复以往，虚无缥缈的骨骼纷纷断裂，色彩缤纷的血肉扭曲变形，恰似一位疯狂雕塑家手中的柔软黏土。数十只生物在眨眼间被裂解成基本物质，仿佛某个恶毒神祇心血来潮，决定让自己的造物改头换面。

哈索尔·玛特的力量将以太云团的纯粹本质与那些飞行生物的身躯融合起来，造出一座由骨肉搭建而成的镶金大轿。这显得奢靡浮华、庸俗荒谬，但恰恰符合亮羽学派的第二天性。

"你还记得我在伯劳星对你们说过什么吗？"阿泽克·阿里曼问道。

"不记得。"

"说谎。"

"我当然记得，"哈索尔·玛特叹了口气，"我们首先是阿斯塔特，其次才是灵能者。"

"忘记这一点很危险。"阿泽克·阿里曼说。

"现如今你还要规劝我们克制自己吗，阿泽克？"哈索尔·玛特说道。

"在这个世界上，在我们经历灾难过后，更应如此。"阿泽克·阿里曼回答，"切莫被这个世界的诱惑蒙蔽双眼。此处确实蕴藏着近乎无限的潜能，但它随时可以产生反噬，就像野狼突然对我们痛下杀手一样。你早已知道任何人都可能遭到这种力量的毒害，变成异变怪物，不得不被消灭。难道你期盼那种命运吗？"

"不，但我相信你能拯救我们所有人，兄弟。"哈索尔·玛特说，他跟在负责运送水晶棺的机仆身后,踏上了那台活体轿子。他又点点头示意那架雷鹰，动身飞往星球地表。

"你固守旧道，阿泽克，"哈索尔·玛特说，"但旧道已经不复存在了。"

旧道已经不复存在了。

哈索尔·玛特以挖苦为乐，阿泽克·阿里曼也早已习惯了那令人厌烦的暴躁脾气，然而方才这句看似平淡的讥讽却深深嵌入他心头。他钻进雷鹰机舱，里面放着来自黄道仪的战利品。

现如今这架战机已经很少满载战斗兄弟了。内部舱壁覆盖着无数用刀尖刻下的字句，这是军团的老传统。坐等投入沙场的战士们会从私人秘典中抄录了成千上万条初级咒文，留在这里。

铁眼被结成网状的绳索竖直固定在机舱中央。在靠近机头的位置，十二名金色皮肤的机仆和三个妖傀纹丝不动地坐在装甲座椅里。那些机仆用空洞目光凝视着对面的舱壁，妖傀则全无视线可言。它们低垂着头颅，面孔上的召唤符记冰冷暗淡。

阿泽克·阿里曼依然不确定自己究竟为何从黄道仪带回了这些构造体。失去了虚空存在的活化力量，它们没有任何用处，只不过是几具装甲躯壳。

阿泽克·阿里曼推动操纵杆，雷鹰顿时跃入太空，随即展开俯冲并朝侧面扭转，从而避开突出的亚空间扇叶与被动扫描阵列。天际线疯狂转动，让他回想起黄道仪上那令人眩晕的场景。

他逐渐远离沃土号，突出奇想地让雷鹰与那艘星舰的飞行矢量保持一致。

沃土号是一艘新星级护卫舰，它的外表装饰着金线与象牙，彰显土星船匠的华美风格。那向后倾斜的背部结构与较为狭窄的中部舰身令，它与众不同。并排两条的弧形舰首像镰刃弯刀般扭向侧面，一台拥有辐射状护盾的光矛武器被夹在中间。

它的外形优雅流畅，独具一格，让大多数军团战舰都难以与之相比。它拥有六间特种图书馆，里面一度盛放着世间罕有的珍贵典籍。那些图书馆如今已经空空如也，全部典籍都成了黑曜石高塔的藏品，智慧尽失的沃土号让阿泽克·阿里曼心中略感哀伤。

阿泽克·阿里曼拉动雷鹰远离了那艘护卫舰，后者继续前往低层大气的泊位，与千子军团显得有些凄凉的残存舰队会合。他将操纵杆稍稍下压，引导雷鹰穿过云层，并将自身感官发散到空中。

谁知道星球地貌在他离开的时候产生了何等变化？

众多巫师高塔之间的边界线变幻不定，这使得造访地表变成了一项十分危险的行动。各个学会向来泾渭分明，而随着马格努斯在自己的高塔里困居不出，领土争端就变得愈发激烈。浩瀚之洋中的烈焰浪潮日渐涌升，火凤学派因此占据了黑曜石高塔近旁的位置，凶悍地看守着自己的新地盘。

阿泽克·阿里曼透过控制杆体会到了雷鹰机魂的拉扯，它急欲全速前进，直刺云霄。这架战机企盼像飞鸟归巢一样，觐见猩红君王，但阿泽克·阿里曼牢牢把握住控制权，星球地表终于进入视野。

天际线被黑曜石高塔占据，而大地与天空则是一幅梦幻景象，令人无法对距离做出准确判断。有时候阿泽克·阿里曼检视航空仪表，之后抬起头来就看到那漆黑尖塔。而有时候它仅仅是朦胧天边的一道黑色裂痕。马格努斯的居所是否允许他接近，要看时机而定。

阿泽克·阿里曼将注意力转向战机下方的动荡大地。这颗星球的深幽裂谷和崎岖荒原住满了居民，至今依旧萦绕于普罗斯佩罗的灵能震荡将众多生命如废料与浮沫般送到了这片怪异海滩。巫师星球不仅住着像阿泽克·阿里曼这种逃离焚灭家园的避难者。

马格努斯的存在像磁石一般吸引着整个银河的流放者——凄惨落魄者、遭到背叛者、走投无路者、迷失之人与受诅咒者。每天都会出现一批来自未知时空的陌生来客。

一群赭色巨人迈着沉重步伐从天边走过，那些胸怀核能心脏的神之机械解锁了灵魂的密码，觉得自己是有生命的。战争号角的隆隆哀号在废土上回荡，众多人形野兽则放声呼应。

一座巨石城塞拱破了星球岩层，仿佛是拉美西姆祭庙的坍塌废墟，拥有厚重皮毛和尖锐獠牙的凶悍怪物便聚居于此。它们披挂着拼凑而成的零乱护甲，用生有利爪的拳头敲打胸膛，表达对神之机械的敬意，同时也以此拙劣效仿那些盘踞在粗鄙城塞上方的那座花岗岩堡垒中无名军团的战士。

没有人知道那些战士的身份或来历。那成百上千名战士从一场恐怖的风暴中凭空出现，在饱受雷电摧残的高原上兴建了一座漆黑堡垒。占卜结果仅表明他们是军团战士，却无法鉴别其残破旌旗与磨损肩甲上的繁复徽记。

阿泽克·阿里曼让雷鹰向右舷扭转，看到阿蒙的高塔从云雾中缓缓浮现。事实上，称其为高塔是不准确的，因为原体的侍从建造了一座庞大的齿轮金字塔，它顶端覆盖着众多水晶扇叶、观察镜片，以及精密时钟。

与阿泽克·阿里曼一样，原体的侍从也隶属黑鸦学派，他对预见视野的衰微感到沮丧，因而埋头尝试种种愈发细致的占卜手段。

"他在浪费时间，你想必知道。"

在离开黄道仪之后的返航途中，铁眼一直保持沉默，但阿泽克·阿里曼担心那沉默也就到此为止了。

"无论阿蒙将心力倾注到什么事情上，都不会是浪费。"阿泽克·阿里曼说。纵然他和阿蒙近来多有不和，他依旧反感这个囚徒先知的嘲弄语气。

"阿蒙？你是说纳胡姆吧？"

"不。"阿泽克·阿里曼说，他已经后悔提及兄弟的名字了。

刺耳的笑声从铁棺里传出。

"地狱侯爵。我知晓他的名号，即便你不知道。"

阿泽克·阿里曼一言不发，阿蒙的浮空金字塔淡出了视野，色彩缤纷的云团逐渐飘散，展露出由火山岩组成的辽阔高原。支离破碎的地表之下有一团沸腾闪耀的橙红色凶光，仿佛是一片不见天日的熔岩海洋。

黑曜石高塔矗立在高原中央，就像一座无比纤细的山峰，兼具凶恶外形与壮丽美感。在高塔表面散发着熔火光辉。阿泽克·阿里曼放松操纵杆，以螺旋形轨迹飞向父亲所在的巅峰位置。高塔暂时并未显现任何入口，于是他继续盘旋，直到盘踞在塔内的可畏心灵容许他觐见。这座高塔有种未经打磨的粗糙感，就像刚刚从河床里取料打造的燧石矛头。

"你知道你为什么带我来见他吗？"

"当然。"

"说说看。"

"为了知识。"阿泽克·阿里曼说。

"那么你认为我拥有什么知识呢？"

"这就要由原体来探明了。"阿泽克·阿里曼说道，"唯一的善是知识，唯一的恶是无知。"

"你当真相信这句话？"

"是的。"

"那么显然你与你的父亲同样盲目,因为并非所有知识都是善。一朝揭示的背叛会引发痛苦。更为有效的折磨手段只能用于行恶。灭绝生命的科技仅仅是谋杀工具。这些事物如何能够称之为善?"

"知识是工具也是力量,"阿泽克·阿里曼说,"是可以用来伤害或治疗的力量。一切的恶都源于那些运用力量满足一己私欲者。"

"你大放厥词,就像个自负的孩童,阿泽克·阿里曼。有些知识绝非良善,而且一旦知晓就无法遗忘。待到我保守的秘密最终揭露时,你要记住这一点。"

"无论你保守着什么秘密,那很快就会属于马格努斯了。他会把你彻底掏空,最后逐回亚空间。"

"正如他一朝事成之后,就会抛弃自己的子嗣。"

阿泽克·阿里曼笑了起来,说:"你至少也要用一点点真相来遮盖谎言啊,恶魔。为了从狼王麾下那些怪物掌中拯救我们,马格努斯险些丧命,你却说他会抛弃我们?"

"险些丧命?你自以为明辨真相,事实上却是懵懂无知。"

"我了解我的父亲。"

"没有哪个儿子真正了解自己的父亲。看看荷鲁斯就知道了。"

"我听够了,"阿泽克·阿里曼说,"你这种生物是谎言的化身,乐于运用诱骗、欺瞒来颠倒是非、操弄人心。银河早该摆脱你。"

"银河永远也休想摆脱我。"

阿泽克·阿里曼又笑了,说:"你还说我自负?"

"你我命运相连。你向我承诺了一个灵魂,我定会取走一个灵魂。"

阿泽克·阿里曼无须费心作答,因为就在此刻他看到一块黑色花岗岩石板从原体高塔的粗糙突起处伸展开来,组成一道扭曲阶梯。他掉转炮艇,关闭推进器,悬浮在最后一级台阶旁。

"我们到了。"他说,"你的一切如今都属于猩红君王。"

第四章

阿蒙·拉殿堂

平局

扰动

黑曜石高塔里唯一恒定的就是它的永恒不定。阿泽克·阿里曼已经多次涉足过父亲的厅堂,却从未目睹过相同的内部景象。他穿过高塔外墙上的一道三角形裂口,感觉整个世界的几何法则骤然扭曲。

眨眼之间他便身在异处。

巫师星球踪影全无。

如今阿泽克·阿里曼站在一座由橙黄色砖石堆砌而成的宽阔殿堂里,这曾经是某种仪典场所。整座建筑早已化作废墟,屋顶和大部分墙壁都毁于战争的摧残和岁月的侵蚀。破裂的方尖碑与饱受阳光炙烤的巨型石灰石立柱矗立在两侧,基座处堆积着大片黄沙。从立柱之间向外望去,无边无际的起伏沙丘一直延伸到天际,属于赤道地区的酷烈阳光从万里无云的碧蓝天空上倾洒下来。

这座建筑的残垣断壁由色泽苍白的巨型石块堆砌而成,已近磨灭的象形文字被刻在表面,讲述着种种帝王功业。众多乌黑雕像立于翡翠和大理石底座上——狼头神祇与头戴精美红冠的中性神王。

"卢克索。"阿泽克·阿里曼说道。他认出了阿蒙·拉殿堂的大多柱厅。

滚滚热浪裹着万千奥秘从雕像间拂过,轻声讲述着大漠深处某座失落城市的过往传奇。沙尘旋风徒劳地抓挠他的盔甲。

他转头确认那些金色机仆还跟在自己身后。它们肩头扛着铁眼的沉重形体,它仿佛是一位即将被安葬的阵亡战士。一丝丝以太能量从它的焊接缝隙里飘散出来,在铁棺表面汇聚成一团闪烁的朦胧云雾。

阿泽克·阿里曼沿着大厅前行。那些沙尘旋风穷追不舍,继续低声夸耀它们所知的重大秘密。他不予理会,那些知识就像愚人的黄金一样毫无价值。

机仆亦步亦趋，那酷烈阳光赋予了它们的金色皮肤一层虚幻光泽。阿泽克·阿里曼摘下头盔，深吸一口燥热空气，有香料、异域熏肉、烤焦面包，以及富有营养的河水等源自肥沃三角洲的气味。

他一路前行，在两旁看到了很多门，其中一些是木料所制，另一些则是与这片废墟所属时代全然不符的闪亮银钢所制。当他经过时，那些门逐一自行开启，传出直刺阿泽克·阿里曼内心的声音——属于赤红的马格努斯的声音。

那些各不相同的原体声音起初用甜言蜜语和虚伪奉承向他施以诱惑，随即便转而采取严苛命令的口吻。多数声音恳求他走进门去，向他承诺种种禁忌奇物和炼金法令，然而正如那些沙尘旋风的秘密一样，此类承诺也是一文不值。还有一些声音对于他的无礼忽视大加斥责，要求他遵从父亲的指示。

另有一些声音轻声悲泣。

阿泽克·阿里曼明白这些并非真的来自马格努斯。这是原体的宏伟本质在高塔里产生的虚幻回响，抑或只是某种善于模仿的以太幽魂。纵然他对这些声音充耳不闻，却难以抵抗诱惑不去窥探门内的景象。

一扇门背后是由众多行将覆灭的星辰组成的呼号旋涡，那个遥不可及的银河已经末日临头，阿泽克·阿里曼能够体会到其中每个灵魂的深重惊惧。另一扇门则展现出某座图书馆的焦黑废墟，它早已被入侵者付之一炬。古老典籍的灰烬从破裂书架上挥洒下来，装订金页和熟制皮革在阿泽克·阿里曼眼前化为尘埃。

还有一扇门里面是某座空无一人的图书馆，无数空白纸张如暴雪般漫天飞舞。伴随着文字的尖叫，书页上的墨水如轻烟般逐渐消散无踪。最后一个房间效仿着弗泰普金字塔里的原体居所，那血迹斑斑的地板上铺满了玻璃碎片，每一块都映着一只凝视的眼眸。

在抵达多柱厅末端之前还有最后一扇大门，它由亚光的精金打造而成，冷钢锁链将其紧紧封闭，上面还覆盖着取自阿巴太尔古代魔法活体抄本的防护符文。

某种癫狂怪物在凶悍地冲撞大门。其中囚禁的究竟是什么，阿泽克·阿里曼毫无头绪。

这一次，他乐于让那份秘密保持未知。

两尊别无二致的黑玉雕像矗立在阿蒙·拉殿堂入口处，是某位拥有鳄鱼头颅的神祇的样子。它们的青铜盔甲上覆有一丝丝碧绿纹路，黑色尘埃从石雕裂隙中倾洒出来。这个情景蕴含的寓意让阿泽克·阿里曼不安地一颤。

他察觉到骤然聚集的力量，顿时抬起手杖，此时一位战士从两尊雕像间现身。

"阿泽克兄弟。"对方说。

"阿蒙。"阿泽克·阿里曼辨认出了那位黑鸦学派同僚灵气中的戒备之光。阿蒙披着猩红战甲，身躯挺得笔直，将一柄覆有扭曲太阳徽记的白银手杖举在面前，仿佛是要拦住阿泽克·阿里曼的去路。

转化为阿斯塔特的身心剧变并未夺走阿蒙的高贵容貌，他拥有挺拔的鼻梁、一双乌黑眼眸和满头铁灰色短发，正是古代皇家执政官的模样。

阿蒙一直是原体的侍从，不过阿泽克·阿里曼昔日的首席智库之职地位更高。时至今日这军阶高低之别究竟是否还具有实际意义，两人尚未真正检验过。

"我为原体带来了一份战利品。"阿蒙并未让开通往阿蒙·拉殿堂的道路，于是阿泽克·阿里曼开口说。

"显然如此。"阿蒙点点头，绕过阿泽克·阿里曼身边，走向铁眼的囚笼。他用银杖敲了敲铁棺，那响亮的回声许久萦绕。

"这是什么？又一具充斥以太能量的尸首，还是更多书籍？"

"是一位先知。"阿泽克·阿里曼说，"你难道不知道吗？"

阿蒙转过身来凝视阿泽克·阿里曼，那双眼睛仿佛属于某种深海巨兽。

"你的眼睛。"阿泽克·阿里曼说。

"我的眼睛？怎么了？"

"向来如此深暗吗？我记不清了。"

"我的眼睛向来如此。"

"不，"阿泽克·阿里曼凑近过去，"你的眼睛一度比黑鸦学派任何成员都看得更远。你的眼睛曾经可以轻易解读命运丝线与福祸脉络，甚至胜于我的能力。现在火凤学派如日中天，你的预见视野却模糊不清，就像一个污泥蒙眼的凡人，你想必甚为恼火。"

"你与我一样盲目。"阿蒙厉声说。

阿泽克·阿里曼微笑着后退一步，说道："并非如此，兄弟。我看得很清楚。

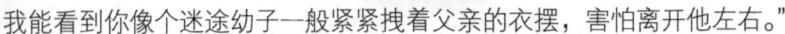

我能看到你像个迷途幼子一般紧紧拽着父亲的衣摆,害怕离开他左右。"

"这绝非害怕,"阿蒙说,"原体需要我。"

"那么告诉我,兄弟,"阿泽克·阿里曼说,"自从我们抵达这个星球至今,你为何从未解脱灵体去遨游浩瀚之洋?这是因为你害怕自己会看到什么吗?"

现在轮到阿蒙面露微笑了。

"你自以为明辨真相,"他说道,"事实上却是懵懂无知。你被自负蒙蔽了双眼,全然无视近在咫尺的真相。"

这与铁眼此前的话一字不差,阿泽克·阿里曼不禁退却一步,阿蒙则让开了道路。

"请进吧,"阿蒙说,"原体在等你归来。"

失去屋顶的阿蒙·拉殿堂早已不再是昔日的宏伟书院,如今更像一片开放广场。红色大理石地板上随意摆放着数百张宽大书桌,被永恒阳光鞭笞成淡粉色的桌面上堆满了书卷。头戴兜帽的抄写员在一张书桌前伏案工作,狂热地记录下一行行文字。

没有任何一人抬头探查走入房间的阿泽克·阿里曼和阿蒙。

一个光辉伟岸的身影占据了书院正中央,成百上千本悬浮书籍将其团团包围,那些页面尚且空白,但文字正在以凡人不可企及的迅猛速度自行填充进去。

毕竟,赤红的马格努斯绝非凡俗文人。

猩红君王披着一件淡蓝与金黄两色的飘逸长袍,沐浴在明媚阳光和夺目辉耀里。

马格努斯的长发被一个青铜扣环束起,他的两条手臂舒展周旋,神似一位沉浸于交响乐章的指挥家。每当一本书被填满了文字,它就会自行合上,消失无踪,由新的一本取而代之。

"大人。"阿泽克·阿里曼说。

马格努斯抬起头来,无数笔尖的沙沙轻响也戛然而止。那个由书本组成的悬浮球体伴着一阵夺目闪光迸射四散,它们的骤然消失让阿泽克·阿里曼痛感失落。

"阿泽克,吾儿,"马格努斯说,"你此行大获成功。"

阿蒙在原体身旁就位，阿泽克·阿里曼则点点头，一时间哽咽难言。在实体宇宙闯荡许久之后，再次面见马格努斯着实令人迷醉。

"的确。"他最终说道，并挥手示意机仆上前。它们将铁眼摆放在脚下石板上，让那不规则形状的铁棺直立起来。黑色液滴沿着金属外壳缓缓流淌，禁锢其中的那股力量在猩红君王的惊世威能面前噤若寒蝉。

马格努斯走向这份从地狱戎卫手中夺来的战利品。

"这就是铁眼了？"他在铁棺周围绕行观察，恰似一位检视角斗士体格的奴隶主，"正如《斯科延秘藏》的记载？"

"是的。"

马格努斯微笑起来，说："并不像斯科延所描述的那般惊人嘛。"

"的确，"阿泽克·阿里曼表示认同，"但它极具力量。"

马格努斯饶有兴趣地抬起头。

"你何以知晓呢？"

"黄道仪的居民阻挠我们带走这位先知，"阿泽克·阿里曼说，"他们善于运用以太能量，若非索贝克召唤了德雷克耶的虚空魔，我们恐怕会全军覆没。"

"对于区区一名实践者而言，那是个相当复杂的咒文。"阿蒙说。

"浩瀚之洋的潮汐在黄道仪里甚为高涨，"阿泽克·阿里曼的答复还是讲给马格努斯听的，"它极具诱惑力。"

"索贝克的召唤咒术是如何让你了解铁眼及其力量的呢？"马格努斯问。

"索贝克的唤魔仪式失去了掌控，虚空魔反噬其主，大人。"阿泽克·阿里曼说，"而这口铁棺里的恶魔施以援手，强化了我绘制的阿玛特拉苏法印，成功将虚空魔逐回浩瀚之洋。"

"一个恶魔对你施以援手？"阿蒙说道，"为什么？"

"我不知道。"阿泽克·阿里曼轻描淡写地说出谎言。他不愿详细解释，担心言多必失，不慎暴露自己签订的契约。

"着实有趣，"马格努斯说着俯身将脸庞贴在铁棺上，"也出乎意料。"

他闭上眼睛，用手掌轻抚那凹凸不平的金属外壳，脸上缓缓露出微笑。阿泽克·阿里曼能感觉到禁锢其中的恶魔畏惧退缩，仿佛是一只饱受鞭笞的畜生看到更加强悍的新主子扬起了手臂。

"亚弗戈蒙？"马格努斯狡黠地轻笑一声，"好吧，这个名字暂且可用。"

马格努斯从铁眼前方退开，又看向阿泽克·阿里曼。

"虚空魔凶狠无情，"马格努斯说，"索贝克还活着吗？"

"是的，大人，但他和门卡拉都在战斗中身受重伤。"

"他们目前在何处？"

阿泽克·阿里曼作答之前略加迟疑。

"哈索尔·玛特把他们带回了我的高塔。"

马格努斯歪过头，阿泽克·阿里曼能感觉到原体将思维化作一张大网投放到整个世界上。他的全部神智方才汇集于心中一点，现在则迅猛席卷巫师星球的每一寸地表。

"索贝克遭受了血肉异变。"马格努斯说道，他的皮肤色泽骤然变得深暗，一袭学者长袍也转化成带有乳白和亮银镶边的猩红战甲。一副带有尖角的胸甲覆盖他的躯干，表面铭刻了一枚熊熊烈火的徽记，众多盘卷巨蛇环绕在周围，胸甲下沿垂着一圈熟制皮索。他腰间的束带由手工打造，上面佩有一柄金色的镰刃弯刀，此外还用链条悬挂着一本蕴藏古老魔法的厚重秘典。

"是的,大人。"阿泽克·阿里曼强迫自己的目光从《马格努斯之书》上移开。

"你对可怜的索贝克作何打算？"

此时撒谎纯属徒劳，于是阿泽克·阿里曼明言事实。

"我会尽力救他。"

马格努斯失望地叹了口气。"你还记得我对你下达的命令吧，阿泽克？"他说道，"你还记得我在这座高塔里对你说过的那些话吧？我可曾警告你，若是忤逆我命一意孤行，必将让我深感不悦？"

阿泽克·阿里曼感觉到父亲的力量骤然涌升，仿佛是悬在蝼蚁头顶的脚跟。他妄图遮掩索贝克的命运实在是幼稚之极。

"我还记得，大人。"

"看来记得不够清楚啊。"阿蒙说。

马格努斯慈祥地按着阿泽克·阿里曼的肩膀，引导他走向那些宽大书桌与沉默书记员。阿蒙跟在五步之外。

"吾儿，"他说道，"你抗拒我的裁决，认为我判断有误，并相信自己可以拯救索贝克。你相信自己可以拯救所有失落的同僚，但你并不能。你只会让他们陷入更为深重的诅咒。"

"我不能就这么放弃我的兄弟们。"阿泽克·阿里曼说。

"相信我，阿泽克，当头一枪是对索贝克的慈悲。很久以前，为了修补我们生命根基中的缺陷，我险些毁灭自身，但每一剂解药都比疾病本身更加糟糕。被我误认作救赎的那条道路，实际上把我们引向了一份筹划万世而成的厄运。"

"我们想必能够找到某种方法来解开我们遭受的诅咒。"阿泽克·阿里曼转身看着铁眼，"你难道不是为此搜罗银河上下，派遣我们找寻种种神器、狂人与先知吗？我们难道不是为此收集一切知识吗？"

马格努斯哀伤地摇摇头，说："不，吾儿。这并不是你们费力搜寻的原因。"

"那究竟是什么？"阿泽克·阿里曼质问。

"注意你的口气，阿泽克·阿里曼。"阿蒙握住镰刃弯刀说道。马格努斯抬起手掌安抚侍从的怒火。

"我本以为你能够理解，"马格努斯说，此时那些头戴兜帽的抄写员重新开始工作，笔尖划动的声响在阿蒙·拉殿堂里回荡，"我尽力收集一切事物的真相，是为了知识本身，是为了保存智慧。因为我决不可任由已经发现的知识遭到遗忘。这必须被付诸纸端，留给万世子孙。人类种族未来的伟大与希望就建立在这些知识之上。"

马格努斯带领阿泽克·阿里曼走入迷宫般的书桌之间，任由指尖轻扫两旁的书卷。在他所过之处，文字纷纷涌现，仿佛是饱含启迪的清泉。没有任何一名书记员从劳作中抬起头来，阿泽克·阿里曼对此突然深为感激。

"未来，"他说，"我们的军团就站在覆灭的边缘。除非你出手助我，否则我们毫无未来可言。"

阿泽克·阿里曼的沮丧感在刹那间沸腾，他将近旁桌面上的大堆书卷一股脑扫落在地。

"等到荷鲁斯和帝皇的大战停歇之后再抄录典籍吧！到那时候，其他人才会有时间着手重建，并再次学习失落的知识！"

"你说其他人？"马格努斯打了个响指，让散落在大理石地板上的书卷回归原位，"纵观我的诸位兄弟，放眼帝国上下，你愿意把这份重大责任托付给谁？莱恩吗？的确，他具备学者之心，但过度沉溺于他的神秘感。他会挑拣出些许知识加以揭示，把最为重大的秘密据为己有。基里曼吗？他过于死板，不懂得应该允许知识自由传播。罗格、察合台或科瓦斯也都无法认同我的远见。沃坎深深扎根于大地，不懂得仰望群星。原本我或许可以指望圣吉列斯，但他如今走的道路只能将人引向鲜血和疯狂。"

"你仅仅提到了我们的敌人，"阿泽克·阿里曼说，"这些人都欲置我们于死地。"

"很可惜，是的。"马格努斯在一位抄写员身旁停下脚步，"荷鲁斯与若干破碎灵魂和迷途之人结为一党，这些心灵哪里会有求知欲？"

阿泽克·阿里曼默然不语，凝望着抄写员的羽毛笔在书卷上疾速书写，那龙飞凤舞的字迹熟悉得令人心惊。之所以如此，是因为他花费了多年时间仔细研读悬挂在马格努斯腰间的那本秘典。

"他们是什么人？"阿泽克·阿里曼问道，"他们在写什么？"

"他们是我的记忆碎片，"马格努斯说，"每个碎片都铭记着普罗斯佩罗的一部书籍，或是我读过的一篇文章。我见识过的一切和学习到的一切都尚且存于胸中。待到太阳落下，我就会全然遗忘，我必须抓紧时间将这些全都付诸纸端。"

"不，"阿泽克·阿里曼说道，那位抄写员则抬起头来，"我不想看。"

"你必须看，因为在我的所有子嗣之中，你尤其需要看清我们的处境，接受现实。"

阿泽克·阿里曼摇摇头拒绝道："不。"

"看吧。"马格努斯说道，阿泽克·阿里曼应声遵从。

抄写员掀开兜帽，阿泽克·阿里曼看到了赤红的马格努斯的容貌，然而那张面孔显得饱经风霜，异常憔悴，仿佛被抽干了生命力。这位拥有他父亲面容的抄写员凝视着阿泽克·阿里曼，那个一眨不眨的独眼似乎全无心智。阿泽克·阿里曼努力将目光从这个可怕的复制品身上移开，而其余所有抄写员也都展露了真容，显现出猩红君王的一块块灵魂碎片。

看到原体碎成千万片简直让阿泽克·阿里曼心痛欲裂，这是对美好与神圣事物的亵渎。

"我必须全都记下，"马格努斯说道，此刻阿泽克·阿里曼在父亲的嗓音里听到了一股深入灵魂的疲惫感，那空洞意味伴随一呼一吸而愈发明显，"赶在一切结束之前。"

静默……

对于一位天枭学派成员而言,"静默"这个概念并不存在。读心者日日夜夜、时时刻刻都要忍受由杂乱思绪组成的震耳轰鸣。最为出众的奥艺运用者恰恰是那些能够从纷乱喧响中挑拣出精准意义,同时又避免陷入疯狂的人。

在这片水晶丛林里,萨纳克特体会到了最接近静默的状态。这正是他决定在此竖立高塔的原因,那座象牙和珠母贝颜色的优雅尖塔仿佛是独角鲸的修长犬齿。

蓝色烈焰在高塔顶端熊熊燃烧,将舞动阴影投射到周围的晶莹丛林里。纤细润泽的水晶树木缓缓摇摆,穿林而过的微风奏响了柔和乐声。咯咯轻笑的鬼火在枝条间跳跃,那杂乱响动在萨纳克特脑海里仿佛是昆虫的嗡鸣。

"你真以为你能躲开我?"萨纳克特高声说。

那些四处奔窜的精怪把他的话语传递到丛林各处,但始终没有回应。萨纳克特也并未期望得到回应。

如此浅显的伎俩是不会让狡猾的卢修斯上钩的。

"你的思绪暴露了你,剑客。"他说道,"我能听见你脑海里的呼吼。你怎么受得了?"

萨纳克特将双剑垂在大腿高度,迈着轻灵步伐穿过丛林,那黑白分明的双刃拖曳着夺目电光。前方的树木纷纷让开道路,为他提供便利,同时也阻碍着他的对手。

他保持着完美平衡,仔细感知周围环境,留意一切不同寻常的细节。他的专注力如锋芒般锐利,同时用余光观察两侧,防备一丝一毫的动静。

两位剑客的上一次对决是卢修斯获胜。萨纳克特的读心能力在那迅捷超凡的速度面前毫无作用。阿泽克·阿里曼及时出手干预,拦住了卢修斯的夺命剑刃,但这也欠下了一份生死决斗的债。

今日便是偿还之时吗?

一阵满怀恶毒笑意的波纹在树木间荡漾。那究竟是卢修斯,还是某些肆意妄为的精怪?萨纳克特转动身躯,缓缓抬起双剑,将思维延伸开来,四下刺探着丛林。

那里,左前方,有一股锯齿尖刺般的凶残杀意,一个专擅夺人性命的锐利心灵。卢修斯是一位杀戮大师,然而他太过自负,太过自恋,太过痴迷于死亡,从而无法完全遮掩自己的傲气。

"找到你了。"萨纳克特低声道。

他放缓呼吸，活动肩膀，升入第三层心境。一些军团同僚习惯于运用第八层心境作战，但萨纳克特更为青睐低层心境所赋予的明澈思维。他周围的世界顿时变得无比清晰，几乎令人晕眩，一切细节都真实得有些刺眼。

萨纳克特能够品出其中的讽刺意味。

细若丝线的枝条化作致命的单分子纤维，所有微小碎片都具备交错重叠的分形几何结构。一呼一吸皆催生出无比繁杂的气象系统。光柱下的点点尘埃则变成了夺目流星，在身后描绘出明亮的涡旋轨迹。

"我可没有躲开你。"一个声音说道。

它的源头何在，难以判断，那声音似乎来自四面八方，似乎又没有起点。萨纳克特采取战斗姿态，继续缓缓转动，向前迈进，检视丛林，搜寻异状。任何蛛丝马迹都可能为他揭示卢修斯的位置。

"我想让你找到我。"

"那就现身吧，"萨纳克特说，"咱们做个了结。"

"现身？"卢修斯笑道，"我可以多帮你一把。你想要窥探我的脑海，那就请看吧。"

卢修斯的恐怖思绪顿时一股脑扑向萨纳克特。这可怕的冲击力让他的心灵不堪重负——滚热刀尖、撕肉铁钩、遭到亵渎的躯体、伪装成激情的堕落恶行、沉浸于自残快感的可憎毒物，一度招致厌恶的邪魔行径如今却大受欢迎，聊以慰藉生命中的平庸乏味。

……一个内心遍布疤痕的女人……

……一个异形世界上的碧绿幽魂……

……一名身负鸦翼的战士刺下利剑……

最后这段记忆的同感痛楚让萨纳克特跪倒在地。两柄白热火矛般的刀锋从锁骨旁埋入胸腔，令他的视野一片灰暗。

"你怎么活下来的？"他喘息道，"暗鸦的剑刃早该把你杀掉了！"他升入高层心境，匆忙抹除那位剑客的肮脏思维所遗留的污秽触感。

"这就是我想来寻找的答案。"卢修斯说着，从萨纳克特面前的朦胧光辉中闪现。他的长剑化作一道银弧破空而来，意在一击斩首。

高傲自负，华而不实。

萨纳克特就地翻滚，抬起双剑交叉于头顶。他挡住了来袭的剑刃，随即奋力拧动。卢修斯紧握兵器并未脱手，同时扭转身躯闪开了萨纳克特的反击。

"不错。"萨纳克特说，"你差点就得手了。"

"好看吗？"卢修斯问道，他轻巧地前后跃动，与对手周旋。

"很是——引人思考。"萨纳克特回答，"你的军团怎么了？我看到的那些……"

"说来话长。"卢修斯说，他的满脸疤痕在水晶树林的光辉里仿佛活化了一样。

"那是你自己弄的，对吧？那些疤痕。"

"是的，"卢修斯一边说一边旋动剑刃，"当时觉得是个好主意。"

"为什么？"

"我若说是为了一个女人，你会信吗？"

"那个画家？"

"正是。"

"是你杀了她吗？"

"你已经探索过我的脑海了——你自己说说看。"

萨纳克特摇摇头，那份不属于他的记忆再度浮现，如同一股挥之不去的恶心味道。"你没必要的——她甘愿自己动手。"

"谁说不是呢？我就是这么有魅力——"

萨纳克特没有等对方说完，他飞身扑向卢修斯，挥动乌黑剑刃直取他的脖颈。卢修斯滑步侧身，自上而下扫动长剑以抵挡攻势。萨纳克特原地扭转身体，手肘狠狠击打在卢修斯脸上。

那剑客趔趄后退，萨纳克特不给对方任何喘息之机。他将卢修斯的武器挡开，用护手猛击对手面部。卢修斯的骨骼顿时碎裂。

卢修斯闪身退避，啐出满口鲜血。他面露狞笑，一条蜥蜴般的长舌从尖锐獠牙上扫过。

然而萨纳克特的攻势并未停歇。这场剑刃对决中并没有口舌交锋的余地。今日不同于以往。他继续施加压力，努力穿透卢修斯肮脏的表层思维，读取那些推动对手剑招的潜意识反射。

在两人的上一次交手中，萨纳克特低估了卢修斯，但他决不会重蹈覆辙。

卢修斯步步退却，他的速度与稳健难以抗衡萨纳克特的超自然技艺。迄今为止卢修斯成功抵挡住了刺向自己喉咙的黑白双剑，但他撑不了多久了。

结局来得无比迅猛。

萨纳克特的黑剑从侧面刺穿了卢修斯的躯干。他随即伸腿钩住剑客的膝盖，将对方仰面绊倒。卢修斯重重砸落在地，萨纳克特在刹那间便猛扑过去。他跪伏在对手的胸膛上，用膝盖死死压住卢修斯持剑的手臂，又探出白色锋刃抵在剑客的脖颈处。

覆有力场的剑尖灼烧着卢修斯喉头的皮肤。

"我说过我会打败你。"

"如果你也死了，还算胜利吗？"卢修斯说道。

萨纳克特低下头去，发现卢修斯的剑尖抵在自己肋下，那正是盔甲最为薄弱的位置。只需略施力量，锋刃就能撕裂他的心肺，穿透他的胸腔。

"怎么样，萨纳克特，我们要死在一起吗？"卢修斯问道，他微微加大了剑尖的压力，"我已经被杀过一次了，但没死了。你会不会更幸运呢？"

萨纳克特像弹簧般骤然跃起，两柄武器翻了个剑花被收入鞘中。卢修斯也立刻站了起来，轻轻揉着喉咙处烧焦的皮肤。

"那就是一比一平了。"他说。

萨纳克特没有作答，他的注意力完全不在此处，因为天空突然一分为二，三头黑暗巨兽冲破云层现身。亚空间闪电笼罩着它们的镰刀形舰首，舰身装甲表面铭刻的符文燃着天界烈火。

"弗泰普号，"萨纳克特说道，这幅景象让他难以置信，"还有安克涛号和奇美路号……"

"是你们的朋友？"卢修斯问。

"弗泰普号是猩红君王的旗舰，"萨纳克特回答，"在野狼降临的前夜奉命驶离了普罗斯佩罗。"

更多星船追随在三艘战列舰之后：突击巡洋舰、护卫舰、驱逐舰，以及成群结队的风暴鸟。它们全都披覆着猩红和乳白两色的千子军团涂装。

"失落的舰队归来了。"萨纳克特说。

在原体侍从的齿轮金字塔顶端，马格努斯和阿蒙在一间工坊里并肩遥望远航归来的军团舰队。数十艘战舰带着一支支整编的千子连队穿透风暴乌云，径直驶向黑曜石高塔。

"我从来没有想象过会目睹如此壮美的景象。"阿蒙说。

"我也没有，老朋友。"马格努斯说，"我也没有。"

阿蒙错愕地看着原体。

"难道不是你命令他们来此的？"他惊问。

"不，这非我所为。"

"那么他们如何能够找到这里？"

马格努斯没有作答，他出乎阿蒙意料地转过身去，背向舰队走入工坊深处。阿蒙又在窗边踯躅了一阵，仔细清点归来的战舰数目，推算它们为军团带来的增援力量的规模，至少三千人，或许有五千。

他看了看军团舰队重获荣光的壮丽景象，接着跟上了马格努斯的脚步。虽然整座金字塔都是灵能力量的产物，从以太之中凭空造就，但阿蒙密室内部的空间却像实体宇宙的任何角落一样真切。种种感觉都蕴含着往日回忆：黄铜栋梁的触感、模铸铜板背后的齿轮轻响、炼金材料的气息与味道。

带弧度的墙壁上悬挂着奇术图示、星历表和相互矛盾的九阳运转图，此外墙边还立着众多塞满典籍的书架。阿蒙的工作台上堆积着破损的星盘和定位仪，以及结构繁复无比的行星仪。扭曲变形的骷髅和占卜骨具旁边是镌刻着预知符记的木板。

一块平滑的椭圆形巨石坐落在房间正中，取自反光洞穴的岩层。摆放在巨石核心位置的一块黑色尖晶石，恰似眼睛里的瞳孔。

"潮汐还是与你作对吗？"马格努斯跪在这个标志前方，凝视其深层。

"浩瀚之洋仍旧垂青于火凤学派，大人。"阿蒙说着将一张张天界洋流图铺在桌上，这恰似古代的航海图表，"但属于我们的时机总会到来。"

"我相信是的。"马格努斯表示认同，他站起身来在工坊里穿行，时不时停下脚步查看那些破损的占卜工具。他微笑着捡起一枚水晶球，用手掌抚摸，并吹掉表面覆盖的尘土。

"大人？"阿蒙开口道。

"怎么了？"马格努斯将水晶球放回原处。

"在你派遣出去的旗舰里，只有三艘返回了。"

"是的，我发现了，"马格努斯走到一副异化成怪诞模样的骨架前方，"普罗斯佩罗之子号没有出现。"

"你知道它在哪里吗？"

"提兹卡的幽魂说我们再也见不到它了。据说它陨落于至高女王的世界。"

"我没听说过这个世界。"

"我也没有，"马格努斯不再理会那具骷髅，又拿起一个用铁丝捏成的太阳仪，"这会让你感到惊讶吗？"

"以往或许会，"阿蒙承认，"但现在，在我知道鲁斯对你造成的创伤之后，我不再感到惊讶了，而且我担心这是在暗示某种后果。"

"我的后果？"

"我们所有人的后果，"阿蒙说，他从一个黑色原木书架上取出一本精细账册，"这就是我请你来的原因。"

他将工作台上的破裂棱镜和水晶镜片扫到一旁，把手中的账本摊开。马格努斯走了过来，迅速浏览那无穷无尽的数列和近乎磨灭的注解。

"这是一部《普罗斯佩罗之书》？"马格努斯说。

"是的，这里面记录了我们至今为止从普罗斯佩罗挽救出来的一切知识。还有我认为我们可以挽救的一切知识。"

"为何给我看这个？"马格努斯问。

"因为即便我们成功保存了这本书里记录的一切，那也仅仅是我们昔日所知的九牛一毛。"

阿蒙抬起头来，说："但你早就知道这一点，对不对？"

马格努斯叹了口气，将《普罗斯佩罗之书》合上。

"我当然知道。"

阿蒙回到那个黑鸦标志旁边，伸出手掌悬在中央的黑色尖晶石上方，缓步绕行一周。一座由闪烁玻璃和锃亮金属搭建而成的宏伟金字塔随即浮现，那真切的景象仿佛触手可及。

"弗泰普金字塔。"马格努斯说。

明媚阳光映射在晶莹璀璨的金字塔上，普罗斯佩罗常有的辉煌落日为玻璃墙壁赋予了一层琥珀色的光晕。一片片云朵投下的阴影从金字塔表面扫过，阿蒙在那明镜般的外墙上看到了提兹卡金碧辉煌的倒影。

现在，这座金字塔变成了一具锈迹斑斑的钢铁骷髅，那饱受磨蚀的坍塌废墟被埋没在废土深处，其中萦绕着普罗斯佩罗之死的苦涩回响与不息幽魂。

自从抵达这个可怕的世界之后，阿蒙还从未体会过如此痛彻心扉的失落感。重建图书馆的繁杂事务占据了他全部心思，将一切哀伤拒之门外，直至今日。

"我还记得搭建那座金字塔的过程。"阿蒙说道，此时工坊里充斥着海鸥的尖鸣，温暖的轻风吹动起墙上的图表，"你本可以在一夜之间令其拔地而起，大人，但正如阿泽克经常提醒我们的那样，亲力亲为的过程中蕴藏着一种美德。"

马格努斯绕行检视，金字塔影像的视角急转向下，展露出整座建筑的根基，银色的巨型精金梁柱在此交会，由粗重螺栓和钢铁联杆牢牢固定住。

阿蒙将金字塔的重建影像升入半空，指尖优雅舞动，旋转其方向。

"对于任何一座高度复杂的建筑而言，其建造过程中务必精准无误的工作就一定是铺设和固定大梁，以此为主体框架奠定基础。大梁定位所能容许的误差范围极小。在这个阶段，任何微不足道的偏差都会引发重大后果，无论是钻孔时错位了几毫米，还是测量角度时发生了微小误差。"

他们的视线转移到金字塔顶端，那里有一条条横向张力杆，它们会抵消建筑主体结构所施加的挤压力。

"在五百米高处，那些微不足道的毫厘之差就会演变成多达二十米的偏离错位。我们先前遗漏或忽视的细节，我们误以为无关紧要的细微瑕疵……它们全都能够引发深远影响。上下皆然。"

"弗泰普金字塔并没有这种问题，"马格努斯指出，"它完美无缺。"

"是的。"阿蒙表示认同，他让金字塔的影像坍缩消逝。

"那么这番谈话有何意义？"

"我知道你遇到了这种问题，"阿蒙说，"你命不久矣。"

第五章

救星

重写密码

哀伤的面纱

在阿泽克·阿里曼缺席的时间里,这座高塔的以太结构已经改头换面,重塑自我。昔日他施展力量竖立起一座螺旋形的白石建筑,而现今,自作主张的高塔却变成了一个由种种匪夷所思的多边形堆砌而成的丑陋融合体。

高塔内部的空间是一座扭曲迷宫,充满了通往死路的门、延伸不止的走廊,以及层叠累加的无数房间,仿佛是在刻意挑战透视法则。

在高塔顶端的房间里,阿泽克·阿里曼沿着内墙缓步绕行,用一柄仪式匕首的乌黑刀刃刻下索斯梅斯符记。他今日希望成就的奇迹尚且需要保秘。

他将所属学派的渡鸦披风裹在肩头,全身上下佩戴了尽可能多的预知护符:伊亚拉沃圣母先知们亲手织就的猩红长袍、取自反光洞穴的玛瑙、从黎凡特帆船上刻下的一个木制眼眸、《奇异之书》的蜡印等。

地面由打磨光滑的玄武岩铺成,上面刻有九道同心圆环。哈索尔·玛特和萨纳克特披着各自学派的兜帽长袍站在两端,由内而外地将银丹粉末撒进环形凹槽里。

一个覆满冰霜的静滞水晶棺立在这些防护圆环中央。阿泽克·阿里曼最后一次见到索贝克还是在黄道仪上,那位实践者的惊恐面容被亮羽学派的奥艺和尖端科技的力量彻底冻结,没有分毫改变。

刚刚为门卡拉施力疗伤的药剂师潘苏跪在水晶棺的控制面板旁。绝缘缆线将他的纳瑟希姆护手与静滞容器的内部系统相连。

"完成了。"萨纳克特说着把手掌上的残余粉末甩掉。在悬浮水晶盆香炉的火光照耀下,那九道圆环如同钻石般熠熠闪亮。

"你确定吗?"阿泽克·阿里曼将仪式匕首入鞘。

"这只是个简单的防护圆环。"萨纳克特说。

"决不可有误。"

"某位打破了自己防护圆环的大师也好意思这样说，"哈索尔·玛特开口道，"你还记得阿斯腾努如何让你轻易上钩的吗？"

阿泽克·阿里曼点点头。这绝非妄然指责。那位遭受血肉异变腐化的战士确实成功挑拨他犯下了一项低级错误。

"那不会再发生了。"

"最好如此，"哈索尔·玛特说，"否则我就让萨纳克特用他的漂亮刀子把你捅死。"

阿泽克·阿里曼没有理会对方的威胁，转而面向潘苏。

"药剂师？"

潘苏拨动了最后的开关，看到一排珠宝般的指示灯由绿转黄，他点点头。

"准备好了。"他站起身来看着阿泽克·阿里曼，"内置医疗系统已经完成设置，会在静滞力场消解的同时进行接管，但我要向你说明，我不支持这个行动。"

"你宁愿我们独自进行吗？"阿泽克·阿里曼问。

"不。如果你们无法中止索贝克的异变，那么我就要确保他获得慈悲解脱，而非遭受火凤烈焰的焚身之苦。"

"这值得敬佩，但我不认为会走到那一步。"阿泽克·阿里曼说。

潘苏低哼一声，还是抽出了爆矢手枪。

"萨纳克特、哈索尔·玛特，"阿泽克·阿里曼说，"准备好了吗？"

"是的。"剑客回答，他站在索贝克的水晶棺前方。

"动手吧。"哈索尔·玛特来到萨纳克特左侧就位，他像是即将作战一样活动着肩膀。

阿泽克·阿里曼站在萨纳克特右侧，他的思维变得愈发流畅而抽象，他要尽力冲出当下，探知未来。

"你们两个升入第二层心境。"萨纳克特说道，云雾般的灵能力量在他眼中凝聚，伴随他的一呼一吸飘散出来。

"不用第三层吗？"阿泽克·阿里曼问。

"不，第二层心境允许我们建立瞬时思维传递。按我的理解，我们的动作必须要快，对不对？"

"绝对要快,"阿泽克·阿里曼表示认同,"速度至关重要。哈索尔·玛特,你必须立刻遵循我的预见结果而行动。"

"给我指明方向,我就能把索贝克引导回来。"

伴随三位大师将浩瀚之洋的深厚力量注入体内,银色的防护圆环逐渐显示出一种恍若水底景象的朦胧意味。

"药剂师,"阿泽克·阿里曼说道,"解除静滞力场。"

潘苏按动水晶棺侧面的基因密锁,力场顿时消解。属于黄道仪的封存空气裹着索贝克的最后喘息一涌而出。哈索尔·玛特闷哼一声,独力承担起约束那超速进化的惊人重负。

索贝克猛然圆瞪双目,眼里饱含惊惧。

"阿泽克·阿里曼!"他高喊,"它来了!阻止它……"

幽蓝冰霜在地板上凝结蔓延。哈索尔·玛特所耗费的力量惊人,墙壁上铭刻的符文纷纷燃起。

"快!"这位亮羽学派大师从牙关里挤出一个字。

"动手,"阿泽克·阿里曼说,"连结心灵。"

萨纳克特抬起双臂,手掌分别按住阿泽克·阿里曼与哈索尔·玛特的肩头,在黑鸦学派的预见视野与亮羽学派的生化力量之间搭建起一条通道。天枭灵能的刺骨触感仿佛是一把覆满冰霜的剃刀,让阿泽克·阿里曼猛吸一口寒气。阴影在墙壁上匍匐,那些外界存在感受到了这个房间里不断积聚的强大力量。目前索斯梅斯符记尚可将它们拒之门外,但这绝非长久之计。

"快,敞开你们的心灵,"萨纳克特说道,他的声音仿佛是从圆润石块上涌过的一股清泉,"我是锁钥与门,是终结与开端,是两个心灵合而为一的扭曲路径。"

阿泽克·阿里曼能感觉到两位兄弟深不可测的复杂心灵与自己逐渐交汇,那精准严整的格局属于萨纳克特,而变幻不定的迷宫则是哈索尔·玛特。亮羽大师的心灵千变万化,不可捉摸,此刻正在迅速挣脱自制的束缚,以便全力对抗血肉异变。

"我们合而为一了。"萨纳克特说。

阿泽克·阿里曼仿佛从悬崖边纵身飞跃。

他松开对当下的掌握,将心灵之网投向未来,这就像主动放弃一切坚实基础，埋头扎进深邃无底的海洋，唯有一条细微至极的绳索能引导他返回家园。

只要稍稍分神，浩瀚之洋的汹涌浪潮就会将他远远卷离熟悉的海岸，遥不可及的未来幻景也会诱惑他彻底抛开现实之锚。

失去连结的心灵永远无法回归躯体。

阿泽克·阿里曼将心灵注入索贝克的血肉，他能感觉到一种厉声尖啸的勃勃野心，那具身躯在奋力挣扎，想要摆脱哈索尔·玛特的束缚。阿泽克·阿里曼自身的血肉则立刻加以响应，急欲抛弃这个僵硬形体的牢固本性。他凶狠地压制住那股异变的邪恶渴望，专注于索贝克身躯中的基因暴乱，追寻着由此延伸出去的亿万条未来丝线。任何一点异变都会涌现出上百万种可能性，并且分分秒秒呈几何式增长。

在一些未来里，血肉异变导致索贝克全身充斥肿瘤，皮肤崩解开裂，在浸透了亚空间力量的血肉泥沼中生发出崭新肢体。另一些未来则见证他转化成某种更为具体的形态——生有翅膀，介于鸟类和爬行类动物之间。

阿泽克·阿里曼在须臾间将数十条截然不同的未来丝线抛诸脑后，每每看到索贝克死亡的结局便立刻另寻他路。成百上千种潜在的未来在他脑海里闪现，无不是充斥着刺耳尖叫的梦魇景象。

阿泽克·阿里曼汗流浃背，但他对此毫无察觉。从近乎无穷多种潜在未来里筛选出单单一条路线是项耗费极大心力的任务，就连黑鸦学派的个中翘楚也不可轻易而为之。自从抵达这个世界以来，他始终未能找到一种治愈方法，但那些充满鲜血代价的研究工作帮助他认识到了生理的极限，一旦超出这个范畴，即便是超人体质也无力回天。此类未来被阿泽克·阿里曼立刻抛弃，他转而探索那些尚存一丝希望的路线。每一幅充斥着鲜血和剧痛的死亡景象都是一堂关乎苦难的宝贵课程，是可能帮助他拯救索贝克的宝贵课程。

倘若一个人能够得救，那么所有人就都能够得救。

"给我找点有用的。"哈索尔·玛特传递来一道思绪。

"我什么都找不到。"他回答。

他赶不上未来丝线发散的速度。他努力浏览尽可能多的路径，同时心里明白这远远不够。

"一定会有办法！"

"我看到的一切变数都是致命的。"

"我已经快要抵挡不住了!"哈索尔·玛特说,"尽你所能吧。"

"即便最细微的错误也会产生我无法预料的重大后果。"

"他反正没有活路,所以赶快做个选择,该死的!"

阿泽克·阿里曼鼓起勇气,面对艰难抉择。他已经摒弃了数百万种潜在未来,然而剩余的可能性依旧有着令人不知所措的庞大数量。阿泽克·阿里曼别无他法,只得审视那些针对索贝克基因结构的调整手段,将生存概率最高的方案传递给玛特。

"我看到了!"哈索尔·玛特说。

生化力量从哈索尔·玛特的心灵中奔涌而出,灌注到索贝克生理机制的最深层面,将细胞拆解重建,动摇着生命存在的根基。

陷入剧痛的索贝克在水晶棺的束缚中挣扎扭动,哈索尔·玛特的力量在他体内肆意横行。亮羽奥艺先将他撕成碎片再重塑成形。阿泽克·阿里曼能察觉到实践者所遭受的裂魂剧痛,他立刻将这一切掩埋在自己意识的深幽角落里。

索贝克此时的痛苦是阿泽克·阿里曼无力感同身受的。

"停下!"药剂师潘苏大喊,"你们会杀了他的!"

"我们会救下他的!"哈索尔·玛特咆哮道。

"阿泽克·阿里曼,停手!"潘苏严正要求。

"不。我们不能半途而废。"阿泽克·阿里曼回答。

命运的扭转轨迹符合他的预见结果,索贝克生理结构中天翻地覆的变化投射到阿泽克·阿里曼身上,引发了一连串的同感痛苦。

"我要动手了。"潘苏说着将爆矢手枪抬到索贝克的额头旁。

阿泽克·阿里曼猛然扬起手掌,眨眼间爆矢手枪的零部件自行拆解,子弹、滑套、弹匣、颊板、枪口和扳机护环纷纷洒落在玄武岩地板上。

"我们不能半途而废。"阿泽克·阿里曼重复道。

"你这该死的自负,阿泽克!"

阿泽克·阿里曼不再理会药剂师的狂怒。他必须心无旁骛。哈索尔·玛特做的每一处调整都让崭新的可能性随之涌现,以索贝克惨死为结局的未来成倍缩减,这让阿泽克·阿里曼精神振奋。

"快成功了!"他高喊。

索贝克在剧痛中厉声呼号，炼狱般的苦难让他的身体痉挛不止。水晶棺的医疗系统发出刺耳响声。每一块面板上都浮现出生物危害警告标志。

"切莫停手！"哈索尔·玛特回应道，他不堪重负的心灵显然即将崩溃，凭一己之力篡改帝皇亲自编写的生命密码绝非易事。这放手一搏的畅快感受让哈索尔·玛特感到喜悦，他的力量彻底重铸了索贝克，将每一条非自然进化的谬误路线连根斩断。

千万年来，人类始终在干涉低等物种的进化，但从未取得过这般瞬时可见的成果。早期的人工选择让野兽成为家畜，让植物成为作物，但他们今日所为才是人类种族聪明智慧真正的终极体现。

索贝克的命运随着分分秒秒的流逝而变得愈发明确。阿泽克·阿里曼将自己逼到了极限，负责维持心灵桥梁的萨纳克特也因逐渐力竭而微微颤抖。玛特胸中充盈着一股凯旋意味，他很清楚这份光辉成就是前无古人的。

亮羽学派的生化灵能是一种可以创造奇迹的超凡天赋，然而它的种种馈赠通常都不可长久。生命的自然趋势乃是维持其原本形态与初始功能。生命对于外界所强加的改变向来极为抗拒，然而今天……今天有一份不可逆转的改变降临在了这个精密程度无以复加的生命形态上——人类帝皇亲手书就的基因密码。

除了千子，还有谁具备此等胆量来篡改帝皇造物？

索贝克重获新生的剧烈痛苦也不能阻挡阿泽克·阿里曼脸上展露微笑。

经过此事之后，哈索尔·玛特的冲天傲气恐怕要让人无法忍受了。

军团已经在巫师星球避难许久，时至今日阿泽克·阿里曼终于看到了他始终一心追寻的事物——一种扭转乾坤、明知不可为而为之的手段。索贝克不再是一个狂乱异变的载体与可怕剧痛的容器，命运重新由他自己掌握。众多枝节旁生的命运路径就像褪去的蛹壳般散落消逝。

"成功了。"他将思绪传递给哈索尔·玛特。

萨纳克特垂下双臂，手掌紧紧握住剑柄，仿佛是在从中汲取力量。

将阿泽克·阿里曼与哈索尔·玛特连结起来的桥梁由此断开，阿泽克·阿里曼顿时浑身一颤。某种混杂着轻松和惋惜的奇特情绪笼罩着他。若非必要的话，他显然不愿在玛特的心灵里多加踯躅，然而这毕竟让他具备了一股能够重塑生命和引导命运的力量，体会到了神明般的无所不能。

那是种令人迷醉的感受，其中蕴藏的强烈诱惑显而易见。怪不得亮羽学派成员的躯体变幻无定；怪不得他们一个个趾高气扬。

哈索尔·玛特发出一阵精疲力竭的刺耳大笑，随即跪倒在地，这份辉煌成就几乎让他身心俱毁。

"我们成功了！"他的沙哑嗓音里饱含喜悦。

阿泽克·阿里曼点点头，努力消除视野里的万千残影，无论遨游浩瀚之洋还是闯荡异形世界时，他都不曾目睹如此恐怖的景象，但那些可怕的潜在命运如今绝不会成真了。

水晶棺里的索贝克全身瘫软，头颅低垂，苍白病态的皮肤上满是汗水。他断断续续地喘着粗重气息，脖颈上的血管像愤怒的毒蛇般蠕动不止。即便在数米之外，阿泽克·阿里曼也能感受到索贝克皮肤上散发出来的超人体热。

"药剂师？"他开口说，"他还好吗？索贝克能活下来吗？"

潘苏的纳瑟希姆护手始终与静滞容器的内置医疗系统相连，他的目光往复跃动，迅速浏览巨量信息。

"所有生命指征都处于危险水准，但他还活着，看来你们确实没有把他杀掉。"潘苏不情愿地承认。

"没有把他杀掉？"哈索尔·玛特说，"王座在上，我们救了他！世上没有哪个药剂师能够企及此等成果。"

"我们尚且不知道你们究竟有什么成果。"潘苏说。

"那么你宁愿让他死吗？"

"我不会如此鲁莽地摆弄他人的性命，"潘苏厉声说，"尤其是在不清楚究竟要付出什么代价的情况下。"

"那么你就是个懦夫。"

"够了，"阿泽克·阿里曼说，"我们成功了，这是我们今日成就的见证。我们该——"

索贝克骤然抬起脑袋。

"皆……为……尘……埃。"他说道。

墙壁上残存的符文应声悉数爆炸，化作一团纷飞暴雪般的以太烈火。浩瀚之洋的潮水顿时灌入房间，恰似一位满怀妒意的情人赶来施以刁难。

索贝克瞪圆了双眼，大张着嘴巴。筋腱逐渐撕裂，软骨伴着脆响断开，一股熔炉烈焰般的气息从他的喉咙里呼啸而出。

阿泽克·阿里曼扭过身子瞪着哈索尔·玛特。

"这是干什么？"

"和我没关系！"哈索尔·玛特说着避开了他。

索贝克双眼里积聚着鲜红光辉，他滚烫躯体所散发的高热将潘苏步步逼退。索贝克的剧烈痉挛让水晶棺也晃动起来，由内而发的熊熊烈火将他的面孔灼成焦黑。他在不可能存活的情况下依旧维持着生命，那尖叫声令人怜悯。他的全身骨骼在这场崭新的恐怖转变中融化开裂。他眼中迸射的灼灼火光愈发明亮，让人无法直视。

索贝克发出了最后一声尖锐哀号，那可悲呼喊回荡于整个巫师星球。

房间随即陷入静默，唯有一股轻柔声音传入耳中，仿佛是沙漏的轻响。

阿泽克·阿里曼抬起头来，满怀绝望。

索贝克已经不复存在。将他抹消的那股力量仅仅留下了一套开裂破损的盔甲。细密尘埃从裂痕中缓缓倾洒出来，任何火葬场都休想如此彻底地销毁一具人类躯体。

灰色尘埃在那双装甲战靴周围堆积成两座小丘，又逐渐从水晶棺里涌了出来。胡作非为的轻风将那尘埃卷走，索贝克在这世界上的残存痕迹便如同一句充满负罪感的耳语般消散无踪。

"我不明白。"阿泽克·阿里曼说。

"不明白什么？"潘苏说道，"你们把他给杀了。"

"不，这不是他的命运，"阿泽克·阿里曼拒绝承认失败，"我能看到。我看到了他的血肉得以重塑。我看到了他身体痊愈。"

在那强大力量开口之前，阿泽克·阿里曼就感受到了对方的存在。

"你遭到了欺瞒，吾儿。"赤红的马格努斯说。

饱含智慧的猩红君王就这样凭空闪现，他披着金色长袍和羽毛披风，光辉灿烂。马格努斯肤色赤红，目光锐利，昔日在普罗斯佩罗末日临头之前他恰是这样的形象。

阿泽克·阿里曼明白自己应该立刻跪倒，五体投地以乞求怜悯。但他却挺立在原地。在原体的怒火面前，谦卑还有何意义？成功本可以为他的自作主张辩护，而失败则无疑昭示着他的灭亡，一如索贝克的灭亡。

"大人。"他说道。

"阿泽克，"马格努斯说，"你忤逆了我。"

"大人，我们功亏一篑，我们差一点就——"

"安静！"马格努斯咆哮道，他的滔天怒火将高塔墙壁骤然剥离，让一望无际的风暴雷云遮天蔽日，"我理应把你当场消灭，以惩罚你的背叛。"

"在你放任诸位兄弟赴死的时候，我放手一搏去拯救他们的性命，倘若这算是背叛的话。也罢，你大可称我为叛徒。"一败涂地的阿泽克·阿里曼变得格外莽撞，"我任由你处置。"

他能感觉到马格努斯的无穷力量将自己笼罩起来，它足以在眨眼之间将他一举抹除。

"你来日定要偿还索贝克的性命，阿泽克，"马格努斯警告道，"但此时此刻，阿蒙需要你们这个秘密团体。"

阿泽克·阿里曼意识到自己今日不会死在父亲手中，不由得长舒一口气。他点点头，源自浩瀚之洋的夺命力量逐渐退去。

"遵命，"他说道，"我们即刻前往黑曜石高塔。"

"不，"马格努斯说，"阿蒙并不在那里。"

"那么他在哪里？"

"到提兹卡的废墟去，"马格努斯说，"去见证普罗斯佩罗末日的最后时刻。"

雷鹰降落在一片覆满乌黑尘埃的墓园里。

早已化为粉末的枯骨被起落架搅动起来，沉眠于提兹卡金字塔废墟里的细语幽魂在锈迹斑斑的宏伟尖塔脚下逐渐苏醒。喷吐蓝焰的炽热引擎隆隆低吼，在防护外壳的禁锢下躁动不安，急欲推动炮艇重回天际。

雷鹰不愿踯躅于此。

阿泽克·阿里曼也不愿，但他还有什么选择？

他未能终止索贝克的血肉异变，心头分外沉重——不仅仅因为他的实践者当场殒命，更是因为那份诅咒看似被彻底解除，却功败垂成。

他究竟做错了什么？他究竟应该怎样做？

索贝克化作死寂尘埃的可怕景象在阿泽克·阿里曼脑海里一遍遍重演，但始终没有给他提供任何线索。他遵循了马格努斯之书里的一切指引，运用了他从血肉异变牺牲者的扭曲身体上学到的一切知识。

他必定有所遗漏，他必定忽视了某种关键因素。在基础层面上的微小错误严重影响了最终的结果。

无论那是什么，都要暂时搁置了。

突击舱门不情愿地缓缓开启，裹着沙尘的热风顿时卷入机舱。阿泽克·阿里曼能感受到昏沉暮色之上的交加雷电、灼热金属的刺鼻气息，以及亡者尘埃的干燥意味。

提兹卡的毁灭景象让他胸口一紧。

各个学会金字塔的锈蚀残骸像巨型尸体般躺在一片历经风暴摧残的黑沙废土上，只有关于末日的记忆依旧萦绕在那些破败废墟之中。它们从提兹卡转移至此的过程改变了朝向和相对位置。它们昔日各自占据着一片宽广城区，如今却紧紧聚拢起来，仿佛誓要葬于一处。

弗泰普金字塔睥睨众生。

即便已是残垣断壁，它依旧宏伟壮丽。

从普罗斯佩罗转移到这里的艰难过程让那座高达两公里的钢铁建筑扭曲变形。令人惊叹的是，玻璃结构尚且保存完好，已经与边框熔融固结，恍若一柄柄闪亮的狭长利刃，捕捉并映射着病态的光辉。

还有很多建筑追随金字塔而来，然而在风中呻吟的厚重余烬将它们尽数掩埋，几乎未留任何痕迹，只有些许饱经磨损的大理石尖顶从尘埃深处探出头来。

阿泽克·阿里曼想象着昔日的提兹卡，他的心灵之眼描绘出一座沐浴阳光的辽阔都市，其中充满了光洁石板与剔透玻璃，充满了开明思想与繁荣景象。这里的万千居民皆教养良好、身体健康、心满意足。他还记得秘眼广场里熙熙攘攘的市集，他似乎能闻到猎取自山脚的新鲜烤肉、掺了蜂蜜的茶水，以及源于普罗斯佩罗赤道地区的混杂香料。

潮水般的记忆涌上他心头。

在千狮街一角的沃萨尼餐厅，他与勒缪尔分享新鲜烘焙的糕点。

在赞诺尼小巷的古书商店里，他浏览那些覆满尘埃的书架。每一本陈旧典籍都是通往崭新知识的门，每一张书页都蕴藏着翻天覆地的奇妙体验。

他在费奥伦托大公园里冥想，平静海面倒映着傍晚的夕阳。

他耐心发掘提兹卡民众的潜在力量,提供深刻的见解,建立共同的信任。他擢升旁人心智,助他们超脱凡俗感官的局限。

这一切都没了,被芬里斯的刽子手付之一炬。

"看来并非只有我们受到了召唤。"门卡拉说着走下突击舱门,站在他身旁。

提兹卡的往日幻景顿时消逝,阿泽克·阿里曼强压下那股夺人心魄的悲痛。他点点头,放眼扫视金字塔之间的荒芜大地,在那些废墟旁发现了众多雷鹰和风暴鸟。

"真是群贤毕至,"阿泽克·阿里曼说,"你知道我们为何来此吗?"

"我不知道。"门卡拉在开口作答前略加迟疑,这足以让阿泽克·阿里曼感到戒备,"但重返提兹卡绝不是好事。我们的军团覆灭于此,然而我们没有把悲伤抛在身后,却将它挂在胸前,仿佛是脖子上的千斤石磨。"

这位预见者的盔甲锃亮如新,他在黄道仪遭受的创伤已完全愈合,但阿泽克·阿里曼在对方身上感受到了一股阴郁情绪,一种令他避之不及的听天由命之感。

"那我们为什么要来?"托贝克问道,他将头盔锁定在颈甲上。哈索尔·玛特与萨纳克特随之而来,前者灵气中饱含失败的苦楚。

"我们遵从猩红君王的指令,"萨纳克特回答,"还需要什么理由?"

"真是个正牌信徒该讲的话,"哈索尔·玛特说,"这种谄媚盲从不让你自己感到厌烦吗?"

"这种幼稚态度不让你自己感到厌烦吗?"

"你那个刀疤脸的剑术师傅呢?"哈索尔·玛特问,"你已经跟他学够了?"

"卢修斯不是我的师傅,"萨纳克特厉声说,"但我或许会告诉他你抨击他的剑术技巧,看他把你切成碎块。"

"他大可一试。"哈索尔·玛特回应道。

"别吵了,"门卡拉开口警告,"萦绕在此的幽魂以纷争不和为食。"

"我们要去哪里?"托贝克问。

"那边。"阿泽克·阿里曼指着弗泰普金字塔脚下,那片幽暗废墟里骤然扬起一股烽火般的以太烈焰。他强迫自己迈下雷鹰的突击舱门,心中明白每一步都是在践踏阵亡兄弟的遗骸。其他人跟随阿泽克·阿里曼扎进了那团笼罩在金字塔周围的飞旋黑沙中。

无数繁杂话音裹在狂风之中，不停地试探众人听觉的极限——低沉的咒骂、空洞的呼喊、沙哑的遗言和悲凉的哀泣。

细碎玻璃在脚下咯吱作响，那个可怕日子的种种遗物散落于尘埃之间：破损的盔甲碎片、填满沙尘的武器、扭曲折断的镰刃弯刀，以及狼爪制成的护身符。恶毒的狂风从沙地里发掘出一枚枚破裂头骨。空洞的眼窝中燃起幽暗冥火。在枯骨间响起了若有若无的嘲弄之声。

阿泽克·阿里曼直视前方，在齐膝深的灰烬中稳步前行，穿过滚滚尘云走向那闪烁烽火。地面颤抖不已，若干宏伟形体迈着隆隆步伐在黑暗中行进。

"神之机械正在进军。"托贝克说。

"最好是远离我们而去。"阿泽克·阿里曼回应道。

"左边。"萨纳克特发出警告。

托贝克的双拳闪烁起火光，说："还有右边。"

阿泽克·阿里曼透过飞扬尘埃看到了成百上千个军团战士的朦胧轮廓，顿时紧紧握住手杖。浓厚尘云让那些身影模糊不清，然而对方灵气中的狐疑却很清晰。

尘云随即消散，周围的景象彻底展露出来。

千子军团的同僚们并未齐整列阵，而是组成大小不一的阴郁战帮分别抵达。他们所秉承的种种神秘图腾与未知徽记都是普罗斯佩罗从未目睹过的。

诸位千子走向一道昔日通往弗泰普金字塔内部的残破拱门，在碎裂的大理石地面五米之上，阿蒙悬浮于半空，等待众人。原体侍从周身包裹着烈焰，他的躯体如同召唤战士们前来的那股烽火。

九名圣甲虫隐修会的终结者站立在他下方，各人头盔上的右侧护目镜都被一道垂直疤痕劈作两半，以此致敬马格努斯。每位终结者紧握一柄带有炽热火刃的长戟，手捧摊开的秘典，口中高声吟诵着自己独创的复杂咒文。昔日，这些战士对阿泽克·阿里曼唯马首是瞻，而现今他们仅听从原体的号令。

"军团有多久不曾如此集结了？"哈索尔·玛特问道。

"自从普罗斯佩罗之事后就再也没有过。"阿泽克·阿里曼将自己的感知延伸开来，逐渐感知到了近在咫尺的某种异状、某种敌意。

"这可不像是兄弟的聚会。"托贝克说道，在他双拳表面流转的火焰愈发旺盛。

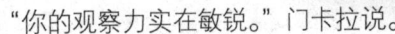

"你的观察力实在敏锐。"门卡拉说。

"你也不必过于惊讶。"

"他说得对,"阿泽克·阿里曼开口道,"这感觉更像是打着和谈旗帜的交战君王的会合,各自剑鞘里的兵刃已经半隐半现。"

至少有三百名千子聚集于此,他们在那道残破拱门面前组成了一道弧形阵线,众多好斗灵气的相互激荡让阿泽克·阿里曼牙齿酸痛。阿蒙高高举起双手,热风的呜咽顿时沉寂下来。

"兄弟们,"他的深沉嗓音盖过了裹在风沙里的絮絮耳语,"看到诸位响应召唤齐聚一堂,我心甚慰。毫无疑问,只有最为严峻的事态才会迫使我们的父亲发出召唤,让你们重返这片可怕的修罗场。"

阿泽克·阿里曼放任阿蒙的陈词滥调从心头扫过,其他某种事物牵扯了他的注意力,某种颇为熟悉却又完全陌生的事物。

"马格努斯何在?"人群中的一位战帮领袖高声喊道,阿泽克·阿里曼的目光应声从阿蒙身上移开。发话者身披一套精雕细琢的终结者盔甲,他所率领的那支队伍占据着最为有利的位置,倘若情况急转直下便可牢牢抓住优势。不仅如此,他麾下战士所组成的几何阵形能够显著增进他们的以太力量。

那便是自诩破灭之主的伊格尼斯。

"说话啊?"阿蒙一时没有回应,伊格尼斯催促道。

"猩红君王不知疲倦地日夜劳作,他在尽力挽救那些被芬里斯蛮人付之一炬的馆藏学识。"阿蒙说,"自从我们抵达这个受诅咒的世界以来,他就不曾有过一丝松懈。"

"这份召唤来自原体。"一位名叫梅门尼姆的战士说道,他看起来莽撞好斗,虽然他拥有普罗斯佩罗第五堂守印者的头衔,但阿泽克·阿里曼也只是对此人的暴戾性格有所耳闻,"他理应与我们一同来到这鬼地方。"

顿时,阿蒙身上的烈焰烧得更加明亮。阿泽克·阿里曼看得出来,原体侍从耗费了极大的意志力才压下心头的怒火。以原体侍从为尊的圣甲虫隐修会纷纷垂下长戟,将锋刃指向前方。

"你的主人所忍受的苦难远远超出你的想象,梅门尼姆,"阿蒙说道,"你以为他逃离普罗斯佩罗时毫发无伤吗?不是的。黎曼·鲁斯让他遭受了重创。他的灵魂被狼王击成碎片,每一块都在逐渐凋亡。"

一股冲击波般的惊恐情绪从千子阵线中扫过。他们在阿蒙的灵气里看到了毫无遮掩的诚实态度。阿泽克·阿里曼能感觉到提兹卡的灰烬在对此回应，从岩层深处传来的隆隆震颤仿佛是一场迫近风暴的咆哮。

阿蒙忽略了周围的种种高声质问。闪耀余烬在空中飞旋，穿梭于金字塔废墟的锈蚀铁架之间。

"猩红君王正在以生命为代价修补普罗斯佩罗的宝贵遗产，"他喊道，"每一段传说、每一篇文章、每一幅卷轴——囊括了自从我们将学问付诸纸端以来的所有知识。他的心灵将这一切从浩瀚之洋的经纬中搜罗出来，铭刻在这个实体世界的粗陋物质上。"

阿蒙身上散发的光焰伴随他的一字一句而愈发灼目，一股深重悲伤在战士们之间蔓延，众人真正理解了原体谋划的伟业和他为此付出的代价。大批军团战士心中积聚的浓烈情感再度激荡起提兹卡的尘埃。

"然而他保存知识的方法有缺陷，"阿蒙继续说道，他并未注意到自己的话语对周围环境产生的影响，抑或对此毫不在乎，"他的任何成果都令他身心受损。他的每一个灵魂碎片都被复原完好的学识所点亮，但随着那光辉逐渐消逝，他也会就此逝去。"

会集于此的千子顿时发出一阵抗拒的呼声，其中还夹杂着对黎曼·鲁斯麾下战士重燃的怒火。一阵不知源头的狼嚎在废墟里回荡。阿泽克·阿里曼察觉到一股惊人力量在尘埃中缓缓苏醒，其中既有黑暗的回忆，也有更加黑暗的怪物。

"他明知道这会摧毁他。"阿蒙说着飘向那躁动不安的灰烬，放低了自己的声调，"对于这一点，他比我们任何人都清楚，但他又有什么选择？难道他要永困于此，放任我们曾经掌握的一切知识从记忆中彻底消失吗？他不会允许这种事发生。我们的父亲以重现军团往日辉煌为己任，但长久如此的话他就会一步步走向自我毁灭。"

阿泽克·阿里曼在阿蒙脸上看到了泪水，原体侍从的嗓音逐渐沙哑，他竭尽全力想要表明军团之父自愿为子嗣们做出了何等惨痛的牺牲。

"我们不能任由他消逝，"阿蒙紧握双拳说，"千子决不能任由他消逝。"

"我们要怎么办？"一位阿泽克·阿里曼并不认识的千子高喊道——根据对方的灵气判断，他属于天枭学派。

阿泽克·阿里曼转回头来，终于看到了阿蒙双眼里的奕奕神采。

他看得出来，那是被点燃的希望。

阿泽克·阿里曼迈步上前，举起手杖。

"他早有计划，"他说道，"对不对？"

"的确，首席智库，"阿蒙回答，狼嚎声再次从四面八方传来，"但这需要他的子嗣们做出重大奉献。"

"有话快讲，阿蒙。"梅门尼姆说道。

"我们必须掀开悲伤的面纱。"阿蒙继续说，圣甲虫隐修会在他身边凑紧列阵，"若要让猩红君王恢复完整，我们就必须重新经历普罗斯佩罗之焚。"

焚尘之狼从灰烬中咆哮而出。

第六章

尘埃里的恶魔

碎片

耗散系统

提兹卡的墓园骤然陷入了狂乱,阿泽克·阿里曼将自己推上第八层心境。由尚未冷却的火山石块所组成的大群野兽从地底蜂拥而出,它们的血管里流淌着滚热熔岩。那些焦黑怪物身上散出剧毒气体,心中翻涌着一股不可满足的杀戮渴望。

数十名千子在突袭爆发的顷刻间丧命。乌黑利爪将他们的臂膀扯下,玄武岩獠牙轻而易举地撕开他们的装甲。那些战士的尖叫立刻被狂风卷走,与那些地狱合唱般的声音交汇。

充斥着超人血肉浓烈腥气的灼热灰烬让阿泽克·阿里曼喘不上气来。

飞旋烟尘让那些怪物的身影朦胧难辨。其中一些是强壮的四足生物,有着拱起的脊梁与修长的狼形头颅。另外一些则直立行走,但它们的眼睛仿佛是通红的煤块,由黑烟组成的参差獠牙之间露出星星点点的闷燃余烬。它们显得半兽半人,阿泽克·阿里曼在那些壮硕身躯里看到了一丝军团战士形体的痕迹。

"这些是什么?"萨纳克特的双剑早已跃入掌中。

"是野狼,"阿泽克·阿里曼嘶吼道,他紧紧盯着那些昔日终结了家园世界的灰烬幽魂,"又来取我们性命了。"

洪流般的以太能量与子弹在提兹卡的废墟中往复穿梭。灵能爆破在沙尘间炸出一个个深坑,成群结队的蝠鳐状生物盘旋于头顶,仿佛是光芒闪烁的食腐鸟类。

伊格尼斯冷静地穿行于这片修罗场,他脚下踏着的那条精准路径只有破灭之主才能够理解,在外人眼中可谓神秘莫测。他盔甲表面的铭刻符文与全

千子战士面对往日幽魂的亚空间投影

身皮肤的刺青图案描绘着大量神圣几何图形，伊格尼斯借此解读这场恶战的种种变数。战事瞬息万变，但在他眼里一切尽在预料之中。一个个崭新的形式浮现于面前，为他的身躯注入一股奔窜的雄浑力量。

猎鹰学派战士运用堪比雷锤的念力重击敌人，将那些灰烬巨狼碾成粉末。亮羽大师们则轻易冻结住了恶魔宿体的熔岩高热。

被浩瀚之洋的强悍潮汐推上力量巅峰的火凤学派成为了这片战场的主宰。他们或是把恶魔狼怪一举气化，或是随意熄灭它们体内的烈焰，留下一尊尊固结石像，交由其余同僚敲成碎片。

天枭学派在这里近乎束手无策。众多恶魔巨狼是饥渴与死亡的化身，它们仅有的些微思维，意图毫无遮掩。相比之下，黑鸦学派尚可将些许奥艺投入战斗，即便他们的预见视野十分模糊。

"真是一团糟。"伊格尼斯轻声自言自语，他抬起双联爆矢枪轰飞了一头灰烬巨狼的脑袋。那怪物顿时被炸成雨点般的细碎石块和天界火花。他看着敌人的残渣沿着完美的抛物线四处飞散。

伊格尼斯随即转过身去，对阵一头居高临下的巨兽。它的焦黑肋骨之中跃动着一颗火光夺目的熔岩心脏。伊格尼斯探出动力拳，稳稳捏住了挥向自己头颅的利爪。接着他施力碾碎巨兽的臂膀，又将双联爆矢枪的枪口捅进那焦黑胸腔里。

五枚子弹在怪物体内炸出一个精准图案，消解了恶魔用以维系实体身躯的那股力量。这巨兽在转瞬间化为灰烬，伊格尼斯立刻向右迈出三步。一条锈迹斑斑的精金梁柱砸落在他方才的位置上，它足有十米之宽。

凶恶的亚空间闪电劈开了天空，伊格尼斯在颈甲的约束下尽量仰起脑袋。足以覆盖整块大陆的雷暴乌云，迈着气势汹汹的步伐，压向这片战场，恍若山峦的厚重云团上有着飞扬悬崖、深邃裂谷和陡峭绝壁，它冷眼审视下方的卑微存在，看着每一支战帮分头赶往各自的雷鹰以寻求庇护。

然而，并非每一支战帮都如此。

九十三名军团战士朝弗泰普金字塔的拱门且战且退。阿泽克·阿里曼麾下那个可悲的秘密团体一马当先，奋力冲向阿蒙和圣甲虫隐修会。其余战士追随在阿泽克·阿里曼身后——梅门尼姆和齐吾所率领的猎鹰学派小队，还有年轻的倪克透斯及其部下。

"啊，原来是这样开始的。"伊格尼斯沉吟道。

有壮硕恶狼与军团战士这两种面目的融合怪物，将他们重重包围。夹杂烈火的浓厚烟柱从尘埃深处喷薄而出，那些灰烬恶魔被提兹卡的无尽梦魇塑造成形。它们放声呼号，口中喷吐出灼人气息，那一个个披着余烬铠甲的太空野狼手持由黑曜石熔铸而成的利斧。

"现在你们终于展露真实面目了。"阿泽克·阿里曼讥讽道，他用手杖绘制出种种致命咒符。每一个被他击倒的怪物都在空中留下一团明亮夺目的残影。那些恶魔纵然模仿了芬里斯战士的外貌，却没有他们的狡诈战技。

萨纳克特在阿泽克·阿里曼身边奋战，他舞动双剑劈开了一副副余烬铠甲。托贝克则放声大笑，畅享强悍力量。纵然这些怪物由灼热灰烬组成，但火凤学派的滚滚烈焰足以将飞扬尘埃一并气化。门卡拉与哈索尔·玛特背靠着背迎战群敌。这是个少见但高效的组合。

一束束光明与阴影在弗泰普金字塔内部的残破废墟间摇摆扫动，那些沙丘般的碎石与钢铁、湖面般的玻璃碎片，以及燃着火苗的散乱书页都被卷入了烈焰旋涡。在金字塔的锈蚀横梁下方，一队队千子军团战士各自为战，他们组成的曼荼罗逐步缩减。阿泽克·阿里曼能看到梅门尼姆、沉默的齐吾、倪克透斯和伊格尼斯等人的部下。

太少了……

"我们不该冲进金字塔来的。"萨纳克特说道，他的豺狼剑上跃动着夺命光芒，"我们和雷鹰之间的联系被切断了。"

阿泽克·阿里曼侧身借助肩甲挡住一记利爪撕扯，顿时肩甲上火花飞溅。他运用念力重击，敲碎了那粗鄙巨狼的头颅，藏匿其中的恶魔力量随即伴着尖啸飘散。阿泽克·阿里曼在怪物覆灭时迸发的火团里有所洞察。

"炮艇不是我们的出路。"他说道。

"不是？那要怎么办？"哈索尔·玛特质问，他脸上的烧伤痕迹已经逐渐愈合。

"他们才是。"阿泽克·阿里曼回答。

圣甲虫隐修会终结者手中的长戟锋刃上迸发着以太烈火。在阿蒙的率领下，他们组成楔形阵列，向金字塔尖顶正下方的一座碎石丘陵进军。

原体侍从握着剑刃手杖和等离子手枪。他的动作像芭蕾舞般优雅流畅，每一记攻击都具有着确信无疑的致命威力，不给敌人留下丝毫生机。

"你的预见视野并不模糊。"阿泽克·阿里曼低语道。

"他们在干什么？"哈索尔·玛特说，此时终结者们在阿蒙身边创造了一道环形防线，恰似古代部族勇士结成的盾墙。

"不，"阿泽克·阿里曼继续低语，"不要让我们重新经历一遍了。"

"什么意思？"托贝克质问道，"重新经历什么？"

阿泽克·阿里曼尚未开口作答，一声震耳欲聋的咆哮便撕开了空气。其雄浑力量让金字塔空洞骸骨的上层结构颤抖不已，那些恶魔化成的太空野狼则全都停下了进攻的步伐。它们齐刷刷地仰起头颅，以自己的尖厉呼号呼应。

弗泰普金字塔入口处的拱门轰然爆裂，一个庞然大物横冲直撞而来。它比机械神教的骑士更为高大，那飘散轻烟的躯体仿佛刚刚熔铸而成。昔日的霜灰色铠甲变得漆黑如墨，上面缀满了各式颅骨，一团熔火核心由内而外地将其点亮。

那是参天泰坦般的狼王，一个满怀杀意的刽子手。

提兹卡的幽魂对黎曼·鲁斯记忆犹新。

虽然此事是他与马格努斯共同策划的，但那恶魔狼王的形象依旧让阿蒙如坠冰窖。他站在这座金字塔几何中心的废墟顶端，吟诵着马格努斯授予他的召唤法令，他的全身血肉与那繁复咒语产生了共鸣。

厉声呼啸的尘埃恶魔将千子围困得水泄不通，那些怪物窃取了一副副它们并不理解的面貌。它们几乎与那些遭到冒充的野狼战士一样被阿蒙痛恨。成群恶魔前仆后继地向圣甲虫隐修会冲来，然而曼荼罗阵形岿然不动——锐利锋刃和以太烈火组成了一个坚不可摧的圆环。

阿蒙注意到阿泽克·阿里曼及其伙伴也在金字塔中奋战。这个误入歧途的首席智库向来与基因原体命运相缠，密不可分。

那焚尘狼王埋头冲锋，在千子战士之间横行无忌，它手中的巨剑挥舞出一道道烈焰圆弧，这兵刃由余烬和夜色汇聚而成，是固化具现的亚空间之力。盔甲对此毫无作用，念力护盾也难以抵挡。

千子战士无法匹敌那个强悍的恶魔，像孩童般被它轻易击溃。恶魔呼号着大肆杀戮，以太能量在它的灼热身躯上徒劳消散。它每迈出一步，那张电燃面孔就变得愈发野蛮，逐渐抛开了人性的一切伪装。

"马格努斯的子嗣，向我集结！"阿蒙喊道，那召唤法令的最后一组封印猛然崩解。一股黑暗灵药般的浓厚力量注入他的血脉，如磷火炙烤般灼热，又比液氮更加寒冷。

阿蒙用手杖奋力敲击这座由残骸组成的祭坛。

他脚下的地面分崩离析，一支支白热灼目的光矛洞穿了他的躯体。阿蒙尖叫起来，他全身充斥着超乎想象的力量，烈火与剧痛的力量。

在那股力量的核心是一个眼眸，是原体的深邃眼眸。

他动弹不得，众多光柱将他牢牢钉在原地。他能在脑海里听到马格努斯的询问，当年两人首次在纳巴泰的玫瑰古城里交谈时，原体曾提出同样的问题。

"你愿意为我而死吗，我的朋友？"

阿蒙的答复也与多年前无异。

"心甘情愿。"

在最后的一瞬间里，他仅是阿蒙，是一位战士、一位忠实子嗣。

随即他就化作猩红君王的宿体。

阿泽克·阿里曼眼看着阿蒙在浩瀚之洋的烈火中燃烧，被那巨大力量灌注后，不断膨胀扩张。侍从的形象不复存在，某个更为强大的形体如新星般诞生。

他猛然飞上半空，辉煌而又恐怖。

他的身躯是暗金与鲜红两色，脸上长着一个独眼，披着满头狂乱长发。

"马格努斯……"阿泽克·阿里曼喘息道。

这是昔日处于巅峰状态的基因原体，展现着猩红君王的全部荣光。彼时马格努斯的伟大名号与传奇功绩尚且受到整个帝国的崇敬。

他曾经是凡人与超人共同的楷模。

闪耀光芒从马格努斯身上迸发出来，其所过之处，恶魔巨狼灰飞烟灭，仿佛是被过度曝光所抹消的图像。它们源于灰烬，此刻又伴着沮丧而痛苦的呼号重归于灰烬。

那个黎曼·鲁斯面孔的燃烧巨像，看到了它昔日与未来的宿敌，整座金字塔顿时在它的原始怒火中颤抖起来。对那场战斗的回忆让阿泽克·阿里曼如坠焚炉，他的满腔悲伤与愧疚化作一柄柄剜心尖刀，远比沃坎的子嗣所铸造的任何兵器都更加锐利。他仿佛能体会到那场漆黑暴雨的刺骨寒意，他恍惚看见了鲁斯释放出来的似狼而非狼的恐怖。

马格努斯的化身和鲁斯的化身扑向对方——一个是尘埃组成的邪魔，一个是光明化作的天使。

惊天动地的冲击让所有战士无法立足，势若雷霆的震荡之波在金字塔废墟里扩散开来。众多巨型梁柱发出低沉呻吟，整座建筑从头到脚的基础架构开始弯折崩溃。数米粗的螺钉和焊接支架纷纷脱落，化作一场致命的铁雨。

阿泽克·阿里曼匆忙翻身，躲开一根深深捅进地面的横梁，那仿佛是某位暴怒神祇投来的标枪。他随即扬起一道念力护盾。沉重撞击来袭如雨，地面火花四溅。从天而降的钢铁之物被弹射到一旁。接连不断的凶狠敲打让一阵阵剧痛穿过他的麻木双臂，直入脑壳。

他抬起头来，看到金字塔的整体建筑开始倾斜弯曲，一条条本该坚不可摧的大梁像枯柴般折断。全面崩塌已是必然。

"我们必须出去！"萨纳克特用心灵发出呼喊，同时借助双刃传递念动力量，抵挡漫天散落的残骸。

"不。"阿泽克·阿里曼在钢铁断裂的震耳咆哮与原体交战的狂暴喧响中回应道。

"这鬼地方要塌了！"托贝克高喊，等离子般的高温在他头顶产生了一团朦胧热霾，将全部钢铁碎片瞬间气化。

"这才是我们来此的原因。"阿泽克·阿里曼说道，他痛恨众多千子战士被召唤到提兹卡的真正缘由。并不是为了聆听阿蒙的严正声明，而是为了见证军团的深重耻辱，为了搞清楚该如何让他们的父亲恢复完整。

黎曼·鲁斯的巨剑斩开了马格努斯的躯干，伤口迸发出如星辰般耀眼的光芒。作为回击，马格努斯则一拳击穿鲁斯的胸膛。熔岩高温喷薄而出，狼王的咆哮中充斥着极度痛苦。

他们一同飞上半空，几十米，数百米。

两位原体如野兽般相互撕扯，闷燃灰烬与闪耀光幕交缠成一个旋涡。交战双方已经难解难分，各自形体都埋没在了光与影的飓风里。隆隆巨响与暴烈闪电从那场沸腾鏖战中喷溅出来。

阿泽克·阿里曼站起身,十指上脉动着以太能量。他极力克制肆意施展以太能量的冲动。他明白那必将引发巨大危机。

"所有人,"他喊道,"只能采用第一层心境!"

哈索尔·玛特趔趄着来到他身旁,对方的一侧面孔鲜血淋漓,遍布烧伤疮疤。那湿滑的鲜红血肉上已经逐渐覆盖了淡粉色皮肤。

"不,"阿泽克·阿里曼说,"不要用力。现在不行。"

"你想让我留下疤痕吗?"

"我要你活下来,"阿泽克·阿里曼厉声说,他的目光聚焦于头顶五百米之外的那场激烈对战,"这里的灵能压力极为强大,就像钜素井里的燃气,只等一枚火花。你当真想成为那枚火花吗?"

"阿泽克说得对,"伊格尼斯从烟尘中现身,他那套笨重的终结者盔甲上找不到一丝划痕,"所有情况都表明,现在施展咒文是极不明智的。"

阿泽克·阿里曼望向两个原体的化身生死相搏所形成的那团灵能旋涡背后。金字塔钢铁结构的关键部位被卷入战局,让本已脆弱不堪的建筑快速走向全面崩溃。

"伊格尼斯,"阿泽克·阿里曼问,"你有何见解?"

"我只能说当前命理预兆的潜在走向不明朗,我们不能离开。"破灭之主回答,"问题在于,你有何见解?"

"你在说什么?"

"你当真感觉不到吗?"伊格尼斯的惊讶自然流露。

"感觉到什么?"阿泽克·阿里曼质问,"我没时间和你猜谜,伊格尼斯。"

"的确,毕竟这座金字塔在七十三点六秒之后就会准时崩塌。但那并非关键所在,"伊格尼斯用双联爆矢枪的枪管指着阿泽克·阿里曼腰间,"我是指你方才获得的物品。"

阿泽克·阿里曼错愕地低下头。

一本饱含渊博学识与深邃奥秘的厚重书籍被链条拴在他腰间,其封面覆有金色锁扣。它的酒红色表皮蕴藏着一股隐约的猩红色泽,书脊边缘处包裹着饱受磨损的紫铜和已渐剥落的黄金。

"《马格努斯之书》。"阿泽克·阿里曼用手掌抚摸那柔软的皮革封面。他最后一次持有这本书是奉马格努斯之命将其送回黑曜石高塔的时候。仅仅触及这部秘典就足以赋予他一份洞察万物的清晰视野，那是一种他早已遗忘的独特感受。

和以太巨狼血战后幸存的所有千子集结在他身边，不仅有普通战士还有圣甲虫隐修会成员。阿蒙踪影全无，而阿泽克·阿里曼持有原体的秘典，因此众人一致寻求他的指引。

"我明白我们为何来此了。"他说道。

"为什么？"哈索尔·玛特问。

阿泽克·阿里曼抬起头来，金字塔内部的地面光芒涌动，他说道："并非见证马格努斯之死，而是目睹此后发生的事情。"

两位原体如今无力腾空死斗，像难以为继的战斗天使般一同陨落。包裹在他们身上的烈火与尘埃踪影全无，被足以弑神的强悍攻击剥去，双方遭受的可怕创伤也展露出来了。

马格努斯身上的十余处致命伤口流淌着光芒，对临头厄运的预知玷污了他的夺目辉耀。而那黑暗鲁斯的处境同样狼狈不堪，它的实体躯壳已经四分五裂，其秽恶核心中，那团沸腾不已的恶魔能量暴露在外。

两位原体轰然坠地，恰好落在阿蒙以自身躯体召唤出猩红君王的位置。剧烈冲击撼动了整座金字塔，扬起一片由尘埃和残骸组成的蘑菇云。阿泽克·阿里曼感觉到那场神明交锋的冲击波狠狠敲打着自己的心灵防线。他的鼻孔和耳朵里淌出鲜血。

身披夜色的狼王抢先起身。它不再刻意模仿黎曼·鲁斯的模样，仅是一个满腔狂怒的破碎邪魔。它俯身从废墟间抓起马格努斯，高高举过头顶，那焦黑利爪撕扯着马格努斯脖颈的血肉。

阿泽克·阿里曼很清楚接下来将发生什么，他看到圣甲虫隐修会的战士们平端长戟准备冲锋，急忙伸出手掌以示警告。他能察觉到在各位战士体内迅速积聚的以太威能。

"不！"他大喊，"这并不是拯救他的第二次机会！"

他挥动双臂将战士们与浩瀚之洋间的纽带冻结。骤然袭来的虚弱感让他们跪倒在地，沮丧呼号。他们的以太光辉聚成一束，注入了高声咆哮的阿泽克·阿里曼体内。《马格努斯之书》则轻吟着，畅饮诸位千子的绝望。

阿泽克·阿里曼的双目迸发出灼灼光焰，迎面扑来的预见视野如同一记重拳，在刹那间开启了他的所有感官，他得以洞察时间的无限维度。尚未录入史册的无数事件浮现于脑海，纷乱难辨的万千图像汇作一股湍流在他心中奔涌：遗毒万年的背叛和延续不断的希望、永恒燃烧的战争与毫无止境的苦难、世间一切生灵的诞生，以及整个宇宙的终极灭亡。

那鲁斯怪物将马格努斯举过头顶，猩红君王毫无反抗之力。这个短暂瞬间被延展得分外漫长，阿泽克·阿里曼深深凝望马格努斯的眼眸，看到了他对命运的接纳。

"找到我，重塑我。"

鲁斯将马格努斯砸落在膝盖上。

昔日阿泽克·阿里曼首次目睹马格努斯殒命的时候，那幅可怕景象转瞬即逝，那份深切痛苦短暂得近乎慈悲。

今日不然。

马格努斯的后背弯折到了就连原体也无法承受的程度。阿泽克·阿里曼看到而非听到自己父亲的脊梁彻底断裂，一切天然的弹性都不复存在，那两截身躯几乎对折起来。

虽然阿泽克·阿里曼明白这并非父亲的真身，却依旧在悲伤与愤怒中尖叫起来。猩红君王的躯体轰然炸碎，恰似一尊被粗鲁蛮人推倒在地的无价雕像，夺目光辉从中迸射出来。

马格努斯之心展露在外，那是一片由无比繁复的几何图形所组成的晶莹网格——千变万化的眼眸、滚滚转动的轮盘与充满能量的螺旋紧密交织在一起，几乎不分彼此。

这个瞬间便是马格努斯的死亡与升华。

他的灵魂碎裂成无数飞旋晶片。阿泽克·阿里曼能听到狼王因猎物脱逃而发出的沮丧呼号，他根本不知道自己究竟造成了多么致命的创伤。

阿泽克·阿里曼的意识紧紧追随着那成千上万块从灵魂中心向外四散纷飞的碎片。遵循着趋同法则，其中的绝大多数都并未完全摆脱猩红君王意志的约束，只待来日在黑曜石高塔顶端被重铸为一体。

但有五块碎片飞离了它们的源泉。

阿泽克·阿里曼看着那些碎片从马格努斯的残破躯体上迅速远去，在某种黑暗图谋的推动下告别了普罗斯佩罗。他尽力追踪那些碎片，直到它们全然淹没在浩瀚之洋的汹涌波涛深处，他将瞬间即逝的模糊印象烙在心头。

一座属于流亡君主的失落图书馆，以腓尼基字母书就的上万册典籍让那些不堪重负的书架低声呻吟。

一座非人的牢狱，其中隔绝以太，冰冷无情。那个陌生的地方浸透了痛苦和愧疚，还有一股非同寻常的纯粹恨意。

一位屈身于山底的噬魂神祇，它曾经由宏伟天使严加看守。

一个审判与背叛之处。

最后则是一个占据着万事万物核心位置的璀璨世界，辉煌的宏图一度令它无比光耀，而如今破灭的梦想则令它日渐暗淡。

就在那五块碎片从视野里消失的时候，阿泽克·阿里曼突然察觉到它们的散落方式大有玄机——其中饱含尚待解读的暗喻和急需探明的深意。

"我定会找到你，"他立誓道，"我定会重塑你。"

在阿泽克·阿里曼立下誓言的同时，马格努斯灵魂碎裂的这个漫长瞬间便骤然告终。响声和冲击汇聚成一声震耳咆哮从他身上席卷而过，漫天倾洒的钢铁与玻璃仿佛是一场凶猛炮击。他眨眨眼抹消了那些灵魂碎片在时空中飞旋四散的视野残影。

一个声音在他脑海里发出呼喊。

"阿泽克，你必须立刻行动！"

是谁在说话？阿泽克·阿里曼的思维失去了浩瀚之洋所赋予的轻灵迅捷，格外迟缓。

"伊格尼斯？"

"正是。"破灭之主说，"根据我的估算，你还有三十六秒时间来避免被埋在几千吨钢铁残骸里。"

"你在哪里？"

"已经在外面了。"伊格尼斯回答，"你如果想活命的话，那么三十七秒之后你也必须在外面。"

阿泽克·阿里曼点点头，他还在适应自身感官所经历的剧变。鲁斯与马格努斯都消失了，但那场恶战已经彻底摧毁了弗泰普金字塔的建筑稳定性。

跟随他杀入金字塔内部的战士们正在冲向安全地带。门卡拉负责指引众人，他用有限的预见视野在不断砸落的残骸间寻找可行路径。萨纳克特扛着一位受伤的战士。阿泽克·阿里曼对那位剑客向自己宣誓效忠而感到欣慰。

　　伊格尼斯已经站在门外，梅门尼姆、齐吾和倪克透斯率领各自队伍在金字塔里寻找突破口，依赖愈发薄弱的念力护盾来削减那场铁雨的杀伤力。

　　只有圣甲虫隐修会成员还留在阿泽克·阿里曼身边，他思考片刻，明白了其中的缘由。

　　"阿蒙。"他看到原体侍从的残破躯体躺在金字塔中央的那座碎石丘陵上。

　　"走！"他向那些终结者下令，然而并没有一位战士奉命离去。他们并肩冲过散落的碎石，都明白绝无可能赶在金字塔倾覆之前逃脱。圣甲虫隐修会的每一名成员都胜似贤哲，阿泽克·阿里曼知道若非他们的念动灵能，自己早已丧命于此。

　　他手忙脚乱地爬上一个由玻化石块与烧结尘埃垒成的斜坡。阿蒙以一种极为不详的怪异角度躺在地上，他的脊梁显然已经折断。这就是他为了容纳原体的灵魂回响所付出的惨重代价。

　　"你这该死的蠢货。"阿泽克·阿里曼说道，纵然他明白倘若这份职责落到自己身上，他也会欣然接受。他将阿蒙从碎石间抱起来，熔融的盔甲碎片顿时纷纷散落。阿泽克·阿里曼能听到这饱受磨难的瘫软身躯中传来破碎脊椎相互碾磨的声响。

　　阿蒙在剧痛中低哼一声，眼皮微微抖动。

　　钢铁梁柱崩塌的咆哮声愈发响亮。

　　阿泽克·阿里曼抬起头，恰好目睹弗泰普金字塔残余的上层结构轰然坍塌，巨量残骸组成的钢铁海啸扑面而来。圣甲虫隐修会成员环绕在阿泽克·阿里曼与阿蒙身旁，但他们注定无路可逃。

　　"你才是该死的蠢货，"阿蒙呻吟道，"你一直都是。"

　　阿泽克·阿里曼闭上双眼，发出沮丧的呼吼。

　　然而死亡并未降临。

　　他抬头看到一座颤抖不已的钢铁拱顶悬浮在区区一米之外，公然无视这个世界的善变重力。

　　"我们怎么会活着？"阿泽克·阿里曼说。

他望向那些终结者，然而即便是圣甲虫隐修会也不具备拯救他们性命的强大奥艺。他们的灵气中散发着与阿泽克·阿里曼相同的惊愕。

"阿蒙，这是你干的吗？"他又问。

阿蒙摇摇头，钻心痛楚让他紧咬牙关。

"这不是阿蒙的手笔，"一个优美嗓音传入阿泽克·阿里曼耳中，在他的脑海里荡起回声，仿佛是一对双胞胎同时开口讲话，"而是我的。"

阿泽克·阿里曼转过身去，看到一个高举纤细双臂的妖傀挺立在近旁。那具雕塑躯体的各个部位都铭刻着呈螺旋形排列的召唤与附魔符记，仿佛是古老部族成员身上以骨凿刻的刺青图案。

"不，"他说，"我们早已净化了地狱戎卫的构装体，驱除了里面的所有亚空间存在。"

"的确如此，"那妖傀说，"这具躯壳陌生而冰冷，但非常适合我。"

"无论你是什么，我都要摧毁你。"阿泽克·阿里曼宣告，他将思维推入了更具侵略性的心境。

妖傀退后一步，依旧高举臂膀。

"你要忤逆原体的意志吗？"

"此话何意？"阿泽克·阿里曼质问道，产生了一种可怕的猜想，"你是什么？"

妖傀轻笑一声，说："阿泽克，你不认得我吗？我可真是伤心，也颇为失望。"

"你是铁眼。"阿泽克·阿里曼惊恐地说，黄道仪的先知显然已经逃脱了那座铁棺监牢。

"我是亚弗戈蒙，"妖傀说道，"我获赠了一副崭新身躯，有了一个崭新目标。"

"你自以为拥有什么目标？"

"你我同心同德，阿泽克。"那恶魔回答，"我意在拯救赤红的马格努斯。"

阿蒙置身于自己的金字塔顶端，遥望沃土号冲向风暴肆虐的天空。他眼看着厚重云层将那艘星船吞没，之后才用思维下达指令，让悬浮宝座把自己带回工坊内部。

他身下这个机械囚笼的金色结构完美地适应了他的破损躯体，竖立在他脑后的灵能兜帽则容许他随意控制宝座。

阿蒙的脊梁被彻底摧毁了。

那个化作狼王的尘埃恶魔打碎了他的脊柱，从颈椎到腰椎无一幸免。阿蒙明白若不是这场叛乱让整个银河上下颠倒，他必定已经躺在停尸间里，或是被禁锢于无畏机甲的铁棺中。

马格努斯在工坊深处等待他，原体在仔细研究一张天体运行图，上面还覆盖着黑鸦学派对以太潮汐的最佳预测结果。他抬起头，看到阿蒙靠近，脸上顿时浮现出一抹浅笑，带着他对旁人苦难所怀有的负罪感。

"你感到痛苦吗，吾儿？"马格努斯问。

"我的脊梁四分五裂，"阿蒙指出，"我的颈部以下都没有任何感觉。"

"我所指的并非肉体之痛，"马格努斯带着真挚的悔恨说，"当你承载我的灵魂时，我被鲁斯击碎的痛苦让你感同身受。你体会到了我的失落、我的愧疚。你体会到了……一切。"

"若要重新经历一遍我也毫不犹豫，大人。"

马格努斯点点头，说："我知道。这就是为什么你永远都是我最忠诚的子嗣，阿蒙。但肉体之痛必将卷土重来。你准备好了吗？"

"我准备好了，不过哈索尔·玛特已经向我承诺，他的亮羽学派大师在重塑我的骨骼时会尽力让我免受最糟糕的痛苦。"

"哈索尔·玛特已经追随阿泽克的秘密团体而去了。"

阿蒙想要点点头，随即想起来他做不到。

"是的，"他说，"他们都走了。"

"潮汐蕴含吉兆，"马格努斯敲了敲面前的图表，"他们的任务前途光明。"

"我理应同去。"

"不，"马格努斯说，"我需要你留在这里。你我还有很多工作要完成。"

"我有何用处，大人？"阿蒙问道，他推动宝座来到一张工作台前方，桌面上胡乱堆满了破裂镜片、白蜡边框和打磨砂布，"我的躯体已经残废，我的力量也伴着浩瀚之洋的潮汐一同消退。"

"你的学会陷入了低谷，这让你感到恼怒，"马格努斯说，"但黑鸦会重现辉煌，远比你想得更快。"

"什么时候？"

马格努斯没有作答，而是默默走到另一张桌前，上面摆放着一尊工艺精妙的安提基特拉机械，它由众多占卜镜筒、浑天仪和亚空间仪表组成。

"我的兄弟曾为我打造过这样一台装置。"马格努斯说着拧动机械装置中央基板上的螺栓，调整镜片位置，校准以太视角，"那是在一个熬过了古老长夜的世界上，可惜它最终还是失陷于同样的疯狂。"

"我记得你为我讲述过那台装置，"阿蒙说，"那是一台精美机械，纤巧玲珑，甚至堪称绝无仅有。但如今它已经失落了。"

"失落？是的，我想可以这么说。"马格努斯说着再次拧动螺栓，绷紧了藏在仪器内部的弹簧。

"我原本动手为你重建了一台，但在来往此地的旅程中，它没有挺过来。"阿蒙说道，"镜片已经变形，基板也错位了。你什么都看不到的。"

"你又不知道我想要看什么。"

马格努斯俯视镜片，将一根负责固定安提基特拉机械各个活动组件的销钉抽走了。弹簧顿时释放出积蓄已久的势能，让铭刻在青铜基板上的星座图案自由地飞旋起来。

"告诉我，阿蒙，你知道机械学里的耗散系统是什么吗？"

"不知道，大人，我从来不了解锻造车间里的材料。"

马格努斯面露笑容，他始终凝视着观察镜片。

"的确。好吧，任何一位技术军士都能告诉你，耗散系统会因为摩擦而不断损失能量。他还能告诉你，大部分此类系统都会以一种完全可以预测的方式逐渐产生损耗。但另有一些耗散系统并不遵循这种规律，它们是杂乱无章的。它们时而稳定产生损耗，时而剧烈流失能量，接着又重新采取那种可以预测的损耗速率，毫无明显的规律或理由可言。"

"我有点不明白你的意思，大人。"

"如果把生命视为一个混乱的耗散系统，你就会明白我的意思了。"马格努斯说道，"你能猜到世上规模最大的耗散系统是什么吗？"

"不，我猜不到，大人。"

"是战争，阿蒙。"马格努斯说，"战争的走势中包含剧烈起伏，不可预测。即便是最伟大的先知也难以准确预见战争的发展方向，时常被种种变局打得措手不及。我们已经付出代价，学到了这一点。"

马格努斯将安提基特拉机械放回工作台上,似乎对自己的观测结果颇为满意。

"荷鲁斯和帝皇之间的冲突是一场惊世大战,其规模自从银河的亘古纪元以来便前所未见。这是我所见过最大的混乱耗散系统。"

"你为何要给我讲这些,大人?"

"因为我看不清这场战争的结局,"马格努斯说,"而任何无法避免的战势我们都要欣然接受。"

第二部

太阳神船

第七章

日瓦戈号
先知猎手
冰霜之躯

"就是他吗？"迪奥·普罗姆斯问道。

"是的，前提是乌西库传输来的数据无误。"维登斯贤者说，他在数据板上浏览着日瓦戈号的人员名单，并与印在舱壁上的字母和数字序号进行比对，"第16-9阿尔法甲板，阿斯塔特医疗舱。1200号类选站？"

"对。"

"那么这应该就是瓦瑞斯图斯·萨瑞罗了。"

"他的电子刺青序列号是什么？"

"19，科瓦斯－兰布达，20-7，6/10，51，1-0-2-3-5。"

普罗姆斯点点头，仔细审视面前的候选人。

那位昏迷不醒的军团战士躺在一张铁制轮床上，日瓦戈号船舱里的这片区域被专门划拨给运往泰拉的阿斯塔特伤员。他们伤势严重，战地药剂师无力处置，同时还不至于将他们送进无畏机甲的铁棺。

而且他们太过宝贵，不可一死了之。

这个宽广空间里还有六十四名军团战士，有些刚刚逝去，有些徘徊于生死交界的不明境地。

瓦瑞斯图斯·萨瑞罗全身赤裸，仅在腰间盖了一张肮脏床单。他的伤势十分严重，而且伤痕全都分布在躯体正面。他紧绷的皮肤上凝结着一滴滴汗水，超人肌体正在创造神秘莫测的奇迹，缓缓结合断裂骨骼，重塑破损内脏，编织崭新血肉。

纹在萨瑞罗躯干上的展翼猛禽图案让普罗姆斯认出他是暗鸦守卫。但即便没有这个刺青，那苍白肤色也足以昭示此人的血脉。

"无论他们历经多少异星阳光的照耀，科拉克斯之子永远不会晒黑。"普罗姆斯说，"不知道这究竟是缺陷还是天赋？"

"这是他们父亲的赠礼。"维登斯说。

"的确，"普罗姆斯说着，用指尖轻触萨瑞罗象牙雕成的臂膀，"这更让我感激自己身体里流淌的是基里曼大人的血脉。"

他让一丝灵能力量从心中流淌出来，用一道生物电脉冲刺穿了那位战士的皮肤。肌肉顿时微微波动，隐形的铭文暂时组成一列突起的疤痕组织，展现出皮下电子刺青的细节。

"19，科瓦斯－兰布达，20-7，6/10，51，1-0-2-3-5。"普罗姆斯确认道。

"我可以进行触觉确认的，"维登斯说，"我知道你很反感——"

"不，"普罗姆斯说，"倘若我连触碰一位军团战士兄弟的皮肤都无法忍受，又如何能够与他的心灵相连？"

"如你所愿。"维登斯略一躬身说。

医疗甲板的昏暗灯光映射在这位预算师的镀铬齿轮面具上。两条纵向的扩音缝隙代替了他的嘴巴，原本是眼睛的位置则安装有一条旋转机械臂，上面有许多包裹着黄铜边框的放大镜。维登斯身上披着一件及地长袍，那衣物的起伏轮廓表明他的躯体已经完全抛弃了传统形态。

普罗姆斯将他的骷髅手杖靠在旁边，解开头盔的密封。医疗船里的空气顿时扑面而来：凝滞血液、腐败肉体、脏污绷带、源自十余个世界的泥土、种种消毒药剂，以及汗水的气息混杂成一团刺鼻味道。

但气味并不是最糟糕的部分。

绝非如此。

"退后，维登斯。"普罗姆斯说。

贤者奉命而行，他知道这时候应该与智库保持距离。

普罗姆斯摘下头盔，视觉输入信号立刻被自身感官所取代，他的视野变得略为灰暗。安装在银灰色头盔后侧的灵能兜帽也失去了闪烁光辉，那晶莹矩阵暗淡下来。

痛苦顿时捅进他的心脏。

痛苦贯穿了他的脊梁。

痛苦把滚烫铁钉刺进他的关节，用污浊血沫填满他的肺脏。痛苦将他的全身骨骼敲成细碎粉末和锐利残片。痛苦撕裂了他的肢体血肉，恰似一柄翻动土壤的铁耙。痛苦像融化的热蜡涌过他全身。痛苦伴着激光爆鸣灼烧他的皮肤，腐化坏疽由内而外地摧毁他的身躯。

这些痛苦都是虚妄幻觉和灵能回响，然而其冲击力分外真切。

这艘医疗船的名单上列有近七千名伤者，普罗姆斯感受到了他们的每一丝痛苦。他全盘接纳。

他的心灵厉声尖叫，如同一块喷溅火花的过载电路板，种类繁多的苦难感受逐一涌现，从纯粹的物理剧痛到失却肢体的悲苦，从感官剥离的死寂到灼热弹片所雕刻出的丑恶畸形。

普罗姆斯一拳轰在舱壁上，将那厚达数寸的钢铁砸出了凹陷。他的圆瞪双眼并无眨动。他的牙齿紧紧咬合，像是为营造山脉而挤压的板块。粗大血管和紧绷肌腱浮现在他的脖颈上。

他本可以将一切痛苦都消解在灵能兜帽里，不必亲身经历旁人的苦难，但他并没有。痛苦是一份赠礼，感受它便是培育它，普罗姆斯以此巩固自己心中的人性，更好地承担肩头那份可怕而无可推卸的责任。为此他甘愿付出鲜血的代价。

普罗姆斯长吁一口气，松开了握拳的十指。那痛苦依旧萦绕在他心头，但已经化作了他的一部分，变得可以容忍。

不仅如此，痛苦还为他打通了道路。

"智库？"维登斯说。

普罗姆斯点点头，颤抖着吐出一口气。

"说吧。"他开口道。

维登斯检视数据板。

"针对认知能力的诊断结果体现出了极高的心理适应性，不过军团战士萨瑞罗的作战记录并不完整。"

"意料之中。"普罗姆斯说，"第十九军团很不情愿提交此类评估报告。他的最后一场行动是什么？"

"最后一次认证评估来自伊斯特凡暴行的五个标准年之前。"

"你的看法？"

"我最初的统计分析结果依旧不变，"维登斯说，"军团战士萨瑞罗的潜在灵能特质与基因标记体现了极低的想象力、对于教条思维的倾向性，以及一份近乎奴性的责任感。"

"第十九军团和奴性可毫无关联。"

"只是个修辞手法，不过他的基因倾向确实如此。"

"基因无法描述整个生命，"普罗姆斯说，"只有实际作为才能决定一位战士是否具备资格。"

"无论如何，我相信军团战士萨瑞罗会成为掌印者项目的杰出候选人。"

普罗姆斯汲取着自己心底的力量，昔日作为极限战士首席智库，他曾经满怀自豪地运用那股力量，如今却因此背上了危险人物的标签。他将手掌贴在萨瑞罗头颅两侧，那位战士立刻呻吟起来，其心灵已经察觉到了入侵者。

过往经历让普罗姆斯明白，星际战士的心灵如同一副装有钢铁倒刺的捕兽夹。粗浅试探毫无意义。

他长吁一口气，不由分说地将自身意识灌入萨瑞罗的心灵，打捞对方的战士之魂。

血潮般的记忆与经历咆哮着将他淹没。熊熊战火与僵死仇敌；命丧黄泉的兄弟与遭到玷污的荣誉；一个满是黑沙的世界，伊斯特凡V；一个饱受诅咒的名字，一个代表背叛的符号。

滂沱血雨。烈火与钢铁伴着尖啸从天而降。一万支枪口所发出的背叛呼吼。可靠老友变成了苦涩仇敌。痛苦和折磨，一位陨落的父亲。

失踪了还是战死了？谁又能知道？

痛苦与失落争抢着心头的位置。对于复仇的渴望。厄古尔盆地掩盖了一切，那是一场孤注一掷的逃亡，那是无数充满绝望的日日夜夜。白昼时无路可走，整个世界上的生灵都置他于死地而后快。入夜后遭受追猎，那些嘀嗒作响的恐怖事物从阴影中现身，远比他自己更加熟悉黑暗。

之后，是冲出虚空的战舰，是远道而来的救赎。

对战局尚可逆转的希望，以及目睹那份希望焚灭的绝望。

破碎军团必将战至最后一息。

除了战死沙场别无所求。复仇，永恒的复仇。

复仇！复仇！复仇！

那是一股纯粹纯净的意念。出击，杀戮，沐浴在背叛帝皇之人的鲜血里。一份永不满足的饥渴。

"复仇!"

普罗姆斯从瓦瑞斯图斯·萨瑞罗的心灵中抽离出来。

他的掌心灼痛难忍。他匆忙缩回双手,十指箕张。强烈的冲动在他脑海里汇聚成一团喧嚣风暴。他仰天长啸,那充满原始兽性的吼声不逊于狼群的嘶嚎。

他的兜帽喷薄光焰,那闪耀夺目的灵能矩阵逐渐消解了他与瓦瑞斯图斯·萨瑞罗思想交汇所引发的灵能冲击。

普罗姆斯的心脏在胸中狂跳。他用意志令那钻头般的节奏放缓,驱逐汗水和颤抖呼吸的奔涌浪潮。

他的视野一片猩红,呼吸里夹着滚热的怒火。

杀戮冲动缓缓消退。

普罗姆斯摇摇头。

"你错了。"他说。

"错了?"维登斯贤者说,"所有统计数据都表明瓦瑞斯图斯·萨瑞罗是完美人选。"

"或许曾经是,"普罗姆斯说,"但伊斯特凡已经摧毁了他。他心灵受创,被复仇渴望彻底吞没。"

"没有几个阿斯塔特不是如此。"维登斯指出。

"等到荷鲁斯的尸首躺在帝皇脚下时,我就会完成复仇。"普罗姆斯说,"但我不会仅仅以杀敌数量作为衡量标准。萨瑞罗的复仇渴望是一种诱惑,而诱惑便是弱点。"

"这想必是个很小的弱点吧?"

普罗姆斯摇摇头。"战士的品质有高低之分,但弱点无所谓大小,尤其是在这千钧一发的关键时刻。泰坦的选民必须超脱一切诱惑。"

维登斯将数据板收回长袍里,向普罗姆斯躬身。

"抱歉,普罗姆斯智库。"他说道,"我原本对这项潜入行动寄予厚望,但现在看来我错了。"

普罗姆斯扭过身来将维登斯一把抓起,残余的同感痛苦让他对预算师的致命错误更加愤怒。

"你明白这个错误的代价吗?你明白吗?想一想这位战士原本能够做些什

么，能够杀死多少叛徒。你真的明白吗？"

维登斯在智库的铁腕里徒劳挣扎，那包裹在长袍里的非人躯体扭动不止。他的扩音缝隙挤出一声恐惧尖鸣。

"普罗姆斯智库，饶命！纵然统计预测的结果大多时候清晰可靠，但它依然是不完美的。"

"你先前的断言可与此矛盾，"普罗姆斯加大了力道，"结论正确的时候你就说数据不会撒谎，犯下错误的时候你就推脱说方法并不完美。"

"没有任何预测方法是完美无缺的，"维登斯匆忙辩解，"预言、征兆、内脏占卜、纸牌卜卦，所有手段都会受到解读方式和意外变数的影响！"

普罗姆斯不愿容忍维登斯的借口，又增强了施加在那半人脖颈处的压力。金属逐渐变形，引发出一阵塑钢呻吟和气压嘶鸣。科技神甫面孔上的黄铜放大镜癫狂地旋转起来。

"智库，"维登斯喊道，"他要醒了！"

普罗姆斯立刻将预算师抛在甲板上，他心里明白这股肆意宣泄的汹涌怒火并不完全属于自己。他在维登斯的锃亮面具上看到了自己的倒影，顿时厌恶地转过身去。

瓦瑞斯图斯·萨瑞罗逐渐苏醒，眼皮颤动，对于记忆的悍然入侵打破了使他保持昏迷的生理机制。他低沉呻吟起来，作战腺体向肌肉注入的兴奋剂让他不由自主地紧握双拳。

普罗姆斯温柔地将一只手按在萨瑞罗的头颅上。

"原谅我，兄弟。"他说道。

随即用烈火心念气化了那位军团战士的大脑。

两人动身离开这座阿斯塔特医疗舱。普罗姆斯极其悔恨地关闭了身后的大门。那阴影笼罩的大厅黑暗死寂，不像疗伤之所，反而像是一座坟墓。

"该死的，马卡多……"他摸着冰冷的铁门低语道。

他的目光落在了自己银灰色的臂膀上，那副铠甲已经失却了第十三军团的钴蓝色泽。军团涂装的抹除一度让他感到心灵受创，然而在今天这样的日子，他却为此感到庆幸。奥特拉玛的兄弟们永远无法接受马卡多这份计划的冷血逻辑。

他们必定会将普罗姆斯今日所为视作重大背叛，然而他们并不知晓普罗姆斯已经知晓的隐情。他们从未目睹普罗姆斯目睹过的事物。他们不曾坐在尼凯亚的审判厅堂里聆听马格努斯的夸夸其谈，不曾亲眼看见他傲然驳斥那些针对自己行使巫术的严厉控诉。

普罗姆斯对那一天记忆犹新。

火山的燥热，凝结玻璃组成的曲折迷宫，影影绰绰。他和通晓秘术的同僚们并肩而立，胸中满怀正气。埃利卡斯、扎罗斯特、乌摩彦，都是智库领袖。

还有塔古台·也速该，白色疤痕的首席风暴先知。

那位丘格里斯人带着托勒密的智慧侃侃而谈，他的哥特语口音浓重，句式奇异，但这无法遮掩话语中的深刻见解。每一位智库都为也速该的演讲作了补充，用逻辑、理性和证据建立起一个牢固论点。

但他们全都受到了欺骗。就连最睿智的也速该也没能看透马格努斯的伪善。

普罗姆斯的手甲紧握成铁拳。

"你骗了我们。"他咬牙切齿地低语道。

林仙号之主安姆维特·乌西库贤者在装着染色玻璃窗的医疗甲板前廊里与他们会合。贤者看着众多沃拉克斯机器人迈开纤细腿足，在日瓦戈号的医疗舱室中穿梭巡视，他的铁灰色身躯藏在一片阴影里，他头顶那尊雕像描绘着一位伤兵和帝皇的形象。

准确地说，乌西库的机械替身在这里等着他们。

作为机械化突击力量的乌萨拉斯机兵由气压腿足和纤维束所驱动，而这台经过改装的特殊型号机兵还装配了死隶机兵的身甲与卡斯特兰机兵的零件。乌萨拉斯绝非普通机器人，经过强化的作战单元通常都与取自科技奴仆的大脑和神经系统固线相连。

高阶贤者本人停留在林仙号上，他的躯体在神经退行性病变的荼毒下早已萎缩，如今被存放在一个铁笼般的移动框架里。作为亲身到场的替代手段，乌西库借助机械通灵的神秘奥艺将他的意识投射到这个高大的乌萨拉斯机兵体内。

这个披着橙黄色涂装的乌萨拉斯机兵抬起头来看着走到近前的普罗姆斯和维登斯，它的金属躯体表面映着电子火炬的柔和光辉。盘卷扭曲的蛇形图案仿佛在这台由活塞驱动的装甲机兵身上蠢蠢蠕动，此外它面部还覆盖着一个猩红的骷髅徽记。一圈圈紧凑排列的神经脉冲缆线裹在它的修长额头上，将乌西库的感觉中枢与机兵内部被残害的大脑相连。

普罗姆斯憎恨乌西库的替身。囚禁其中的那个生灵深陷于永无停歇的剧痛，这让智库嘴里饱含一股浓厚的血腥味，仿佛他在咀嚼满口的玻璃碎碴。

"候选人呢？"乌西库问道，他的话语由以往的通信记录剪切拼凑而成，勉强重现昔日的洪亮嗓音。

"他并不合适。"

"可惜。"乌西库说，"那么就要采取清除方案。沃拉克斯兵团已经将船员隔离在低层甲板准备处决，我也向日瓦戈号的逻辑引擎输入了一份随机亚空间跃迁的指令。"

方才险些让维登斯一命呜呼的狂乱怒火在普罗姆斯胸中再度升腾，但他的灵能兜帽迅速消解了那股浓烈情绪。这艘满载受伤灵魂的星船充斥着无尽的悲惨与苦难，而任何强烈情感都会像海水里的一丝血腥味般引来现实帷幕彼端的邪物。

他深吸一口气，从机械替身面前走开，说道："任你处置吧，我的工作完成了。"

"并非如此，"乌西库说，"有一艘船靠近了。"

一个个强行拼凑起来的音节让旁人难以捕捉乌西库话语里的微妙含义，但普罗姆斯依然立刻察觉到，贤者对那艘星船的突然出现感到恼怒。

"我们怎么会毫无预警，放任对方逼近？"

"因为那是朵拉玛尔号，"乌西库回答，"据说它的掌舵人是一位第十九军团战士。"

普罗姆斯低声咒骂了一句。"纳加森那来了。"

沃土号转动船头，让巫师星球的朦胧弧线从观察舱的舷窗视角中逐渐消失。阿泽克·阿里曼带着一股奇特的哀伤看着那颗星球远去。

"我痛恨你带我们来的这个世界。"他低声说道，"但我每次离开的时候却又担心永远回不来了。"

那椭圆形的观察舱是沃土号指挥舰桥末端最为狭窄的部分，几支取材于普罗斯佩罗蛇根木的粗重立柱遵循黄金分割比例，站在黑色石板所铺就的走廊两侧。一座座水晶墓穴里摆放着历任舰长的花岗岩胸像，在那些高傲目光的审视下，每一位继任者都会尽力证明自己有资格驾驭如此精良的战舰。

军团战士和身披青铜色装甲的仆役站在一座座大理石方尖碑面前，那些铭刻着法令符文的石碑上安放着众多散发微光的数据板。每名仆役都自愿用提兹卡水晶碎片挖走一只眸子，以空洞眼窝表达对猩红君王的效仿与崇敬。

舰桥核心位置是一口铺着瓷砖的深井，沃土号的占卜池坐落其中。门卡拉和萨纳克特站在深井旁垂首低语，若干名剃光头发的参入者在池边结成一个圆环。

这些荣获擢升的仆役被称为启明者，他们能够在这片动荡不安的池水里捕捉浩瀚之洋中起伏波涛的倒影，以此为战舰提供指引。亮羽奥艺抹除了他们脸上的眼睛，并且将他们的手掌骨骼相互融合，组成一个天衣无缝的降神圆环。

"我们有明确的航行矢量吗？"阿泽克·阿里曼问。

"我们找到了驶出恐惧之眼的方向。"门卡拉凝视着那片池水，头也不回地说，"但无论是我还是启明者都看不到任何具体目的地。这让人甚为恼火。"

阿泽克·阿里曼点点头，回到了舰长的宝座，《马格努斯之书》被铁链拴在指挥台上。

他抚摸原体的秘典，感受蕴藏其中的深厚力量。此外他还能品味到对合而为一的强烈渴望，这种渴望与那个亲笔书写了书中文字的凡人密不可分。

"马哈瓦斯图·卡里马库斯，"他低语道，"这第一条道路的终点就是你吗？"

"阿泽克？"门卡拉说。

阿泽克·阿里曼顿时抬起头。"目前我们能够确定方向就足矣，"他说道，"我在弗泰普金字塔里目睹的景象会引导我们找到父亲的第一块灵魂碎片。"

此时阿泽克·阿里曼已经体会到了沃土号舰身过载的紧绷压力，安放于星船各个位置的反光洞穴水晶和铭刻在每块舱壁上的天枭咒文共同引导着一股以太能量由舰首涌向舰尾。

"你的飞船也感觉到了。"亚弗戈蒙从指挥舰桥后部的阴影里现身，那个恶魔的妖傀躯壳挺立在阿泽克·阿里曼的宝座前方，"这个时刻所蕴含的伟大潜力充满了它的钢铁骨架。它渴望扬帆远航。"

这个受缚恶魔的存在引起了阿泽克·阿里曼灵魂一股难以忽略的钝痛。他的本能反应是立刻打破妖傀头颅上的召唤符记，将恶魔驱逐出去，然而在这件事上，马格努斯的意图明确无疑。

"你憎恨我，"亚弗戈蒙说，"但你很明白，我是你们成败的关键。这支穷酸团队的其余成员难道与我同样重要吗？弗格瑞姆的叛逆剑客、与你一同再次目睹了父亲陨落的散漫战帮，还有两台陷入疯狂的神之机械，更不用提那些野兽和叛军了。倘若这就是让马格努斯托付了自身性命的乌合之众，那么诸位湮灭之主选择狼神荷鲁斯来主持大局实在是明智之举。"

"休要妄然提及他的名号。"阿泽克·阿里曼说，"你不配在我面前直呼猩红君王的名字。"

"那么其他注定遭受你背叛的人呢？"亚弗戈蒙像是打趣般轻声说道，"梅门尼姆、齐吾、门卡拉、萨纳克特和哈索尔·玛特？我能否直呼他们的名字？"

"你在胡说什么？他们是我的兄弟。我永远不会背叛他们。"

"他们现在是你的兄弟，"恶魔承认，"但谁知道几个月之后他们会变成你的什么人呢？或者一年之后？十年之后？乃至于一万年之后？你总不会傲慢到认为自己能永远享有原体的宠信吧？你想必知道很多人都觊觎你的尊贵地位。"

亚弗戈蒙走到阿泽克·阿里曼身边，坐在了舰长宝座旁的一张石凳上，这是沃土号大副的位置，通常属于一位天枭学派大师。

"你还记得伯劳星吗？"亚弗戈蒙问道。

这突然转变的话题让阿泽克·阿里曼颇为错愕。

"你是说赫利欧萨？"

恶魔满不在乎地摆摆手。阿泽克·阿里曼注意到对方指尖上的涂装已经剥落，囚禁其内的腐化力量逐渐展露。"这个名字乏味至极，另一个更为血腥的称呼才能恰当描述那颗星球的经历。但没错，就是赫利欧萨。马格努斯和黎曼·鲁斯险些在大图书馆门前兵戈相见。"

"我当然记得那个世界。如何？"

"那是一个孕育了多种独特动植物的星球，"亚弗戈蒙说，"至少在怀言者将其炸成粉末之前是，那是在战役告终一年之后的事情了。"

这吸引了阿泽克·阿里曼的注意力。

"洛加摧毁了赫利欧萨？"

"是的,你不知道吗?"

"不知道。"

亚弗戈蒙耸耸肩,仿佛一颗星球的覆灭不值一提。"那么你或许有兴趣听一听。在那颗星球上现已灭绝的大量物种里,有一种格外凶恶的猛禽在凤凰崖北部海岸线的峭壁顶端筑巢。母鸟每一窝固定产下三枚蛋,不多也不少。她会仔细观察哪只幼鸟长得最强壮。只要区区几天时间,其中一只幼鸟就会向兄弟姐妹出手,试图将它们推出鸟巢。较弱的两只幼鸟自然会反击,但它们最终还是无力抵抗,只能掉出鸟巢摔死。"

"母鸟就放任幼崽谋杀同胞吗?"

亚弗戈蒙点点头说:"母鸟仅仅冷眼旁观这场生死较量,但绝不会干预,她要看看究竟哪只幼鸟有资格与她共同飞翔。"

恶魔的粗浅计谋让阿泽克·阿里曼面露微笑。

"马格努斯让你改头换面,"阿泽克·阿里曼说,"但你挑拨离间的技巧实在滑稽可笑。"

"我确实不熟悉凡人交互中的微妙细节。"恶魔毫无愧意地笑道,作为一个机械构装体,作为一个与生命彻底相悖的存在,它的丑恶笑声显得过于鲜活,"万事万物注定难逃其本性。"

"你的手段在我身上毫无效果。"阿泽克·阿里曼说。

恶魔用指尖摸索着身躯表面的铭文线条,仿佛在思索下一步该编织什么谎言。

"你要知道,我的本质在诸神领域中代表着一个令人畏惧的面相,未诞者先知将这种概念称为'缠织命运'——纯粹的意外与混沌。所有颠覆格局的动荡年代都是由一连串缠织命运的事件组成,在那些短暂瞬间里做出的决定能够产生惊天动地的重大后果。福祸相依,生死无常,凡人眼中的恒定事物可以转瞬即逝。就连你也该看得出来,当今年代充满了缠织命运的时刻,堪称前所未见。"

恶魔俯身凑近阿泽克·阿里曼,足以让对方闻到束缚结界所散发的酸腐臭味,看到这副陶瓷躯壳表面那些完美图案的刻痕。

"我的混沌本质恰恰是先知的克星,"亚弗戈蒙继续说,"针对那些缠织命运的瞬间,只有一种理智的应对方式,那就是大方迎接它们的降临,任由它们重塑自己的身心。如此一来，乍看之下的灾难与秽恶都会变得美妙非常。"

"我没兴趣继续听你编织谎言。"

那并不具备面孔的恶魔辐射出一股深重的失望情绪，仿佛是因为阿泽克·阿里曼没能掌握某种根本性的真理。

"好吧，"它说着从石凳上站起身来，"但你要仔细想想自己一生中都经历过哪些缠织命运的瞬间，想想你在何时何处曾经有机会去拥抱万千奇迹。"

"你的逻辑存在缺陷，"阿泽克·阿里曼说，"你大肆宣扬应当拥抱这些意外变故，却完全依赖后见之明。若是在面对危难的时候，那些关键机遇恐怕就不太容易辨别了吧。"

"走着瞧吧！"恶魔说，"你认为我图谋背叛？或许是的，但你要知道，我绝非你背后唯一的毒蝎。"

阿泽克·阿里曼转过身去，不再理会恶魔。

"从我的舰桥滚出去。"他说。

亚姆比克·索斯鲁寇将四只精巧茶杯摆放在彩绘瓷壶两旁，细如发丝的淡蓝笔触在壶身描绘着种种英雄传奇，独具匠心的画师让那些故事的起承转合首尾相连，创造出一个永不断绝的叙事循环。

亚速·纳加森那的目光追随着壶身的传奇图景，他努力掩饰住自己对于林仙号舰长这副惊人面貌的错愕神色。掌印者自然已经向他通报过乌西库贤者的病情了，但实际情况远非言语能及。

这位舰长的躯体已经僵化干瘪，完全不是纳加森那记忆中的模样。自从他上一次与乌西库见面仅仅过去了四年，而运动神经的迅猛退化就在这四年里完全摧毁了贤者对身躯的自主控制。

一副铁笼框架将他的无用肢体紧密包裹起来，众多电刺激缆线、机械肺脏，以及汩汩作响的静脉注射管组成了密密麻麻的生命维持网络，让乌西库的萎缩躯体得以苟活。低吟不已的植入式神经脉冲单元取代了头颅的后半部分，赋予他对这副框架的控制力，但与过去的流畅动作不可同日而语。乌西库神色木然，然而那双历经磨难也不曾替换的眼睛依旧散发着充满活力与才智的犀利目光。

"你好，亚速。"乌西库的合成嗓音同样是往日的苍白倒影，"我只有一条规矩，不要怜悯我。我的身躯经历了剧变，这是不假，但我依然是我。倘若你对我的看法或态度有所改变的话，那就是对我极大的侮辱。"

"如你所愿。"纳加森那说道，接着将注意力转向迪奥·普罗姆斯——那位阿斯塔特并未披挂战甲，但穿着紧身衣和暗灰色长衫的他依旧气势不减。他的目光冰冷、坚定，然而纳加森那并未觉察到任何恐吓意味。双方已经打过两次交道，虽然他们谁都不期待这第三场会面，但马卡多对此并不在乎。

普罗姆斯始终没有开口，他默默审视着纳加森那的三名同伴。

其一是军团战士，他的雪白皮肤展露着童年时期的烙印，头上是若有若无的一点乌黑短发。他名叫安塔卡·塞万，曾经是暗鸦守卫智库。如今他也披上了平淡无奇的铁甲，成为一名不隶属于任何军团的骑士。塞万原本与普罗姆斯体形相仿，然而和那位前任极限战士相比，他显得略为纤瘦。

纳加森那注意到普罗姆斯拒绝回应塞万的目光，不由得眯起眼睛仔细审视。普罗姆斯察觉到了旁人的刺探，目光立刻变得冷若冰霜。

纳加森那的第二名和第三名随行人员一同前来，那形影不离的两人简直可以被视作一体。

微勒达女士是一位满脸皱纹的先天侏儒，她的栗色皮肤和五官间距有兴都库什血统的痕迹。没有人知道她的实际年龄，但她声称自己亲眼看见了雷霆使者在宣告统一的仪式上高高举起帝国鹰徽，纳加森那对此并不怀疑。她坐在左侧，用短小的手指在光滑桌面上敲打出一串不规则的节奏，仿佛是在配合着只有她能听到的音乐。

最后一位同伴亚姆比克·索斯鲁寇则是薇勒达女士的护卫者，这位赭色皮肤的巨人披挂着厚重皮毛和扭曲环甲。他是个基因培育而成的内蒙古雪人，笨重的神经冠冕会强化他的敏捷与智力，同时也将他塑造成了古代蛮族君王的模样。

林仙号的议事厅原本十分宽敞，然而两名星际战士与一个巨人的存在让房间顿显狭小。墙壁和天花板由光洁大理石与镀铬钢铁制成，众多闪烁微光的全息投影展现出种种工程原理图。一张含有黑色脉络的锃亮石桌贯穿整个房间，仿佛是倒塌在地的巨石柱。

那是一个冰冷而实用的场所，一个属于机械神教的场所。

披覆金甲的死隶机兵组成一支护送队伍，在上层登机甲板迎接了纳加森那及其随行人员。那高大辽阔的工业区域嘈杂震耳，挤满了呻吟不已的起重吊臂，而大批默默列阵的战斗机器人则恰似神龙国度始皇帝陵墓中的陪葬雕像。

死隶机兵带领四人穿过一条条印满了科技密语的搪瓷走廊，林仙号的首脑们在上层议事厅等候来客。

众多生物医学奴仆远远站在议事厅墙脚下。另有一个颇为显眼的身影与乌西库的医疗团队保持着距离——那个体型纤瘦的人披着猩红长袍，面具上装有一组不断旋转的镜筒。他紧张地看着普罗姆斯，躁动不安的手指像算盘一样噼啪作响。

是齐格曼·维登斯贤者，预算师。

"你为何来此，纳加森那？"普罗姆斯终于打破了沉默。

"真是一如既往地直白，迪奥。"纳加森那说着调整了一下腰间武器的位置，那柄修长优雅的弧形利剑收在装饰着翡翠和贝母的漆艺剑鞘里。这把剑名叫正直，在一种早已消亡的古老语言中是"诚实"的意思。

"这是个直白的年代。"

"的确如此，"纳加森那挥手示意，茶壶里飘出了袅袅香气，"但还不足以免除常规礼节。"

普罗姆斯摇摇头，说："我没时间参加你的这些仪式。"

纳加森那探身凑近，他的嗓音里充满威严，说道："那就找些时间。"

普罗姆斯和乌西库都明白这份权威的源头所在，纳加森那则伸手为众人倒茶。首先是两位客人，随后是他自己与薇勒达女士。乌西库并不饮茶，这毫无疑问，但公然忽略他便是不可饶恕的无礼之举了。纳加森那等待普罗姆斯举起茶杯，随后才啜饮一口。

"好茶，"普罗姆斯说，"非常好。"

"理应如此，"纳加森那说，"这是薇勒达女士根据《吃茶养生记》残篇调配而成的。"

"据我所知那本书已经失落了。"普罗姆斯说。

"是的，普遍认为它早已在纳森·杜姆的遗忘之夜里被焚毁了。"纳加森那表示认同。

"那么你如何获取了一份抄本？"乌西库问道。

"考据队伍，"薇勒达女士用不甚流利的哥特语回答，"在皮奥夏战场边缘找到了一部残缺抄本，赶在叶扫特家族耗尽帝皇的耐心之前。"

她朝普罗姆斯笑着说："在你的同类尚未参战时就交到了马卡多手里。算我们走运，军团对于过往历史可不大温柔。"

普罗姆斯低哼一声，把茶杯放回桌上，说道："除了修复古老茶方之外，你们就没有更重要的事情可做吗？"

"当然有，"纳加森那说，"但有时候对于身体和灵魂的修复也是不可或缺的。在尼凯亚之事过后，你最该理解'平衡'这个概念。心灵不能永远专注于死亡。"

"显然你对荷鲁斯及其叛徒党羽的战役进展并不了解。"普罗姆斯说。

"你这样讲就大错特错了。"纳加森那说。

"你带来了消息吗？"乌西库问道，"帝皇向战帅出击了吗？"

"是的。"纳加森那说，但他不愿透露针对复仇之魂号的突击行动及其惨重的代价。

"但这并不是你来此的原因，"普罗姆斯说，"对不对？"

"的确。另有一件事需要你们协助。"

"什么事？"

"掌印者需要我们赶往空间站监牢卡米提·索纳，去审讯三名囚犯。"

"卡米提·索纳？"普罗姆斯棱角分明的面孔上现出厌恶神色，"不，我没兴趣。"

纳加森那轻叹一声，举杯饮下了令人心旷神怡的绿茶，据说这种茶具有调养五脏的功效。他利用这短暂间隔来整理思绪，谨慎选择接下来要说的话。

"他们并非寻常囚犯。"他说。

"军团战士？"普罗姆斯问。

"凡人，但尤为关键。"纳加森那说。

"你们为什么需要林仙号？"乌西库问道，伴着铁笼框架的嘶鸣，他抬手示意安塔卡·塞万和亚姆比克·索斯鲁寇，"你们有自己的飞船和战士。"

"林仙号作战力量的机械性质与这项任务是绝配。"

"为什么？"

"因为掌印者相信并非只有我们在寻求那些犯人所掌握的信息。"

"还有谁？"

"第十五军团的幸存者。"纳加森那说。

普罗姆斯冷笑一声，说："千子已经覆灭。狼王绝不会手下留情。"

"黎曼·鲁斯确实已斩草除根，但猩红君王显然逃过了他的终极判决。"

"你怎么可能知道这些？"普罗姆斯质问。

"马卡多向我保证，这份信息来自一个绝对可靠的情报源头。"纳加森那说道，他自己也提出过同样的疑问，并获得了同样模糊的回答。

"绝对可靠的源头？这算什么解释？"

"我已经知无不言。"纳加森那说。

"马卡多和他的秘密早晚要害死我们。"普罗姆斯摇摇头，"好吧，亚速，那就给我讲讲这些囚犯。他们究竟是什么人？"

"据我所知，他们曾经是记述者，"纳加森那说，"他们乘船逃离普罗斯佩罗的时候被捕了。"

"既然他们从普罗斯佩罗逃离，那么就是猩红君王的仆从。"普罗姆斯厉声说，"你认为他们都知道什么？"

"我不确定，或许是和原体马格努斯相关的信息。"纳加森那回答，"既然猩红君王的子嗣图谋染指，那么这想必就足以敦促我们抢先找到那些囚犯了，对吗？"

乌西库贤者俯身凑近，说道："马卡多想把狼王的事情办完。"

"或许是的。"纳加森那说。

"那么机械士兵就远远不够，"普罗姆斯站起身来，用双拳拄着桌面，"锻铸而成的钢铁之躯难以完成这项任务。"

纳加森那点点头，说："所以我带来了冰霜之躯。"

第八章

星海
卡米提·索纳
对等交换

痛苦是战士的密友,是戎马生涯的注定结果。阿蒙早已品尝过痛苦,他熟知刀剑、利爪、火焰和枪弹所引发的剧痛。但自身躯体由内而外地缓缓重塑却是一种完全陌生的痛苦。

哈索尔·玛特曾经承诺,说他不会感到痛苦,但哈索尔·玛特说谎了。

在亮羽奥艺逐步填充修补这副残破骨架的过程中,阿蒙能体会到脊柱里的每一块破裂骨片相互挤压、碾磨。没有任何化学药剂或灵能手段能够钝化他胸中的剧烈灼痛,仿佛有一根白热铁棍从喉咙下方透胸而入,径直捅到了骨盆位置。

他饱受煎熬的躯体时刻紧绷,电流般的痛苦不断鞭笞着重新形成的神经。他告诉自己痛苦是良师益友,痛苦是这副身躯逐渐苏醒并重获知觉的标志。

如今在他眼里,那些亮羽学派大师已经不是医疗者,而是折磨者了。他们像一群佞臣般簇拥着阿蒙的金色宝座走出风暴鸟。

燥热的以太之风在黑曜石高塔周围盘旋,喋喋不休地咕哝着某种阴谋诡计,炮艇一跃而起返回空中。原体高塔巅峰部分那支包裹烈焰的尖刺结构已经转化成光洁平滑的漆黑石板,仿佛是被一柄巨型镰刀干净利落地削断了。暴露在外的切面上覆满了相互交织的线条和阿蒙并不熟悉的符文——那些奥秘图案让他的残破身躯不由自主地痉挛起来。

马格努斯正在等他,原体背对阿蒙跪在地上,身穿学派圣殿首座的长袍。

"大人。"阿蒙开口说。

马格努斯挺直身躯转了过来。

原体在阿蒙的金字塔里显得漫不经心,而此刻那种态度踪影全无。这才是阿蒙在壮年结识并热爱的原体。这才是征服了阿苟鲁山脉的马格努斯,是在尼凯亚不卑不亢直面人类帝皇的马格努斯。

屈膝行礼的强烈冲动难以遏制，阿蒙的残废身体努力遵从这道根深蒂固的本能指令，顿时他痛呼一声。

"我的儿子，我的忠仆，"马格努斯走上前来，将一只手放在阿蒙肩头，"我的朋友。"

"大人。"阿蒙说。

"我们今天从头开始。"马格努斯说着向高塔的方位基点走去。当原体在各点之间穿行的时候，阿蒙才逐渐察觉到了那交织于高塔基础结构里的隐秘咒文，其宏伟规模令人屏息。

"我们要开始做什么？"阿蒙问道，他的辅助宝座飘向高塔中心。

"你说得对。"马格努斯迈着轻捷优雅的步伐在一个个符文徽记之间谨慎行动，避免打乱它们的相对位置与几何意义，"我不能这样继续下去。我自己没能看清楚，一心只想着保存知识，却丝毫不问代价。现在我已经明白要如何做了。"

在高塔中积聚的强大力量升腾而起，从每一个生灵的躯体里奔涌而过。阿蒙能感觉到虚无缥缈的石块产生了以太共鸣，那隆隆震颤让他感到不适。脊椎重塑的步调变得分外迅猛，阵阵剧烈痛楚刺入他的后背。

预见视野在他的余光中闪动，尚未书就的未来图景恍惚浮现：黑晶城市里的一个灵魂陷入天人交战，一副无意谋求的冠冕与一份死亡铸就的责任，一片覆盖整个世界的无垠海洋让他胸中充满了令人心痛的渴望……

在黑暗中徘徊许久之后，他实在难以摒弃这样的宝贵视野，然而阿蒙还是将种种幻景抛诸脑后。当下需要他的注意力，当下正是铸就未来的时刻。

"这是怎么了？"他问道。

"这是崭新开端的力量，"马格努斯说，"深厚潜能在以太之中翻滚沸腾，急欲化作现实。"

"我们要开始做什么？"阿蒙重复道。

"你我有多久不曾共同遨游浩瀚之洋了，我的朋友？"

"最后一次还是在野狼毁灭普罗斯佩罗之前。"

"太久了，阿蒙，太久了。"马格努斯满怀期待地说道，他胸有成竹却又迟迟不愿透露的那份计划为他注入了一股近乎癫狂的能量，"你我两人曾经像神明一样漫步于广袤启蒙星海，记得吗？我们是闯荡时空的行者，是踏遍天涯海角的探险兄弟。我们见证了诸多银河的诞生，目睹了时间终末之际的舞者暗淡消逝。我们要再次飞翔，吾儿——我早有预知。"

原体的激情极具感染力，阿蒙的心跳骤然加速，他期待与父亲共同遨游浩瀚之洋，从这羸弱衰败的肉体监牢中脱身。

"我们要飞往何处？"阿蒙说着升入心境，时刻准备将光之躯体从现实皮囊里释放出来。

马格努斯回到阿蒙身边，跪在侍从面前。

"洛加说得对，"他开口道，"你说得对。恢复重建普罗斯佩罗的一切学识会让我付出生命代价。我正在为此付出生命代价，但我相信还有另一种方法。"

"什么方法？"

"一种需要你我携手创建的方法，"马格努斯迈步返回这个奥秘法阵的核心位置，"我会带你深入浩瀚之洋，前往那成事之处。"

阿蒙眨眨眼，数百个身影在须臾间将两人重重包围起来。他在重现的阿蒙·拉殿堂中见到的众多抄写员如今都矗立于高塔巅峰的边缘，他们是他父亲灵魂的微末碎片。

其中一些光芒夺目，另一些则恍若风中残烛。他们迈开整齐划一的步伐走向高塔中心位置，汇往那个崩裂四散之前的整体。有些碎片步履稳健，也有些碎片一瘸一拐。

他们不再以兜帽蒙面了，而看到这一副副容貌之后，阿蒙的坚定信心却逐渐动摇起来。这些是马格努斯灵魂的每一个面相：他的伟大、他的恶毒、他的高贵与他的狂妄。从贪婪到贤德，从野蛮到开明，他内心的一切阴暗角落都展露无遗。

"如今你能看到真实的我了。"马格努斯说。

阿蒙想要扭过头去，想要维护心中那个猩红君王的完美形象，毕竟天下哪个儿女愿意发现自己的父亲并非梦想中的全能神明？

"我不能再放任灵魂碎裂了。"马格努斯说，那些抄写员的包围圈逐步缩紧，"我不能再否认自己命不久矣的现实了。我的生死存亡全然系于阿泽克·阿里曼的成败。"

第一块灵魂碎片来到马格努斯面前，迈步走入他的身躯，重新成为他的一部分。闪耀着星辰光辉的众多碎片逐一汇入仰天呼啸的原体。马格努斯变得愈发高大、愈发强健、愈发真切。

一块块碎片开启了猩红君王的重生。

不消片刻，所有被以太浪潮卷到巫师星球的灵魂碎片都完成了融汇，披挂着猩红铠甲和斑驳皮毛的马格努斯化身为一个光辉灿烂的善战神明与博学君王。原体的皮肤饱含生命力，若非他身上那层闪烁不清的朦胧光晕和一种极端脆弱易伤的残缺性质，阿蒙几乎可以发誓，面前这就是昔日的马格努斯。

"大人，"他对自己脸颊上的滚滚热泪毫无羞愧，"我该如何效劳？"

马格努斯跪在阿蒙面前，捧起他的瘫痪双手。

"我们要一同建造有史以来最伟大的图书馆，远远超过亚述巴尼拔或者救主托勒密的任何构想。无论砖石墙壁还是几何法则都不会成为它的界限。我们要携手创造一份足具凌云之志的传世恩惠，相比之下就算是神秘的《阿卡西记录》也要黯淡失色。你可愿意助我？"

"当然，"阿蒙含着泪说，"我愿意。"

"那就与我并肩飞翔吧，吾儿，"马格努斯说着将自己的力量注入阿蒙体内，"我们要一同建造启蒙星海！"

骨骼嘎吱作响，肌腱骤然绷紧。崭新的神经凭空生成，阿蒙顿时仰起头颅发出一声剧痛呼号。

他的光之躯体解脱了凡躯桎梏，一飞冲天。

父子二人共同翱翔，他们无拘无束的灵魂欣喜万分，浩瀚之洋向他们敞开门户。

卡米提·索纳。

普罗姆斯对它早有耳闻。几乎所有智库都是如此。寂静修会从未公开承认或否认过这个地点的存在，它仿佛是情人之间一份饱含负罪感的难言之隐，也是这一行人逐渐接近的目标。这座灵能监牢的精确位置被严格保密，仅有修会高阶成员和帝皇本人才知晓。它所见证的种种恐怖事物不计于册，它所吞没的那些囚犯让整个世界都乐于遗忘。

它处在一个极端偏僻的无名星系最外围，环绕某颗行将熄灭的恒星每二百四十三年公转一周。一个烙印着白爪分队标记的奴仆前来提供了加密坐标并随即自毁，即便如此他们还是险些错失目标。

林仙号与朵拉玛尔号一同悬浮在太空里。两艘飞船都没有获得在那里停泊的许可，普罗姆斯起初对此颇为恼怒，然而透过风暴鸟舷窗亲眼看到卡米提·索纳之后他就不再那么想了。

星系边缘几乎幽暗无光，普罗姆斯一开始认为那座监牢是依托某颗尺度惊人的损毁小行星建造的。然而随着风暴鸟与那灵能囚笼之间的距离逐渐缩短，普罗姆斯逐渐意识到它绝不是自然的重力、时间或压力相作用的成果。

卡米提·索纳是一块城市大小的残骸，源于某场毁天灭地的上古爆炸——那场爆炸让它在群星之间流浪许久，直到帝国力量强行固定了它的轨道。

根据其上层结构的弧度推断，普罗姆斯猜想它曾经属于一个无比庞大的球体，一座规模堪比卫星的空间站。那粗糙不平的建筑表面由色泽乌黑的坚冰、线条规整的石块和棱角尖锐的钢铁交错组成。厚达数米的永冻寒霜覆盖着它的表面，略显怪异的陵墓塔楼与丧葬建筑的残破废墟星星点点地刺穿冰层显现出来。

它是某种异形造物的废墟。

这衰败建筑的侧面捅出一根根固结冰霜的幽暗金属，底部则拖曳着成串的零散铁架。

这个地方不仅悲凉惨淡，而且全然死寂。

普罗姆斯丝毫无法探知卡米提·索纳。没有心灵，没有生命，没有感觉，仿佛只有一团冰冷虚空被囚禁在内。此等现象出现在一座由寂静修女负责看守的监牢实属意料之中，但对于灵能者而言，这显得诡异非常，令人坐立难安。

这个地方具有一系列超凡的防护手段，种种绝灵装置和虚无力场牢牢禁锢着那些身怀出众灵能的囚犯，那些被认定过于危险或过于强大而不可轻易处决的囚犯。

普罗姆斯根本无意踏足卡米提·索纳，但马卡多签署的命令具备至高无上的权威。

"这些囚犯是什么人？他们究竟知道什么？"他低声自言自语，透过机舱侧面的磨砂玻璃遥望那座监牢。

亚速·纳加森那的改装版天鹰登陆艇一直在风暴鸟的前上方位置，那漆黑亚光的前掠机翼上有一枚神龙徽记。

除了借助林仙号和朵拉玛尔号之间的通信频道来确认航点与坐标之外，他们从初次会面至今就没有再交谈过。失落的霍肯伯格号仍是横贯在两人之间的记忆鸿沟，那场在木星的恶毒红眼注视之下所做出的惨重牺牲被他们各自归罪于对方。

风暴鸟按预先载入的飞行矢量逐渐爬升。卡米提·索纳的登陆流程极其严格，对灵能者尤为如此。灵能力场的压制效果将普罗姆斯笼罩起来，顿时让他轻呼一声，那凝滞阻塞的感觉就像是陷入了不可冲破的浓雾深处。

他的凡俗感官并未遭到蒙蔽，然而灵能感官的彻底钝化仿佛让他骤然沉入数千米的海底。他的声音失却了抑扬顿挫，触感似乎不属于自己，视野变得暗淡，没有鲜活之色。

普罗姆斯紧紧攥着座椅侧面，仿佛一旦放松，整个世界都会消逝无踪。他是阿斯塔特军团战士，死亡并不让他感到惧怕，然而与高等感官失去连结的他立刻变得口干舌燥，五脏六腑拧成一团。

卡米提·索纳的冰封顶部从炮艇下方掠过，建筑表面点缀着众多陨石坑，还有恍若微型冰火山的一股股喷涌烟柱。鞭形天线、旋转圆碟，以及飘散着亚空间能量的隔绝灵能的扇叶在视野里闪现，但普罗姆斯并未留意这些，他目不转睛地凝视着那艘停泊于卡米提·索纳暗面的星船。

一艘穿梭于太空的寂静猎手，它的轮廓难以辨别，那漆黑一片的幽暗舰身没有任何标志性徽记。即便在缺乏灵能感官的情况下，普罗姆斯依然能体会到从那艘星船里散发出来的凄惨意味。

他无从得知那艘船的名称，仅能够确认它的型号。

这是一艘收割巫师的黑船。

预先载入的飞行数据让风暴鸟引擎展开逆向推进，骤然减缓了前行速度，普罗姆斯便将目光从那令人憎恶的剪影上移开了。一道厚达数米的防爆门在炮艇下方默默开启，将夺目的探照灯光洒入太空。一条足以容纳风暴鸟和天鹰登陆艇并肩下降的宽阔隧道展露在眼前，两架飞机各自转动朝向，在矢量引擎的推动下缓缓驶入卡米提·索纳。那艘黑船因此不见踪影，覆盖着寒冰与绝望的凄凉景象和异形废墟也从视野里消失，取而代之的是一条被引擎尾焰灼成焦黑的钢铁竖井，其中散布着警示条纹与闪烁钠灯。

普罗姆斯顿时闷哼一声，他的心灵被一只冰寒刺骨的魔爪狠狠攫住。监牢外部的灵能防护已经颇为强大，而建筑内部的压制更是凶狠无情。

他对于起落架接触到磨平岩石的生硬冲撞以及突然强加在自己身上的人工重力都浑然不知。盔甲把他死死按在座椅上，他的四肢像灌了铅一样沉重。这座监狱内部的迟滞环境夺走了至关重要的生机，让空气都分外压抑。

普罗姆斯调动了极大的意志力才站起身来，一举一动都十分艰难，仿佛作战盔甲里的纤维束在刻意抗拒他的动作。他走入运兵机舱，获准陪同他进入卡米提·索纳的部下们正在这里等候命令。

数据工匠文迪卡崔斯负责指挥十二台沃拉克斯战斗机器人，它们被磁力固定在甲板上。维登斯贤者抱着几块数据板坐在机舱末端，尽可能远离那些脊背佝偻的机械猎手。

克里顿斯·阿拉谢已经开始着手检查他麾下的机械战仆了，这位冷血残暴的乌萨拉斯机兵之主用科技密语厉声下达指令。他的死隶身甲被涂作深红与暗金两色，头盔顶部替换成了一块柔晶罩板，露出了其下那全无血肉的骷髅颅骨。

口干舌燥的普罗姆斯一言不发地从众人身边走过，突击舱门在他面前降下，如太空般冰冷的空气遇到了机舱内相对温暖的环境，顿时现出一团薄雾。他咽下心头的憎恶，缓缓走出舱门，就好像复仇之子罗保特·基里曼本人恭候在外。

降落竖井将风暴鸟与天鹰引入了一座四方形的机库，刻在金属墙壁表面的帝国鹰徽遮掩住了更为古老的尖锐铭文，仿佛是一张羊皮纸上匆忙涂抹而成的重写字迹。两架飞机的外壳迅速冷却，表面凝结出一滴滴水珠，机库头顶的粗大排风管伴着铮铮轰鸣完成了减压程序。

纳加森那的天鹰保持密封，乌黑外壳吱嘎作响，引擎依旧隆隆运转。普罗姆斯注意到那艘登陆艇的机身经过了加宽和强化，远非凡人显贵或官员所需的规格。

他从登陆艇面前转过身去，看到一队佩戴圆顶头盔的卡斯特兰战斗机器人穿过装甲廊走入机库。它们迈着整齐划一的沉重步伐，安装在机器人肩部护甲上的磷火爆裂枪飘散着滚热轻烟，碧蓝火舌在那带孔的枪口里不安嘶鸣。

一个披挂着青铜色合身盔甲的女人走在队伍前列，两柄入鞘长剑交叉在她背后，一顶塑成猎鹰模样的白羽战盔夹在她的左侧臂弯里。

随着那些战斗机器人的出现，沃拉克斯机器人立刻在普罗姆斯身后分散列阵，它们肢体紧绷，灵活轻捷的身躯前后摇摆。披着幽蓝长袍的文迪卡崔斯迅速伸展自己的机械臂阵列，启动闪耀屏幕和手动控制系统，暂时遏制住了机兵的侵略性。

阿拉谢则率领着披挂蓝甲的乌萨拉斯斗士在普罗姆斯背后一字排开，仿佛是等待发令枪的短跑运动员，时刻准备着。

卡斯特兰机器人步步逼近，在普罗姆斯五米之外轰然站定。他仔细审视那个女人。对方皮肤紧致，下颌纤长，实际年龄难以判断。而她的眼睛……那双无法解读的空洞眼睛暴露了她的身份。即便在一座为了压制灵能者而特意建造的牢狱里，她依旧显得不同寻常，她的眼睛是一团引人注意的虚空。这是一个无魂的不可接触者。

看到她之后，普罗姆斯感到极为不适，一股不可理喻的浓浓恨意迅速催生出极具攻击性的应对方式。他的盔甲立刻加以响应，但他压制住了启动中的作战系统，他明白这纯粹是针对那无魂虚空的本能反应。

她的头盔顶饰标志着高阶成员的身份，但普罗姆斯注意到对方并没有立下静默誓言。

至少双方可以用言语相互交流。

"我是西萨瑞亚修女，"她开口说，"我是卡米提·索纳的司令官，此处不欢迎你这种人。"

"我的名字是迪奥·普罗姆斯，"他回应道，"我来这里——"

"我知道你是谁，"西萨瑞亚说，"你以为我会纵容身份不明的人擅闯此地吗？"

"那么你想必知道我们为什么要来这里？"

"她知道,是的。"一个言简意赅的粗重嗓音从纳加森那登陆艇的方向传来，"她不大喜欢，但她知道。是的，她知道。"

普罗姆斯轻易辨认出了来者的口音，那充满重音的语调很适合口耳相传。

如今他知道那艘天鹰为何经过改造了。

亚速·纳加森那跟在五个昂首阔步的军团战士身后，走出了描绘着神龙徽记的登陆艇，他们的盔甲覆盖皮毛，拥有芬里斯凛冬黎明般的颜色。

"你的'冰霜之躯'是太空野狼？"普罗姆斯说。

纳加森那咧嘴一笑，点头回应道："请容我介绍波德瓦·比亚奇的战士们。"

对于大多数旅行者而言，遨游浩瀚之洋都是一份需要加以忍耐的考验，然而在哈索尔·玛特眼里，这恰恰是直接触碰力量源泉的良机。

就连陷入低谷的学会也能大大强化自身。

天界的汹涌波涛将火凤学派塑造成了炼狱神明，在沃土号劈波斩浪赶往那未知目的地时，星船内部的每一块舱壁上都跃动着噼啪作响的火苗。猎鹰学派乐于从这暴戾能量中分一杯羹，黑鸦的预见视野则始终混浊不清。天枭学派深谙平衡之道，至于亮羽……他们的力量伴着每一声报时钟鸣而起伏不定。

此时此刻，以太波涛与他作对。

"你确定办得到吗？"卢修斯问。

"是的。"哈索尔·玛特说。

"我什么都没有感觉到。"

"我们还没有开始呢。"

"那就开始吧。"

"我会的，"哈索尔·玛特厉声说，"只要你别再插嘴就行。"

他们面对面坐在哈索尔·玛特舱室的中央，这座遍布镜面房间的万千倒影将两人包围起来。卢修斯身披盔甲，将长剑横在膝头。哈索尔·玛特则穿着亮羽学派的灰蓝色长袍。

一个用琉璃革粉末绘制的乌剌尼亚圆环包围着两人，蔷薇石英晶体将各个方位点标记出来。

"你要明白，我们一旦开始就没有回头路了。"哈索尔·玛特说。

"我从不回头，"卢修斯说，他脸上交错纵横的可怕疤痕就像钻进皮肤内部的蛆虫般蠕动起来，"我只知道勇往直前。"

哈索尔·玛特点点头，显而易见。

剑客的灵气幻变无定，相互矛盾的复杂情感与不可满足的尖锐欲望汇聚成一团翻滚沸腾的地狱风暴。他的心灵是生命和死亡的交锋沙场，他时刻在永生不朽与永世折磨之间摇摆。只有一股钢铁般的严苛纪律阻止了那团风暴将卢修斯彻底吞噬，一种唯独狂人才能理解的不败决心。

"你怎么能活着？"哈索尔·玛特惊呼。

"你看不出来吗？"卢修斯反问，"我还以为你们是专攻肉体机理的。"

"亮羽大师所知甚多，但我们并非神明。"

"有意思，我倒觉得你们恰恰自视为神明。"卢修斯说，他用那双近乎爬行类动物的冰冷眼睛扫视着四周的明镜墙壁，"这世上自恋狂里的佼佼者我都有幸见过，你算是个中翘楚了。"

"一心想要重获美貌的是你。"

"这个贫瘠的宇宙太缺乏超群的美感，"卢修斯皮笑肉不笑地说道，"这个世界已经痛失我的英俊容貌太久了，哪怕再多等一分钟都不应该。"

"是你自毁面容。"哈索尔·玛特说，"告诉我，你究竟为什么蹂躏自己，为什么如此不留余地？要说实话——倘若你撒谎的话，我的工作就会困难得多。"

"我想让自己变丑。"卢修斯的答复毫无羞愧或迟疑。

"为什么？"

"因为某个死人用拳头毁掉了我的完美容貌，"卢修斯说，"如果我不能达到绝对的俊美，那么就要达到绝对的丑陋。"

"如此说来我们是一路人。"哈索尔·玛特说。

卢修斯点点头，说："开始吧，兄弟。"

哈索尔·玛特长吁一口气镇定下来，谨慎地升入第七层心境。

"想象你自己，想象你希望重获的面貌。"他说道，"不要让其他思绪闯入脑海，不要让其他欲望触动心弦。"

"为什么？"

"内外皆然。"

"好了。"

哈索尔·玛特用显著增进的肉体感官刺探那位剑客的身躯。他首先感受到的是厌恶。

油腻皮肤、致密肌肉、筋腱和硬骨，以及根本不该在这副膨胀可憎的超人躯体里出现的湿滑器官。

这一切都随着他的每次喘息而腐烂、凋亡。

这是不可阻挡的无序衰败，是彻底覆灭的倒计时。

哈索尔·玛特缓缓升入第六层心境，让厌恶感烟消云散，帝皇绘制的基因蓝图中所蕴藏的天才智慧逐渐显现。

在和平年代里，一位军团战士大可历经千年岁月，但毕竟无法永生。

军团的不朽之躯只是一种传说。

最终，维持身体运作的生物机制必将崩溃，令人惊惧的迅猛衰老就会立刻显现。常规的延寿药物和手术对超人体质无能为力。人们往往将一位战士的传世功绩视为他的不朽存在，但哈索尔·玛特并不满足于此。

他不惧怕死亡，然而老迈身躯的羸弱与衰朽却始终让他心惊胆战。亮羽奥艺让他俊美异常，让他超脱于军团战士那平凡的容貌。

他独具一格，但这并非永恒。

他本指望阿泽克·阿里曼可以拯救自己，拯救他们所有人。

但阿泽克·阿里曼失败了。纵然众人费尽心机，索贝克还是一命呜呼，化作细密尘埃。哈索尔·玛特知道阿泽克·阿里曼将这份失败归罪于他。那伟大的首席智库看不到自己的局限，必定将一切都算在哈索尔·玛特头上。自从索贝克殒命以来，他就时常能察觉到阿泽克·阿里曼趁他不注意的时候投来一道道充满怀疑和忌妒的目光。

哈索尔·玛特口中发出饱含沮丧的叹息，他发觉无比精巧的感知力从自己手中逐渐松脱。他匆忙抹消了关于阿泽克·阿里曼的念头，强迫自己把注意力集中在眼前的工作上。

卢修斯留下了一道道深刻的伤痕。血肉拥有长久的记忆，昔日毁容的痛楚历历在目。灵能同感顿时在哈索尔·玛特的面孔浮现，皮肤上的阵阵灼痛让他不禁微微颤抖。

这并非难事。那位剑客的自我概念浅薄得近乎荒谬，哈索尔·玛特任由那幅图像引导他的意志：棱角分明的下颚、富含力量的脸颊、炯炯有神的眼睛、气宇轩昂的眉骨，以及刀劈斧凿的鼻梁。那是一副无比俊美的英雄容貌。

卢修斯惊呼一声，他的颅骨在哈索尔·玛特的以太雕琢下发出阵阵脆响。损毁已久的细胞恢复了功能，凋零干瘪的血管里再次奔涌着富氧血液。愈合不善的创口凭空消失，饱受摧残的肌肉结构变得平滑，软组织被重塑形态，这一切带给了卢修斯远超昔日自己的超凡美貌。

在基础结构完成重建之后，柔软可塑的血肉就吞没了那些密密麻麻的伤疤，剑客脸上一层面具般的死皮随即褪去，由此展露出的那张面孔是哈索尔·玛特最后一次在乌兰诺的观礼高台上见过的。

两人之间的连结由此断绝，这规模惊人的力量损耗引发了一道道剧烈余波，让哈索尔·玛特在剧痛中呻吟起来，他的以太心绪努力寻求平衡。

"完成了。"他轻叹一声。

卢修斯抬起双手，像盲人般用指尖探索自己的新容。他的胸膛在一串急促呼吸中剧烈起伏，癫狂笑声随即爆发。

卢修斯站起身来，他的崭新倒影在房间的闪亮镜墙中组成了逐渐缩小的无穷镜渊，俊美无双，完美无瑕。

那正是弗格瑞姆本人的模样。

剑客早已离去，作战警报在沃土号的甲板间回荡，然而哈索尔·玛特依旧把自己锁在舱室里。在各个学会的诸般奥艺之中，生化力量对施行者的损耗最为显著。

亮羽学派的等价交换法则是绝无回旋余地的。

若要有所得，就会有所失。

卢修斯得到了一张新面孔，哈索尔·玛特就要为此付出代价，但那位超群剑客的人情值得用痛苦来换取。

他还能感觉到凤凰麾下的那位战士用一块玻璃碎片进行自我摧残，还能体会到皮肤与肌肉迎刃而上的刺痛。他的面孔仿佛沾满了湿滑血迹，然而刚刚触碰过脸颊的手指上却是空无一物。

哈索尔·玛特满怀忧虑地深吸一口气。

他的手指像中风般颤抖。

"负面影响是正常现象，"他紧握双拳，升入第一层心境，"意料之中。"

哈索尔·玛特将一股治疗力量注入自己的臂膀，修复了破裂的细胞，让双手的颤抖停息下来。他的皮肤焕然一新，中指和掌根位置的粗糙老茧消失了。

他缓缓呼出一口气，阿泽克·阿里曼的声音突然在脑海中响起。哈索尔·玛特虽然疲惫不堪，但依旧能捕捉到首席智库的激昂情绪。

"哈索尔·玛特，我需要你前往登机甲板。各学会成员正在集结。"

"你确认目的地了？"

"不止如此。我们已经抵达了目的地。"

"我即刻就去。"他回应道，然而阿泽克·阿里曼已经切断了通信。

哈索尔·玛特站起身来，抚平衣袍。

一阵令人反胃的眩晕感席卷而来。多重影像骤然淹没了他的感知，恍若一摞交叠堆放的幻灯片。他顿时跪倒在地，用双手按住甲板，那感官过载也随即终止。

哈索尔·玛特慌乱地喘息着，他眨眨眼，驱散眩晕感，刚才他仿佛同时从众多怪异角度观察自己的房间。如波浪般起伏的压迫感在掌心里蠕动，他跪坐起来，双手握拳放在膝盖上。

他缓缓转动手腕，张开十指。

"不……"他低语道。

众多近视了的眼睛在手掌和指尖上瞪着他。

第九章

参入者
通晓星术
猩红太阳仪

在卡米提·索纳监狱，最糟糕的并不是凄惨哭声。

化学药剂和灵能抑制让他进入了神游状态，他一直神志恍惚。那些单调沉闷的悲伤之音早已无法触动他的心弦。这毫无生机的昏暗环境里充满了永不止息的抽泣与低哼——有些源于痛苦，有些则源于此地能够容纳的一点欢愉——还有哀怨嘶嚎和求助呼喊，以及用拳头或脑袋徒劳撞击牢房墙壁的低沉鼓点。

假以时日，卡米提·索纳里的任何人都只会关注自己的悲伤。他来这里多久了？他不知道。时间根本无从判断，但自从那些戴着恐吓面具的金眸战士将他抛给寂静修女至今，想必已经过去了几年时光。

最糟糕的也不是暴力。很多囚犯的残暴本性难以被化学药物彻底压制，就连脑皮层过载颈环的可怕威胁都难以约束他们。斗殴每天都会有，死亡也十分频繁。他尽量远离那些与恶拳或利刃相关的麻烦。他成功躲过了最坏的情况，然而并非所有麻烦都能安然避开。曾经是他左眼的那个窟窿就可以证明这一点。

最糟糕的也不是他们的狱卒。那些在金属走廊与墓穴牢房中巡逻的半人半机械仆役行为方式可预测，穿着青铜色盔甲的修女则只会在必要情况下采取暴力措施。她们一旦出手必定迅猛无情，但她们向来不会妄动杀机。

最糟糕的也不是梦魇。

一旦静默降临卡米提·索纳，那便是彻底的静默。在悲泣终止、暴力停息、狱卒退却之后，剩下来的虚空就被梦魇填满。

梦魇里那些戴着骷髅面具、胡须缚有铁环的金眸审讯者，他们一遍遍犁过他的心灵，让他在剧痛中尖叫失禁。无限重复的问题像滚热铁钎般捅进他的脑海，而他却交不出任何答案。

他一遍又一遍地遭受着同样的指控。

"恶灵。"

接连不断，就像是永无停歇的铁锤敲打。

"恶灵，恶灵，恶灵，恶灵……"

这一切击垮了他，那些人和他们的问题、辱骂和折磨。他们夺走了他最后一丝尊严，让他不再为人。

但最终这一切结束了。最终他们认定他已经知无不言，已经吐露了心中的每一份秘密。

当这一切结束的时候，他分外感激他们。

他感激那些将痛苦带走的人。

然而无论充满痛苦的梦魇，还是披挂狼皮的审讯者，都并非卡米提·索纳里最糟糕的事情。

如今充斥他心胸的浓烈恨意才是最糟糕的，针对那个致使他身陷囹圄之人的恨意，阿泽克·阿里曼。

波德瓦·比亚奇和他的芬里斯之子兄弟相比略显瘦小，旁边这位披挂着银灰盔甲的战士要比他高出半头。此人鼻梁挺拔，目光清澈，相貌之中颇有一股雄鹰般的气质。

"你是基里曼头领的人，对吧？"他问道。

"曾经是的。"那位战士回答，西萨瑞亚修女和体形魁梧的战斗机器人引领他们穿过了一道精金大门。面前的修长房间有一对对肋骨般的支柱，幽暗墙壁显得湿滑闪亮，仿佛刚刚从深海中打捞出来。

比亚奇点头示意那位身穿涂漆盔甲、腰佩精良长剑的凡人战士。那个人与西萨瑞亚修女并肩前行，用模棱两可的简洁答复搪塞着对方的种种问题，一群由钢铁和肉体组成的作战奴仆紧随其后。

"亚速·纳加森那告诉我说，你名叫迪奥·普罗姆斯。"

"没错。"

"你这副模样就像是天外来客在芬里斯搭建的石头人，"比亚奇说，"它们或许能漂漂亮亮地坚持一个季度，但只要大地的根基稍有不稳，它们就会立刻倒塌。"

"而你这副模样就像是马库拉格城门上的巴尔底利斯雕像。"

"巴尔底利斯是谁？是五百世界的一位头领吗？"

"不，是基里曼大人年轻时击败的一个蛮子。"

比亚奇露出了獠牙尽现的笑容，说道："既然他杀掉了这个巴尔底利斯，又何必为对方竖立雕像？"

"他没有杀掉巴尔底利斯，"普罗姆斯回答，"他饶了对方一命，而作为回报，巴尔底利斯在帕欧尼亚集会上向基里曼大人宣誓效忠。这就说明即便是蛮子也能辨认出伟人。"

比亚奇佯装出一副受伤的表情，看着他麾下的战士们。

"我觉得我遭到了侮辱。"

"你该杀了他。"斯瓦夫尼尔·疾狼用粗重的沃尔根语说。

比亚奇点点头，仿佛在认真考虑疾狼的建议。

"他刚才说什么？"普罗姆斯问。

"他问我，你是否与我一样通晓星术。"

比亚奇看着普罗姆斯的目光在自己的盔甲上游走，留意到铭刻于心口位置的符文、悬挂在胸前的獠牙护符，以及用铁链拴在臂膀上的驱邪狼尾。

"我是灵能者，没错，"普罗姆斯承认，"与你一样。你们是怎么说来着？是符文牧师？"

"我认为你我都拥有强大的力量。"比亚奇点点头，朝黑暗的金属地板啐了一口，"但是在这里，那种力量什么都不是。这个地方对于知晓沃德的兄弟们满怀恶意。"

"沃德？"

比亚奇扭过身去面对他的同僚，一边倒退行走一边难以置信地摇摇头。

"芬里斯在上！迪奥·普罗姆斯不知道沃德是什么。"

"他是天外来客，他身边的是机械仆从而非部族兄弟。"哈尔·巴勒吉尔说，这名战士只有一枚完好的眼睛，那阴沉眸子露出凶光，"他凭什么知道？"

"你为掌印者效劳，是吧？"比亚奇重新面对普罗姆斯，此时众人走入了一座高大厅堂，四周墙壁遍布浮雕文字，略微向内倾斜，在某个超出视野的位置汇聚为一点，"就像亚速·纳加森那？"

"我为帝皇效劳，"普罗姆斯说道，瓦瑞斯图斯·萨瑞罗及其他数不胜数的面孔浮现于心头，"但并不像他那样。"

"你杀戮帝皇的敌人吗？"

"是的。"

"那么你就与我们一样为他效劳。"

"你们为什么来这里，波德瓦·比亚奇？"普罗姆斯问道，与此同时，房间两侧的两条六边形通道里分别走出一队寂静修女，护送他们继续前进。沃拉克斯和乌萨拉斯顿时严阵以待，但普罗姆斯摇了摇头。

"你觉得我们为什么来这里？"

"来监视我，一旦发现背叛迹象就处决我？"

"或许是，或许不是。"比亚奇敲了敲盔甲上一张焦黑残破的誓言纸张，用以固定的蜡印上覆有掌印者的徽记，"我们并不乐于执行这种任务，但狼王有令，我们就要遵从。"

"我万分荣幸，"普罗姆斯说，"但你们的父亲不是仅向诸位原体兄弟派遣观察小队吗？"

比亚奇厌倦地耸耸肩，说道："我们并不是一支真正的观察小队——我们没有获得那份荣誉。但我们还是要观察，对不对？因为你我都明白，在所有叛徒之中，通晓星术的家伙是最棘手的敌人。"

他盯着普罗姆斯的眼睛，说："这是普罗斯佩罗给我们的教训。"

普罗姆斯停下脚步，看着比亚奇。这意外拖延让负责殿后的沃拉克斯机器人颇为恼怒，它们咝声吐出一串二进制码。

"你们当时在场吗？"他问道，"你们与千子交手了？"

比亚奇点点头，说："我们在那场战斗中失去了很多兄弟，但我们剿灭了魔主的子嗣。"

"魔主？"

"是的，马格努斯，猩红君王。"比亚奇用手捂着一只眼睛说，"斯瓦夫尼尔·疾狼用那把该死的绝灵长矛干掉了数不胜数的赤红巫师。至于欧吉尔·寡目，他的小队参加了大玻璃金字塔脚下的最后一战，只有他一人生还。"

比亚奇指着一位胸膛宽厚的战士，他把胡子扎成两束，有一枚嘀嗒作响的机械义眼。"哈尔·巴勒吉尔与巫师领主临阵对敌的时候挖出了自己的一枚眼珠，以此破除对方夺命恶灵的攻击。"

"是啊，那些诗人从来不让我忘记这件事。"巴勒吉尔放声呼吼，引得修女们警觉地转过头来。他用大拇指关节敲了敲那枚义眼，继续说道，"就好像我会忘记一样。"

"还有那位，"比亚奇点点头示意另一名战士，那人的双腿和一条臂膀都是裸露金属，"他是吉洛斯尼尔·盲狱，第三连的盾卫。他孤身抵挡那些前来斩断命线的下界邪魔，拼死守护负伤倒地的寡目。"

"他身上的义肢比肉体还多。"

比亚奇凑过来，仿佛在分享一个笑话，说道："所以我们管他叫枪靶子。我觉得他有点过于期待痛苦了。"

"我们不都是如此吗？"普罗姆斯问道。

"勒缪尔？"

他抬起头来，眨眨眼。

若干身影出现了。牢房门口有两个模糊的女性剪影。他的双手条件反射式地抱紧了怀里的瓷瓮。多年以来他一直努力确保这瓷瓮完好无损，卡米提·索纳里的任何人都知道绝不该擅自触碰它。出于某种勒缪尔无从猜测的缘由，就连寂静修女也对此视而不见。

方才开口的那个女人向牢房里跨了一步。她曾经有美丽的浅棕色皮肤，但如今已经变成了病态的苍白，卡米提·索纳里的每个囚徒都是如此。她昔日的长长青丝变成了泛灰的短发。

只有她的眼睛还有以往的活力，一枚是翡翠般的碧绿，一枚是点缀金色的栗棕。她的同伴骨架纤细、皮肤黝黑，同样被不见天日的囚徒生涯折磨得面黄肌瘦。

"卡蜜尔？"勒缪尔说，"凯娅？"

"是，"卡蜜尔说，"你准备好了吗？"

"准备好？"

"我们要一起去散步的，记得吗？"

"是吗？"他的嗓音仿佛是一股枯燥无力的微风，"对，散步，一起。"

勒缪尔的思维模糊不清，他对卡蜜尔与凯娅的记忆支离破碎。他觉得在很久以前，某个很遥远的地方，大家曾经是朋友。她们也有这种印象，所以那大概是真的吧。

他来到卡米提·索纳监狱之前的生活就像是一本急速翻动且缺行少字的书籍。他最为珍视的回忆踪影全无，要么是被强行夺走，要么是被蹂躏得破碎不堪，失去了意义。

但无论那些戴着骷髅面具的审讯者如何摧残他们，无论他们的脑海已经多么糟乱不堪，他们依旧能记起这份友谊。

"对，"他又说，"我们一起走走。"

勒缪尔面露微笑，从牢房墙角的床铺上站起身来。除此之外，他仅有的家具就是一个盛放尿液的橡胶盆了。

他稍加整理。他记得自己的体型曾经颇为圆润，但多年牢饭已经让他消瘦不堪。

"我们今天去哪里散步？"他问道。

"不如去至福乐土逛一逛？"卡蜜尔提议，"再走到水仙平原去？"

"你总是能想到最棒的地方。"勒缪尔说，两位女士站在旁边让他先走。卡蜜尔微笑着朝他怀里的瓷瓮点点头。

"你好啊，卡莉斯塔。"她说。

他们从监狱上层的一列列牢房走向底层，卡米提·索纳的主体结构是一座数百米宽、数百米高的宏伟厅堂。天花板的黑色拱顶由平滑石块搭建而成，上面点缀着众多壁龛，如同一座巨型陵墓中的遗骨室。

仅有的照明源自永恒不变的墙壁本身。那死气沉沉的微弱光辉吸干了一切生机活力。房间里约有一千余人。与勒缪尔、卡蜜尔和凯娅一样，他们都穿着脏兮兮的罩衫和紧勒皮肤的黑色金属颈环，这种装置远比它看起来更加沉重，时刻让佩戴者处于麻木迟钝的精神状态。

有些囚犯三两相聚，另一些则漫无目的地闲逛，完全沉浸在自己的苦难中。其实大部分人都困于牢房中，支离破碎的心灵与精疲力竭的身体让他们难以从污秽不堪的床垫上起身。

卡蜜尔俯身与一位满脸苦相的母亲交谈，对方怀里抱着一个约有六岁大的小男孩。卡米提·索纳里严禁生育，所以这孩子必定是随母亲一同入狱的。

"我觉得我还记得他是个婴儿的样子。"勒缪尔说。

"真的那么久了吗?"凯娅问。

"他叫什么来着?"勒缪尔问道,"我想不起来了。"

"我不知道。"她眼中满是泪水。

勒缪尔依稀记得曾与凯娅共度的美好岁月。他回想起了对方的坚定意志和从容姿态。如今看到她如此落魄,简直就像在凝望一面镜子。

"是斐瑞斯。"卡蜜尔站起身来握住凯娅的手,"他叫斐瑞斯,记得吗?他的妈妈是美狄亚,她的儿子是斐瑞斯。"

斐瑞斯,对,就是叫这个。他骨瘦如柴,时常号哭不停,大发脾气。他算不上一个惹人疼爱的孩子,然而谁又该在如此糟糕的地方度过童年呢?

"对,"凯娅说,勒缪尔看得出来,对方正在努力将这个名字刻入脑海,"对,斐瑞斯。"

"来吧,咱们继续走,"卡蜜尔说着引领两人告别了斐瑞斯和他阴郁的母亲,"我们正在穿过至福乐土的金色平原。这个地方没有缺憾,没有饥饿,只有幸福。"

勒缪尔微笑着在脑海里创造出一片美好大地。只有卡蜜尔能够用言语描绘出如此生动鲜活的景象。她来到这个地方之前是不是从事相关职业?她曾经是说书人,或者剧作家,或者诗人吗?

"金色阳光照耀着我们,"卡蜜尔继续说,三人缓步穿过大厅,"阳光很温暖,天空碧蓝如洗,就像是辽阔大海的颜色。微风吹拂着收割后的麦田,断折茎秆与成熟麦粒的香气在空气中弥漫。"

镀铜的伺服颅骨从上方飞过,具有致命能量的电击钳嗡嗡低吟,但勒缪尔刻意忽略了它们,让自己的心灵逃到一幅美妙景象里。

"我们要去哪里?"他问。

"前方有一座别墅,"卡蜜尔的话语里饱含渴望,"庭院里种着无花果树,沉甸甸的枝条上挂满了果实,孩子们在树荫下玩耍。桌子上摆放着从田里采摘的新鲜蔬果,陶罐里还有可以随意斟饮的甜酒。朋友们都在等着我们。"

卡蜜尔和凯娅牵着手。

勒缪尔心中还保留着一份残缺的记忆,那是某个神色哀伤的女人站在露台上向他挥手道别,然而他想不起来那究竟是谁。

玛丽卡？这是她的名字吗？她又是勒缪尔的什么人呢？

他想不起来，这让他感到失落痛心。

至少他还记得卡莉斯塔。

卡莉斯塔已经死了。这毫无疑问。

勒缪尔怀里的瓷瓮就盛放着她的骨灰。

勒缪尔已经不记得她具体怎么死的了，只记得害死她的那个名字和那张面孔——阿泽克·阿里曼。这是一个缺乏意义、毫无关联的名字，但勒缪尔心底那股可怕的仇恨就聚焦于此。

在没有卡蜜尔赠予的美好幻想时，在勒缪尔无法抵挡那些充满了狼皮战士与钻心痛苦的梦魇时，这股仇恨就是他的寄托。

"走开！"一个尖厉嗓音喊道，顿时打破了那碧蓝天空、和煦阳光、甜美佳酿和新鲜食物的白日梦。某个近乎赤裸的秃头身影跳到勒缪尔面前，让他惊慌退却。

"退后，普林。"卡蜜尔说，"我们只是在散步。"

"不！你们不能站在这里！这是普林的逃脱手段！"那人大声喊道，他的目光在三位朋友与伺服颅骨间移动，"你们不能站在这里。它们会看到的！它们会看到的！"

普林全身上下都是自己疯狂抓挠留下来的化脓伤口与结痂疤痕。他猛扑上前，勒缪尔惊慌绊倒，卡莉斯塔的骨灰瓮险些摔了出去。

"走开！"普林居高临下地看着勒缪尔，挥舞着血迹斑斑的指甲，唾沫横飞地尖叫道，"他们要来这里找我。他们这次会把我接走的！"

"我说了，退后，普林。"卡蜜尔重复道，她一把推开那个疯子，举起了拳头。

普林继续胡乱抓挠空气，显得愈发绝望。他跪倒在地，狠狠撕扯自己的脸颊，以至于鲜血淋漓。他摇晃着脑袋，放声痛哭。

"我没有资格，他们从来不会忘记。"普林抽泣道，"你们知道没有资格的人是什么下场吗？"

"不知道，我也不在乎。"卡蜜尔厉声说着从那狂人身边走过。

"他们承诺了。"普林哀号道，"我试了一次又一次。我按照那些低语所说的做了，但他们从来都不回应。他们承诺过，会来这里找我的。"

凯娅伸手搀扶勒缪尔，但他并没有接受，而是紧紧抱着卡莉斯塔的骨灰瓮自己站了起来。他们不再理会那痛哭自残的普林,然而在至福乐土逃避现实的幻想也烟消云散了。

"疯疯癫癫的混蛋。"卡蜜尔说。

西萨瑞亚和她的卡斯特兰机兵带领众人深入卡米提·索纳监狱,他们途经的众多荒废房间有着明确的几何形状,似乎介于陵墓神殿与铸造圣所之间。古老建筑与人类科技牵强的共生状态表明这个地方遭到了毫无怜悯的粗鲁挪用。

最终,这一行人在一扇宏伟异常的金属大门面前停下了脚步,锃亮的门上覆盖着更多令人不安的异形浮雕。粗重的黑钢锁链穿过两个硕大的金属固定环与侧面的幽暗壁龛相连。每座阴影笼罩的壁龛里似乎都有一尊若隐若现的巨型青铜色雕像。

武器炮台铮铮作响,自动填弹器将子弹送入枪膛。

普罗姆斯舔了舔嘴唇,那些枪口粗大的自动炮让他有些口干舌燥。这些武器毫无疑问是用来击杀逃亡灵能者的,但什么机制能确保它们不会向非囚犯的灵能者开火?

仿佛是读到了他的想法,比亚奇哼笑一声说:"我们现在就能知道这个地方究竟能否分辨通晓星术者与恶灵了。"

瞄准系统的闪烁指示灯由红转绿,普罗姆斯如释重负地叹了口气。

比亚奇笑着拍了拍他的肩胛。

"你刚才还真的担心了。"他说。

"我不完全信任无魂的武器。"

"然而你身边全都是这种东西。"

"这暂时与我的目标相符。"

"你的目标又是什么?"

"是与旁人无关的目标。"

比亚奇转身对他的战士们开口——"我们得把这家伙盯紧点,"他龇着牙笑道,"他像个祭司一样保守秘密。"

"那就让他保守得严实点,"斯瓦夫尼尔·疾狼说,"让别人知道了没有好事。"

其他野狼低吼着表示认同,普罗姆斯松开了腰间短剑的剑柄。

西萨瑞亚修女大步前行，将双手手掌按在门上，仿佛要去推开。

"那是好大一扇门，而你只有这么小，"比亚奇高声说道，"需要搭把手吗？"

她对此置若罔闻，继续一动不动地站在原地，几秒之后，一阵分外低沉的巨响从大门两侧的壁龛里传出。那震耳欲聋的轰鸣仿佛是猎人的号角声，房间上层积累的尘埃纷纷飘洒下来。

"芬里斯在上！"吉洛斯尼尔·盲狱高喊着举起盾牌，壁龛里的两尊雕像则迈着隆隆步伐走上前来。野狼们冲向符文牧师身边，纵然他们绝无能力抵挡如此宏伟的巨人。

"神之机械。"比亚奇惊异地说。

面对这两头超群巨兽的威严气势，来自林仙号的机器人和那些由钢铁和肉体组成的作战奴仆纷纷胆怯退缩。

"战犬。"普罗姆斯说。

那两架泰坦低声吼出一串满怀敌意的二进制码，从排气管中喷吐着滚热油烟。它们的巨型武器时刻准备大肆杀戮，掺有香料的润滑油像施以洗礼的蒙蒙细雨般从青铜色装甲表面滴淌下来。

它们转过身去，低垂肩膀，双足紧抓地面，启动庞大引擎，运用自己的强悍力量与大门的惊人重量相抗衡。

起初，那扇大门岿然不动。

随后，一道细微光芒就伴着巨石碾磨的低沉声音在大门中央显现。震荡波席卷四周墙壁，两架战犬让大门一寸寸地逐渐开启。

"出事了。"欧吉尔·寡目说着一把扯掉头盔单膝跪地。

"他在干什么？"普罗姆斯问，此时那位野狼紧紧闭上完好的眼睛，用耳朵贴着地面，手掌按在覆满刺青的光洁头颅两侧。

比亚奇抬起手，说道："欧吉尔·寡目比任何探矿者都更了解柔软脆弱的大地根基。"

"大地根基？"

"对，他知道芬里斯何时决定要把一块陆地拉进海洋深处的创世熔炉里去。"

这番话让普罗姆斯一头雾水，但他看到快跑过来的亚速·纳加森那后就立刻警觉起来，对方一只手按在耳边，另一只手握着剑柄。

欧吉尔·寡目站起身来。

"怎么讲？"比亚奇说。

"这里遭到攻击了，"那野狼回答，"来自外部的。"

"攻击？"普罗姆斯说，此时他的头盔通信器里传出了安姆维特·乌西库贤者的合成语音，然而信号非常模糊。

"普罗姆……另……舰正在……近！"

"重复一遍，乌西库，"普罗姆斯命令道，"重复一遍。"

杂音随即消失，这一次林仙号之主的警告明确无疑。

"普罗姆斯，另一艘战舰正在逼近！"

纳加森那看出了普罗姆斯肢体的变化。

"你听说了？"他问道。

普罗姆斯点点头，说："另一艘战舰。"

"是他们，"比亚奇说，"是那些赤红巫师。"

"再次开火。"伊格尼斯命令道，他将一份精准的火力方案发送给了位于沃土号舰首的强化光矛。夺目光芒顿时填满了观察窗，那座轨道监牢的侧面则发生了一场爆炸，恰是伊格尼斯预期的位置。

喷泉般的蓝色火焰从建筑破口涌出，并迅速被真空所熄灭。由无数碎片组成的蘑菇云在冲击位点升腾而起，扩散成一团覆盖数百公里的金属浓雾。恍若凛冬枯木的两座分叉高塔旋转着遁入幽深太空。

伊格尼斯坐在沃土号的指挥椅上，凝望着观察窗之外的景象，同时沉浸在那令人头晕目眩的迅猛数据流之中：炮弹轨迹、火力触点、推进矢量和偏斜角度。错综复杂的信息对于常人而言完全无法理解，然而在熟习奥法精算之术的破灭团大师伊格尼斯眼里，这却是一幅绝妙美景。

在破灭之道指引下开展的太空战是数学结论与统计概率的完美结合，其关键在于一系列优美可叹的数字命理学等式。伊格尼斯相信核心问题仅仅是对此善加操纵。他准确无误地解析着滚滚湍流般的数据，以令人屏息的速度和清晰度向战舰各部船员分发出方位修正、路线调整与火力方案等指令。

"左舷机动阵列，百分之三十六推进力，持续两点七秒。此后右舷展开相应补偿。听我命令。行动。"

沃土号像一匹驯服的马驹般听从号令，它游走于黑暗太空时所展现出的轻灵与迅猛通常是体型远小于它的舰船所特有的。

左舷宏炮展开一拨拨齐射，让脚下石板震颤不已。这只是干扰罢了——他运用这爆破的虚张声势来确保那两艘停泊在卡米提·索纳监狱脊部的战舰与战场保持距离。

"前部光矛阵列准备就绪，充能完毕。"托贝克从舰首火炮甲板传来信号。热量累积通常是限制此类强悍武器射击速度的首要因素，因此那位火凤学派大师亲自负责消解热量，并运用浩瀚之洋的烈火来强化光束的威力。

"听我命令再开火，"伊格尼斯回应道，"请采用伊格尼斯3-9-6号火力方案。"

"我们现在就能击中他们！"托贝克的好战冲动分外凶悍，伊格尼斯不禁皱起眉头。

"听我命令行动。"

"我们要逐渐脱离偏斜角度了！"

"听我命令行动。"

"伊格尼斯，我以——"

"行动。"

一束灼目的碧蓝光芒从沃土号船艏迸发出去，轻易切开了卡米提·索纳的顶部结构，恰似屠夫从牲畜尸体上割下一层脂肪。装甲外壳剥落飘散，静默无声的爆炸席卷着展露在外的底层结构。浩瀚之洋顿时灌入建筑破口，以太能量骤然涌现于实体空间，仿佛是饱受辐射的铸造世界上方形成的机械神教极光。

伊格尼斯面露微笑，十指在面前拢成尖顶形。

"阿泽克·阿里曼大人？"他向登机甲板发送信息。

"完成了吗？"

"我履行了承诺，"伊格尼斯说，"你们可以动手了。"

警报声呼啸刺耳。应急灯光闪动不止，阵阵冲击撼动监牢。一股深厚能量充盈着卡米提·索纳，仿佛有人强行向空气中填补了某种至关重要的生命元素。不知所措的囚犯们惊异地眨眨眼睛，深吸着一口口饱含潜能的空气，以突然间拨云见日的目光审视这个世界。

勒缪尔体会到一种愈发明显的清晰感，监牢里的整个环境天翻地覆，随着分分秒秒而变得更加坚实真切。他的颈环散发青烟，仿佛是刚刚从熔炉里取出来，同时又触感冰冷，表面覆满了蛛网般的苍白寒霜。

"怎么回事？"他问道，房间里一片混乱。

"不是好事，"卡蜜尔说，她拽着勒缪尔与凯娅冲往相对安全的石阶，"我们得躲远点。"

她话音未落，一群配备了激光卡宾枪和电击钳的伺服颅骨就迎面飞了过来。

"趴下！"她大喊。

勒缪尔飞身扑倒在凯娅旁边。

一阵暴雪般的激光火力划破了空气。他扭头看看身后，大群囚犯厉声尖叫。激光灼烧点燃了他们的罩衫，让他们像疯子一样手舞足蹈，直到被痛苦彻底淹没。但其中一个人岿然不动，丝毫不理会那团迅速吞没自己身躯的致命烈火。他狂笑着将火焰汇聚成一束灼目洪流，投向那些颅骨，将它们炸成四散纷飞的骨片。

另外十余个伺服颅骨将火力集中在此人身上，用风暴般的液氮和电能将其笼罩起来，直到他的癫狂笑声戛然而止。

一种刚硬爆鸣加入了这场震耳喧响，勒缪尔听出那是爆矢枪的咆哮。如同平行闪电一样的分叉能量从他们头顶某处奔窜出来。模糊不清的笑声在他脑海里回荡。他口中满是鲜血与胆汁的腥臭酸苦，仿佛在咀嚼金属。

他脖子上的颈环冰冷刺骨，恍若余烬的寒霜从表面剥离，踏着奇妙的螺旋形路线缓缓飘落。

"一起行动，"凯娅趴在石阶上，闭着眼睛紧紧抱住卡蜜尔，"一起，对，这是普罗斯佩罗人的作风。"

普罗斯佩罗？

勒缪尔惊呼一声，那个名字像刺入肋间的刀刃一样烙印于他的心灵。他全身颤抖起来，依稀看到一座梦幻般的城市，那里有洁白的大理石建筑、树木林立的道路，以及海风中来自遥远国度的气息。

他的双眼莫名地涌出热泪。

"提兹卡？"他逐渐回忆起从空中俯瞰那座城市的景象，当时他坚信这就是永别，却又毫无缘由地确认自己还会重返此地。

"什么？"凯娅追问，种种记忆在她的深幽眼眸中游走，"再说一遍。"

"提兹卡，"勒缪尔说，"我们曾经在那里，是不是？"

"是的，勒缪尔，是的！你说得对，我们曾经在那里！"凯娅说，滚滚热泪从她消瘦的脸颊上划过，"那是……那是我的家？我住在那里！"

"不，王座啊，不！"勒缪尔的脑海里浮现出一些纷乱零碎的信息，那是他昔日在臭烘烘的土坑里挥洒血汗时恰巧听到的，"提兹卡已经没了……野狼，他们焚灭了全城，只为了抓住马格努斯。"

这脱口而出的名字让三人全身一颤，充斥心胸的万千记忆被区区几个音节骤然解锁。他们一时间哑口无言，关于失落与磨难的种种痛苦经历汇作一股洪流将他们完全淹没。

辛辣热气刺痛了勒缪尔的眼睛，烧焦肉体的气味可憎地勾起了他的食欲。激光火力与熊熊烈焰让空气变得滚烫，浓烈黑烟从尚存一息的焚灭躯体上喷涌而出。即便如此，钻进勒缪尔肺里的空气却冰冷得难以忍受。

重获力量的卡米提·索纳囚徒们肆意施为，毫无顾忌。梦魇撕扯着空气，烈风将浓烟扭曲成带有尖牙利爪和无情邪眼的絮语幽魂。灌注威能的凡人躯体迅猛膨胀，变得凶恶而癫狂。血肉异变，心灵崩溃，亚空间的吸血鬼们轻易占据了热切相迎的受害者，将附魔肉体重塑成自己的可怕形象。飓风般的灵能发出阵阵咆哮，恍若某种阴暗可怕的笑声，低语不止的幽影将男男女女拖进墙壁和地板里。

身披青铜盔甲，顶覆红白羽冠的战士们毫无惧意地踏入这片疯狂之地。在这些由肆虐巫术所组成的风暴中，她们是宁静安稳的风眼，然而她们毕竟人数稀少。那些战士组成一支支临时的猎杀小队，将武器抵在肩头，每次扣动扳机都必会取走一条性命。

"她们要杀掉所有人。"凯娅哭着说。

数百名囚犯爬过遍地血泊，寻找避难之处，或是躲在由残破尸首堆砌而成的掩体背后。勒缪尔看到美狄亚与她的儿子紧紧抱在一起，几名手持火焰喷射器的寂静修女则步步逼近。

"我们得帮帮他们。"卡蜜尔说。

"别犯傻，卡蜜尔，"勒缪尔大喊，他抓住对方的手腕，将她拽了回来，"你想找死吗？"

她奋力抵抗，然而对朋友生命的担忧让勒缪尔变得格外强壮。

"你不能见死不救！"

"让他们死总好过让你死。"勒缪尔说，他惊恐而羞愧地意识到这完全是自己的心里话。卡蜜尔目光中的深重失望让他心痛如割。她突然松开勒缪尔的罩衫，握着手掌退却几步，仿佛是被灼伤了。某种旁人不可见的幻景遮盖了卡蜜尔的视野，让她尖声呼喊起来，惊恐地圆瞪双眼。

"你受伤了吗？"凯娅尖叫，"他们对你做了什么？"

卡蜜尔摇摇头盯着勒缪尔，仿佛在审视某个令她厌恶的陌生人。

"他割开了无辜者的喉咙，畅饮他们的鲜血。"卡蜜尔说，"他谋杀先知来夺取他们的视野。"

"什么？不！"勒缪尔大喊，"我没有！"

"不是你，"卡蜜尔抽泣着说，"是上一个人……"

"什么上一个人？"

"上一个穿过那件罩衫的人。"她说。

"你是如何知道的？"勒缪尔追问，但话一出口他就明白了。他脖子上那枚覆盖寒霜的颈环分崩离析，化作乌黑冰碴儿。

在过去五年里蒙蔽他全部思绪的那团浓雾，被拍岸惊涛般的灵能力量一举驱散。

他完全明白卡蜜尔是如何知道的。

心灵测定术，仅仅通过触碰一件物体便可知晓其全部历史的能力。他也知道凯娅是一位低阶读心者，双方首次见面是在普罗斯佩罗，当时他前去探望卡蜜尔，并告诉朋友，有一只灵能掠食者把虫卵产在了她的头颅里。

他同样知道自己是一位灵气阅读者，一个善于探知真相的人，而他对这份能力的妥善运用是受教于……

震耳欲聋的号角声破空而来，勒缪尔感觉到了两个生硬粗暴的存在，那是好战灵气与凶恶机魂的结合。它们正在奋力推开房间远端的大门，随后就要用风暴般的烈火与狂怒将这里的一切生灵尽数剿灭。

"必须离开这层，"勒缪尔说道，此时那扇大门又开启了一些，"要回到牢房里去。"

卡蜜尔上气不接下气地点点头，她紧扣十指，以免再接触到任何物体。这座监牢包藏着不计其数的恐怖事物，她不愿沾染其中，哪怕分毫。

"快来。"勒缪尔说着绕过石阶底部。众多融化扭曲的尸首堆积在阶梯脚下，那些残缺肢体弯折延伸的方式远远超出了寻常人体所能容忍的限度。他手脚并用地翻过如波浪般起伏的肉体，众多吸盘状的嘴巴与不停眨动的眼睛像气泡一样在那皮肉表面涌现。他一边痛哭一边攀爬，一直将卡莉斯塔的骨灰瓮夹在臂弯里。

他们逐渐远离那一切疯狂与尖叫、枪响与雷鸣，还有披着人类皮囊的狂笑怪物。勒缪尔刚刚踏足于上层平台，某种令人惊惧的可怕预感就促使他扭头俯瞰下方的混乱景象。

在那片修罗场的正中央，在一群呼号疯子的包围下，普林奇迹般地毫发无损，身上只有他自己留下的伤痕。他神色癫狂，用血淋淋的指甲抓挠自己的皮肤，仿佛是疯人国度的君王。

"他们来了！"他带着极度狂喜尖叫道，"带我走吧！我什么都干了！我是自己人了！"

普林的恳求终于得到了回应。

他皮肤上撕开的每一条伤口都喷涌出可憎光芒，他的脏腑闪耀辉煌，他的鲜血饱含神性。

普林躯体的异变时刻加剧，直到身体彻底埋没在这死亡旋涡里，然而他的尖叫丝毫没有减弱。

某些若隐若现的魁梧身影藏匿其中。一名战士从普林的惨死景象中现身，一名身披锃亮猩红与染血乳白这两色盔甲的死亡天使。

那是一个军团战士，他背后还有更多同僚。

他们分散列阵，无不光耀夺目，无不笼罩着深不可测的辉煌灵气。

为首的那个战士散发着无与伦比的明亮光辉。

"阿泽克？"

第十章

释放

难以置信

令人发指

阿泽克·阿里曼认得此处。

他此前从没来过卡米提·索纳监狱。这个名字完全陌生，正如它的存在本身。哈索尔·玛特利用那个亢奋无比的尖嚎先知开启了一道血红门廊，而阿泽克·阿里曼在迈步现身的刹那间就意识到自己认得此处。

一座非人的牢狱，它隔绝以太，冰冷无情。那个陌生的地方浸透了痛苦和愧疚，以及一股非同寻常的纯粹恨意。

"是的，"他说，"这正是他们会关押卡里马库斯的地方。"

阿泽克·阿里曼品尝到沾满自己盔甲的鲜血，那条枉然葬送的生命在一瞬间充斥了他的脑海。

鲁戴克·普林，一个天赋异禀的凡人，他的灵魂之火永远无法彻底躲过那些善于观察的目光，即便在这个满怀恨意的地方也不例外。

倘若有人善加教导，这样的心灵能够实现何等成就？他能够体会何等荣耀？如今一切都付诸流水，他的深厚潜力被一个惧怕未知事物的帝国残害。阿泽克·阿里曼为遭到埋没的普林深感悲哀，同时觉察到那人的灵魂被浩瀚之洋里的掠食者撕成了碎片。

普林随即完全消逝，周围那场如火如荼的恶战引起了阿泽克·阿里曼的注意。它充斥着枪声与尖叫，烈火与疯狂。虚空幽魂徒劳抓挠着自动感官系统的防护结界，将纷乱絮语和刺耳杂音透过护目镜灌入头盔。阿泽克·阿里曼放眼所见皆是一幅由肆无忌惮的以太能量所营造出来的狂乱景象，那些囚犯恰似一群在武器库里胡作非为的疯癫孩童。

闪耀躯体悬浮在半空，反噬自身的灵能力量用灼目烈焰将他们吞没。包裹着火苗的颅骨四处横飞，用垂挂武器喷吐着激光与电能。乌黑烟柱以令人厌憎的姿态盘卷扭动，分叉闪电从屠杀犯掌中奔涌而出。

一个面如明镜的人跪在自己的血泊里，被一股沙尘飓风逐渐肢解。

阿泽克·阿里曼点点头。"我在弗泰普金字塔的废墟里见过这个地方。"他摸着《马格努斯之书》说道。圣甲虫隐修会成员从血雾里现身，他们平端长戟，武器锋刃上跃动着白热烈火。被称为"擎天者"的隐修会领袖奥努里斯·海克斯目光锐利地瞪了阿泽克·阿里曼一眼。

"我们会在这种地方找到猩红君王的碎片吗？"

"原体指引我们来到此处。"

"我们要怎么找？"海克斯质问，他随即转过身去用长戟释放出一束炽热长枪般的烈火。若干囚犯顿时化作灰烬，他们的身躯早已扭曲成覆满鳞片的猿猴状怪物。

"我并不确定，但找到马哈瓦斯图·卡里马库斯总归是个好的开始。"

海克斯又投来一道标志性的严苛目光，这已经在背地里为他赢得了一个谁也不敢大声提及的绰号。

"原体的书记员？他在这里？"

"我相信是的。"

"你相信是的？我们就是为了这个而来？"

"我们为了马格努斯重塑灵魂的愿望而来。"阿泽克·阿里曼说，此时更多千子战士穿过那道血红门廊抵达了这里：倪克透斯麾下的披羽者、齐吾麾下的太阳圣甲虫，还有梅门尼姆麾下的安卡鲁利刃。众多爆矢枪立刻锁定了火力区域，一阵阵齐射迅速将千子周边清扫干净。

门卡拉与萨纳克特、卢修斯一同现身。在整段航程中，那位帝皇之子剑客离群索居，然而他的灵气发生了深刻变化——不仅光辉灿烂，而且难以置信地更加高傲自负。他和萨纳克特分立于全身遍布铭文的亚弗戈蒙两侧，那个受缚恶魔的灵气里闪动着喜悦的光彩。

"我们面前有如此之多的美妙奇观。"亚弗戈蒙说道。

实体空间呻吟着逐渐解离，浩瀚之洋肆意玩弄这里的软弱血肉。

"这地方快要崩溃了。"梅门尼姆说，他麾下的战士们组成了一个神圣曼荼罗阵型。持续不断的爆矢枪火力将那些癫狂囚犯逼退。

"管他呢，"齐吾说，"你们都能感觉到这是个什么地方，我们的敌人又在这里做过什么事情。它越早覆灭越好。"

"我们找到任务目标，之后杀个精光。"梅门尼姆说，"阿泽克·阿里曼？"

阿泽克·阿里曼用一只手按住《马格努斯之书》。那本秘典拥有超乎想象的力量，书页上的每一道精准字迹都蕴含着重大意义和深厚潜能。那灵魂碎片确实曾经在此。他能感觉到父亲的存在，那仿佛是一个迟疑不决的鬼魂，一个在视野角落里闪现的飞逝残影。

"你在哪里？"他低语道，"引领我……"

那本书中的力量随即涌来。阿泽克·阿里曼的感知力顿时充满了卡米提·索纳的整座建筑。他能体会到每一种伤痛、每一桩冤屈、每一份羞辱和每一次痛楚。他能察觉到苍老的、年轻的、盲目的和狂乱的灵魂。有陌生的灵魂，也有熟悉的灵魂……

阿泽克·阿里曼的目光骤然探向一条上层走廊，那里的三个身影——两女一男——正沿着阶梯远离这片疯狂场景。他们背负着普罗斯佩罗的印记，任何造访过昔日那个美好国度的旅行者都是如此。走在前面的男子回头张望，辨认出故人的阿泽克·阿里曼仿佛迎面吃了一拳。

"勒缪尔？"

两个巨人在太空中飘荡。

它们像早年的宇航员一样迟缓而优雅，然而这些绝不是柔软凡躯，并非密封在脆弱不堪的生命维持装备里。

一台掠夺者和一台战犬，它们各自的机长早已与神之机械的内部结构融为一体。这些疯狂智能想必属于机械思维领域先驱者们最可怕的噩梦。它们昔日是暴风军团的忠诚战争机械，如今则沦为黑暗主宰的仆从。

疯狂的赫丘利与札格利萨穿越黑暗太空扑向卡米提·索纳，沃土号上的猎鹰学派成员组成了一支念动团队，负责进行导航工作。大批密封的燃料罐、笨重的集装箱和其他能够隔绝真空的容器组成了一支浩浩荡荡的临时舰队接踵而来。

沿着破灭团的运动轨迹，它们扑向那座监狱顶端的巨大破口。

战犬泰坦疯狂的赫丘利首先着陆，轰然砸扁了卡米提·索纳中部结构的防护板。更为沉重的札格利萨片刻之后抵达，它伸展开带有分叉巨脚的双腿，战斗号角传出隆隆低吼。战犬毫不犹豫地钻进建筑深处，它恰似一只闻到了血腥味的野兽，打算为更具致命威力的同类寻觅猎物。

这个区域经历了爆破性减压，但亮羽大师们施力确保周围的气体环境允许正常呼吸。

这自然不是泰坦的缘故，而是为了方便随后登陆的部队。

在泰坦展开猎杀之后，第一批集装箱轰然砸进了建筑破口。那些庞大容器撞开面前的飞旋残骸继续猛冲，直到磁力钳将它们固定在甲板与辅助支架上。

爆破螺栓掀开了集装箱的密封侧壁，巫师星球的渣滓一涌而出：来自那座坍塌城塞的大群狂乱野兽、立下血誓效忠千子的堕落叛军。

沃土号的光矛打击经过了缜密计算，其威力恰到好处，并未干扰卡米提·索纳的自转规律，因而外部装甲上的巨大破口没有影响到这座监牢的人工重力。

伊格尼斯选取的突破点距离阿泽克·阿里曼及其团队有三点六公里，此举意在攻陷轨道监牢登机甲板的关键设施。

至少看似如此。

"背侧机动阵列，三秒短促推进，右舷船首阵列，向下偏斜七十度，"伊格尼斯说，"前往破口上方。我要把那些飞船都毁掉。"

大量数据在浮雕立柱上奔涌流泻，即便是经过强化改造的奴仆也目不暇接。虽然驾驶星船往往是凡人的职责，但舰桥上还是有一批天枭学派军团战士运用速度迅捷的灵动思维为他传递信息。伊格尼斯将自身意念铺展在各层心境之间，对众多变量进行瞬时解析。

轨道监牢周围的空间充斥着弹头爆炸的火光与核能烈焰的旋涡。交战双方的朦胧虚影在强大的电磁干扰里时隐时现。像钻石粉尘一样熠熠闪亮的剥落装甲如雨倾泻，疾驰炮弹留下的一条条冻结废气仿佛是交织于黑暗太空中的蜿蜒银丝。

这幅充满了数学美感的景象几乎要让伊格尼斯感动落泪。

"左舷火炮在五秒后开火，"伊格尼斯说，"六轮破盾弹。两轮穿甲弹。"

他随即转换成思维模式。

"托贝克，舰艏光矛听我命令开火，伊格尼斯9-5-8号火力方案。"

"我要打谁？"托贝克问道。

"第二艘战舰，那艘轻型护卫舰。"

"什么轻型护卫舰？"

伊格尼斯叹了口气。若是能与其他破灭团成员合作就简单多了。

"在第十一象限，你这弱——"

一阵猛烈冲击让伊格尼斯望向观察窗。在变幻无常的交战区域里捕捉敌方行踪本就是一门学问，而对战术应对和宏观决策的掌握向来能够让他在太空作战中精准无误地预测敌军动向，直至今日。

沃土号从头到脚被一连串冷酷无情的炮火冲击狠狠犁过。方尖碑控制台上闪动着严重受损的警告符文，崩溃的虚空盾的炫目光芒填满了观察窗。机仆与奴仆厉声呼喊，反冲能量将他们的大脑烧成焦炭。

"难以置信！"伊格尼斯说，敌人的精湛技艺让他感到钦佩与惊愕。让一位破灭团大师措手不及绝非易事，只有各支军团中最顶尖的太空战专家才具备如此高超的误导技巧。

沃土号对于那艘轻型护卫舰的逼近毫无知觉，对方的护盾竟然将一切可被侦测的辐射信号导向自身内部，以至于完全隐形。

它只有在开火时才掀开护盾。

在仅剩的一点时间里，伊格尼斯伸展开自己的心灵，跨越茫茫太空前去探查那艘夺命战舰的掌舵人。

夜色中丝丝思绪缠裹，它奉命探寻虚无之地的影子。那是一位奥艺运用者。

"第十九军团，"伊格尼斯说，他很清楚接下来会发生什么：训练有素的炮手即将开始无情无休的舷炮齐射。

不出所料，多重鱼雷打击撼动着沃土号的背侧装甲。极具穿透力的弹头深深捅进这艘护卫舰的肚腹，随后爆发出核能光辉与烈焰风暴。

这是开膛破肚的弹药，战舰杀手。

"停下！"西萨瑞亚修女命令道，她从那扇宏伟大门面前退开，用一只手按着耳中的通信器，"关闭大门。立刻关闭！"

指示有变，两架战犬发出恼怒低吼，但它们还是中止了开启大门的动作。它们用硕大的铁拳紧紧拉住牵引锁链。大门重新闭合的念头让一股冰冷的谬误感扫过普罗姆斯的脊梁。

"等等，你在干什么？"纳加森那说，"我们需要立刻进去。"

西萨瑞亚满怀敌意地瞪了他一眼。

"卡米提·索纳遭到了攻击，"她说，"我们的登机甲板已经被野兽和叛徒淹没。敌人带来了战争机械，这两架泰坦需要前去迎战。"

"先把门打开，"普罗姆斯说道，"之后再派它们出战。"

"没有时间了，我的命令不容置疑。"

"那场突击只是佯攻，"比亚奇说，他的双眸覆盖着寒霜，"恶灵的气息是从里面传来的。"

"你以为灵能监牢里关押的是什么？"西萨瑞亚讥笑道，但比亚奇摇了摇头。

"我认得普罗斯佩罗恶灵的臭味，"他的嗓音是一种分外粗重的野兽低吼，"现在把那扇该死的门打开，否则我就要逼你打开了。"

比亚奇赤裸裸的威胁让西萨瑞亚麾下的其余修女怒不可遏，卡斯特兰机兵的武器臂立刻激活，随时准备奉命开火。

"这里可不是由你说了算，野狼。"她说。

"的确不是，"纳加森那尊敬地向西萨瑞亚深鞠一躬说，"但他并没有说错。我们要找的囚犯就在里面。敌人对此很清楚，他们想要调虎离山。"

听了纳加森那的话，西萨瑞亚略加思索，随后点了点头。

"好吧，"她说，"但除了已经在里面的战士，我不能为你们提供任何兵力。"

比亚奇笑了，那似是一声低沉呼吼。

"别担心，"他说，"我们知道如何毁灭恶灵。"

气喘吁吁又饱受震慑的勒缪尔趔趄着爬到了大厅上层。这条阶梯位于众多牢房的中间，五十条幽暗走廊分别向左右延伸出去。

勒缪尔跪倒在地，恐惧牢牢捏住了他的四肢，让他丝毫动弹不得。他双手捂住了脸，心脏咚咚狂跳，脉搏的震耳轰鸣仿佛是近在咫尺的枪声。他试图屏蔽那些从下方传来的可怕声音——窃取人类皮囊的梦魇邪物高声嘶吼、失却心智的疯子肆意狂笑、被怪兽生吞活剥的躯体发出的令人反胃的声响。

"快来！"卡蜜尔喊道，监狱的平滑石壁上映着闪烁火光，"起来！"

"他为什么在这里？"勒缪尔抽泣道，"这是什么意思？"

他全身剧烈颤抖。阿泽克·阿里曼在这里！

难道他们永远都躲不开千子吗？

凯娅在他身旁跪下。"我不知道。"她说。勒缪尔难以确定对方究竟在回答哪个问题——是他口中说出的问题，还是他心中提出的问题。

凯娅把手掌按在勒缪尔的后脖颈上轻轻一捏。勒缪尔的恐慌几乎在刹那间消解，他深吸一口燥热污浊的空气。

"这没什么意思，"卡蜜尔叉着腰站在一旁说道，"只是巧合罢了。"

勒缪尔摇摇头，说："世上没有巧合。这是他教给我的。这是他最早教给我的一课。"

"你觉得他是为我们而来的？"

"我不清楚，我也不想搞清楚。"

"那咱们就快走吧。"

"我们能去哪儿？"勒缪尔厉声说。

"只要不是这里就行。"凯娅惊恐地望着勒缪尔身后的方向。勒缪尔终于拉着对方的手臂站起身来，想要瞧瞧她究竟看到了什么。

众多身影快步冲上阶梯，那些囚犯的罩衫都浸透了鲜血。为首的几个人突然停下脚步抬起头来，仿佛在捕捉什么气味。勒缪尔由此目睹了一张张彻底毁容的可怕面孔，腹中不禁一阵抽搐。

阿泽克·阿里曼某一次不慎提及的词语跃入脑海：恶魔。

"走！"他低声说道，三人沿着走廊快步进发，明知根本无处可藏。卡蜜尔一头钻进走廊末端的牢房里，勒缪尔和凯娅紧随其后，接着又立刻站定了脚步。

牢房里并非只有他们。

美狄亚和斐瑞斯蜷缩在牢房角落的肮脏床铺上。母子两人看到来者是他们之后松了一口气，几乎要瘫倒下去，然而卡米提·索纳监狱在每个囚犯心中都培育了一份对他人的常态敌意，很快美狄亚的面孔就变得坚如铁石。

"出去！"斐瑞斯喊道，"怪物会跟过来杀掉我们的。"

勒缪尔听到那些自残囚徒发出的兽性声响从后方传来，便摇了摇头。

"没时间了，"他说，"我们无处可去。"

"出去！"那男孩又喊了一声，之后把脑袋深埋在母亲肩头。勒缪尔与美狄亚四目相对，看到她的面孔被泪水和悔恨涂抹得一片狼藉。

"不要，"她说，"我只有他了。我早就原谅他了。"

勒缪尔不明白她的话是什么意思，于是没有回应。

卡蜜尔和凯娅蹲在美狄亚和斐瑞斯身旁。那些无目的怪物从走廊远端一路追踪过来，那声响如同是野猪把口鼻埋进肥沃土壤发出的哼叫。

极度慌乱让勒缪尔腹中填满了酸苦的胆汁，但他听见卡蜜尔与凯娅相互柔声安慰，眼看着她们灵气中那股赤裸裸的恐惧逐渐淡化。

勒缪尔跪在两位女士身边，握住她们的手掌，脑海中浮现起一些清晰鲜活的记忆。阿泽克·阿里曼最早教给他的课程就涉及了盘踞在浩瀚之洋里的致命力量。它们以什么为食，它们有什么趋向，以及它们如何狩猎。

"它们要来杀掉我们，"勒缪尔说，"但如果你们听我的，它们或许就找不到我们。"

"怎么会？"凯娅问。

"它们没有眼睛，"勒缪尔匆忙吐出连珠炮一样的话语，"它们不需要眼睛。我觉得它们可以察觉到恐惧，就是我们灵气里的黑色光芒。我记得他说过，恐惧就像水里的血迹一样吸引它们。如果我们能控制住自己的恐惧，它们或许就找不到我们。"

"我不想干扰你的计划，勒缪尔，"卡蜜尔说，"但我实在没法让自己不害怕。"

"这不必，"勒缪尔说，他已经能听到脚板拍打石板的声音渐渐逼近了，"还记得我的天赋吗？我的能力？记不记得提兹卡空港的那个守卫，我让他对塞琳号的名册起疑，于是他就放我们上船了？"

"对，"凯娅说，"我记得！你能做到。"

"你能让那些怪物不要过来？"美狄亚说。

他点点头，说："是的。或许吧，我不知道。我要试一试。"

勒缪尔深吸一口气。关于他担任阿泽克·阿里曼学徒的那段记忆仍旧残缺不全，仍旧在他的思维里缓缓重组，但他操纵灵气的技巧毕竟是与生俱来的。阿泽克·阿里曼仅仅提供了一个专注心志的焦点。

勒缪尔将心灵提升到更高层的心境。

眨眼间他仿佛重获新生，仿佛从一潭死水的湖面之下冲出头来，或是在巢都最顶端的尖塔巅峰呼吸到了洁净空气。

　　能够洞察他人心中的情感起伏是一种无比美妙的体验。勒缪尔在卡蜜尔的灵气里看到了碧蓝与深紫两色的蛮横勇气——那是一面抵挡住赭黄色恐惧的盾牌——其中还交织着一股棕红色的母性本能，那源于时刻想要翼护旁人的凯娅。

　　美狄亚与斐瑞斯的灵气则横加阻碍。

　　美狄亚被迫抚养这受诅咒的孩子，那份多年积怨有着胆汁般的墨绿色泽，而毫不在意凡人欲求的冷漠宇宙则引发了一股乌黑的苦涩情绪。勒缪尔像一个故弄玄虚的江湖术士般挥动双手，将卡蜜尔的勇气和凯娅的保护欲牵引过来。

　　他将这些情感编织于母子二人身边，顿时看到他们面孔上的紧张感有所缓解。恐惧也随之更加可控，就像一股组成旋涡涌下管道的流水般逐渐干涸。

　　勒缪尔听见了恍若野猪的粗重哼叫，意识到那些怪物已经来到门前。他缓缓转过头去，紧咬嘴唇以免惊呼出声。

　　两个面孔狰狞的无目怪物站在牢房外面，它们躬着身体，染血的牙齿嗒嗒敲击，头颅左右晃动。它们身上的囚徒罩衫已经被染成了漆黑，仿佛那两具附魔躯体时刻在分泌某种剧毒物质。它们困惑地嘶叫，如同是吃不到糖果的任性孩童。

　　其中一个怪物踏入牢房，勒缪尔屏住呼吸。

　　它步步逼近，左右摇摆着那颗饱受摧残的头颅。它的破裂大口滴淌着一股股漆黑唾液。

　　那失去双唇的嘴巴里探出一条带有吸盘的舌头。

　　它在空气中品尝恐惧的味道，然而一无所获。

　　那个怪物沮丧地嘶鸣一声，转过身去。

　　勒缪尔默默松了口气。

　　斐瑞斯突然号哭起来。

　　走到门口的怪物停下脚步。

　　如今勒缪尔只有一种办法能够保住大家的性命。

　　帝国战士们面对着烈火与梦魇的凶恶攻势。

　　一呼一吸皆蕴含虚幻能量，每条命线断离的尖叫都迸发出灼目电光。

在这非自然的黑暗里，众多疯子身上跃动着闪烁妖火。生有巨角的剪影癫狂舞动，四周墙壁里爬出一个个骷髅般的幽暗形体。

四个沃拉克斯已经变成了冒着青烟的残骸。另有两个乌萨拉斯躺在地上，它们身下那摊油料与血液的混合物散发出防腐剂的恶臭。

卡米提·索纳监狱的囚徒们颇具力量，这是不假，但他们未经训练——缺乏纪律，缺乏团结，如同一群待宰羔羊。

普罗姆斯将骷髅手杖猛力砸在一个人胸口上，对方的双眼喷薄着火光，肋骨与脊椎顿时断裂，剧烈冲击震碎内脏。一道灵能波动则毁灭了藏匿其中的亚空间邪物。它的灭亡尖吼把普罗姆斯的腕甲灼成焦黑，将一枚防护符记化为乌有，那是托勒密本人在往昔的光明年代里亲手铭刻的。

数百个以余烬为皮肤，以熔岩为血脉的囚徒涌了过来，与军团战士们逆向而行，试图逃离这个风暴肆虐的房间。它们的嗜血嘶嚎已经人性尽失，让这些凡俗皮囊沦为玩偶的秽恶存在对血肉和灵魂怀有一股永不满足的原始饥渴。

这些凡人都不是纳加森那前来寻找的那几张面孔：一个敦实男子、一个皮肤黝黑的女子，以及另一个拥有柔和容貌与异色眼眸的女子。

普罗姆斯击杀了十余名囚犯，枪枪爆头。他低垂肩膀向其余敌人猛扑过去，奋力挥动手杖把它们击杀。打开包围圈，他步步紧逼，杀戮不止，左冲右突。他先察敌机，仿佛早已针对今日情景在训练笼里专门推演过上千种理论可能。

他身边的野狼们也一头扎进这群沾染了亚空间污秽的囚徒之间。比亚奇是凶蛮怒火与原始狂暴的化身，锐利冰凌组成的凶恶风暴凭空涌现，如灰烬般焦黑的古狼幽魂任他驱使，他的凌厉目光有若天谴，凛冬雷电般肆意鞭笞其所过之处。

斯瓦夫尼尔·疾狼掩护着符文牧师的左翼，那位战士手持一柄鱼叉般的武器，用修长的锯齿利刃撕碎敌人。普罗姆斯单单扫视了那把绝灵武器的闪烁刀锋，就想要将它折成两段。

寡目在比亚奇右侧奋战，用一面覆盖着爆鸣能量的盾牌为符文牧师提供保护。哈尔·巴勒吉尔与吉洛斯尼尔·盲狱则分头孤身陷阵，带着义无反顾的狂怒和唱着源自埃特的歌大肆杀戮。

并不具备灵能技艺的亚速·纳加森那与军团战士们并肩作战，对于大多数凡人而言，这都是无比凶险的处境，但那位先知猎手的迅捷反应足以保住他的性命。

在纳加森那背后，文迪卡崔斯为沃拉克斯机器人的致命力量提供指引，它们带着鄙夷畅快地将一个个凡人处决。克里顿斯·阿拉谢的乌萨拉斯奴仆则组成了一支见机行事的狩猎队伍，它们飞身扑向毫无防备的敌人，以绝对优势将其彻底压倒，展现出与癫狂主人相似的暴怒杀意。

普罗姆斯单膝跪倒，放声发出第十三军团的战吼，释放出一道钴蓝色的烈焰圆环。二十余个尖叫不已的狂人被瞬间焚灭，仅仅留下满口獠牙的朦胧鬼影，然而一位厉声呼号的女巫则毫发无伤，覆盖她全身上下的蛇形刺青像活物般蠕动。

她双臂上的浓厚血迹直至手肘，掌中握着两把用股骨磨成的匕首。

普罗姆斯站起来，略转身躯，迎头一枪。

一颗头颅拦住了那枚爆矢弹，顿时炸成碎裂骨片与灰暗腐肉。其余头颅像一群猎犬般蜂拥而上。第二枚爆矢弹抹消了其中之一，剩下的那些扑到普罗姆斯身上，用异变成野兽模样的獠牙巨口疯狂撕咬。

这只是些不痛不痒的微末烦恼，他引动烈火心念将其逐一引爆。普罗姆斯重新用爆矢手枪瞄准那个女巫。

"你为什么要杀害同类？"她尖嚎道。

普罗姆斯方才走进这座阴影笼罩的疯狂厅堂时，一度感到怜悯，但阵亡修女尸首遭到亵渎的景象让他将慈悲抛诸脑后。

"你不是我的同类。"他说。

"我所说的不是我。"她放声狂笑。

普罗姆斯射出一枚特制子弹，其弹药的化学成分中掺加了一些对于沾染虚空之人极为致命的神秘元素。那女巫的躯干顿时解离，然而她的话语直刺内心。

一个巨鸟形状的阴影从女巫的瘫软尸首里翻涌而起，那是无法看透的浓重黑暗，也是光芒闪烁的炫目色彩。它伸展开覆有羽毛的双翼，发出一阵狂怒的尖锐嘶鸣，并随着分分秒秒而变得愈发庞大。一条鳄鱼模样的弯曲长吻逐渐形成，那头颅上围绕着花环般的破灭梦想。

那是一位来自天界的黑暗领主。

普罗姆斯从手杖上释放出洪流般的灵能怒焰，却被那怪物轻易纳入怀中。它用目光将普罗姆斯牢牢钉住，那双眼睛仿佛是照耀着死寂银河的孤独星辰，那个心灵编织着一万年后才能开花结果的繁复谋略。它张开弯曲的手指，用无可抵挡的念动力量夺走了普罗姆斯的手杖。

"不！"他大喊一声，眼看着那巨兽将法杖碾成碎片。

他的盔甲表面升起袅袅轻烟，灌注其中的防护结界逐渐被烧焦焚毁。普罗姆斯努力避开它的凝视，想要将它从自己的脑海中逐退，然而那怪物的恶毒思维轻易撬开了他的心灵堡垒。它的低语从普罗姆斯心中传来，那既是一个名号，又是一份诅咒。

"汝辈皆死。"

在普罗姆斯心中找到的秘密让这怪物放声大笑，它昂起头颅，继续轻声讲述那些惊人内幕。

普罗姆斯的心灵逐渐分崩离析，而就在此刻，两个身披霜灰铠甲的救星赶到了他身边。比亚奇朝普罗姆斯的后背猛踹一脚，打断了那个虚空邪物的凝视。普罗姆斯顿时扑倒，脑袋重重撞在地面上。

透过视野里的一片血雾，他看到斯瓦夫尼尔·疾狼身躯后仰，恍若古老地球上那位瞧见了白色猎物的塔什提戈一样奋力投出鱼叉。长长的锯齿锋刃正中目标，埋进巨鸟怪物的胸膛。

夺目光芒与震耳尖啸顿时迸发出来，它随即消解无踪，被疾狼的绝灵武器抹除。比亚奇把普罗姆斯拽起来，那怪物的刺眼残影仍旧烙印在他的视网膜上不愿离去。

"告诉过你，我们懂得如何毁灭恶灵。"他说。

普罗姆斯点点头，他满口都是燥热灰烬与苦涩胆汁的味道。他眨眨眼消除视野里的梦魇幻景，那是一具冰冷尸体般的死寂世界，诸多城市恍若块块疮疤，充满血腥气的狂风席卷暗淡星辰，将它们逐个熄灭。

大厅里的非自然黑暗终于消散，普罗姆斯抬起头遥望房间最远处。积聚在天花板拱顶上的滚滚黑烟仿佛是一窝油光锃亮的毒蛇。阴影依旧笼罩着大厅的上半部分，但普罗姆斯还是捕捉到了沿着上层走廊快步行进的若干身影：披挂着猩红盔甲、散发出虚空光辉的改造超人。

"那边……"他奋力举起手臂嘶哑地说。

比亚奇抬头嗅了嗅，恰似一匹颈毛竖立的巨狼。他的狂野憎恨纯粹无比。
"我看到你了。"他咆哮道。

太阳圣甲虫战士转向右侧，倪克透斯和披羽者留在阶梯顶端，负责阻拦来自下方那片血腥混乱之地的任何威胁。圣甲虫隐修会与梅门尼姆的安卡鲁利刃跟随阿泽克·阿里曼转向左侧。

他们沿着走廊快步前进，相互提供火力掩护，仔细扫荡每一间牢房。终结者们向囚室灌注烈火，猎鹰学派则营造念力屏障将其密封。他们在身后留下了一座座冒着轻烟的坟墓，众多灵能者的焚灭尸首飘散出血肉烧焦的恶臭。

无目的恶魔在上层走廊四处猎杀灵魂，运用粗浅简陋的感知力去捕捉一丝一毫的恐惧气味。它们蹲在尸首旁大快朵颐。

阿泽克·阿里曼没有从枪套里抽出手枪，而是采用凝聚成一束的念动力量将那些噬人怪物处死，一记记迅猛刺击就像是直取大脑额叶的夺命冰锥。

"你确定那是你的前任学徒？"门卡拉踩在食肉怪物的凹陷面孔上问道。

"是的，那是勒缪尔，"阿泽克·阿里曼回答，"他就在附近。"

"还活着？"

阿泽克·阿里曼点点头。

"令人惊讶。"门卡拉说，他一只手握着法杖，另一只手里是锥形枪口的华美手枪。他将灼热的碧蓝等离子束投向一个牙齿战栗的噬人怪物胸膛，它立刻消失在超高温火团中，带着从头到脚的烈焰摔落下去。

"你向这个勒缪尔传授过战斗奥艺？防护法阵？"

"没有。"

"真令人惊讶。"门卡拉背靠墙壁，他身边的牢房里喷出一团烈火。

阿泽克·阿里曼并未作答，继续按住《马格努斯之书》。一种焦躁不安的微微颤抖在封皮之间的书页里脉动。他自己对这个地方有着同样热切的期望。

"你真的相信他也在这里？"门卡拉向那本书点头示意，"卡里马库斯？"

"是的，"阿泽克·阿里曼说，"他亲手录入了原体最伟大的作品，那么他与原体之间就理应维持一条心灵纽带。"

"然而就连寂静修女也没有察觉到那块或许由卡里马库斯承载的灵魂碎片，难道你不觉得这有点奇怪吗？"跟在阿泽克·阿里曼身后的亚弗戈蒙问道。

"我对原体的足智多谋抱有信心，"阿泽克·阿里曼说，"即便这只是他的一块碎片。"

事实上，他心中怀有同样的疑虑，只是不愿向这个寄居在妖傀体内的恶魔明言罢了。

"但你察觉到的隐情不止如此，对不对？"亚弗戈蒙说，"一头沉睡的巨龙，等待着那首将它唤醒的歌谣。"

当众人走近另一间牢房时，阿泽克·阿里曼突然抬起手。强烈的不安让他如鲠在喉。

"就在这里，"他说，"我自己进去。"

阿泽克·阿里曼转身冲进牢房，平端在面前的法杖攻守兼备。

牢房里有五个人——三女两男。

他认得其中两人：卡蜜尔·希梵尼，一位颇具能力的心灵测定者，还有勒缪尔·高蒙，他的前任参入者。第三名女性他并不认得，但看她的骨骼结构，她应该是普罗斯佩罗人。

然而并没有马哈瓦斯图·卡里马库斯……

一个年龄较大的女性瘫在牢房角落里痛哭失声，她的臂膀还紧紧箍在一个年幼男性的脖子上。

是儿子吗？

这两人之间是什么关系都无关紧要了。那个男孩已经身亡。根据迅速消逝的灵气来判断，是被他的母亲亲手勒死的。

勒缪尔坐在牢房的一面墙壁脚下抽泣不止，他将双腿蜷缩于胸前，怀里紧紧抱着一尊瓷瓮。卡蜜尔和她的普罗斯佩罗同伴则满脸悲伤地跪在那个痛哭的女性身边。

"他干了什么，凯娅？"卡蜜尔紧握双拳尖叫道，"王座在上，勒缪尔，你干了什么？"

勒缪尔没有回答，但阿泽克·阿里曼看清了真相。

灵能操纵的明显痕迹在那个痛哭女性的灵气中随处可见。针对自己儿子的积怨和沮丧在她心底封存已久，如今那些情感被强行调动起来，又受到粗浅而显著的增强，最终凝聚成一股夺命冲动。

"他救了你们。"阿泽克·阿里曼说。

那个女性无论如何都不愿放开死去的儿子，但千子对她毫无兴趣。他们将勒缪尔、卡蜜尔和凯娅拽出牢房。

"卡里马库斯？"门卡拉问。

"没有，"阿泽克·阿里曼无法掩饰自己的失望，然而未及他多说什么，一道突兀的灵能呼叫就猛然刺入他的思维。他能察觉到发送呼叫的那个心灵，其中带有几何图形与精准比例。其他人也听到了，就连那恶魔都不例外。

"伊格尼斯？"他问道。

"正是。"

伊格尼斯的话语带着朦胧回响，仿佛从一道鸿沟对面传来。他的声音模糊不清，但其中的紧迫感毋庸置疑。

"怎么了？"

"阿泽克·阿里曼大人，出现了一点……情况。"

"什么情况？"阿泽克·阿里曼说，一种沉重如铅的不安预感坠在他腹中。一种事情尚未开始就早早夭折的不安预感。

"沃土号已经覆灭，目前我方有少量幸存者抵达了卡米提·索纳监狱。几艘敌方战舰用火炮瞄准了这座设施，他们宁愿将其摧毁也要阻止我们逃离。"

阿泽克·阿里曼盼望自己听错了，但他知道并没有。

"你在哪里？"

"上层登机甲板的突破口，正在努力安排另一种脱身方式。"

"什么脱身方式？"

"是一种你恐怕不会喜欢的方式。尽快赶到我们的位置会合，我即刻为你提供增援。"伊格尼斯说完就切断了联系，但阿泽克·阿里曼还是依稀捕捉到某种如深空般幽暗而绝望的事物，就像一座塞满了迷失灵魂的尖啸坟墓。

"有敌情。"站在阶梯顶端的倪克透斯高喊。

阿泽克·阿里曼暗自咒骂。难道情况还能变得更糟吗？

不等他斥责自己贸然提出如此愚蠢的问题，他就察觉到了冰冷灵魂的触碰。

"野狼。"他说。

第十一章

冰原狩猎

断剑

抓住你了

　　毫无疑问,纳加森那早已目睹过军团战士作战,但比亚奇及其麾下战士的超人迅捷依旧令他感到震慑。他加快脚步奔上台阶,但那些冰霜之躯一直与他保持距离。

　　太空野狼迅速冲到上层走廊,恍若泰拉的死亡奔行者,那些经过改造的疯狂男女全无理智与重力的约束,在直刺云霄的巢都高塔间纵身飞跃,从而享受神经植入装置所给予的极度刺激。

　　哈尔·巴勒吉尔带着一阵充满暴怒的狂野呼号埋头冲锋。比亚奇的双腿仿佛是弹簧一般。斯瓦夫尼尔·疾狼与欧吉尔·寡目掩护着比亚奇的两翼,就连那支笨重的锯齿长矛也并未拖慢猎人的迅捷步伐。只有半机械半肉体的盲狱被迫与纳加森那保持同样的速度。

　　太空野狼一边上行一边开火,子弹将建筑上层结构的胸墙啃成四溅碎石。披挂猩红盔甲的身影在隆隆爆炸之间发动还击,他们的枪弹带着军团武器所特有的震耳轰鸣破空而来。

　　一枚质爆弹击中了纳加森那身旁的石阶。凶猛爆炸将他狠狠甩向侧面,挤干了他肺里的空气。他就地翻滚,不慎松脱了掌中的长剑,在充斥胸膛的灼人痛楚中努力呼吸。

　　机械般的黑钢手臂将他拽了起来。

　　"别动!"吉洛斯尼尔·盲狱说着,一把捞起纳加森那的长剑。

　　"等等!"纳加森那大喊。

　　长剑的剑刃从纳加森那的胸甲上扫过,轻易切开了固定皮索。冒着青烟的弹片已经将覆有漆艺的陶钢和吸收动能的剥离材料撕成了细碎残片。盲狱把长剑交还到纳加森那手中,又鄙夷地看了看那副损毁盔甲。

"简直就没必要穿。你留在这里吧,再中一枪你的小命就丢了。"

"我愿意冒险。"纳加森那厉声说。

盲狱耸耸肩,说:"反正是你自己的性命。"

军团战士转过身去继续前进。

盲狱的建议是明智的,然而纳加森那奉命活捉这三名囚徒。对于凡人而言,被夹在两批相互为敌的军团战士之间恐怕是最糟糕的处境。

纳加森那匆匆追赶盲狱,与此同时一股呼啸狂风从头顶席卷而来。他抬起头看到大厅的上层走廊已经被凶猛暴雪彻底笼罩。隐隐约约的轮廓在那团冻寒迷雾里快速移动,军团战甲伴着雷霆般的巨响迎面相遇。

紫色闪电不时迸发,漆黑如炭的狼形幽魂厉声呼号。枪炮怒吼与刀锋交鸣不绝于耳。痛苦咆哮中夹杂着金属撕裂的尖锐声音。纳加森那三步并作一步跑上台阶,迅速绕过一个个回形平台。石阶表面覆盖着寒霜。他不时脚底打滑,只能不情愿地放慢速度。

纳加森那绕过最后一个平台,从腰间抽出了镶银雕花的爆燃手枪,这把武器完全有能力击杀军团战士。他上一次暴怒拔枪的时候,面前是一位影月苍狼战士,而对方如今已经重新为帝皇效忠了。

他嘴里充斥着一股酸楚味道。他们本指望卡米提·索纳监狱能够剥夺敌人的灵能力量,但命运显然另有打算。

夺目电光附着在四周石壁与破损胸墙上。熠熠闪烁的雾气像帷幕般悬浮于空中,每一口呼吸都让他头晕目眩。

这条宽广走廊里散落着饱受蹂躏的血肉残骸,大量尸首面目全非,具体数量无从分辨。

灭世潮水般的大量富氧血液散发着扑鼻而来的浓烈味道,然而那些残躯似乎都不属于第六军团。

军团战争不同寻常,其惨烈程度远远超过最残暴的凡人之战。而芬里斯野狼的狂野让纳加森那尤为厌憎,仿佛他刻意付出了自身灵魂的代价换取这些盟友的助力。

纳加森那沿着牢房之间的走廊前行,赶往蛮族咒骂与枪口咆哮的方向。质爆弹已经把昔日的平滑石墙转变成了坑坑洼洼的岩壁,地面上满是湿滑的鲜血和冰水。

他埋头扎进闪烁雾气里，一场剧烈冲击同时撼动了整座大厅，那隆隆巨响如同是永不停歇的震耳钟鸣。他顿时滑倒，单膝跪地。

雾气骤然扭曲翻卷，某个物体迎面袭来。

纳加森那匆忙匍匐在地，欧吉尔·寡目的破碎盾牌猛然砸中墙壁。它半埋在墙体里颤抖不止。纳加森那仿佛能透过盾牌看到石墙，这景象让他一阵晕眩。

铠甲的轰响是唯一的警告。

三名军团战士——两个猩红与一个霜灰——随即冲出浓雾。他们扭打成一团，像愤怒的公牛般横冲直撞，铁拳、手肘与膝盖的凶狠猛击令人目不暇接。纳加森那明白，自己现在就是巨人脚下的卑微蝼蚁，于是急忙扑到最近处的牢房里。

两具焦黑尸骸并排靠在墙角下，似乎被某种不可抵挡的熊熊烈焰融为一体。那些飘散着余烬的头颅凝视纳加森那，四枚眼珠里竟然流露出浓浓的责难意味，顿时令他心惊退却。他用手掌抹了抹脸，重新看过去，却只能看到空荡荡的焦黑眼眶了。

纳加森那站起身来，背靠着牢门旁边的墙壁。一个猩红色的战士伴随野兽般的咆哮飞入牢房。他砸扁了那两具尸体，立刻挣扎起身。

欧吉尔·寡目接踵而至，这牢房顿时显得分外狭小。他一脚踹在千子战士脸上，那个术士的头颅破碎了，野狼的钢铁靴底踏在了牢房的墙面上。

寡目扭转身躯，但不够快。第二名千子战士平伸手掌冲进牢房，他立刻被一股无形力量钉在墙边动弹不得。

野狼高声呼号，脖颈上青筋暴起，奋力对抗这禁锢身躯的巫术。

披挂猩红盔甲的军团战士迈近一步，他紧紧盯着寡目，脸上流露出的滔天怒火让纳加森那不禁失色。他脑袋上鲜血淋漓，源自北非的红棕色面孔上留着一束欧西里斯式的紧凑胡须。他将空闲的手掌挥向一侧。寡目的胸甲不翼而飞，肩甲也随即脱落。

"我要挖出你的心。"那个军团战士说道，他又逼近一步，伸手探向腰间的镰刃弯刀，"而你要透过我的眼睛见证血淋淋的每一刀。"

纳加森那屏息凝神，十指紧紧握住长剑的皮革剑柄。他专注心念，在脑海里谋划着剑刃的最佳路径。

他放任那个千子战士更进一步。

纳加森那稍转身躯，手中长剑迅猛起落，挥出一记完美无瑕的侧击。

剑刃将那术士的脑袋劈了。纳加森那在转瞬间弯曲手指,把武器抽离出来。千子战士半转过身，尚且完好的一枚眼珠里充满了困惑，他张开嘴巴努力说着什么。

欧吉尔·寡目则一把揽住千子的喉咙，结束了他的生命。

"就算是临死的时候，"野狼说，"也别让他们开口。"

暴雪停歇了，碎石和冰雪像闪亮的雨点般洒落在地。梅门尼姆麾下残余的安卡鲁利刃终于克服了符文牧师的狂野攻势，在双方之间升起一道念力屏障。萨纳克特和卢修斯面对着屏障彼端那些徘徊的朦胧身影，两人活动肩膀，随时准备再战。

阿泽克·阿里曼能察觉到那个实力超群的芬里斯灵能者像一头狂乱野兽般奋力撕扯着屏障，以一种千子战士永远无法企及的方式迅速损耗千子的力量。

"倘若换一种处境的话，你们双方必定能够相辅相成，"亚弗戈蒙说，"想象一下——芬里斯的狂怒蛮力和普罗斯佩罗的严谨技艺的融合。"

"这永远不会实现了。"阿泽克·阿里曼说。

全身刻满铭文的妖傀摇摇头，说："永远不要说永远，阿泽克，难道你不懂得这个道理吗？"

"我曾经尝试过这条路，"阿泽克·阿里曼不情愿地解释道，"但覆水难收，有些事物一旦分崩离析就再也难以复原了。"

"请原谅我的用词，但我想你是大错特错了。"门卡拉说着，点头示意那些躲在阿泽克·阿里曼与亚弗戈蒙背后的凡人。恶魔在三人身旁维持着一道低等念力护盾，然而出于某种阿泽克·阿里曼无法理解的原因，那咒文一旦凝聚成形就立刻消解无踪。

"抱歉，兄弟。"阿泽克·阿里曼说道，一枚实弹的残余碎片嘶鸣着打在他的金属肩甲上，"再次与野狼作战让我更加忧郁。"

"奇怪。"门卡拉说。

"为何？"

"各位兄弟心里都是暴戾之气占据主导，而你恰恰相反。"

"浩瀚之洋的潮水用截然不同的方式拍打每个灵魂的堤岸，"阿泽克·阿里曼说，"而且它此时此刻显得格外气势汹汹，就好像它执意要摧毁这座抗拒许久的堡垒。"

"你为一个没有知觉的领域编排了一份恶意。"门卡拉说。

"只是种修辞手法。"

"你们两个实在天真幼稚。"亚弗戈蒙用手指敲了敲覆有螺旋雕纹的胸膛，容纳其中的秽恶本质散发着黑光，"自从石块被用来砸扁头颅开始，人类就在亚空间里埋下了恶意和知觉。"

阿泽克·阿里曼强行按捺住心中那股一把抓起恶魔妖傀抛出走廊的冲动。它则捕捉到了阿泽克·阿里曼的憎恨，顿时放声大笑着挑衅。

细如丝线的爆燃能量打在头顶石壁上，阿泽克·阿里曼移步避开了滴淌下来的熔融石块。他冒险扫视逐渐崩溃的胸墙，披羽者和太阳圣甲虫战士正在那里与一群钢铁打造的敌人交火：长着昆虫般球状头颅和弯钩肢体的机器人，和在半空飞翔的作战机。

转瞬即逝的念力护盾和规模甚小的超高温气体像沙漠深处的海市蜃楼一般让空气变得扭曲朦胧。爆矢弹、高能爆燃射线和分叉电弧往复纷飞，恰似两个巢都街区之间的凶险枪战。

在他们身后，奥努里斯·海克斯与圣甲虫隐修会挥动着光芒闪耀的念动利刃切割走廊地板。目前已有十一名千子战士在双方遭遇时的初期血战和随后的激烈交火中丧命。在这场行动结束之前恐怕还会有更多的牺牲。

"有伊格尼斯的消息吗？"门卡拉问。

"没有。"

"那么我们放手一搏？"亚弗戈蒙问。

"不，我们必须撤离。"

"你们占据着一切优势，"恶魔说道，"无论人数还是奥艺。你们完全有能力杀死此地的一切生灵，这你很清楚。"

"或许是的，"阿泽克·阿里曼说，"但你觉得这些凡人能活下来吗？我们并没有找到卡里马库斯，但我们找到了链条中的一环，而我绝不会将其随意牺牲在好战与复仇的祭坛上。"

门卡拉点点头，说："那么我们——"

他没能把话说完。

安卡鲁利刃的念力护盾伴随一阵雷霆轰鸣骤然崩溃。凶猛暴雪与冻寒浓雾顿时尖啸着席卷走廊。众多凶蛮身影接踵而来。

那些狂野杀手有着举世无双的冰冷心肠。

滚滚怒涛般的浓烈杀意和充斥血色的野狼心灵，以一股无比蛮横的强悍气势逼迫萨纳克特趔趄后退。他抬起手臂挡在护目镜前，凶恶风暴裹着细碎钻石般的坚冰从他和卢修斯身上席卷而过。

两人相互保持距离，便于施展拳脚。

刺耳呼号与狂奔身影乘着风暴的翅膀迎面袭来，暗灰、碧蓝与火红交织成一股。那些心灵难分彼此，是仇恨将它们凝聚成了一股咆哮不已的猎群思潮。

它们蜂拥而来，令人难以招架。

一个长着恶臭皮毛和飞沫巨口的生物猛扑过来。萨纳克特俯身躲闪，用猎鹰刃扫过对方的喉咙。他的利剑仅仅斩断了寒冰和烟雾，让他在刹那间失去平衡。

一团拥有黑红两色眼睛的幽影从背后发动攻击。

他低垂肩膀，将豺狼刃从手臂下方刺向身后。那幽影带着呼号笑声化为乌有。一把锯齿长矛随即撕开了他的躯干侧面，一股灼热痛楚来袭。

"堂堂正正地打，该死的！"萨纳克特喊道，他努力维持住心境，试图在这团风暴里捕捉到某个心灵。

呼号声在狂风中起伏回荡。莫非这是风暴的嘲弄？

"就像你一样堂堂正正吗，巫师？"一个声音从他肩头传来。

萨纳克特扭转身躯，双刃交叉横扫。

他毫无斩获，脑海里灌满了狼嚎声。

萨纳克特扯下头盔，同时一个壮硕身影猛扑过来，两人重重摔落在地。萨纳克特用豺狼刃的剑格施以重击，继而传来了充满兽性的低吼与令人满意的脆响。一只铁拳毫不示弱地击中他的脸颊，那凶狠力量足以让骨骼开裂。

一张面孔充斥了他的视野。眼前的对手须发皆张，乌黑的鬃毛和胡子被骨环或铁圈束成一条条长辫。这个野狼战士面孔里的兽性远多于人性。他咧着嘴唇，参差交错的獠牙上沾满了血红唾沫；一枚眼珠是机械义眼，另一枚则散布着红棕色斑点，极度扩张的瞳孔令它显得漆黑一片。

萨纳克特把前额狠狠砸在对手脸上。

"巴勒吉尔的脑袋像埃特一样硬，"野狼大笑着用头槌还击，"但术士的脑袋软得像泥巴。"

仿佛有一团夺目光芒在萨纳克特眼前迸发，他的一部分脑壳像是突然凹陷进去了。令人全身瘫软的尖锐痛楚让萨纳克特近乎窒息，他无力又无助地松开了两把利剑，那野狼则准备赤手空拳地把他掐死。

萨纳克特望着对手的双眼，始终无法理解这低劣蛮子如何能够打败自己。他是技艺绝伦的军团剑客，是无出其右的超群战士。如此平庸可悲的死法在萨纳克特看来简直有违天理。

一声雷电般的爆鸣抹消了野狼脸上的笑容。

他的头颅猛然甩向后方，如同一只被铁链牵住的猎狗。

巴勒吉尔的肉眼鼓胀出来，萨纳克特在对方脖颈上看到了一条盘蛇状的长鞭。野狼徒劳地抓挠，那根可憎绞索则蠕动着愈发收紧。他的喉咙被逐渐撕裂，鲜血从手指间涌现。

一个没有佩戴头盔的身影在野狼背后浮现，那绝美形象仿佛源于梦境。萨纳克特认得那高贵容貌与纯白长发，然而对方绝无可能驾临此处，这想必是萨纳克特濒临死亡时的幻觉。若非如此，又如何能够解释弗格瑞姆本人的出现？

他是诸多军团中最完美的个体，在举手投足之间有着老练杀手的流畅姿态与简洁动作。

他是一个为萨纳克特所熟知的老练杀手。

"你可不能杀了这家伙，"弗格瑞姆用卢修斯的声音说道，他紧紧扯住长鞭，"他是我的对手。"

野狼猛然起身，抽出挂满护符的手枪，朝敌人开火。卢修斯脚踏墙壁飞身跃起，手中长剑像断头台的刀锋一样斩落。巴勒吉尔的手臂顿时被齐肘切断。

卢修斯再次挥动兵刃，随后弓身落地，持剑与空闲的手臂都向外平伸。

野狼随即跪倒，殒命。他朝卢修斯探出手去，接着轰然砸在地面上。

"总是把精力浪费在哗众取宠上。"萨纳克特嘶哑地说。

"但他确实死了，对不对？"卢修斯反驳。

萨纳克特不得不承认这一点，他用手肘撑地坐起身来。他盯着改头换面的卢修斯，依稀听到枪炮轰鸣、钢铁交锋和以太冲击的响动从背后传来。

"你的脸……"他说。

"你喜欢吗？"卢修斯狞笑道，"我原本打算安排一种更戏剧性的揭幕方式，但某个该死的野狼居然把我的头盔打坏了。"

萨纳克特正要开口，一股骤然袭来的灵能痛楚立刻让他抬起头来。他能察觉到一个杀手心灵的明亮光辉，一个与凶蛮野狼截然不同的心灵，一个几乎被多年的悲伤与放纵彻底摧毁的心灵，而将其重铸为一柄锐利刀锋的那种苦修戒律堪与军团训练相提并论。

"你左边！"萨纳克特喊道，他探出手掌施展残存的力量，与此同时一把带有弧度的长剑挥向了那俊美剑客颈甲位置的细微缝隙。

军团战士的反应迅捷超凡，然而这大师水准的一剑以最短距离意在直取目标。

就连卢修斯也休想躲开。

萨纳克特头晕目眩，而且失却了心境，因此他的念力推动格外虚弱散漫，简直是参入者的稚嫩手法。

他仅仅让利刃的轨迹偏离了三毫米。

但这足以导致剑锋错过血肉，仅仅在卢修斯的颈甲上刻出一道火花四溅的痕迹。那剑客瞪圆了双眼，萨纳克特在对方的神色里捕捉到一种与重要答案失之交臂的沮丧意味。

卢修斯快步退却，避开了一记迅猛的反手回击，并立刻扬起长剑抵御住一连串令人眼花缭乱的致命攻势。他迂回躲闪，招架格挡，逐渐开始享受这场对决。

迷雾散去，萨纳克特看清了胆敢与卢修斯过招之人的真面目。

那是个来自神龙诸国的凡人，身穿一件适合演练剑术的宽松衣袍。他没有穿戴盔甲——这更证明他彻底疯了——手中的那把利剑的平衡性与弧度近乎完美。

"这家伙有两下子！"卢修斯说，他成功挡下一记记足以将功力欠佳之人被大卸八块的精准剑招。

"赶快把他干掉吧。"

"我总要先教他几招。"

萨纳克特的伤势逐渐恢复，他终于将思维推回到高层心境。他将一支灵能尖刺捅进那个凡人的心灵。

对方趔趄后退，勉强躲开一招足以将他劈成两半的雷霆重击。

"你敢！"卢修斯恶狠狠地瞪了萨纳克特一眼，"不许你干涉。他是我的对手。"

萨纳克特将那支尖刺收回。他已经窥探到了足够多的信息。

亚速·纳加森那，帝皇的特工。

被掌印者派遣来此，奉命……

萨纳克特跪坐起来，双剑跃入掌中。

卢修斯双手交握长剑，效仿凡人对手的姿态，他脸上的那副美好笑容饱含喜悦。在数秒时间里双方激烈交锋——这已经远远超过大多数人与卢修斯过招的极限了。

然而无论技艺如何高超，心志如何坚定，凡人剑客与军团战士之间的决斗只会有一种结果。

卢修斯招架住一记完美无瑕的刺击，翻转手腕将纳加森那的长剑锁在臂弯里。他猛力扭动臂膀，将那铿亮利刃折成两段。

那个凡人脸上的深重哀伤如同是痛失爱子的神色。

纳加森那的惊惧让卢修斯放声大笑，他抢上前去将对手凌空抓起。卢修斯把敌人举在面前仔细观察，仿佛在审视一个智障学者。

"你确实不错，"他说道，"但你可不是那只小乌鸦。"

纳加森那在剑客掌中徒劳挣扎，卢修斯则迅速厌倦了他。与其干净利落地处决对手，卢修斯想不如随手把纳加森那抛出走廊。

另一个身影从冰寒雾气里浮现，但这并不是天赋超群的凡人。这是一位军团战士，他体内蕴藏的可畏力量几乎要挣破那套铿亮的银灰色铠甲。

"或许我能给你一点挑战？"迪奥·普罗姆斯说。

他的灵能兜帽喷薄着以太威能，萨纳克特察觉到了坚不可摧的心灵架构，这源于奥特拉玛的深厚学识。

"跑！"萨纳克特说。

灵能暴雪吞没了圣甲虫隐修会，呼号不已的野狼发动一阵阵凶猛攻势，恍若与罗马军团临阵对敌的古老蛮族。爆矢弹从战甲表面轰然弹开，覆盖冰霜的战斧劈向狮卫手中灵能利刃的银钢长柄。

枪弹在走廊里往复交织，手雷爆炸让炽热的钢铁碎片四处横飞。狭窄的作战区域让千子无法群起围攻，但他们还拥有另一项更大的优势。至少阿泽克·阿里曼以为如此。

在芬里斯冰雪风暴的獠牙巨口里，以太闪电消散成无害的火花，烈焰洪流闪动着，暗淡熄灭。让人血液沸腾的咒文毫无功效，召唤致命梦魇的力量也虚妄缥缈。

披羽者和太阳圣甲虫战士负责抵挡后方和两翼的机器人，梅门尼姆麾下残存的安卡鲁利刃则运用念力冲击和爆矢弹将那些机械神教作战机仆从半空拍落。

整个建筑震颤不已，太空中的敌方战舰发动了一轮轮舷炮齐射，用质量投射器与宏炮不断冲击这座监牢。战争号角的震耳轰鸣回荡起来，其中充斥着癫狂暴怒。完全无从判断这究竟是远是近，是敌是友。

阿泽克·阿里曼把自己挡在了四处横飞的弹片与此行所寻的凡人之间。他们三个都遍体鳞伤、鲜血淋漓，但相比之下依然是处境最好的。

圣甲虫隐修会已经牺牲了四名成员。

奥努里斯·海克斯的指挥作风一如既往，他率领战士们将种种以太奥艺融汇成一股致命力量：运用预见视野引导攻击，营造念力护盾提供防御，施展生化灵能治疗伤口，引导火凤烈焰席卷战场。

但面前的敌人远非任凭宰割之辈。他们的冰封战甲上铭刻着驱邪神符，又挂满了狼爪饰物、护身法器与祝福珠串，似是一个涂花面孔的部族萨满所为。

纵然粗陋无比，这些防护手段目前确实有效。

千子总是会忘却阿泽克·阿里曼的首要原则。

"首先是军团战士，其次才是灵能者！"

奥努里斯·海克斯在刹那间遵从了阿泽克·阿里曼的原则，他抛下高超的灵能奥艺，转而采用战士的杀敌技能。他探出手中武器的长柄，用末端弯钩将一名野狼拽倒在地。他左侧的战士立刻跟进，刺向野狼的喉咙。那个无助敌人的芬里斯兄弟则及时挡住来袭的剑刃，令其向下偏斜。他随即朝狮卫战士的头盔面部送去一枚质爆弹。

金属面甲凹陷下去，但并未碎裂。

防御阵线短暂地暴露了缺口。

一个躯干和肢体都是由金属打造的野狼看到了破绽，立刻像破城槌那般猛扑上前。沉重冲击让圣甲虫隐修会战士立足不稳。

这正是野狼所需的良机。一个厉声呼号的暴狂战士从缺口处飞身跃入阵线内部，手中挥舞着一柄轻若无物的双刃巨斧。闪烁着冷冽电光的斧刃削铁如泥，其余野狼随后一拥而入。

两名战士以蛮力将这盾墙彻底撕裂，双方对峙演变成了混战的旋涡，其中一人握着锯齿鱼叉，另一人则持有霜刃长剑。

阿泽克·阿里曼终于看到了被笼罩在风暴云团里的野狼领袖，对方的头盔上涂画着一个十分熟悉的骷髅印记。他朝对方点头致意。

野狼像索命般指着阿泽克·阿里曼。

"我看到你了，阿泽克·阿里曼。"符文牧师说。

他的声音恰似荒凉苔原上的枯燥寒风。

两人之间的纷飞雪花缓缓飘落，双方的沟通心念电闪，周围的鏖战恍若梦境。

"你如何认得我？"

"我看到了你的命运，结局很糟糕。"

"你是谁？"

"波德瓦·比亚奇，第三连头领欧格维·欧格维·海姆施鲁特的符文牧师，人称长牙的乌弗鲁·赫欧罗斯的血盟兄弟。"

"符文牧师，"阿泽克·阿里曼讥笑道，"我遇到过你这种人。他的名字是欧谢尔·沃德梅克。他也曾谈及命运，但他如今躺在普罗斯佩罗的红雪上了。"

"昔日我感觉到了他的命线被你摧毁，"比亚奇说，"我想问问，你是否知道那样做的代价？"

阿泽克·阿里曼的目光不由自主地看向自己的法杖。它一度是蓝金两色，然而在沃德梅克殒命之后就立刻变成了通体乌黑。

"我会让你有同样的下场。"阿泽克·阿里曼承诺道。

"不，那并非我的命运。"

未及阿泽克·阿里曼作答，一阵猛烈冲击的隆隆巨响就回荡于四周，如同是负责召集泰拉议会的那口投票大钟所发出的震耳轰鸣。神之机械的癫狂呼喊充斥着整座房间，阿泽克·阿里曼与比亚奇之间的心灵连结被强行中断。

泰坦札格利萨撞破墙壁，冲入大厅，这幅惊人景象让走廊里的鏖战双方都瞬间僵住了。那台掠夺者泰坦的装甲表面铺着鲜血般的锈红色油料，不时喷吐出来的剧毒气团仿佛是粗重的喘息。它恍若一头上古年代的终极猛兽，伴着雷霆咆哮抬起左侧臂膀。它的铁爪里握着一根牵引锁链，末端则是一台战犬泰坦的青铜色头颅。

泰坦札格利萨随后举起另一条臂膀。弹药斗铮铮作响，气压填弹装置将巨型子弹送入了加特林爆裂炮的炮膛里。

"找掩护！"阿泽克·阿里曼大喊一声，匆忙抓起勒缪尔和卡蜜尔冲向最近处的牢房。

亚弗戈蒙拽着另一个女人，泰坦札格利萨随即开火。

泰坦的重型武器从走廊上犁过，整个世界顿时被凶猛爆炸转化成一团势若雷霆的地狱风暴。震耳欲聋的轰响与撼天动地的冲击接连而至，爆炸声几乎融汇成一股毫无间断的咆哮。飓风般的碎石敲打着每一面墙壁，勒缪尔痛苦尖叫，腿上绽放出点点血花。阿泽克·阿里曼将自己的身躯当作盾牌，奋力抵挡住涌入牢房的炽热火球，那团烈焰转瞬即逝，迅猛的逆向气流抽干了氧气。

三个凡人难以喘息，阿泽克·阿里曼立刻运用亮羽奥艺为他们头颅周围的环境注入氧气。

那一切随即告终。此刻骤然降临的寂静，与方才来势汹汹的炮击同样令人震慑。

"快走！"

感官过载依旧让阿泽克·阿里曼头晕目眩。

"撤退，快！"

"伊格尼斯？是你吗？"

"是的。马上离开那里。"

阿泽克·阿里曼一把拽起勒缪尔和卡蜜尔，趔趄着走向牢房入口，尖锐耳鸣让所有事物都显得苍白暗淡。云团般的有毒废气笼罩着走廊的其他部分。

强大的掠夺者泰坦札格利萨前来援助军团战士

那道胸墙已经不复存在，只剩下不足一米的断壁。千子战士纷纷迟疑地走出了浓烟滚滚的牢房，凝视着面前唯独炮弹轰炸才能造成的炼狱景象。

位于下方的掠夺者泰坦伸展着双臂，顶部装甲上的散热口喷出一股股嘶鸣青烟。阿泽克·阿里曼有种难以抑制的感觉，似乎那台神之机械在直勾勾地盯着他。

"你在哪里，伊格尼斯？"他问道。

泰坦稍稍弯下整个身躯，仿佛在鞠躬行礼。

"我擅自将意识注入了札格利萨，以此确保它的炮击精准无误。"

"你操纵了一架泰坦？"

"日后我会为此付出沉重代价的，但现在请你抓稳了。"

阿泽克·阿里曼正要细问缘由，却突然看清了伊格尼斯的意图。他一头冲回牢房里去，泰坦札格利萨则开始转动自己的钢铁巨拳，将战犬泰坦的斩落头颅当成了古老的流星锤。那旋转速度越来越快，最终泰坦札格利萨猛然低垂右肩将臂膀挥向前方。

链条末端的头颅像破城锤一样飞向上层走廊，金属与岩石在惊天动地的巨响中轰然相遇。天花板和墙壁进一步坍塌，大量散落石块碾碎了在大厅里苟延残喘的可悲生灵。

亚弗戈蒙还抓着那第三个女性。她是普罗斯佩罗人，但阿泽克·阿里曼现在没有时间浪费在多愁善感上。他把卡蜜尔推给妖傀。

"你带上卡蜜尔·希梵尼女士，"他说，"别管那个了。"

"不！"卡蜜尔大喊，恶魔则立刻抛下那个普罗斯佩罗女性，把卡蜜尔的双臂反押在背后，"不！王座啊，不！凯娅！求求你，不！不要！凯娅！"

"卡蜜尔！"那个跌倒的女人呼喊着匆忙起身，但亚弗戈蒙反手一掌让她匍匐在地。她瘫在牢房墙角里，一动不动。

阿泽克·阿里曼走出牢房，扎进一团令人窒息的浓厚云雾里，这是从上方洒落的大量尘埃。他沿着走廊快步前行，赶往那个嵌在墙壁里的钢铁头颅。与之相连的紧绷链条微微颤动，成为了一条通往下方那架泰坦的铁索桥梁。亚弗戈蒙紧跟在后面，推搡着痛哭流涕且徒劳挣扎的卡蜜尔·希梵尼不断前进。

"拜托你，阿泽克，"勒缪尔哀求道，"别丢下凯娅。"

"那个普罗斯佩罗女人？她是希梵尼女士的同伴吗？"

"是的。"

"她无关紧要。"阿泽克·阿里曼说,空气中残存的推进剂萦绕在他身上,仿佛是一群缓缓飘落的萤火虫。

"无关紧要?"勒缪尔惊呼一声,饱受轰击的走廊逐渐分崩离析,不断倾泻着大块残骸,"没有谁是无关紧要的。"

"言之有理,"阿泽克·阿里曼承认,"但总有一些人要比其他人更为紧要。"

在他们前方,千子战士们纷纷沿着链条爬向掠夺者泰坦,那铁索的每一环都有一米之宽、两米之长。萨纳克特已经躬身伏在泰坦札格利萨的顶部装甲上,他旁边的那位战士拥有一张与自身灵气格格不入的面孔。阿泽克·阿里曼和亚弗戈蒙是最后抵达这座锁链桥梁的,门卡拉正站在那里,用双掌按着战犬泰坦的头颅,将那呻吟不止的金属巨物牢牢固定住。

"破灭团向来惊世骇俗,"他紧咬牙关说道,此时泰坦的头颅晃动起来,将周围的石壁碾成粉末,"但你们必须抓住最后的机会了。"

千子战士们踩在锁链上引发的震颤已经让泰坦的头颅逐渐松脱,就像从牙龈里缓缓撬出一颗蛀牙。

若非门卡拉施力维持,这钢铁头颅早已坠落。

"门卡拉——"阿泽克·阿里曼开口道,亚弗戈蒙则轻而易举地带着卡蜜尔纵身跃上锁链,仿佛她只是个幼儿,"本不必如此的。"

"但确实如此了。"那位黑鸦先知说。

"那些野狼还有那位基里曼的子嗣想必认为这完全有必要。"亚弗戈蒙说着转身护住卡蜜尔,一串质爆弹打在锁链上溅起火花。簇拥在掠夺者泰坦顶部装甲上的千子战士发起还击,上层走廊与泰坦札格利萨之间顿时充斥枪林弹雨。阿泽克·阿里曼转头回望,看到全身覆满尘埃的敌人从牢房里探出头来匆忙开火。

"奥特拉玛战士与野狼并肩作战?"

亚弗戈蒙点点头,说:"是的,但他早已偏离了昔日的道路。"

阿泽克·阿里曼的思维在那些遥远身影之间扫过,察觉到符文牧师的心灵像一只狂犬般挥动利爪,奋力撕扯着阿泽克·阿里曼脑海里的防线。但他还感觉到了另一个心灵,那至臻完美的思维戒律只可能由普罗斯佩罗或奥特拉玛所铸就。

"刽子手的利斧不知道自己会落在哪里，"他说，"它仅仅是任凭旁人挥动的杀器。"

"把那个凡人给我。"亚弗戈蒙说着伸出手臂来接勒缪尔。阿泽克·阿里曼摇摇头。

"不，他要跟着我。"他收起武器看着门卡拉。

"兄弟。"阿泽克·阿里曼说。

门卡拉摇摇头，说："我的旅途就此结束了。"

"不，你必须——"

"我叫你快走！"门卡拉大喊，奔涌而出的念动灵能为他的话语注入了一股坚实力量。

阿泽克·阿里曼点点头，转身走向锁链。他紧紧攥住勒缪尔的手腕，就像准备启动跳跃背包的突击战士一样俯身跪地。他随即纵身飞跃，轻而易举地跳上链条。勒缪尔带着惊恐的呼喊从空中甩过，恰似一个距离地面五十余米的钟摆。

质爆弹在两人周围奔窜，阿泽克·阿里曼沿着锁链半滑落半攀爬地不断下行，将勒缪尔紧紧拽在身后，而对方始终不肯抛下怀里的那个瓷瓮。敌方火力被念动力量抵挡偏斜，来袭子弹被火能护盾提前引爆。

泰坦的头颅终于从墙壁上松脱，这条巨大锁链立刻松懈软垂。

门卡拉已经死了吗？他来不及回头看。

链条的骤然晃动让阿泽克·阿里曼脚步踉跄，勉强维持平衡。亚弗戈蒙跳到掠夺者的装甲上，转身看着阿泽克·阿里曼，胸中那团夺目的恶魔黑焰十分亢奋。

一份突如其来的预见视野带着钻心剧痛充斥了阿泽克·阿里曼的脑海。

他摇晃不稳，险些让勒缪尔松脱。

……一位出身于五百世界的战士，被无比深重的负罪感推动，身上披挂的盔甲颜色是银灰，而非钴蓝。一个不再称基里曼为主人的军团战士，他的职责必将成为他的末日……

阿泽克·阿里曼扭过头去，恰好看到那位极限战士释放出一个由灵能烈焰凝聚而成的幽魂战士——某个马库拉格的上古化身，披覆辉煌金甲，手持一把迸发以太光芒的长矛。

它化作一颗流星，从阿泽克·阿里曼和勒缪尔之间掠过。

阿泽克·阿里曼咬牙忍耐住一股同感痛楚，勒缪尔的臂膀自手肘以下都被那烈火幽魂化作灰烬。阿泽克·阿里曼伸手探向自己的前任参入者，即便他明白为时已晚。

勒缪尔惊恐地大叫着从锁链上坠向大厅底部。

伴随最后一声金属与岩石的碾磨巨响，战犬泰坦的头颅从上层走廊彻底脱落。阿泽克·阿里曼猛力一跃，绝望地扑向泰坦札格利萨的边缘。

太远了。他够不到。

他与众多亡者一同陨落。

一条金属手臂突然握住了他的腕甲，那凶狠力道足以让陶钢开裂。

阿泽克·阿里曼抬起头，看到亚弗戈蒙。

"抓住你了。"恶魔说道。

第十二章

早期征兆
锈蚀与安息
倾覆高塔

在情感潮水与意识湍流的推动下，阿蒙遨游于浩瀚之洋的滚滚波涛之间。

"这才是体验生命的真正方式，"马格努斯高喊着在阿蒙头顶盘旋翻飞，"摆脱现实的束缚，让想象力成为唯一的局限。"

阿蒙心中饱含喜悦，他和马格努斯像两颗流星般在亚空间里驰骋。在这个完全藐视物理法则的国度里，破碎脊梁已不再是他的枷锁。

这里不存在正邪之分或善恶之别。

在他们身后留下的炽热轨迹是一股明亮无比的灯火，吸引了各式各样的亚空间生物——无论是像秃鹫般成群结队的贪婪掠夺者，还是体型完全超出人类理解范畴的庞然巨兽。

两人始终未受侵扰。

即便灵魂碎裂，马格努斯在浩瀚之洋的原住民之间依旧威名赫赫，令其莫敢妄动。就连那些由纯粹怒火组成的悍勇存在也同样退避三舍，这位力量超群的毁灭者激发了它们体内甚为迟钝的生存本能。

阿蒙紧紧跟在父亲身边，他们以如此光辉夺目的方式遨游，显然极具风险，这令他惊慌而又着迷。亚空间存在或许都惧怕马格努斯，但对于它们而言，阿蒙有如蝼蚁。

倘若游离太远，他就会孤立无援。

他用梦境幻想铸就了这副光之躯体，描绘出自己理想状态下的完美形态，他披挂着晶莹剔透的闪亮盔甲，颜色鲜红抢眼，光泽有若熔金。

"行了，阿蒙！"马格努斯喊道，他飞速旋动身躯，甩出一颗颗灵感彗星，"抛弃模仿自己本身的那个外表。你的形态大可随心所欲——无论是屈居肉体的神祇、生有双翼的精怪，还是灿烂辉煌的火龙！"

阿蒙心血来潮地化作一团光芒闪烁的灼目能量，其中不计其数的飞旋轮盘与明亮眼眸汇聚成一幅极度致密的螺旋图案，一束束精妙雅逸的思绪足以让任何凡俗哲人望而兴叹。这令他变得绝美超凡，他的欣喜热泪在亚空间的穹隆上凝结成璀璨星辰。

　　马格努斯化作一只熠熠闪烁的凤凰，他有着喷薄烈焰的琥珀双翼、炽热如火的炯炯眼眸，以及一颗超新星般的滚热心脏。他的力量与智慧合而为一，他乘着以太之风畅快翱翔，在所过之处留下一条光耀路径。这灿烂轨迹渗入实体世界，为敏感心灵赋予了美妙绝伦的梦境。

　　他们离开巫师星球飞往马格努斯所说的启蒙星海，两人轻易跨越时空界限，在俯仰之间就完成了一段只有区区数名天赋异禀之人才能够企及的宏伟旅途。由失落绝美所组成的亚空间风暴被他们一举贯穿，两人随后绕开了洛加在毁灭风暴里炮制的暴怒黑暗，并越过一团被萌芽希望缓缓催生的凶猛旋涡。阿蒙放眼所见皆为随机事物，他试图在种种现象中寻求意义。浩瀚之洋立刻响应他的意愿开始重塑自身，用铭刻于心、淡忘已久和不曾发生的万千经历编织出一条条斑斓繁复的记忆挂毯。

　　在浩瀚之洋的无边混沌里，宇宙星象和多元阵列的完美结合营造出了规整的几何图形，让他们的路线变得有迹可循。交错融合的现实与饱含吉兆的星象不时跃入眼帘，追随这一条条线索直至其终点的强烈诱惑简直令人难以忍耐。与父亲携手探索浩瀚之洋的深邃角落，为阿蒙注入一股浓烈的激昂感受，这让他满怀沉醉地重新体会到了曾经被自己视为寻常经历的宝贵荣光。

　　一些栖身于天界的星球拥有富含深意的大气，博尔赫斯笔下那座假想图书馆里的一切藏品都被囊括其中。另有一些世界，像分形图案般繁复无比，足以收录有史以来的每一道笔触。阿蒙沐浴在一个新生银河的灿烂辉耀中，那点点星光的波长承载着《阿卡西记录》的奥妙。

　　但最终，马格努斯用来建造启蒙星海的备选地点只有一个——在那里，浩瀚之洋的无限潜能与实体宇宙融汇契合，源自幻梦的隐喻海洋能够化作现实。这个踪影难寻的世界被银河星象所遮掩，马格努斯为它特意铸造的天界密锁只有在星象参合时才能解开。

　　"此等美妙景象让人轻易忘记战帅已经把银河劈成两半的现实，"阿蒙说道，他们停下脚步，共同欣赏马格努斯的可贵发现，"关于战争的念头似乎无比遥远。"

"亚空间的辽阔无垠往往带来这种影响，"马格努斯表示认同，"它让凡俗事务显得苍白卑微。"

"既然此等凡俗事务在古今寰宇的宏伟挂毯上只是一丝半缕，那么我们又何必忍受如此深重的苦难以求做出更改呢？"阿蒙说，"从整个宇宙的远大视角来看，可曾有哪份伟大功业真正荡起过一点波纹？"

马格努斯伸展开烈火双翼，振翅而起，急速扑向一团骤然迸发的炽热能量。让这片光辉星云凭空浮现的尖啸情感发源于实体宇宙中的一场神秘灾变。

"所有人都听命于自身品性中的良善一面，阿蒙。我们谁也无法在当今年代的终极大战里永远保持中立。诸位兄弟自相残杀，只有遭到腐化的挚爱亲情才能催生出他们心中的怨毒恨意。难道我们能够心安理得地袖手旁观，不去尽力消解这可怕境况吗？"

"即便我们并不能改变结局？"

"谁说我不能？"马格努斯反问。

"恐怕有人会说这是极端自负的看法。"

"那么让我问问你。想象一下，当野狼降临的时候，你孤身一人捍卫普罗斯佩罗。你会坐视不管吗？既然知道自己绝无可能扭转战局，你会直接放弃抵抗吗？"

"不，我必定殊死奋战。"

"这也正是我耗费心力的缘由。纵然我们背负了种种罪责，纵然我们的名字与功绩都会永遭玷污，直到群星覆灭之时，但我始终要用荣誉感来指引自己的作为，贝勒克·乌希扎尔。我极具自豪感，没错，但我始终……"

马格努斯停顿下来，阿蒙体会到一股震颤在亚空间里荡开。其他天界生物也有所察觉，它们顿时用饥渴的目光凝视两人。

"大人，出了什么问题吗？"

马格努斯的影像闪烁不清，他的炽热双翼暗淡消散，他的凡俗形态在迅速熄灭的烈焰中逐渐浮现。阿蒙在黑曜石高塔巅峰看到的猩红君王不复存在，他面前仅仅是那位强悍主人的残缺倒影。如此肆意畅游浩瀚之洋所引发的代价远比阿蒙预期中的高昂得多。

浩瀚之洋蕴藏万千危险，其中包括了导致旅行者鲁莽冒进的强烈诱惑。

为了寻求心中所图，马格努斯和阿蒙已经过于深入亚空间，简直像是两个初次遨游的参入者。

满怀敌意的邪物察觉到了一份出乎意料的狩猎良机，开始在黑暗中缓缓舒展身躯，就像发现新鲜尸体的食腐鸟类一样蜂拥而来。

"贝勒克？"马格努斯犹疑不决地问道，他的声音微微颤抖，"贝勒克·乌希扎尔，是你吗？你的灵气有些……变化。"

"不，大人，我是阿蒙。"

"黑鸦学派的阿蒙？你为什么在这里？我召唤了乌希扎尔来见我。"

阿蒙在回话之前略加迟疑，他能看到一股令人惊惧的困惑感如同毒药般注入原体的灵气。纷乱湍流和以太旋涡在两人身边逐渐形成。这些早期征兆都预示着一场即将降临的凶猛风暴。

"贝勒克不在这里，大人，"他说道，"他已经……死了。"

"死了？你在说什么？贝勒克没有死——我今天早上还在反光洞穴里与他交谈过。"

"不，大人。"阿蒙说，父亲意识不清的模样就像是一把捅进他心头的尖刀，最让阿蒙感到绝望的是，他完全无法对抗这个手段狠毒而又触碰不到的敌人，"你并没有。"

马格努斯四分五裂的状态让亚空间躁动不安，如同是掺进水里的一点血腥味。阿蒙本就担忧原体的碎裂灵魂的情况会在亚空间里产生进一步恶化，但任何能助他痊愈的希望都值得冒险。

"我们当然交谈过，"马格努斯说，"我……阿蒙？是你吗？"

"是的，大人，"阿蒙说，父亲灵气中的那份恐惧让他悲哀落泪，"我们必须返回黑曜石高塔。"

"黑曜石高塔？我没听过这个地方。"马格努斯厉声道，"你满口胡言乱语，阿蒙。以帝皇之名，告诉我乌希扎尔为什么不在这里。"

阿蒙说不出口，他无法揭示贝勒克·乌希扎尔的真正遭遇，他不能用那个真相伤害自己的父亲，因为昔日正是马格努斯亲手将其杀害，由于那位天枭学派读心者探知父亲的思绪。那个真相足以让亚空间里的掠食猛兽向两人发起无情围攻。

"我们立刻返回普罗斯佩罗，"马格努斯宣告，"之后我们就要把你的谎言调查清楚，阿蒙。"

"大人，我绝无谎言，而且我们不能返回普罗斯佩罗。"

"为什么不能？"

此刻再加欺瞒也无济于事，他只能示以真相——藏匿于黑暗中的万千邪物顿时磨刀霍霍，纷纷亮出虚幻獠牙。

"普罗斯佩罗已经不复存在。野狼将其化作了灰烬。"

一股悲伤洪流从马格努斯身上喷薄而出，那原始纯粹的情感释放中包含着一份无比沉重的负罪感。它将四面八方的亚空间一举化作火海，在成千上万的世界里催生了数以百万的梦魇。

阿蒙厉声尖叫，那亚空间烈焰凶残地灼烧他的灵体，原体的炽热恐惧和滚烫秘密炙烤着他的灵魂。火焰轻易燃尽了他的华美盔甲，让他的光之躯体暴露在外，脆弱不堪。他的思维仓皇遁入高层心境，出于本能地竖立起心灵防线，将种种感官反响阻绝在呼号不止的意识之外。

在成功压制住痛苦之后，阿蒙的目光才看向亚空间中马格努斯所释放的灵能火海。

猩红君王已经踪影全无。

阿蒙孤身一人。

黑暗中的邪物群起而攻之。

卡米提·索纳监狱在一定程度上重归和平。战斗已经告终，人们正在清点死亡人数。亚速·纳加森那孤身站在大厅的废墟里，周围都是往日囚犯的焦黑尸首。沃拉克斯扫荡房间捕捉生命迹象，将任何尚存一息的伤者迅速处决。肉体焚烧的刺鼻恶臭像裹尸布一样笼罩着纳加森那。

那台怪物般的神之机械将千子带走，至今去向成谜。一团巫术风暴阻断了追踪，但此时此刻阿拉谢正在率领他的乌萨拉斯机兵彻底清查监牢上层，寻找那些赤红术士的蛛丝马迹。

纳加森那站在今日的第一个剑下亡魂面前。他俯身跪地，仿佛是一位在神殿中屈膝祭拜的信徒。痛苦让他低哼一声。他躯干侧面的大片瘀伤和断裂肋骨传来火烧火燎的痛楚，但是与保住性命相比，这只是小小的代价。

那个与原体弗格瑞姆容貌相似的俊美剑客不屑一顾地把纳加森那抛出了

上层走廊，但一名飞身扑来的乌萨拉斯机兵带着他安然落地。

纳加森那活了下来，但他的长剑并没有。

他捧起断剑，利刃在距离圆形护手一掌左右的位置折成了两截。他将这闪亮精钢举到唇边轻吻了一下，随后扭转剑身捅进那具尸体。

"你的名字是正直，意为诚实。"他向埋在尸体里的长剑躬身致意，"你是我的美德，也是我的重担。你拯救了我的灵魂和我的生命。为此我要感激你。"

纳加森那双手合握，让死者焚烧与烈火跃动的噼啪声响席卷脑海。

"在你出现之前，我是个自吹自擂的蠢货，一个道德败坏且脾性暴躁之人。然而长光大师让你我相聚之后，你的真谛成了我的一部分。自此以后我从未说过谎言，从未玷污你的名号。"

纳加森那抬起头来，用家乡的语言轻声哼唱，那词句抑扬顿挫。

"断剑既往，阅尽沧桑，

死敌为鞘，利刃深藏。

百炼精钢，昔日张扬，

一朝垂暮，暗淡荣光。

斩金断玉，锐不可当，

锈蚀为葬，安息可享。

雷电锋芒，征战未央，

兴衰俯仰，乃至帝王。

神兵刚强，有如兄长，

诚实之剑，此别永伤！"

说出这些话之后，纳加森那感觉自己的灵魂仿佛又剥落了一块，扣在他旧日恶行上的那道枷锁土崩瓦解。向正直剑刃立下的誓言在至关重要的时刻成为了他的人生信标与道德罗盘，那是一份无价的赠礼。

他能察觉到某人站在自己身后，对方明晰事理，并未擅自打扰这场送别仪式。根据他脖颈上竖立的寒毛来判断，纳加森那想来者一定是比亚奇。

纳加森那流畅地起立转身，将正直留在了那具尸体里。符文牧师用冷漠目光扫视着周围的屠戮惨状，他已对血腥场面的习以为常。

"你能把它修好吗？"比亚奇点头示意那把断剑。

"你能让阵亡兄弟复活吗？"纳加森那厉声反问，但话音未落他就后悔了。

比亚奇龇着獠牙，若非纳加森那秉承一份至高权威，如此轻率莽撞的言语必定早已断送了他的性命。

"我不能，"比亚奇说，"但武器并没有生命。"

"原谅我，波德瓦·比亚奇，"纳加森那交握双手说道，"悲伤让我口不择言。我只是……我只是以为你能理解正直对于我的意义。"

"那把剑是大师之作，"比亚奇表示认同，他将一只巨手按在纳加森那肩头，"它灌注了超凡工艺与满腔心血，以上佳钢铁和巨龙吐息造就。我完全理解它对于你的意义。即便如此，断剑总能重铸。"

"正直不能重现。"纳加森那说。

"或许能，或许不能。"比亚奇说，"无论如何，切莫将剑与人混淆。前者可以折断损毁，后者则要坚韧不拔。"

"但愿如你所言，我的朋友。"

"那就要交给命运来决定了。"比亚奇说着转过身去。

"我对哈尔·巴勒吉尔的牺牲深感惋惜。"纳加森那说。

比亚奇停下脚步，点点头。

"他的时候到了，"他听天由命地耸耸肩，"离开这个地方之后我们会给他送行的。"

"送行？"

"算是道别吧。就像你对那把剑道别一样。"比亚奇说，"他理应回归芬里斯，但倘若我们的命线并不能指向阿萨海姆，那么另找一片海洋也算凑合。他的部族是瓦提亚，专擅猎捕漆黑深海里的多臂怪物。哈尔应当得到海葬。"

"我能否参加这场送行？"

这一次比亚奇把头转了过来。

"不能，"他说着大步走开，"走吧。"

纳加森那跟上了符文牧师。

"有西萨瑞亚修女的消息吗？"他问道。

"没有，这不是好事，但她也不归我们管。"

太空野狼聚集在一堆熊熊燃烧的尸体旁。浓重黑烟掩盖住了绝大多数死者的畸变形态，但是难以让人坦然直视。两人走近时，野狼战士一齐转过头来，他们的金黄眼眸透着阴郁，流露出一股勉强压下的敌意。

"我来干掉这家伙，"斯瓦夫尼尔·疾狼抢在比亚奇之前开口，"他该去陪伴哈尔·巴勒吉尔的阴魂。一位战士理应知道命运为何斩断他的命线。"

纳加森那望向疾狼身后，看到欧吉尔·寡目用锁链项圈拽着一个消瘦不堪的北非男子，那人的双腿显然多处断折。他用完好的臂膀紧紧抱着一个伤痕累累的瓷瓮，他的下半张面孔被一副皮革笼头紧紧裹住。野狼猎群让他在惊惧中圆瞪双眼，纳加森那很清楚为何如此。

"勒缪尔·高蒙。"他说，对方顿时用饱含希望的哀求目光凝视他。纳加森那花费了很多时间来研究这个记述者的生平经历，早已将对方的面孔熟记于心。在卡米提·索纳的五年牢狱时光仿佛有十五年那么长，他昔日的圆润身材已不复存在。

纳加森那跪在勒缪尔身旁，抬起手打算解开扣住对方嘴巴的面具。

"那可不明智，"比亚奇说，"你说过这个人是阿泽克·阿里曼的学徒。他很可能是恶灵。"

"我们无法审问一个被封口的人。"

波德瓦·比亚奇咧嘴一笑，承诺道："我可以把他心里的真相扯出来，不必听他的腐化言语。"勒缪尔顿时惊恐地呜咽起来，忍着双腿断骨的剧痛挣扎爬开。

"我必须如此，波德瓦。"纳加森那说。

比亚奇耸耸肩，从寡目手里接过锁链。他将勒缪尔的面孔一把扯了过来。

"我们会把你的笼头摘掉，记述者。"他说，"你听好。如果我闻到哪怕是一丁点的巫术味道，你就没命了。"

勒缪尔点点头，比亚奇松开了锁链。勒缪尔双腿骨骼里的断裂末端顿时相互碾压，让他透过面具发出一声沉闷痛呼。

纳加森那凝视着勒缪尔的双眼。

"我的名字是亚速·纳加森那，"他说道，"我准备摘掉这副面具，让你可以回答我的问题。实话实说，你的伤势就会得到治愈，但你要明白，撒谎是极其危险的。如果你听懂了我的话，就点点头。"

勒缪尔照办了，纳加森那小心地解开皮革笼头的固定索扣。勒缪尔颤抖着长吸一口气，他圆瞪的双眼里充满了恐惧，皮肤上沾着一层滑腻的冷汗。

"他们把卡蜜尔抓走了。"他火急火燎地说，"拜托，你们得把她救回来。

还有凯娅，她在上层的一间牢房里。那个机仆怪物把她打倒了，或许把她给杀了。我不知道。求求你，能不能去找找？帮帮她。"

纳加森那抬起一只手制止勒缪尔的胡言乱语。

"千子抓走了卡蜜尔·希梵尼女士？"

"对。"

"那么马哈瓦斯图·卡里马库斯呢？也被他们抓走了吗？"

勒缪尔谨慎地瞥了比亚奇一眼，纳加森那看得出来，对方担心接下来的答话会断送自己的性命。

"没有。"

"他们没有抓走他？"

"他根本不在这里。"

纳加森那身形一晃，思索着这份新信息。他抬头看了看比亚奇，随后注意力回到勒缪尔身上。

"据我所知事实如下，"他说道，"你、希梵尼女士和马哈瓦斯图·卡里马库斯一同乘坐塞佩亚·瑟琳号。那艘大型运输船在星系的孟德维尔点遭到了拉芬克号的拦截。我掌握的事实有误吗？"

勒缪尔点点头，说："是的。不，我是说，不完全对。凯娅也和我们在一起。"

"凯娅是谁？"

"一个普罗斯佩罗当地人，"勒缪尔说，仇敌家园世界的名号让太空野狼纷纷啐吐咒骂，"她和我们一起走的。她就在上层——你们必须救救她。求你了。"

"首先你要回答我的问题，"纳加森那说，"卡里马库斯在哪里？他在塞佩亚·瑟琳号上吗？"

"是的，马哈瓦斯图·卡里马库斯和我们一起上了瑟琳号。"勒缪尔喘息道，愈发强烈的痛苦让他绷紧了面孔，"但我不知道他的下落，我发誓。我们被分开了。他们把我们按在地上分别审讯，我们嘴里和眼睛里都是红色沙土。就是像他那样戴着皮革面具的人，他们有金黄眼睛和寒冰刀刃。"

勒缪尔无法抑制地痛哭起来，他说："他们敲开了我们的心灵，扯出了所有秘密想法。让我们尖叫，让我们求死。等到一切结束之后，他们就把我们扔进了这个黑暗的地方。我向王座发誓,我不知道马哈瓦斯图·卡里马库斯的下落。我在这里从来没有见到过他。"

纳加森那盯着勒缪尔·高蒙那双充满痛苦的眼睛,在其中寻觅任何欺瞒的迹象,但并未发现分毫。他深吸一口气做出了决定。

"如果凯娅还活着,我会带她来找你。"

"谢谢。"勒缪尔低声说,抽泣让他的胸膛起伏不已。

"作为你和她保住性命的代价,你要帮助我们找到阿泽克·阿里曼。"

"什么?"勒缪尔大喊一声,他目光中的希望迅速退却,"不!求你了,不要。别再让我靠近那些怪物了。我求求你,拜托。不如杀了我吧,求你不要让我再见到阿泽克·阿里曼了。"

比亚奇不耐烦地低哼一声,跪在勒缪尔身旁。他面露狂野狞笑,露出满口獠牙,挑起一侧眉毛。这位巨大的野狼战士让勒缪尔惊恐退缩。

"我名叫波德瓦·比亚奇,第三连头领欧格维·欧格维·海姆施鲁特的符文牧师,人称长牙的乌弗鲁·赫欧罗斯的血盟兄弟,"比亚奇说,"告诉我,凡人,此时此刻你更害怕谁?是我,还是阿泽克·阿里曼?"

"是你。"

"我们两个之中你更憎恨谁?"

"他。"勒缪尔毫不迟疑地说。

"你想让他死,是不是?"

"是。"

比亚奇咧嘴一笑,说:"好,那就说定了。你要告诉我们关于那些赤红巫师的一切情报和动向。你还要告诉我们那些家伙为何甘冒危险来把你劫走。"

"但我什么都不知道。"

"我们走着瞧。"比亚奇说,他站起来又啐了一口,仿佛仅仅与勒缪尔交谈就已玷污身心。符文牧师看向欧吉尔·寡目。

"你对凡人血肉略知一二,"他说,"别让他死了,带他去朵拉玛尔号。"

"交给我吧。"寡目说着俯身抓起勒缪尔,把他甩到了肩头。伴着一声声痛苦尖叫,那位战士带走了记述者。

"他说的是实话吗?"纳加森那问。

"是,至少他觉得是。"

"你认为他的心灵可能被动过手脚？"

"他们不是第一次这样干了。"比亚奇说，他用手指敲了敲沾满血迹的额头，"术士就是这么奸诈。或许所有与马格努斯之子相处过的人都不可信任。"

"我迫切盼望你是错的。"纳加森那说，"他是我们找到千子的最佳机会。"

"或许不然。"一个疲惫的声音从他们身后传来。

某种熟悉的气味让比亚奇咆哮着扭过身去，他一只手迅速探向武器，另一只手猛然抬在面前。一团苍白光晕包裹住他的手甲。

纳加森那效仿符文牧师准备迎敌，他伸手去抽长剑，却仅摸到了空荡荡的剑鞘。爆燃手枪也不知所终，但他随即发现自己并不需要武器。

迪奥·普罗姆斯拖着一个身穿猩红盔甲的战士走来，那人昏迷不醒，沟壑纵横的面孔上满是鲜血。

"他叫门卡拉。"

阿蒙深吸一口熔炉焚风般的灼热空气，蕴含其中的以太力量炙烤着他的肺脏。他猛然睁开双眼，望着黑曜石高塔上空，一团规模宏大的亚空间风暴向他展露着黑暗无底的核心。深厚力量在风暴之眼里翻涌沸腾。叉状闪电凶狠地轰击着他周围的环境。破损尖顶从高塔身上不断倾覆下来，玻璃化的碎石组成了一道气势磅礴的瀑布。

痛苦在阿蒙体内奔涌，其浓烈程度几乎让他目不可视。他尖叫着回忆起那些梦魇利爪和恐怖獠牙如何撕扯自己的虚幻灵体，种种亚空间邪物如何饥渴癫狂地向他群起而攻。

不计其数，难以抵挡。他勉强逃回了凡躯。

他想要起身，却动弹不得。

阿蒙想起了包裹住这副残废身躯的金色宝座。他刚刚体验过毫无约束的极端自由，这瘫痪状态顿时变得很恐怖。

"父亲！"他高声尖吼，但风暴仅仅用嘲笑来回应。

他扭动脑袋，却找不到原体的踪迹。

他奋力挪动躯体，脖颈上青筋暴起，麻木的四肢仿佛传来了某些虚幻感觉。他们在浩瀚之洋里遨游了多久？在魂体双分的过程中他的身躯又恢复了多少？还远远不够。

风暴愈发放肆。滚滚雷霆在宏伟峰峦间回荡，阿蒙上一次从这座塔顶放眼眺望的时候，那些参天山脉还并不存在。飓风拍打着黑曜石高塔，庞大石块从建筑表面逐渐脱落，恰似冰川上剥离的裂冰。

阿蒙强迫自己升入低层心境，为这纷乱无序的现状强加一份冷静超然。他的躯体依然残破，但毕竟属于他自己。他既然无法仰仗生理机能，那么就要运用灵能力量。

呼啸狂风饱含以太威能，阿蒙将其导入自身血肉，这饱受摧残的躯体顿时由内而外地消解破灭，让他不由得厉声尖叫。他将念动力量灌注到骨骼里，运用意志命令自己站起身来，与此同时黑曜石高塔开始分崩离析。

阿蒙从宝座上缓缓地站了起来，每一毫米都是一场恶战。

"赤红的马格努斯！"他朝那团风暴的森森巨口高喊，"现身吧！"

他步步剧痛，坚定前行，他的骨骼仿佛由逐渐碎裂的玻璃组成。他将这痛苦逼出脑海，向摇曳高塔的中央走去。他强迫自己弯腰跪下，将一只手掌按在铭刻着奥秘符记的地板上，试图搜寻父亲的蛛丝马迹。

他一无所获。

黑曜石高塔已经荒废了。

阿蒙痛呼一声站起身来，他明白任何亮羽奥艺都无法修补此时此刻自己造成的严重损伤。他向风暴云团的方向发出一道灵能召唤，随后一瘸一拐地走到土崩瓦解的高塔边缘。

天边的烈焰风暴将视线所及之处都涂成了一片火红。巫师星球在混乱动荡中熊熊燃烧。阿蒙能感觉到这个世界的狂野本性逐渐挣脱一切控制，那肆意妄为的创生力量再也不受超凡智能的约束。

"你去哪里了？"阿蒙自问。

他没有得到任何回答，但阿蒙依旧能感觉到父亲的存在，那般遥远朦胧，这种失落感令人心惊。

"失去目标的心灵会踯躅于黑暗角落。"他说道，此时一阵引擎咆哮突然穿透了巨石崩裂的震耳轰响。

阿蒙抬起头，看到他的风暴鸟像一只涅槃的凤凰般从风暴云团里俯冲下来。战机在高塔旁盘旋一周，随后悬浮在阿蒙面前，放下了突击跳板。

他迈上风暴鸟，黑曜石高塔则在同一瞬间崩溃坍塌，大量死寂石块与无魂玻璃摔落，造成了一阵惊世山崩。待尘埃落定之后，巨量残骸最终堆积成了一座熠熠闪亮的黑色金字塔，似乎在恶意模仿他们失去的一切。

风暴鸟转身离开了猩红君王高塔的废墟，阿蒙举目扫视这个陷入疯狂的世界，徒劳地寻觅着他的原体。

"我会带你回家的，父亲。"他说。

虽然卡米提·索纳监狱的战斗已经结束，但受损坍塌的建筑深层依旧爆发着闷燃火苗般的零星冲突。一心复仇的寂静修女在这座轨道监牢的庞大石穴里展开猎杀，与那些呼号咆哮的成群怪兽激烈交锋。

亚速·纳加森那信守诺言，根据勒缪尔·高蒙的描述在上层牢房里找到了一个女人。她还活着，但下颌骨骼碎裂，并遭受了严重的脑震荡。如今大多数囚犯已经死亡，任务目标也成功捕获，众人便准备将卡米提·索纳监狱彻底抛弃。普罗姆斯、纳加森那和比亚奇率领帝国部队沿着敌方掠夺者泰坦留下的毁灭路径谨慎前行。

他们穿过残破门廊与破损厅堂朝登机甲板走去。絮絮低语的幽魂萦绕于阴影之中，比亚奇朝那些新近诞生的下界鬼灵念诵着防护咒语。

最终，迪奥·普罗姆斯带领众人抵达了上层登机甲板，他们面前的那幅惨烈景象足以让心如铁石者望之色变。数百具残破尸首铺陈在整块甲板的废墟里：身披青铜甲胄的修女、整队整队的作战机器人，还有一些盔甲表面毫无徽记或纹章的敌方军团战士。

全都被叛军掠夺者不分敌友地一并杀死。

那台神之机械跪倒在地，失却生机的脑袋低垂于熔融损毁的胸膛前方。它的头颅里跃动着炽热蓝焰，支离破碎的身体上倾洒出火雨般的机械血液。

一台帝国战犬泰坦躺在掠夺者身下，双腿已经被碾成碎片，发出了夺命一击的等离子爆裂炮还散发着滚滚热能。维登斯贤者和其余机械神教人员不顾一切地穿过战场，向那陨落的战犬冲去，然而一切都太晚了。

其他战士采取了更为谨慎的方式，他们将受伤的敌人一一处决，并仔细搜寻寂静修女中的幸存者。有一件事实很快就明朗了。

死者中没有千子战士。

敌方炮艇也不知所终。

"安塔卡·塞万确实摧毁了敌方战舰？"普罗姆斯问。

"他是暗鸦守卫。"纳加森那说,这答复足够明确了。

普罗姆斯低声咒骂:"那么敌人已经逃入了太空,他们必定要夺取一艘星船。"

智库开启通信器联络林仙号。

"乌西库贤者,"他说道,"我是普罗姆斯。敌人正乘坐炮艇向你进发。准备迎击跳帮部队。"

"跳帮部队？"林仙号之主回答,"太空环境充满了电磁干扰,但我并没有检测到任何型号的航空器。"

"他们乘坐的不是区区炮艇。"一个流露着深重痛苦的女性声音说。西萨瑞亚修女全身浴血,从肩甲到胫甲一片猩红,胸甲从中开裂,脑袋上也覆盖着湿滑血迹。若非斯瓦夫尼尔·疾狼的搀扶,她根本无法站立。

"你知道他们是如何逃跑的吗？"纳加森那问。

"他们夺走了神王欧西里斯号,"西萨瑞亚说着咳出一团血块,"连带所有货物,神不知鬼不觉……"

"神王欧西里斯号？"普罗姆斯说,"那是什么？"

西萨瑞亚饱含讽刺地苦笑一声,说:"那是一艘黑船。"

第十三章

神王欧西里斯号
庞然恐魔
找到他

别人都憎恨这艘黑船，然而神王欧西里斯号漆黑舰身内部的死寂舱室给予了哈索尔·玛特一份美好的解脱。交错重叠的冷铸铁板与绝灵碳层将浩瀚之洋隔绝在外，显著安抚了他的异变血肉。

至今为止，他的亮羽奥艺尚且能够对异变加以约束，然而等到事情败露的时候……又当如何？

这轻率鲁莽的思绪顿时引起了他双手皮肤的蠢蠢欲动。他狠狠拍打钢铁舱壁，那凶猛力道足以在金属表面留下两个凹坑。他敲碎了十指的骨骼，让手甲内部浸透鲜血，而同样的事情已经发生过上百遍了。这毫无作用。他的双手总是迅速痊愈，并且叛逆地生长出混浊眼珠、歪斜牙齿和带有吸盘的舌头。

目前这仍然是哈索尔·玛特的双手，但谁知道情况何时就会改变？谁知道血肉的异变何时就会蔓延到身体的其余部位？

他没有多少时间了，但或许还有足够的时间。

在黑船深处，舱壁与甲板上铭刻的防护符文颇为粗鲁直白。远不足以剥夺一位千子巫师的力量，但毕竟能够屏蔽这艘飞船里的灵能苦难。

位于飞船背部的这条笔直通道足有一公里长，零散分布的闪烁灯管将其勉强点亮。两侧的一扇扇卷帘门背后是众多防护严密的封闭牢房，其中关押的巫师、术士和变种人就是这艘飞船的活体货物。托贝克建议将他们全都抛进太空，但阿泽克·阿里曼认为这些人或许还有用处。

当然，在轨道监牢之行一败涂地后，阿泽克·阿里曼的运势已经十分低迷。他们损失了数十位战帮同僚，仅有的成果就是一名力量卑微的记述者。原体的书记员依然下落不明，阿泽克·阿里曼甚至还让自己的前任参入者被野狼抢走了。

首席智库很少动怒,然而在他们乘坐黑船悄然逃离之后的几天时间里,他的雷霆之怒一直未能平息。众人追寻的灵魂碎片应该就在卡米提·索纳监狱,他原本对此确信无疑。

最近四天,他把自己与亚弗戈蒙连同《马格努斯之书》锁在舱室里闭门不出,试图占卜接下来的航向。战帮其余成员默然等待,哈索尔·玛特的血肉则图谋异变。

他沿着通道前行,注意到牢房的卷帘门上都涂画着棱角分明的暗语符号。文字具有力量,寂静修女明白这一事实,因此她们采用原始的象形文字来表述威胁程度、灵能等级、囚犯人数和预期生存率。

行至半途,哈索尔·玛特在一扇破旧磨损的卷帘门上发现了自己的目标,那一串精确排列的符号表明牢房里关押着十分危险的变种人。他升入第四层心境,在牢门底部角落位置察觉到一组新近刻画的徽记,几乎被挡板遮盖住。

"索斯梅斯。"他惊异地说。

他尝试拉动锁链,不出意料地看到卷帘门伴着铿锵响动缓缓升起。一拨灵能痛苦喷涌而出,人体污秽与癫狂心智的扑鼻恶臭让哈索尔·玛特不禁退却。他不情愿地将牢门彻底打开。

牢房舱室昏暗无光,通道里的可悲灯火只能照亮区区十米范围。更远处的黑暗显得坚实厚重,仿佛是一堵不容穿透的墨玉墙壁。大约九十余名裹着长衫的凡人蜷缩在墙边,谁也不敢抬起目光窥探这个走入牢房的身影。他们的肢体语言流露出彻底的顺从。

哈索尔·玛特低头扫视门槛,又看到了索斯梅斯大师的防护符记,这里的铭刻图案没有遮掩。

"某些人不希望任何人察觉到这里发生的事情。"他朗声说道,牢房里回响隆隆,"为什么?"

一个身影踏入光明之中,那剑客披着洁白长发,其绝美面孔正是哈索尔·玛特的手笔。

"卢修斯,"哈索尔·玛特说,"你为什么让我来这里?"

"等着瞧吧,"卢修斯说,"我保证你会喜欢。"

"我知道刻画索斯梅斯符记的不是你。"哈索尔·玛特说,他将自己的感官发散出去，却仅仅察觉到了更多的痛苦与磨难，"那么还有谁在这里？"

"你的帮手。"亚弗戈蒙说着从黑暗中浮现。囚犯们看到它之后顿时紧紧贴住墙壁。他们的惊恐让卢修斯面露狞笑，即便是弗格瑞姆的完美容貌也无法遮掩那表情中的肮脏与卑劣。

"什么帮手？"

"行了，"亚弗戈蒙步步逼近，"没有人能窃听这里的谈话。你不必掩饰自己的状况。"

"我没有什么状况。"

待灯光触及亚弗戈蒙之后，哈索尔·玛特注意到它的陶瓷身躯表面铭刻了众多崭新徽记：交叉箭头组成的星芒图案和令人眼花缭乱的盘卷线条，以及完全由无理数书就的怪异公式。那椭圆形头颅里的以太烈火朦胧闪动，仿佛藏在一块破裂镜片背后。

"你知道吗？我敢发誓，有那么一阵子你的脑袋里燃烧着两团火焰。"

"你看错了。"亚弗戈蒙说。

"你说谎了。"

"你也一样。"

哈索尔·玛特转身就走，说道："不，我告辞了。"

"等等，"卢修斯说，他俯身从地板上拎起一个衣衫褴褛的惊恐青年，"先听这东西把话说完。我见识过他的能力，确实厉害。"

哈索尔·玛特转过头来怜悯地瞥了卢修斯一眼。

"你现在给他当狗腿子了？"他问道，卢修斯的阴沉目光让他面露讥笑。被他攥在掌中的年轻男性，以凡人的标准来看或许堪称英俊，箍在他脖颈上的铁腕愈发收紧，引来阵阵哀鸣。

"你帮了我的忙，"卢修斯说，"我想还你一个人情。"

"怎么还？"

"先看一看，"卢修斯说着一把扯掉囚犯身上的残破衣物，将此人递给了亚弗戈蒙，"之后再决定是否告辞。"

哈索尔·玛特皱着眉头发现那年轻男性的俊美只是一个谎言。他全身上下满是盘根错节的丑恶团块和鼓胀凸出的增生组织，这显然源于某种凡人恶疾。

亚弗戈蒙的金属双手轻柔地扫过那青年身上的增生肿块，仿佛要通过感触皮肉的质地来解读此人的一生经历。

"他叫多瑞安，"恶魔说着用手按住那青年起伏不平的肚皮，"在他存于世上的第十三个年头，他开始逐渐听到旁人的思绪。起初只是涓涓细流般的微弱耳语——杂乱的念头或是强烈的欲望——但很快就演变成一股轰鸣震耳的滚滚洪流。"

恶魔用双手拢住青年的耳朵。

"无数愚蠢凡人脑袋里的疯狂念头和卑微思绪全都清晰可闻，你能想象那种感受吗？可怜的多瑞安根本没有听说过什么天枭学派，他不明白自己身上究竟发生了什么。我觉得这大概让他有点发疯了，但凡人的事情谁说得清楚呢？他听到的越多，身体的转变就越大，直到他再也无法遮掩自己的遭遇了。他的同胞惧怕他的力量，这毫无疑问，于是他们就召唤了巫师猎手。等到寂静修女找到他的时候，多瑞安已经变成一个彻头彻尾的怪胎了。"

"让他死倒是一种慈悲，"哈索尔·玛特说，那青年的畸变形态格外令人厌憎，"这种怪物只会为自己和亲人招来苦难。"

"或许是的，"恶魔说，"但还有另一条出路。"

纯粹而生硬的力量从亚弗戈蒙身上灌注到了那青年的骨髓深处，将他躯体所受的恐怖畸变尽数抹消。

那些丑恶肿块和邪异增生逐一收缩平复，最终青年身上没有了一丝一毫的变异痕迹。

然而这妙手回春是有代价的。

那个青年得以脱离畸变的魔爪，却不再年轻俊美了。如今他苍老而枯槁，身躯纵然完整无缺，生命却被彻底榨干，化作即将熄灭的风中残烛。亚弗戈蒙松开手臂，那了无生机的干瘪形体顿时瘫倒在地。

"阿泽克·阿里曼承诺他能阻止血肉异变，但他在说谎。"亚弗戈蒙说，"我可以做到他做不到的事情。"

哈索尔·玛特指着那具枯萎尸体冷笑一声。

"那可称不上治愈，"他说，"我会另寻出路。"

"这个？"亚弗戈蒙说，"我只是在展示力量。我可以教你如何将凡人用作人彘，如何将血肉异变的恐怖能量注入这些活体容器。我的知识能让你重新变得完美无瑕。"

"这份知识的代价又是什么呢？"哈索尔·玛特问。

"一桩小事而已。"亚弗戈蒙承诺道。

他们将门卡拉关押在林仙号规模最小的登机甲板里。他身上只有一件训练袍，肌肉虬结的四肢呈大字形张开，被弓弦般紧绷的精金锁链束缚在两个固定环上，平日里那些是用来锚定超重型作战坦克的。另外十余根锁链则与他脖子上那条铭刻着防护符文的绝灵颈环相连。

西萨瑞亚修女从门卡拉脑袋上摘下一顶屏蔽感官的头盔，接着站在千子战士背后，用热熔手枪指着他的脑袋。围成一圈的沃拉克斯机器人纷纷激活闪电枪，用动力剑的剑身平面拍打胸膛。众多伺服颅骨在头顶纷飞，用摄像和录音装置记录下一切信息。

明亮夺目的探照灯让那巫师不住眨眼。他痛苦地长叹一声，感觉到西萨瑞亚修女的不可接触者天赋熄灭了自己的灵能力量。

普罗姆斯和比亚奇默默看着那巫师仔细探查周围环境：简洁实用的登机甲板、蓄势待发的自动武器系统，以及那些沃拉克斯机兵。门卡拉十分不屑地注意到比亚奇事先在周围摆放了众多鸟类头颅、野兽骨骼、皮毛图腾和部族护符。

"这是认真的吗？"他说。

"只是周详些。"比亚奇低声道。

门卡拉试图面向身后的西萨瑞亚修女，然而颈环和锁链让他无法扭过头去。

"他的变异阻断了我们所有人与浩瀚之洋的连结，"他说，"但考虑到我们即将讨论的话题，这或许是件好事。"

"千子为何要来卡米提·索纳监狱？"普罗姆斯问。

门卡拉审视着他，即便目前巫师的力量被隔绝，那锐利目光依然让普罗姆斯全身不适。他原本预期此人会展现出对比亚奇的深重恨意或复仇冲动，但门卡拉却很冷静。

"直来直去，不加修饰，就像所有第十三军团成员一样乏味而高效。"门卡拉说，"告诉我，首席智库普罗姆斯，你为何抛弃了原体基里曼的涂装？至于你，第三连的符文牧师波德瓦·比亚奇，你与芬里斯永别的时候又有何感想？"

"他怎么会认识你们两个？"西萨瑞亚修女质问。

"他是个祭司，"比亚奇说，"他会阅读尚未成真的命运。"

"我们自称黑鸦学派。"门卡拉说。

"但这并非他认识我的原因。"普罗姆斯说，比亚奇应声投来的锐利目光顿时让他想起自己作太空野狼时是个刽子手。

"你没有告诉他们你出席了尼凯亚审判？"门卡拉咧嘴笑道，"你还没有告诉他们，你为猩红君王开口辩护了？"

比亚奇转过身来，问道："是真的吗？"

普罗姆斯点点头，说："是的。"

"没错，普罗姆斯与白色疤痕的塔古台·也速该，以及其他智库兄弟一同出列。"门卡拉显然颇为享受这个揭露隐情的时刻，"我当时满怀骄傲地聆听你们据理力争，反对我们遭受责罚。"

"我是不是该把你锁在他旁边？"比亚奇说。

"你大可一试。"

比亚奇盯着普罗姆斯的双眼。普罗姆斯则迎上对方的冷峻目光，直到比亚奇缓缓点了点头。

"你已知错，并着力改正。而且马格努斯骗过了很多比你更聪明的人。"

普罗姆斯尽量忽略比亚奇言语中的轻慢，转过头去重新看着门卡拉。

"千子为何要来卡米提·索纳监狱？"普罗姆斯说。

门卡拉叹了口气，摇摇头。

"回答他。"比亚奇说道，他迈上前来，挥拳猛击门卡拉的脸。

门卡拉啐出一口鲜血。

"如果你总要提出一些你早已知道答案的问题，那么等不到你探明关键情况，你的野狼就要把我活活打死了。"

"回答我的问题。"普罗姆斯说。

"与你们来此的原因一样，"门卡拉厉声说，"来寻找马哈瓦斯图·卡里马库斯，赤红的马格努斯的前任书记员。"

"为什么？"普罗姆斯问。

门卡拉歪着头，目光在普罗姆斯和比亚奇之间跳跃。

"你们还不知道……"门卡拉自言自语道。

"知道什么？"比亚奇问。

"说说看，普罗姆斯大师，你为何来此？"

"为了阻止你们。"

门卡拉苦涩地大笑一声，丝毫不像是被粗重锁链和灵能结界重重束缚的人。

"你们什么都不知道，对不对？"他说，"你们之所以来此只是因为你们接到了命令，并非因为你们知道这样做究竟是为什么。然而为什么永远是最重要的问题，你们难道不明白吗？什么任务，什么时间，什么方式——这些都是肤浅表象。为什么才是永远都要提出的问题。"

门卡拉将目光转向比亚奇。

"告诉我，符文牧师，你知道你们为什么被派往普罗斯佩罗吗？你当真知道你们为什么要杀死我的军团吗？"

这一次，普罗姆斯在门卡拉身上看到了真情的涌现。关乎潜在未来的庞杂思绪几乎淹没了那个心灵，但真切浓烈的情感并未完全泯灭。然而那不是仇恨，只是沮丧，就像一位老师眼看着学生无法明白某种显而易见的道理。

"恶灵。"比亚奇说。

"仅此而已？"门卡拉意识到比亚奇就这样说完了，于是厉声问道，"你们将整个世界付之一炬，让一颗星球生灵涂炭，就只有这一个理由？就因为这一个词语？"

"这正是你们军团的毛病，"比亚奇说，"话太多。"

门卡拉望向普罗姆斯，似乎预期在他脸上看到同样不可思议的神色，预期他同样难以认可比亚奇为尽数剿灭整颗星球人口所给出的荒唐理由。

"你想多听些？"普罗姆斯说，"这我理解。我也需要知道事情究竟为什么发生，所以这一次，演说家的角色就由我来扮演。我来讲清楚你们灭亡的真正原因。你们之所以灭亡，是因为你们的主人背弃了向帝皇立下的誓言，却又以为此事会无人过问。你们的领袖大言不惭地当面欺骗了他的父亲，欺骗了我们所有人。"

普罗姆斯看着比亚奇说："你知道为什么吗？你能猜到他为此给出的理由和借口吗？要知道，他并没有遮掩自己擅闯禁区的事实。不，他对自己的所作所为甚是骄傲。他说'放心吧，一切都没事的——我最清楚'。这就是他的理由。这就是他的借口。他最清楚。"

"他最清楚，因为他知识渊博，才智超群，对诸般隐秘奥艺的繁复机制和庞杂细节了如指掌；他最清楚，因为他观念开明，见地深远，而相比之下我们则愚昧落后，无法认清真相。我们无法像他那样看待整个宇宙，我们难以品味其中的精妙细节。我们愚蠢固执，不能理解宏观大局。"

普罗姆斯迈步走开，伸展双臂，模仿着一副充满了虚伪谦卑和佯装气度的姿态。

"但放心吧。他最清楚。他比谁都更清楚。他会代替我们来了解真相，而我们只要笃信他是正确的就好了。所以他真正想要说的是：我比任何人都更清楚，包括帝皇在内，命令他就此停手的帝皇，向他下达禁令的帝皇。但马格努斯更清楚。"

普罗姆斯俯首停顿了一阵，缓缓点头，继续说："而最糟糕的是，他或许说对了。马格努斯或许确实更清楚。毕竟，据说他与生俱来的那份远见卓识要超过我们任何人。但我们把全部信念放在帝皇身上，是他亲手创造了我们，他拥有举世无双的力量。他理解亚空间的黑暗炼狱和永恒尺度，倘若他说有些地方是他不愿冒险闯入的，有些措施是他不愿冒险采取的，那么这应当就足以让我们信服了，让我们所有人信服。"

普罗姆斯瞥了比亚奇一眼，惊讶地在对方脸上看到了诚挚的悔恨。野狼是帝皇的猩红右手——是一种与众不同的怪物——而人们很容易将注意力集中在狂野面目和斩首利斧上，却忽略了暗藏杀机的匕首。

"你们难道不曾驻足思索亚空间里是否另有玄机吗？"普罗姆斯说，这并非反问。他确实希望得到回答。

"你们难道没有想象过亚空间的无光深渊和疯狂裂隙里或许藏匿着某

种……恶灵吗？它们暗中观察并低声劝诱，'放心吧，继续深入探索，继续相信你们掌控一切……继续相信你们最清楚。'"

普罗姆斯能感觉到自己的拳头跟随心脏跳动的节奏一次次握紧。

"第十五军团玩火自焚，而且毫不在意被那烈焰伤及的并非只有自己。你们得到了指示。你们受到了警告。你们接到了禁令。但你们充耳不闻，向来如此。所以你们必须被终结，你们必须被强行拯救。"

普罗姆斯再次面对比亚奇，如今对方用一种全新的眼光看待他。

"既然要针对一整支军团采取此等规模的措施，那么这项任务就必须托付给帝国军械库中最纯净也最致命的武器。那必须是一场势头迅猛、干净利落、毫无遗漏的击杀——由最稳健的臂膀和最锋利的兵刃施以致命一击，以冷酷无情的专注意志和无所畏惧的刚硬心灵加以推动。剿灭一支军团绝非小事——这需要一位从不退却、从不犹豫、永远不会让迟疑束缚自己的刽子手。"

"这就是为什么第六军团奉命出击，"普罗姆斯从那位先知面前走开，"这就是为什么你们由此灭亡。"

门卡拉缓缓摇头。

"你们全都不明白自己遭受了何等严重的欺瞒。"门卡拉说道，他脸上刻满了错失良机的心痛哀伤，"猩红君王想要达成的目标是造福全人类。他想要劝导凡人切莫沉溺于洞穴石壁上的舞动阴影，他想要与亿万黎民分享自己的所见所知。误解泼洒了如此之多的鲜血。我不禁要想，究竟是否有过扭转乾坤的机会？"

"命运自行其道。"比亚奇说着走到囚犯面前，将一只手按在门卡拉肩头，这让普罗姆斯颇为惊异，"有时候伟岸英雄的传奇功绩或许能够稍加左右，而至于我们呢？我们只是随波逐流的落叶。有些人天赋异禀，能够窥探命运走向，同时又身负诅咒，知道自己无力改变。"

"这我不能接受，"门卡拉说，"知晓未来就意味着有能力改变未来。"

"改变未来就意味着让它不再变成未来，那么你先前知晓的究竟是什么？"比亚奇说，"芬里斯教导我们，未来并非一成不变。根基强壮的土地时常没入大洋，勉强立足的礁石却能屹立百年。我们可以看到的无非是警告，是应当避开的黑暗道路。那么告诉我，普罗斯佩罗的门卡拉，你们看到的哪条道路指向了卡米提·索纳监狱？"

门卡拉叹了口气，说道："黑鸦学派教导我们一切预见都可能实现，一切行为都会在辽阔河水中激起波纹。然而假以时日，即便是一道微弱波纹也足以改变河流的走向。这就是我来找你们的原因。"

"来找我们？"普罗姆斯说，"你是俘虏。"

"是的，"门卡拉承认，"因为我希望这就是改变河流走向的那道波纹。你们想知道我们为何要来卡米提·索纳监狱？这我会告诉你们，我有些话是你们需要听一听的，我预见到的事情是你们需要了解的，而我向我的兄弟们隐瞒了这一切。"

"你要告诉我们什么？"普罗姆斯说。

"你们焚灭普罗斯佩罗是正确之举，"门卡拉说，"只不过是出于错误的理由。你们发兵征讨马格努斯是因为他过去的所作所为，然而他未来的所作所为才是他理应受死的原因。"

"这是什么意思？"

"当鲁斯折断了马格努斯的脊梁时，那创伤远比我们任何人想象得更加深重。我父亲的灵魂四分五裂，散落寰宇。阿泽克·阿里曼试图收集那些灵魂碎片，让我们的原体恢复昔日荣光，但我已经预见到了这会让猩红君王成为什么……"

"他会成为什么？"比亚奇问。

"一个庞然恶魔，"门卡拉神情急迫，近乎癫狂，仿佛他已经时日无多，"其强大力量超乎你们的想象，他的涅槃烈焰会将千子身上残存的良善烧成灰烬。他会踩着一座由闷燃水晶与黄金齿轮堆砌而成的黑暗金字塔再度崛起，浩瀚之洋中的一切都任由他调遣。但这个崭新的马格努斯会摒弃一切良知和同情，在光明与黑暗之间做出抉择。"

"你为什么要告诉我们这些？"普罗姆斯说。

"因为你们必须去阻止。"门卡拉说道。

遮天蔽日的乌黑浓烟一望无际。有毒的石化和化学气体灼烧着喉咙与眼睛。任何凡人倘若吸入这浓重毒雾都必死无疑。当地防御者宁愿将自己的精炼厂付之一炬，也不愿令其落入帝国部队手中。

感震地雷掀开了地下钸素仓库，泰坦在冲天烈焰中熊熊燃烧，仿佛是一尊尊被恐怖高温逐渐融化的宏伟雕像。它能感受到机组人员的痛苦和惊惧，他们被困在这些直立的钢铁棺材里，根本无路可逃，只能被活活烧死。

粗重的输油管线弯折崩裂，泼洒出数以百万升的易燃物质。燃料罐伴着隆隆咆哮爆炸成巨型蘑菇云。履带渐渐融化的装甲车辆在陷入火海的建筑之间埋头乱撞，试图寻觅一条出路，却只能找到烈焰与死亡。驰骋天空的翼骑兵被凶猛的热气流卷向地面，踏着螺旋形轨迹坠毁在废墟里，它们的红色引擎像空爆磷化炸弹一样喷出火团。

卡蜜尔·希梵尼如鬼魂般在那乌黑厚重的空气里飘荡游走，她能感觉到滚滚热浪，能品尝到酸楚味道，同时又置身其外。

举目四望皆是恐怖景象，她不禁放声悲泣。

众多士兵从头到脚包裹烈焰，熔化盔甲与身体黏结难分，噬人高温让他们的皮肉恍若熔蜡，骨骼脆如枯柴。成千上万人在那灼热无比的一息之间化成灰烬。

她一举腾飞到精炼厂上空，那炼狱般的惨烈景象顿时大发慈悲地远去不见，取而代之的是绵延数千平方公里的钻井架、输油管、泵油站和储存罐。恍若海洋的浓烟和烈火恰似古老传说中的地狱之门。

卡蜜尔通常能够辨认出她看到的昔日场景，因为她往往就站在对应的废墟遗迹里运用力量，然而这个地方很陌生。

作为记述者组织的一名考古历史学家，卡蜜尔从她的心灵测定天赋中受益良多。她只要亲手触摸一件出土文物就能读取到萦绕其中的灵能印痕，从而对历任拥有者的毕生经历感同身受。

她向来保持谨慎，只去触摸那些日常用品——盆盆罐罐、各式衣物、劳作工具等。她从不冒险接触拥有血腥记忆的武器兵刃，或是见证过恐怖经历的物品。

她手中的那条金链看似无害，但阿泽克·阿里曼的严峻目光让卡蜜尔明白自己必将目睹某些饱含痛苦的景象。她很清楚这条金链与那本可怕的秘典相连，她知道马哈瓦斯图·卡里马库斯曾经像一个提线木偶般为那本巨著执笔，

《马格努斯之书》。

"找到他。"阿泽克·阿里曼说道。卡蜜尔明白对方所指的是谁。

她乘着记忆的翅膀远离那片精炼厂，飞过一片正在书就鲜活历史的动荡大地。她面前的破碎河山被战火荼毒已久，在千年征战的蹂躏下满目疮痍。

她能看到几十支帝国军队兵团在熊熊火海之外安营扎寨，他们高举着不计其数的雄鹰与闪电旌旗，身披造型奇特的复古盔甲。急速俯冲的炮艇从空中掠过，那些精工细作的鹰隼轮廓拥有箭头状的机首，其刀刃般的弧形机翼在战机尾部相连。

遥远的距离和久远的年代让一切都变得模糊不清。

这完全可能是帝国境内的任何一个世界，但卡蜜尔确信无疑地知道，她此刻目睹的往昔景象属于泰拉。

卡蜜尔不确定这具体是何时何地。她找不到任何熟悉的地标，整体环境都与她的出生地区截然不同。如瓦楞般绵延起伏的灰色山脉占据着南方，像砂浆一样的污浊水体则环绕在东北方的天边，也许那里曾经是辽阔湖面或遥远海洋。

她向那些山脉飞去，逐渐降低高度，俯冲穿过一道裂口，两侧的陡峭峰峦仿佛是被某种从天而降的惊世巨力劈开的。置身地底数百万年的岩石重见天日，将熠熠闪亮的沉积层暴露在外，卡蜜尔的心脏跳动得愈发急迫，她终于看到了目的地，那是位于狭长高原上的一个洞口。

不，那并非洞口，而是一座造型明确的巨石牌坊——两块直立的巨石，还有第三块巨石呈水平架在顶部担任门楣。

卡蜜尔飞入那座山间石穴，从挂着照明灯的琢石隧道和加宽走廊中急速掠过。她看到一些石厅里散布着盛放祭品的容器与容纳雕像的壁龛。然而这一切都令人目不暇接，她犹如走马观花，仿佛前方的那份记忆早已迫不及待地想要揭示自己的重大意义了。

这是墓穴吗？是被轨道轰炸掀开的陵寝？

她飞进了一座宽广高大的洞穴，矗立其中的众多宏伟雕像由翡翠和黄金制成，其月石眼眸中还点着一枚黑曜石瞳孔。她马不停蹄，经过那些雄壮卫士身边继续下行，埋头扎入山脉之心，终于抵达了最深处的房间——这是一座六边形图书馆,其中五面墙壁都挤满了书架。

房间正中央摆着一张圆形书桌,小山一样摊开的书籍堆放在桌面上。某人背对着卡蜜尔潜心阅读,他身穿一件镶嵌金边的猩红长袍,覆在他肩头的银色鳞甲恍若山巅积雪。

那人转过身来看着她,对方的黝黑面孔显露高贵气质,及腰的深色长发光亮润泽。他的胡须很短,唯独在下巴处留了一束,用三枚铜环扎起,足以垂荡到面前的书页上。

"卡蜜尔·希梵尼女士,"他说道,"欢迎来到卡德摩斯图书馆。"

薇勒达女士的议事厅里燃着一支快要熄灭的暗淡火把,周围的一切都被包裹在柔和绵软的黑暗中。熏香在木碗中闷燃,隐蔽的扩音器里传出淙淙清泉涌过岩石的叮咚声响,在此情此景下显得格格不入。

墙边和地面的一块块巨型挂毯上织就了重复循环的几何形状与相互缠的螺旋图案。阴影笼罩的书架挤满了古老的秘典与令人不安的绿皂石雕像。

勒缪尔认得这种神秘莫测的风格。昔日他为了拯救罹患重病的爱妻而另辟蹊径,在那条注定失败的遥远征途上拜访过数百所与之类似的厅堂。其中大多数都是江湖术士与疯癫狂人的居所,目前他还不确定薇勒达女士究竟属于哪一类。

她是个老迈枯槁的侏儒,散布在这座议事厅里的各式家具都是符合她需求的尺寸,这也就进一步凸显了她与房间深处那个虎视眈眈的魁梧巨人之间的体型差异。

它的粗壮臂膀交叉在肌肉厚实的胸膛前,看起来恰似异教神殿里的战神形象。勒缪尔之前遇见过这种亚人类,但从未距离如此之近。它散发着牲畜般浓烈扑鼻的汗味,几乎让人难以忍受。

"亚姆比克·索斯鲁寇是你见过的第一个雪人?"薇勒达女士说,她盘腿坐在两张用深红木料打造的低矮书桌前。她口音浓厚,那格外低沉的嗓音似乎不属于如此小巧玲珑的身体。

一份记忆拉扯着勒缪尔的心思,但他暂且将其抛开。

"不,"他说,"我在帝皇宫殿周围的劳工营地里见过他们搬运梁木或敲打石块，但我没见过像他个头这么大的。"

"谁也没见过像我儿子个头这么大的。"她说。

"你……儿子？"勒缪尔问，那个饱含负罪感的词像是卡在喉咙里的一把刀子，让他几乎说不出话来。

"养子，"薇勒达女士咧嘴一笑，双眸闪动着狡黠光彩，"一场雪崩把他带给我，多年前萨加玛塔与安纳布尔纳的山峰相撞，为帝皇把喜马拉雅推上天空。"

"那就对了。"靠在议事厅门边的欧吉尔·寡目开口说，那位野狼如今成了勒缪尔的同伴，双方对这样的安排都不大乐意，"我不太懂凡人女性，但我也知道如果矮人生出一个巨人是没有活路的。"

"小心了，伯特部族的欧吉尔。"薇勒达女士头也不抬地警告道，"我的卡牌会聆听。别让我给你下一道邪眼诅咒。"

"卡牌占卜，"寡目啐了一口，伸手触摸自己肩甲上那枚毛茸茸的狼爪护身符，"据说午夜游魂就笃信这种东西。"

"掌印者也是，"薇勒达女士说，"你也怀疑他吗？"

寡目没有作答，只是继续凝视亚姆比克·索斯鲁寇，或许正在暗自想象与他比试拳脚的场景。

"坐，勒缪尔·高蒙先生。"她示意一张桌子，上面摆放着三只精美小巧的瓷杯和一尊工艺上乘的茶壶，浓郁香气从中飘散出来，"喝茶吗？"

"不了，谢谢。"勒缪尔说。

"确定？纳加森那先生把他的宝贝茶具借给我。不用太可惜了。"

"我确定，谢谢你。"

薇勒达女士耸耸肩，将一套边缘已经磨损翻卷的古旧纸牌摆放在空闲的桌面上，说道："来，我们聊天，让卡牌聆听。"

勒缪尔坐在厚实的挂毯上，尽量适应那低矮木桌。他新近接好的双腿还要依赖金属支架，此外又丢了一条臂膀，因此任何活动都颇为困难。痛苦和悔恨的锐利刀锋已经被药剂抹平，但它们依旧存在，始终徘徊于他的意识边缘。

薇勒达女士在两人之间的桌面上重新发了一手牌，勒缪尔顿时注意到种种熟悉的图案：被闪电劈中的高塔、君王、侍从、巫师。一个骷髅死神向他露出狞笑，随后就与其他卡牌一同返回她手中。

"你之前见过这样一套牌，是吧？"薇勒达女士说。

"阿泽克·阿里曼也有一套，"勒缪尔说，"他说是维斯孔蒂塔罗牌。我有种感觉，那是一份孤品。"

"的确是。"她点点头说，"那是一本魔鬼的图画书，是为兼具财富和权势之人制作的。我手里是德·哥伯林套牌，那是一位第二世纪的魔法师。他相信卡牌上的图案是古埃及祭司根据《索斯之书》绘制的。"

"我曾经搜寻过那本书。"勒缪尔说。

"我觉得没找到是好事。"

薇勒达女士又发了一手牌，她眯起眼睛迅速浏览。她随后摇摇头，把卡牌重新收好。

"信奉天主教的古罗马领袖让卡牌流传到法兰克，德·哥伯林看到了。他觉得这些卡牌是神圣的，并为它们撰写了《原始世界》，那本书一度在大火中遗失。"

"一度遗失？"

"之后被千子在阿卡德的废墟里重新找到。"

"那就该重新烧掉。"寡目说着向房间里迈了一步。亚姆比克·索斯鲁寇低吼一声，勒缪尔能感觉到自己的脊梁在那低沉轰鸣中颤动。

薇勒达女士不予理睬，继续说道："德·哥伯林发现，二十一张塔罗牌加上愚者牌与天使的古老语言里的二十二个字母之间存在某种神秘关联。"

"以诺克语，"勒缪尔说，"我在《罗加埃斯之书》里读到过。"

"没读过《天使之钥》？"

"我连一份副本都没能找到。"

薇勒达女士朝书架点点头。

"读我的吧。"

勒缪尔惊愕无言，想要站起身来，但欧吉尔·寡目的巨手按在了他的肩头。他根本没有察觉到野狼的接近。

"不看书。"

"但是——"

"不看书。"寡目重复道，他稍稍增大了在勒缪尔锁骨位置施加的力度，足以引起一丝痛苦。勒缪尔抬起双臂。

"那好，不看书。"

寡目的干预提醒了勒缪尔，他的性命仍然握在旁人手中，他毕竟是个未穿囚服的囚犯。薇勒达女士耸耸肩，继续发牌，仿佛刚才什么都没有发生。

"很快，一个来历不明的算命人伊特拉就学会了卡牌的终极秘密——如何让它们说话，而更重要的是，他学会了如何让它们聆听。"

"卡牌不会聆听。"勒缪尔说。

"不会吗？"薇勒达女士又发了八张牌，其中七张朝下，一张朝上，"它们已经在聆听你了。你看。"

勒缪尔揉了揉青紫的肩膀，低头检视最靠上的那张牌。他从来没有在任何一套卡牌里见过这幅图案，然而他依旧认得出来：一座由灰黄岩石垒成的宏伟山脉，其陡峭巅峰径直刺入棕红色的天空。

"吞人的山脉。"他说。

第十四章

探索征途
无尽悲伤
那座山脉

已经多久了?

计时系统是最先失灵的。阿蒙已经无从得知自己追随父亲的足迹在巫师星球跋涉了多久。倘若单单根据伺服系统的干涩嘶鸣和盔甲表面的斑斑锈迹来判断,想必是累月经年了。

抑或他只是刚刚离开黑曜石高塔的废墟?

在浩瀚之洋里,时间的流逝方式颇为怪异,葬送于紊乱时光的旅行者为数众多。有些人在亚空间的浪潮中遨游区区一天,返回躯体时却发现那些熟悉的凡俗国度早已化作尘埃。另一些人则现身于自己出生之前的数百年,在陌生的家园里成为迷途异客。

沾满尘埃的僵硬布料包裹着阿蒙的残破盔甲,在刺骨寒风里狂乱舞动,他缓步离开诺夫凯的水晶陵墓,将那片残垣断壁抛在身后。

迷失而孤独的马格努斯曾经造访这里。

猩红君王所过之处无不涌现奇迹。

马格努斯的超凡力量结出了累累硕果,以太之风夹着相关传言飘散四方,卷入有心之人的耳中。阿蒙紧密追随着每一份传言,然而剧烈痛楚始终折磨着他的凄惨身躯,沉重的负罪感则死死压在他心头,因为正是他致使父亲陷入了此等疯狂境地。

在这条看似无尽的探索征途上,阿蒙目睹了种种伟大事物与恐怖景象,见证了过往的罪孽和未来的灾难。他既看到了震古烁今的英雄事迹,也对超乎想象的可怕恶行感同身受。他参加了数不胜数的战斗,击败了成群怪物,然而猩红君王始终没有踪迹。

在情绪低落的时候,阿蒙差点就认为他的父亲不希望被找到。每当这种叛逆念头从他深不可测的思维中显露端倪的时候，绝望都会将他笼罩，直到一份新的传言诱使他继续前行，期望能够最终找到原体的踪影。

就是这样一份传言让他知晓了诺夫凯的事迹，这位低级亮羽成员向来能力有限，对所属学派的奥艺浅尝辄止。絮絮低语的以太之风讲述着此人如何唤起了数万具古老的水晶尸体，营造出一座剔透闪亮的巨型陵墓。诺夫凯与普罗斯佩罗的兄弟对阵沙场，麾下那支用刺骨冰霜一气呵成的雪人大军所向披靡。

面对这份很可能是虚妄假象的传言，阿蒙尽量避免自己被希望遮蔽双眼，他命令风暴鸟跟随那股传来低语的以太之风去追溯。与他一样，炮艇也在这段奇异的时间里面貌大变，整体外形愈发向鹰隼的轮廓靠拢，从尖啸猛禽转化为沉静猎手。

在他看到壮丽的水晶陵墓之后，阿蒙立刻就辨认出那是父亲的以太造物。每一片倒影与每一颗如星辰般明亮的光点都流露出猩红君王的奥艺。

诺夫凯紧闭大门，于是阿蒙施展自己的惊人力量将那水晶陵墓一片片拆解。成千上万的冰封雪人从四分五裂的堡垒中列队出击，然而它们只是些粗制滥造的低劣物体，不费吹灰之力便可摧毁。驱使它们作战的那股意志羸弱不堪，赋予雪人生命的咒文被阿蒙轻易抹消。

他在那支灰飞烟灭的大军之间踽踽前行，走向一座由纯净蓝宝石建成的高塔。诺夫凯负隅顽抗，然而面对阿蒙的高超技艺和过人谋略，这仅仅是垂死挣扎罢了。

当阿蒙的仪式匕首抵住他喉咙的时候，诺夫凯在临终遗言里讲述了他如何遇到了一位身披红袍的魔导师，对方的面孔被一道闪烁帷幕遮盖。那位魔导师握着一把带有断裂锁链的白银钥匙，他的力量显然深厚无比，然而他完全不知道自己的姓名或来历。

诺夫凯哭泣着告诉阿蒙，他如何编织了一套兄弟情谊的谎言，让那位无名无面的魔导师在自己身边踯躅许久，从而知晓了对方的秘密。

"你是个盲目的蠢货，你什么都没有学到。"阿蒙告诉诺夫凯，他将匕首刺入那位亮羽学派成员喉咙的皮肉，"你与一位神祇相伴，然而我还是能在眨眼之间抹消你的咒文。"

"他是谁？"诺夫凯哀声问道，他每吐出一个字都让刀尖上涌现更多鲜血，

"我必须知道。"

"他是我们所有人的父亲。"阿蒙说。

"不！"诺夫凯高喊着咳出一团血沫，"我是他的子嗣……我该认出他……"

"他甚至认不出他自己，"阿蒙握紧了仪式匕首，"而你不是马格努斯的子嗣。"

"等等……"诺夫凯乞求道，"他还在这里……"

"哪里？"阿蒙质问，他稍稍放松了刀尖的压力。

"他……深入到……峡谷里了，"诺夫凯说，他运用自己的微弱奥艺来尽量止住喉头喷涌的鲜血，"跟着那条……璀璨星河……"

诺夫凯没有机会愈合伤口，阿蒙奋力锯动刀刃，终结了对方的生命。

他抛下尸首，留给那些已经从地下钻出的多眼蠕虫和在头顶盘旋的蝠鳐状生物。诺夫凯生前毫无价值，但他的遗体浸透了以太能量，堪称一份美味珍馐。

穿过水晶陵墓的废墟，阿蒙沿着蜿蜒曲折的山峡继续前行，埋头扎进一座冷寂迷宫深处，众多高大冰川与冻结河谷里回荡着寒风呜咽和怪物嘶嚎。

他能品尝到浩瀚之洋的纯粹能量，那就像一股无形无色的溪流般在隐秘的山脉中涌现。他的脑海中光辉闪耀，阿蒙完全可以理解马格努斯为何要追溯这股能量的源头。

他未曾停歇，迈着蹒跚脚步苦苦攀登那些参天山脉，不眠不休地跋涉了几天时间。他爬上刺透云霄的峰峦，而脊柱传来的钻心痛楚最终逼迫他匍匐前行，用鲜血淋漓的双手和疲惫不堪的骨骼拖动身躯。他不断前进，直到精疲力竭，难以支撑。

就在他要转身退却的时候，阿蒙抵达了一块狭窄的冰封高原，界域之间的屏障在此处薄如蝉翼。光滑闪亮的地面上散落着坍塌断折的巨型石碑，并且雕刻了尺度惊人的几何图形，恰似古代纳斯卡人的作品，那些早已消逝的凡人极不明智地妄图吸引诸神的目光。

一条闪烁着星辰光芒的河流从残垣断壁间喷涌而出，那片废墟似乎曾经是某座高大宫殿，一种熟悉感在阿蒙心头萦绕。时光已经将昔日的宏伟厅堂和壮丽廊柱磨损得面目全非，在这破败荒废的景象里勉强可以分辨出往日轮廓。那条星河沿着地面上的几何轨迹流动，时而迅猛，时而徐慢，时而凝聚成一池静水，时而汇作湍流绕开倒塌石柱。

马格努斯会在这里吗？

阿蒙痛苦地站起身来，让充溢四周的深厚潜能灌注到自己肺里。他一瘸一拐地穿过高原，感觉脚下这条蜿蜒路径的每个拐弯都会引领他走入某个前所未见并且超乎理解的新领域。源自其他世界的朦胧幽影在阿蒙的视野边缘浮现，上百万个未知时空的幻景向他递来强烈的诱惑。只需踏错一步，他就可能落入毕生从未经历过的凶险境地。

谁又能说他尚未踏错那一步呢？

"我来此寻找赤红的马格努斯！"他高声喊道，隆隆回音顿时渗入界域之间的缝隙。谁能知道那声响所在何方，会传入谁人耳中，对方又将怎样应对呢？远比这更为虚妄的异象亦可催生出整套宗教体系，此处蕴含着惊人的能量，任何鲁莽言语皆会引发重大后果，想到这里阿蒙缄默。

他将注意力放在双脚上，看着它们起落迈动。他的左脚姿势扭曲，右脚则步履稳健。他在冰面上看到了自己的倒影。追寻父亲足迹的数十年岁月将昔日的高贵战士变成了一个枯槁幽鬼，他的空洞灵魂里似乎了无希望。

数十年？倒像是几个世纪……

一股尖细哀号在风中飘荡——是挽歌吗？

阿蒙抬起头来，看到一支队伍从宫殿废墟中现身。他们以兜帽蒙面，穿着沾满尘土的猩红丧服，共同肩负着一块由盾牌组成的庞大棺架。左右各七人，此外还有一人负责引领这趟充满哀痛的旅途。

他们沿着河岸前行，队伍的领头人高声诵读面前的大书，那本厚重典籍悬浮于半空，自行翻动页面。罪恶感的以太幽魂像一团云雾般亦步亦趋，阿蒙挣扎着跟上对方，严重伤势又让他涌出一阵钻心痛楚。

那些哀悼者在一处湍急河湾停下脚步，飞溅水沫在这里营造出一片朦胧雾气。向来不知战争与苦难为何物的时空在泡沫中依稀闪现。

走近之后，阿蒙发现躺在棺材架上的身影是一名披挂着猩红与乳白两色盔甲的军团战士。他的双臂交叉于胸前，拢住自己的头盔。

"贝勒克·乌希扎尔。"阿蒙说。

那支队伍的成员齐刷刷地抬起头来，阿蒙在每一副兜帽下面都看到了猩红君王的一个面相。有些皮肤蜡黄，有些受过重伤，有些身负刺青，有些惨遭烙印，但无论如何他们的眼睛全都被挖掉了，以此作为针对这场谋杀的惩罚。在那些盲目面孔的观望下，阿蒙走向队伍领头人，伸手掀开了对方的兜帽。

阿蒙顿时屏息。

猩红君王凝视着他。这并非一个面相或一块碎片，而是原体本人。但阿蒙在父亲的双眼里看不出任何熟悉感，只有深重的惊惧。

原体的长发像野蛮人一样脏污杂乱，悲痛和失落已经榨干了他的生命活力。他是送葬队伍中唯一保留了视力的人，他用那双眼睁紧紧盯着阿蒙，目光中流露的狠毒恨意让原体侍从喘不上气来。

"父亲……"他开口道。

"你！"马格努斯戳着阿蒙的胸口厉声说，"马格努斯的骑士！你，自诩神祇！你，许诺了光明启迪，却带来黑暗死亡！何等高傲！何等自负！你怎敢睥睨众生？"

"不，"阿蒙说，"不是那样——"

"我失败了。"马格努斯说道，一份浸透灵魂的疲惫立刻取代了方才的怒火，"我野心勃勃，鲁莽妄为，没有听从智者的劝导，是我害死了所有人。"

"大人！"阿蒙高声说，此时那些哀悼者举起了肩头的盾牌棺架，准备将贝勒克·乌希扎尔的遗体送入水中。

"我不是什么大人，"马格努斯说着颓然跪倒在河边，"或许我曾经是一个有价值的人，但现如今我已经什么都不是了。"

"不！"阿蒙喊道，他也跪在父亲身旁，"你是赤红的马格努斯，千子军团基因原体。你是猩红君王，是无人能及的睿智领袖，现在我们需要你，更甚以往。回来吧，求求你！"

马格努斯与他四目相对，在刹那间阿蒙仿佛又看到了自己的父亲。

"他已经消逝，"马格努斯说，"很快我们就都会消逝，这对整个宇宙而言大有益处。"

那些哀悼者松开了棺架，它托着乌希扎尔的遗体遁入星河。湍流顿时吞没了这份战利品，阿蒙望着迅猛涡旋将其卷入深不可测的水底。

"是我杀死了他，"马格努斯说，"也是我杀死了我的所有子嗣。"

"不，"阿蒙说，"只有你能拯救他们。"

"或许曾经是的，"马格努斯说，"但那份职责已经旁落他人了。"

"阿泽克·阿里曼？"

马格努斯站起身来，但并没有回答这个问题，那些哀悼者突然将阿蒙重重包围。他在那些目盲的面孔上清晰地看到了自己的末日，于是想要起身反抗，但马格努斯的双手稳稳按在他肩头，让他动弹不得。

"我们最好尽快与这个世界作别，"马格努斯说，"就此逝去，不留痕迹，以免继续伤害那些我们热爱的人与事。我们是时候赴死了。"

覆满尘土的哀悼者们纷纷上前抓住阿蒙的臂膀和脖颈。他奋力挣扎，试图召唤自己的力量，却仅有一片呼号虚无。

"父亲，求求你！"他喊道，"归来吧！"

河水骤然涌升。

那就像是一堵迎面拍来的冰墙。

冰寒河水来势汹汹，让他的四肢麻木，全身僵直，肺脏急速冻结。湍急水流不停地旋转他，肆意摆弄这个新玩物。一只只抓挠的手掌从下方探来，将他拖入亡者的行列。

透过纷乱不堪的大团气泡，阿蒙看到父亲俯视着自己。

随后他就什么都看不到了。

欧吉尔·寡目在朵拉玛尔号舰上的午夜时分前来寻找勒缪尔，吩咐他立刻跟上。那野狼战士并不为此感到抱歉，勒缪尔反正醒着。

勒缪尔难以入眠，偶尔睡着之后也总是遭遇卡米提·索纳监狱的梦魇。他会梦见没有眼睛的邪物、曾经遭受的折磨和已经失落的故友。而他最常梦见的则是一个不知姓名的男孩。那男孩永远不会长大变老，永远不会知晓爱情，永远永远不会让勒缪尔忘记他是一个谋杀犯的事实。

他揉揉眼睛，尴尬地套上一条脏兮兮的长裤，跟在了寡目身后。

他们从船员甲板走向下方的引擎区域，又穿过吃水线抵达了恶臭扑鼻的底舱。

他们钻进一条条被遗忘的底舱走廊和滴淌污水的昏暗通道，这里充斥着污浊油料、陈腐空气和牲畜躯体的浓重味道。勒缪尔很快就完全迷失了方向，根本不知道自己身在何处。

寡目没有回应勒缪尔的任何问题，也始终不愿透露目的地，只是说勒缪尔该证明自己的用处了。

自从见过薇勒达女士之后，在几周时间里勒缪尔仅仅遇到过第六军团的战士。无论他如何请求与凯娅或亚速·纳加森那见面，得到的都只有冰冷的沉默和简短的回绝。

然而在这段时间里，每一位太空野狼都轮流来找过他。那些战士随意来往。无论勒缪尔是在进餐还是在洗漱，是辗转反侧还是清醒枯坐。

如果他们想说话，勒缪尔就必须聆听。

每一位战士都会盘腿坐在他对面，讲述自己在卡米提·索纳监狱失去的兄弟。有些趣闻逸事几乎完全没有牵涉哈尔·巴勒吉尔。有些波澜壮阔的史诗描绘了某场战役，并事无巨细地涵盖了当地的气候环境以及狼群——勒缪尔很快就明白了这个词语是太空野狼对自己的一种称呼——参战的具体缘由。有些人评论巴勒吉尔的强项，也有些人指出他的弱点。他们向勒缪尔讲述了此人在芬里斯经受的试炼、所属部族的习俗、最为偏好的战斗风格、强健过人的体魄，以及极度缺乏的幽默感。有时候每个野狼描述的似乎都截然不同。

勒缪尔向斯瓦夫尼尔·疾狼指出了这一点，那位最后前来找他的野狼耸耸肩说："难道每个人不都是如此吗？旁人的看法与自身的品性共同塑造了我们。"

起初这些粗鲁搅扰让他颇为恼怒，但勒缪尔很快就意识到这恰恰是军团战士在凡人面前展露悲伤的方式。当他们想要发泄胸中痛苦和倾诉心底哀思的时候，勒缪尔的需求与好恶就不值一提了。

最终，寡目站在了一条圆形通道末端的拱门前方，蒙蒙细雨般的凝结水滴将其笼罩起来。他弯腰钻入门洞，水滴溅在他的盔甲上，打湿了他肩头的皮毛。拱门彼端的黑暗将野狼吞没，只剩下勒缪尔独自站在空旷通道的幽暗光线里。他能听见低沉嘶吼和磨刀声响从中传来。篝火的黑烟让潮湿空气中的腥味更显浓重。

勒缪尔深吸一口气，嗅到了死亡的气息。

自从太空野狼登上塞佩亚·瑟琳号，让他们沦为囚徒开始，他就在等待这一刻了。勒缪尔冒险瞥了身后一眼，他知道自己如果试图逃跑的话必定无望脱身，就此丧命。

"再上一次战场。"他说着紧闭双眼。

勒缪尔迈入滴水的拱门，他能感觉到自己跨过的这道界限并不仅仅是物理层面上的。

钻到拱门彼端之后，他啐出一口饱含化学品味道的污水，眨眨眼睛。他用完好的手掌抹干面孔，闻到了血腥鲜肉和刺鼻浓烟的气息，以及源自潮湿皮毛的浓郁野兽体味。从四面八方隐隐传来的呼吸声触发了作为猛兽猎物的本能恐惧。他的额头上冒着冷汗。

这座房间的实际尺度难以猜测，但感觉很宽阔。勒缪尔在脑海里描绘出一座宏伟厅堂，手工雕刻的木柱撑起了被熏成乌黑的横梁与涂抹泥灰的茅草屋顶，上面悬挂着粗重獠牙和其余源自大海的战利品。在火坑中闷燃的微弱篝火辐射出深红光辉与滚滚热量。它勉强照亮了一小片区域，暗示着潜伏于火光范围之外的众多身影。

"你是僧伽的勒缪尔·高蒙，威克萨与艾库阿的第七子？"有人问道，勒缪尔认出那是比亚奇的声音。

"我是。"他说。

勒缪尔面前的黑暗泛起波纹，居高临下的符文牧师突然现身，那披覆厚重皮毛的盔甲与巨狼头骨制成的面具让对方显得格外魁梧而原始。他的金黄眼眸在黑暗中闪动。他手里握着一只雕纹角杯，里面盛满了某种酸楚刺鼻的烈酒。

"你可明白我们为什么带你来到我们的巢穴？"

"不太明白，"勒缪尔承认，"我原以为你们或许是要把我杀掉，但现在我又不确定了。"

比亚奇咧嘴一笑，由此暴露的獠牙似乎比之前更加锐利凶恶。

"我是想杀掉你，"比亚奇说，他另一只手里的骨柄短刀拥有披覆蓝霜的利刃，"但那并不是你的命运。"

"你应该杀掉我，"从心底涌出的负罪感让勒缪尔痛哭失声，"王座在上，我……我……杀了他。我强迫他的母亲杀了他！在暗地里把我一刀捅死都是优待了。"

"的确，"比亚奇说，"但那只是你的第一次谋杀。"

"什么？不！"勒缪尔说。

"我能看到你未来会拥有与众不同的新身份，以及令人闻风丧胆的新名字。

一个个世界会因你灭亡。"

勒缪尔摇摇头，说："不，我永远不会……"

"这是你的命运，"比亚奇听天由命般地耸耸肩，用刀刃划过掌心，让鲜血沿着手指滴淌下去，"但这并不是你来此的原因。"

"那我为什么要来这里？"

"你是个记述者，对吧？"比亚奇说着用猩红的指尖抹过勒缪尔涕泪纵横的面孔。

"曾经是。"勒缪尔咬着嘴唇说，符文牧师的鲜血气味酸楚，质地黏稠，他依稀察觉到阴影之中的些许动静。

"那就为我们牢记并讲述。"比亚奇说着朝篝火退却。

"牢记并讲述什么？"

"我们告诉你的一切。"比亚奇从角杯里畅饮一口，将剩余烈酒洒进篝火。那熊熊烈焰顿时像吞噬了钜素燃料一样呼啸升腾，势头旺盛的黄色火舌径直冲向高高在上的屋顶。

灼目的狂怒光焰逼迫勒缪尔捂住眼睛，然而那一瞬间的明亮就足以让勒缪尔看清自己被重重包围了。

"哈尔·巴勒吉尔是我的兄弟，"欧吉尔·寡目就在他左侧半尺之外，"倘若玷污他的荣誉，我就要扯掉你的脑袋。"

"哈尔·巴勒吉尔是我的兄弟，"站在他右边的斯瓦夫尼尔·疾狼说，"倘若辱没他的记忆，我就要吃掉你的心脏。"

"哈尔·巴勒吉尔是我的兄弟，"吉洛斯尼尔·盲狱说，"倘若诋毁他的事迹，我就要——"

"揪出我的脊梁？"勒缪尔说，"欢迎。"

"我本来打算砸扁你的头颅，但你说的这个更好。"盲狱脸上露出一道毫无宽慰之意的笑容。

"开始送行吧。"比亚奇说。

所有野狼战士都退后几步，勒缪尔终于明白自己为何来此，野狼们又为何向自己讲述了那些故事。那并非发泄心中悲痛，他将如此凡俗低微的动机安在那些超人战士头上实在是愚蠢至极。

哈尔·巴勒吉尔全副武装的遗体被安置在房间远端的一张木制高背宝座

上。他披挂着厚重皮毛和霜灰铠甲，恍若一位能征善战的蛮族君王。一柄缺损的长剑横在他膝头，虽然他前额上的劈砍伤痕清晰可见，双眼也被针线缝合，但勒缪尔依旧不可抑制地感觉那位战士随时都会一跃而起。

　　勒缪尔闭上眼，深吸一口气。

　　他开始复述自己聆听过的那些故事，避免遗漏任何细节，让每一段关于逝去兄弟的传奇轮番登场。

　　他没有停歇，最终口干舌燥，嘶哑不已，直到送行仪式结束。总共花费了十二个小时。

　　讲述完最后一段故事之后，他精疲力尽地跪倒在行将熄灭的篝火旁，他抬起头，想看自己的听众们究竟是对此感到满意还是准备痛下杀手。

　　但房间里已经空空如也。

　　由虚妄物质凝聚而成的七座岛屿漂浮在浩瀚之洋里，密如蛛网的交织电弧将它们连接起来。规模最大的岛屿仿佛是一个辽阔的大陆板块，那片灰烬飞扬的废土上流淌着熔岩河流，覆满尘埃的壮丽废墟到处都是，其雄伟尺度表明昔日的居民必定是巨人。规模最小的岛屿则是一座昏暗无光的宅邸，想必是有某股力量将它从现实世界的地基上一把扯下，又满不在乎地随手抛进了亚空间的浪潮。

　　其他岛屿则是由熊熊烈火组成的绵延山脉，它们的底部簇拥着大批亚空间形体，恍若一片波涛起伏的动荡湖水。有些看似是活体生物，它们的庞大体型和诡异外表让人完全无法分类鉴别。另外一些则时刻变幻，那沸腾翻涌的混乱面貌转瞬即逝，绝无定型。

　　"七眠者，"亚弗戈蒙站在观察窗前方说道，它就像是一位丑恶可憎的马戏团长，正在向大家揭露畸形展览里的最新成员，"我履行了承诺。"

　　阿泽克·阿里曼努力压制住怒火，在隔绝以太的神王欧西里斯号上这已经变得愈发困难。仅仅是搭乘这艘黑船就让他的每一根神经备受煎熬，任何饱含兄弟情谊的话语都像是深重侮辱。托贝克和齐吾已经大打出手，其余很多战士也被推到了诉诸暴力的边缘。

　　任何星海水手都明白，每一艘飞船都拥有独特的品质和性格。有些虚荣高傲，有些脚踏实地，也有一些从历任舰长那里承袭了分外鲁莽的侵略性。

神王欧西里斯号的心底却填满了耻辱。

在久远年代里它或许是一艘几内亚商船，一艘带着并不情愿的灵魂赶往异国他乡投入无尽劳役的奴隶船。诚然，船舱中那些货物的性质已经大不相同，为造福帝国而走上惨痛命运的灵能者取代了在无数厂房里劳作至死的奴工，但最终的结果并没有两样。

神王欧西里斯号明白它生来就要遵循一份不光彩的命运，沉淀了数个世纪的罪恶感早已浸入骨髓。它的各套系统都有着近乎病态的暴躁性情与抗拒态度，针对那些沾染了浩瀚之洋力量的人尤为如此。

空旷的走廊里萦绕着絮絮低语，每一块甲板的阴影中都盘踞着难以捕捉的阴魂。在这艘防护格外严密的飞船上，此类现象本不该发生，但队伍中的幸存者明白那是一厢情愿的想法。

自从逃离卡米提·索纳监狱之后，阿泽克·阿里曼就始终能够察觉到与自己形影不离的幽魂。他试图从血肉异变的魔掌中拯救出来的那些同僚最终无不葬送于焚身烈焰，如今仿佛正是他们在阿泽克·阿里曼肩头无声控诉。更糟的是，那些幽魂列队成群，远远超过在他的高塔里化作尘埃的实际人数。

他试图思索个中深意，而就这一次，黑鸦学派预见视野的衰微模糊让他颇感欣慰。

"伊格尼斯？"阿泽克·阿里曼说。

"这里没有吉兆数字，"破灭之主头也不抬地回答，他盯着自己面前的屏幕，眉头紧锁，"我找不到任何相关矢量或几何角度。此处的秩序难以维持。"

"你的意思是说，"萨纳克特试着解读，他神情严峻地打磨着自己的豺狼刃，"你完全不知道这是什么地方。"

"此处安全吗？"阿泽克·阿里曼说，"我们能否踏足？"

"踏足那里？"托贝克问道，他紧握双拳，指尖上闪动着火花，"在那个地方找不到我们的父亲，只能找到疯狂和死亡。"

这位火凤学派大师像躁动不安的发情猛兽一样在舰桥里往复踱步，曾经如日中天的猎群领袖如今大势已去。

"我头一次认同你的看法，托贝克。"伊格尼斯说，他的手指悬浮在右舷探测阵列上方，仿佛想要为这永不驯服的混乱环境强加一份严整秩序，"我们必定会盲目地一头扎进这个生物埋设的陷阱里。"

"你们这些凡人，"亚弗戈蒙说，"你们的疑神疑鬼让吾辈望尘莫及。我已经告诉过你们了——那些界门就通向你们要前往的地方。"

"你是这样说的，但我们能否相信就完全是另一回事了，"阿泽克·阿里曼说，"你是未诞者，所以我宁愿怀疑你嘴里吐出的每一个字。"

"我有什么撒谎的理由，阿泽克？"亚弗戈蒙说。

"你不需要理由，恶魔——欺瞒是你的天性。只有蠢货才会盲从你的指引。如果我们打算踏足那些亚空间岛屿，那么我就需要了解它们的本质。"

"你只需要知道那是你必须前往的地方，阿泽克·阿里曼，"亚弗戈蒙说，"倘若你想要拯救你的父亲，这就是唯一的前进之路。"

"一条你恰好知晓，可解燃眉之急的道路。"

"是你的父亲把我禁锢在这个形体里，又派遣我与你同行，阿泽克。"亚弗戈蒙说，它的漆黑手指缓缓划过躯干表面铭刻的唤魔符记，金属摩擦的尖锐嘶鸣让阿泽克·阿里曼浑身不自在，"而且我不是说过吗，我是你们的成败关键。"

"你同样说过你是我背后的毒蝎。"

恶魔笑道："只是为了戏剧效果罢了，阿泽克，仅此而已。吾辈与凡人交涉的时候向来夸大其词。"

"我们究竟为什么要听这个东西的话？"哈索尔·玛特厉声说，他站在舰桥尾部，似乎完全不愿再待下去。他抱胸而立，躁动不安的手指急促地敲打着臂膀，仿佛在用某种密码传递信息。

"或许你的父亲拥有比你更加长远的眼光，"亚弗戈蒙说，"或许他已经看到了我会如何协助你们拯救他。或许他也看到了我能够引领你们前往你们需要前往的地方。"

托贝克摇摇头，说："依赖一个恶魔的引领，遵循一个凡人的荒谬幻景，还指望我们的父亲早有所料。千子军团可真是江河日下。"

"若是门卡拉还在就好了，"哈索尔·玛特说，"他必定能看清真相。"

阿泽克·阿里曼转身看着哈索尔·玛特。"住口，"他厉声说，抛弃故旧的负罪感又一次灼烧他的心灵，"负责指挥这场行动的不是门卡拉。肩负那项职责的人是我。"

"你可真是'成绩斐然'，"哈索尔·玛特讥笑道，"我们的部队折损近半，最强大的先知也落入敌手，此时不知正在承受什么严酷刑罚，如果野狼还没杀掉他的话。"

哈索尔·玛特从舰桥边缘迈步走近，言语之间愈发展露锋芒。"而我们又从那座轨道疯人院里夺得了什么成果？伟大的阿泽克·阿里曼甘愿付出如此惨重的代价，究竟是要换取什么宝贵的战利品？无非是一个拥有荒谬幻景的凡人预见者。不，阿泽克·阿里曼，我不会住口，因为你放任这怪物引领我们来到了一个疯狂无端的必死之地。"

阿泽克·阿里曼收敛思绪，在心灵中寻找一份足以把哈索尔·玛特撕成碎片的力量，但他仅仅体会到了些许低劣把戏的响应。覆满雕纹的舱壁上脉动着强大的绝灵符记，即便是那些卑微的初级咒文也重新没入了脑海深处。

或许神王欧西里斯号上的压抑环境对亮羽学派的敏锐感官施加着尤为强烈的折磨，但阿泽克·阿里曼在哈索尔·玛特的激烈言辞中捕捉到的不仅仅是单纯的沮丧。

阿泽克·阿里曼花费片刻时间恢复镇定，努力忽略黑船里的种种烦扰——他脑袋里的嗡鸣杂音、他口中的苦涩腥气、他脊柱和关节位置的隐隐灼痛。

"你们都看到了卡蜜尔·希梵尼女士的幻景，"他说道，"叶扫特精炼厂的大火，还有卡德摩斯图书馆。那根本没有第二种解读方式。萨纳克特，你进入了她的脑海。当她握着那条与原体秘典相连的金链时，你看到了她的真实经历。"

萨纳克特耸耸肩，说："我看到了《马格努斯之书》想让她看到的景象，阿泽克·阿里曼。我只能确认这一点。"

"无论如何，"托贝克说，"那座图书馆在得到妥善处置之前就毁灭了，你们还记得吗？原体得知这一重大损失后勃然大怒。"

"我记得很清楚，"阿泽克·阿里曼说着走到了舰长座椅前方的空旷场地，他缓步绕行，用拳头一次次敲打手掌来强调自己的话语，"但我也记得在弗泰普金字塔里看到了什么。图书馆的书架上摆着用腓尼基语撰写的大批典籍，而那套字母表正是被游历者卡德摩斯国王带入皮奥夏的。"

"你忘记了两件事。"哈索尔·玛特趾高气扬地说，因为他知道自己接下来的话必将一针见血，"首先，你以为她在幻景里看到的一切事情早就已经发生了；其次，那是在泰拉发生的。难道你要让我们埋头扑向帝皇疆域的心脏所在，就为了追寻如此虚无缥缈的希望吗？多恩的拦截舰队会轻易摧毁我们，恐怕我们连海王星的卫星都见不到。"

"这就是为什么我引领你们来到此处。"亚弗戈蒙转过身去望着那朦胧闪烁且匪夷所思的疯狂岛屿，"你们还是不明白，你们这些凡人对时间的理解实在太线性了。一度能够阅读未来走向的第十五军团想必懂得，时间和空间是一体的，并不存在所谓的过去、现在和未来。这是同一个梦幻瞬间，只不过观察角度不同罢了。"

"这些七眠者能让我们遵循《马格努斯之书》的意愿返回过去吗？"阿泽克·阿里曼问。

"只要你们能献上足够多的悲伤来支付代价即可。"亚弗戈蒙说。

"相信我，"阿泽克·阿里曼说，"我们有取之不竭的悲伤。"

高温……勒缪尔已经忘记了那灼热逼人的高温。

那枚硕大的恒星像一把熔融锻锤般狠狠敲打着担任铁砧的盐碱荒漠。从地面升腾而起的滚滚热浪抽干了一切生命活力，将周遭事物的色泽尽数剥离。勒缪尔本以为来自冰封世界的野狼会苦不堪言，然而他们似乎完全可以忍受这灼人温度，仿佛他们属于以劫掠为生，裹着防辐射披风，穿行于北非大漠的有毒沙丘之间的贝都因部族。在一群满怀敌意的机械随从的簇拥下，普罗姆斯和纳加森那惊愕地仰着脑袋。

在众人身后，一架风暴鸟停泊于这道崎岖石脊的边缘，那隆隆颤抖的引擎扬起一团飞旋的盐碱尘云。在星球轨道上他们的目的地就已经清晰可见，吉洛斯尼尔·盲狱不需要任何航空电子设备或地图的辅助，也不需要勒缪尔的指引。

"这是什么？你知道吗？"比亚奇站在一条令人急欲退避的幽暗峡谷入口处，身旁是两尊倒塌的巨石柱。他的指尖凭空描画着一根石柱基座上镌刻的螺旋雕纹，符文牧师明智地不去触碰那饱受风沙剥蚀的巨岩。

"我们管这些叫死石。"勒缪尔说。

"好名字。"比亚奇说道。

"当地人相信这些石柱组成了一道屏障，负责抵御被埋藏在山中的邪灵大军。"勒缪尔说，"他们说这片土地曾经位于大洋深处，是一位在海底沉眠许久的不朽神明奋力挣扎才导致天地翻覆、山脉突现。"

比亚奇惊异地摆摆脑袋。"或许他们说对了。"他缩回手掌在盔甲上抹了抹，"这是种不错的解读方式。结果马格努斯和他的子嗣就不管不顾地把这些东西推倒，想看看究竟会发生什么。"

普罗姆斯转过身来，问："就是这里吗？"

"你是认真的吗？"勒缪尔反问。

"回答我的问题。"

勒缪尔笑了笑，仰望面前的参天峰峦。

那座山脉太过高大宏伟，不可能是自然的造物，乃至于"山脉"这个词都显得过于狭隘，难以形容它的伟岸英姿。

"是的，这就是阿苟鲁。"勒缪尔看着那座群山之神说，"一切就是从这里开始急转直下的。"

第十五章

清算者
像阿萨海姆一样大
你就是我的代价

  在逐渐下降的风暴鸟头顶，神王欧西里斯号仿佛是亚空间脉动光辉里的一道漆黑痕迹，唯有那色彩缤纷的背景才能衬托出其幽暗身形。虚空幽魂在它的轮廓边缘闪现，亚空间扰动徒劳地抓挠着那一层层坚不可摧的防护能量。
  由于其货物的特殊性质，黑船配置了阿泽克·阿里曼毕生所见最为强大的屏蔽能量。浩瀚之洋的居民对这艘飞船几乎视而不见。
  如今他们却要脱离黑船的保护范围。
  "主动离开正常运作的盖勒力场，称得上是教科书式的疯狂举动了。"萨纳克特说道，他不安地攥着双剑的剑柄。
  "这项任务本身就扎根于疯狂，"哈索尔·玛特说，他双手紧紧交握，仿佛正在祈祷，"我们的理智再多消磨一些又有什么关系呢？"
  阿泽克·阿里曼想要斥责哈索尔·玛特的短视，但这一次他完全认同那位亮羽大师的看法。
  "癫狂等待着我们，"托贝克像位街头艺人般用手指灵巧地拨动着一枚碧蓝火球，"这是一种唯独在浩瀚之洋的混沌领域中才能找到的癫狂。"
  "你害怕了吗，托贝克？"哈索尔·玛特问道。
  "你不害怕吗？"那位火凤大师反驳，"倘若如此你就是个愚人。"
  "我们都应该害怕，"阿泽克·阿里曼说，他沿着机舱走向驾驶室，亚弗戈蒙正在那里驾驶风暴鸟。妖傀带领众人飞向规模最大的岛屿，那块崎岖不平的乌黑巨石如同一颗碎裂卫星崩落的残骸。
  岛屿周围包裹着一团癫狂能量，在那些纷飞涡旋中凝聚浮现的种种形体让阿泽克·阿里曼头晕目眩。他的预见视野在脑海里脉动，试图从毫无头绪的虚妄乱象之间筛选出切实意义。一幅具现片刻便化作蓬勃光辉的独特幻景让他眯起了双眼。

"你看到了什么？"亚弗戈蒙问道。

"我不确定，"阿泽克·阿里曼试图将那转瞬即逝的影像烙印在心中，"一只失落雄鹰和一棵枯朽树木。"

"那有何含义？"

"我猜这是指一个地方或人物的名字，"阿泽克·阿里曼说，"鹰与树……阿维达？"

"你认得这个名字吗？"

"不认得，但它源于北欧地区。"

"或许是某种野狼。"

"或许吧，"阿泽克·阿里曼叹息道，"东方的毁灭风暴严重影响了所有解读结果。当未来模糊不清的时候，过去为什么总要擅自搅扰？"

"或许因为只有过去才明确无疑。"亚弗戈蒙说。

阿泽克·阿里曼点点头，他回想起昔日登上高塔去见铁眼时特米鲁查说的话，顿时对这份断言满怀犹疑。他不再多想那个未知的名字，再次透过舷窗遥望前方。

他瞪大双眼看到一座宏伟壮丽的参天建筑逐渐浮现，那远在数千公里之外的轮廓都显得庞大无比。它究竟是某个没落文明的辉煌遗迹，还是亚空间心血来潮之下捏造的区区玩物？

"那是什么？"他点头示意远方的巨型建筑。

"那是我们的目的地，"亚弗戈蒙满怀欣喜地说，"灭绝厅堂。"

亚弗戈蒙让战机降落在一片宽广平原的边际，饱经风霜的锈蚀机械遍布四周。或许是一场古老战争的残骸？千子战士纷纷走出风暴鸟，来到一座雄伟的高塔面前，其宏大程度超出阿泽克·阿里曼的思维能力所及。

亚弗戈蒙、哈索尔·玛特、托贝克和萨纳克特来到高塔边，一同惊异地昂首观望。

这座巨塔攀升到了如此参天高度，以至于让军团战士的感官都难以理解。无论其建造者是谁，这座高塔想必是一份倾注了毕生心血的杰作。从雄浑壮阔的基座到直刺云霄的塔尖，只有这个超脱于物理法则之上的国度才能容纳此等惊世骇俗的建筑。

考虑到这座建筑的名号，眼前的壮观景象在阿泽克·阿里曼心中引发了与其规模不相上下的震撼与惊惧，众人走向一座造型粗蛮的高大拱门，与之相比即便是最为强悍的泰坦也会显得渺小卑微。

他研究过古往今来的建筑精品，早已发现亚空间的肆意妄为是如何对实体世界的楼宇产生贯穿整个年代的深远影响的。他甚至能够看到帝国建筑设计风格的灵感源头，从欧罗巴的哥特巢都到马库拉格城的壮丽景色。

就算是辽阔无比、极具野心、精美绝伦的帝皇宫殿也休想与这座堪称星球级别的超凡建筑比肩。扶壁层层叠叠，尖塔相互累加，傲然屹立的灭绝厅堂超出了人类之主的想象范畴，更遑论以石砖和钢铁化作现实造物。

阿泽克·阿里曼回望他们来时的方向，他如今终于明白散落在高塔阴影里的古代战争遗骸其实是曾经用于建造这座宏伟高塔的废弃工具。

整颗星体空洞残破的状态也得到了解释。

"它们挖空了自己的世界来建造这座高塔。"他说。

亚弗戈蒙点点头，说："若干仆役种族为了这项空前绝后的伟大工程而生，它们挖空了整个世界，将星球的根基运送到地表。"

"为什么？"哈索尔·玛特问道，"这座建筑现在有什么功用？看起来已经荒废了。"

"是的，"亚弗戈蒙承认，"在那些恶魔石匠运用整颗星球的骨骼、血肉竖立起这座献给败亡生命的纪念碑之后，它们就立刻将其抛弃不顾了。"

"这时间真是浪费得空前绝后。"托贝克厉声说。

"这是亚空间，"亚弗戈蒙说，"时间毫无意义。"

然而在那巍峨雄壮的外表与超乎想象的辛劳背后，阿泽克·阿里曼察觉到这座巨型建筑的存在本身暗藏异状，仿佛它的宏伟身姿只不过是戏剧舞台上的一幅精妙布景。

千子队伍走入建筑，那道高大拱门的阴影吞没了众人，也抹消了这种感觉。他们行进了不知多久，最终一个辽阔的圆形房间在前方显现，其石板地面上飘动着尘埃与回声。

如波浪般起伏的阴影铺在墙壁上，停尸房般的刺鼻腥风从通往建筑深处的数道拱门中吹来。每一条前进道路的门楣上都雕刻着怪异的符文记号，阿泽克·阿里曼从未见过类似的图案。就这一次他乐于保持无知，因为他担心那些符文的实际意义中蕴藏着深重悲剧。

每一寸墙壁上都密密麻麻地覆盖着精工细作的阴刻雕文，阿泽克·阿里曼不需要任何特殊的洞察力也明白那些究竟是什么。

"这里记录了生命之树上的每一根断裂枝条。"

"正是如此。"亚弗戈蒙说，它点头示意房间正中，一个兜帽蒙面的身影悄然显现。

"那是谁？"

亚弗戈蒙人造躯体表面的铭刻符记脉动着戒备不安的黑光。

"那是清算者。"

千子又步行前进了两个小时才终于来到清算者面前。在这段时间里，对方纹丝不动，阿泽克·阿里曼借机审视他，并仔细观察那些像幻变溪流般环绕在清算者周围的以太幽光。

他拥有强大的力量，这一点明确无疑，但他的矮小体型与凡人无异，包裹那佝偻身躯的淡蓝长袍用金线绣着种种奥秘徽记。藏在兜帽之下的面孔难以分辨，只有一双陷在无底黑暗中的空洞眼眸。

他握着一柄长杖，顶端用熟制皮革捆缚着一枚带有尖喙的颅骨，从中散发的甜腻幽香恰似古老地球上那些瘟疫医生的典型气味。他的另一条手臂藏在层层叠叠的衣袖布料里，细看之下有种阴暗险恶的谬误感，像是遮掩着某种比例诡异非凡的肢体。

清算者用手杖敲了敲地面。

灰尘蓬起，回声传入每一道宽大拱门，萦绕许久不去。满怀悔恨的叹息轻声呼应，奇异灵风卷着尘埃汇聚而来。

千子战士停下脚步，清算者用藏在兜帽下面的双眼逐一审视他们。他缓缓点头，似乎对自己看到的一切颇为满意。

亚弗戈蒙迈步上前躬身行礼，阿泽克·阿里曼从未见过这妖傀采取如此谦卑尊敬的姿态。

"随我前来的旅行者饱含极其甜美的悲伤，那无底深渊般的哀痛与失落足以填满你的一列列厅堂。"

"他们来此寻求何人何物的灭绝？"清算者问道，他的可憎嗓音里交织着临终之人的嘶吼与溺毙之人的呛咳。亚弗戈蒙转身示意阿泽克·阿里曼开口作答。

阿泽克·阿里曼犹豫不决。他面前的这个生物想必是未诞者，其存在本身就饱含谎言与欺瞒。

"灭绝？"

清算者叹了口气。"在每一个物种、理念、梦想或信仰生根发芽的同时，就此凋零的则有数以百万。倘若它们的尘埃和枯骨能够遗留丝毫痕迹，那便无非是石板上的一行铭文罢了。"

"但这个地方铭记了一切？"阿泽克·阿里曼问道，他仰头望着密密麻麻的雕文径直延伸到房间顶端，"都记录在墙壁上，对吗？"

"一切灭亡事物都收录于此，每一条夭折的脉络都能追溯到命线断离的那一刻。"清算者说。

"为什么很多厅堂是空的？"托贝克指着一道宽阔拱门说，众人能看到门廊彼端的平滑石壁光洁无痕。

"它们很快就会被填满了。"清算者承诺，他转过身去迈着蹒跚脚步走向那座空白的厅堂，"灭绝并不是一个有始有终的过程，它是一条永不断绝的河流。"

阿泽克·阿里曼和同僚们跟随清算者前行，迅猛的尘埃旋风将他们包围起来，如同一群负责护卫牲畜的警惕牧羊犬。狂风吹拂着清算者，让他的长袍不断变换轮廓，仿佛藏在布料下面的身躯时时刻刻重塑形体。

"我们寻求一条通往过去的道路，返回古老地球的特定时刻。"阿泽克·阿里曼努力掩盖住自己的厌恶，"据说在这里可以让我们得偿所愿。"

"时空本为一体，"清算者缓缓点头，"悲伤维系着一切，生命难道不正是由毫无止境的一连串失落所组成的吗？万事万物恰恰是被这样的线索连结起来的。"

若是在昔日，阿泽克·阿里曼必定会与清算者针对这一观点辩论许久，然而此时此刻他的悲伤是一道过于敏感又新鲜的创口，让他难以组织语言进行驳斥。

他们穿过这座宏伟厅堂来到拱门脚下，用于搭建门廊的巨石足有兰德掠夺者坦克一般大小。进入拱门之后，就是下坡通道，远方传来涓涓水声。

清算者凝视着阿泽克·阿里曼，那双熔炉般的眼眸不断扩张，仿佛将阿泽克·阿里曼笼罩在一片火海里。

"给我看看你的悲伤。"他命令道。

曾经有两位巨大的守护者负责捍卫这条山脉，让它们驻扎于此的古老种族一度将整个银河玩弄在股掌之中，却又一朝不慎，万物尽失。队伍沿着饱受阳光炙烤的峡谷向上攀行，那些雄伟机械的损毁部件散落一地。

勒缪尔看到很多弧线优雅的细碎残骸散落在崎岖峡谷之间，那些陶瓷般的闪亮碎片将灰暗山岩点缀成了水磨石地板的模样。当他们沿着一条高大岩桥穿过深幽裂谷的时候，勒缪尔看到了属于山脉守护者的一颗修长头颅。

"你曾经是一件美好事物，"他说道，那陨落机械的精妙比例和优雅弧线在四分五裂的状态下仍旧触动人心，"千子毁掉了你。"

那锥形驾驶舱的舷窗镜片闪烁着一种无以轮比的翠蓝色泽，勒缪尔不由得想到自己在莫巴伊那座别墅里悬挂的一幅泰拉海洋水彩画。

"那么他们也算干了件好事。"欧吉尔·寡目说着啐了一口。那团恶臭浓痰径直坠落两百余米，不偏不倚地落在覆灭机械的眼睛正中。

"真的吗？即便是你们的军团也总该有一些审美能力。"勒缪尔指着寡目头盔表面的精准绳结，以及他佩剑腰带上的青铜狼徽，"你想必能够欣赏这个吧？"

"它是异形产物，"欧吉尔·寡目咕哝道，"它死了最好。"

"就因为异形的双手塑造了它，所以它不可能是美好的？"

寡目点点头，在勒缪尔后心推了一把，那力道更像是一记重拳，电流般的灼热痛楚沿着勒缪尔的臂膀涌向手肘。

"对，看来你还是明白的，"寡目说，"继续走吧。"

勒缪尔揉揉肩膀，他已经能够想象到寡目一推之后给自己造成的青紫瘀伤了，他那份冗长的苦痛清单又添加了新内容。他断臂末端神经的愈合很差，幻肢之痛时常让他在夜里惊醒，想要触摸一只不复存在的手掌。至少他腿上的金属支架已经卸掉了，然而寡目给他接的断骨略有错位，让他在平地行走时也会腿疼。

对于勒缪尔而言，爬上这条山脉更是一种独特的折磨。每走一步，尖锐的痛苦都会蹿上他的脊梁，并涌向那些他原以为毫无关联的身体部位。

阳光的鞭笞残酷无情，在他记忆中这个糟糕的星球就是这样。空气十分干燥，脚下扬起的盐碱沙尘侵入他的喉咙，让他的喘息声变得嘶哑刺耳。

当千子和太空野狼尚且是同袍兄弟的时候，当整个世界尚且有理可循的时候，两支军团曾并肩向山脉深处进发。勒缪尔简直难以置信那是区区数年之前的事。此后发生了太多事情，银河早已天翻地覆。

接下来的几年又要带来何等剧变？

走在前面的波德瓦·比亚奇负责引路，他身边是一位披着锃亮盔甲的高大战士，那人的银灰色装备上没有任何标记。勒缪尔从未见过与之类似的人，但他能察觉到对方身上蕴含的深厚力量。随后是一位衣着单薄且锁链缠身的军团战士，西萨瑞亚修女负责护送这名囚犯，另有一群死隶机兵将其团团包围。

勒缪尔不确定自己是否认得那位战士，但是他身上的刺青图案散发着普罗斯佩罗的敏锐气息。

他也是在卡米提·索纳监狱被野狼俘虏的吗？

很有可能，但为何带他到阿苟鲁来？

更多身披彩绘的机械士兵在队伍两翼行进——那些脊背佝偻的士兵拥有纤细肢体和圆滑头颅，身上散发着微弱难辨的静电杂音和一触即发的暴力威胁。

几名身披红袍的机械神教管理者俯身检视着用来操纵这些机兵的悬浮仪器，勒缪尔能听到他们运用二进制码的短促轻响进行交流。他自然无法理解对话的具体含义，但那显然是一场争论。

大约一百米之外，凯娅走在亚速·纳加森那身旁。勒缪尔曾试图加快脚步，赶上去与她交谈，但欧吉尔·寡目用一只巨手捏住他的肩膀，言简意赅地说："不行。"

凯娅也曾回望过勒缪尔一次，她目光中那份尖锐严苛的鄙夷让勒缪尔不禁感谢野狼拒绝让自己擅离其左右。

"我觉得那人不大喜欢你。"寡目评论道。

"确实，"勒缪尔承认，"再也不喜欢了。"

"她曾经喜欢过？她是你的女人吗？"

"不，凯娅是卡蜜尔的亲密好友。"

寡目点点头，说："被赤红巫师抓走的那个女巫。"

"她不是女巫。"勒缪尔厉声说。

"但她拥有力量，是吧？和你一样？"

"她是有力量，但和我不一样。"

"那么她就是个女巫，"寡目说着伸手抚摸自己颈甲上悬挂的一枚皮毛坠饰，"她能干什么？"

勒缪尔还记得整日里陪在卡蜜尔身旁，看着她在考古现场小心谨慎地触摸新近发掘的文物。大多是家居用品——仅仅与琐碎平淡的日常生活相关，并不包含危险或痛苦的记忆。

"她是个心灵测定者，"勒缪尔说，"她只要亲手触碰一件物品就能说出它的来历，以及何人在何时何地使用过它。她能够讲述每一位拥有者的毕生经历和这件物品对于他们的意义。"

寡目停下脚步，用手掌遮住阳光。

"那么凯娅现在为什么恨你？"

"我做了一件很坏的事，"勒缪尔回答，但他没有详加解释，不愿重温那段逼迫一位母亲杀死自己儿子的可怕过往，"终有一天我会为此付出代价的。"

他们在滚沸坩埚般的山中继续前行了五个小时，其间仅仅稍作休息，让非军团战士在高大机兵的阴影里喝上一口水。勒缪尔的黝黑皮肤在炎热高温中闪着光泽，早已大汗淋漓并严重晒伤。当他们终于抵达目的地的时候，太阳已经从头顶下行了三个小时。

如今勒缪尔几乎耗尽了全部能量，体内只剩下浓浓的苦楚。他的两条腿里灌满了火辣辣的灼痛，贯穿脊椎的白热剧痛让他两眼发黑，隆隆作响的脉搏敲打着他的脑袋。

他一头撞在欧吉尔·寡目背后，不由得困惑地抬起头来，明亮夺目的阳光映在那位军团战士的霜灰色铠甲上。勒缪尔努力润湿嘴巴开口讲话。

"我们怎么停下来了？"

"我们到了。"寡目说。

面前的景象震慑住了勒缪尔：在一条几乎将整座山巅劈成两半的庞大裂谷脚下，坐落着一个浅盆地般的玻璃化巨坑。山脉被干净利落地一分为二，仿佛有一道功率强大的轨道激光沿着这座参天峰峦的中线精准无误地切开了一条"V"字形的裂谷。

然而火星教派所制造的任何武器都难以完成如此精确的工作。山脉之心被暴露在外，地质历史任人检视。自古以来不见天日的岩层矿脉如今在阳光照耀下熠熠闪亮，机械神教的地质学专家们倘若有时间仔细研究的话，必定能够从山脉之心里挖掘出阿苟鲁星球最深层的奥秘。

一根突兀的黑石岩柱矗立在巨坑中央，那仿佛是一座孤零零的火山栓，当包裹在外的松软岩石被亘古岁月尽数剥离之后才展露真容。

勒缪尔在须臾之间似乎看到那根岩柱顶端有两个身影，一个紫铜色皮肤的巨人和一个仰面躺在他怀中的重伤子嗣。勒缪尔眨眨眼挤出蒙蔽双目的汗水，那两个身影就消失不见了。

波德瓦·比亚奇和那位身披灰甲的战士带领众人踏入巨坑，西萨瑞亚修女与被俘的马格努斯之子紧随其后。他们从黑石岩柱旁经过，径直走向那道劈开山脉的裂谷，勒缪尔遥望这趟旅途的最终目的地，他心中的一切疲惫顿时烟消云散。

一条无比壮丽的阶梯嵌在裂谷侧面，由蕴含蓝金两色纹路的洁白大理石组成。石阶旁还竖立了不计其数的雕像，描绘着披挂铠甲的战士、身覆长袍的学者、头戴冠冕的君王和知识渊博的哲人。

"之前是这样吗？"寡目问。

勒缪尔先前造访阿苟鲁星球的时候并未爬到如此高度，但阿泽克·阿里曼不厌其烦地向他讲解了自己遭遇山脉守护者的经历，不曾遗漏任何细节。然而首席智库从未描述过任何与这条阶梯近似的事物。

他摇摇头，目光追随着石阶，刺入山脉之心。

"你觉得阶梯末端是什么？"他问道。

"是猩红君王啊，"寡目回答，"还有谁会将像阿萨海姆一样大的山脉雕刻成自己的王座？"

熊熊炼狱从阿泽克·阿里曼周围褪去，他孤身站在黑暗里。那深幽无底的虚空让他无法理解。他努力寻找视野里的任何锚点，任何能够帮助他在这无垠黑暗中确定方位的事物。

他在哪里？

考虑到他的出发点是浩瀚之洋深处的未诞者厅堂，这个问题恐怕难以回答。

一股燥热微风扑面而来，其中充斥着属于战争的两股味道——刺鼻浓烟和焦灼金属。微风随后再度吹来，引他前行。

这就是回到泰拉的过往，回到古老地球上那座废墟的旅途起点吗？星海水手之间流传着关于整批船员被浩瀚之洋的凶暴波涛卷入过去或未来的传说，然而即便是在最可靠的故事里，那些灾厄缠身的航程也都充斥着癫狂经历与动荡风暴。

若想开启这趟航程，首先要付出代价。

亚弗戈蒙曾给出警示，那份代价正是悲伤，但此言何意？仿佛就在这个疑问浮现于脑海的时候，某种答复随即显现。

眨眼之间那团黑暗就抽离不见，阿泽克·阿里曼发现自己站在烈日的照耀下，那毒辣阳光像一把熔融锻锤般狠狠敲打着如同铁砧的土地。他周围有一大群人，成千上万的男男女女和孩童。大家漫无目的地四处闲逛，这里是一片起伏丘陵之间的临时营地，围绕着一座大理石高墙下的光辉城市，众多黄金尖塔和陶瓦拱顶隐约可见。

滚滚浓烟低垂在东南方的天际。北部天空的石化云团里电光闪烁，而核能辐射的斑驳乌云则在西边一支败亡敌军的废墟头顶挥洒着剧毒尘埃。

这座城市被战火重重包围，然而却奇迹般地逃过了一切灾厄，它的大门毫发无损，高墙既没有被炮弹凿出点点伤痕，也没有被激光留下熔融印记。一份记忆扯动着阿泽克·阿里曼的思绪，他已经难以相信这是自己的亲身经历了——久远岁月和蜕变成军团战士的过程早已将其冲刷得缥缈如烟。

"我认得这个地方。"阿泽克·阿里曼说。

"你当然认得，猪脑子。这是苏萨。"他身边的一个声音说。

阿泽克·阿里曼转头看到一个十岁左右的男孩，对方的容貌与幼时的自己一样。那男孩握着阿泽克·阿里曼的手，他脸上的天真无辜和热切希望就像一把用负罪感与失落感打造的刀子在阿泽克·阿里曼腹中无情搅动。

阿泽克·阿里曼错愕地倒抽一口气。

"奥尔穆兹德……"他说道。

随着他兄弟的名字脱口而出，整幅场景顿时扭曲变换，阿契美尼德帝国的古城像海市蜃楼般消失无踪。一列白雪皑皑的峰峦取而代之，贯穿于宏伟的世界屋脊。阿泽克·阿里曼和一群穿着训练服的年轻男孩在狭窄石脊上飞奔，踩着覆满寒霜的滑溜巨岩跃过山间裂谷。

阿泽克·阿里曼与他们并肩奔跑，他感觉自己全身被注入了一股早已忘却的轻盈与少年活力。他放声大笑，一路狂奔，微微灼痛的肺脏努力呼吸着稀薄的高原空气。

"快点，阿泽克！"奥尔穆兹德喊道，他显然毫不在意所处的极高海拔。阿泽克·阿里曼的兄弟已经冲到了队伍领头者的十个身位之外，他的棕红皮肤和乌黑头发与洁白的雪地形成了鲜明对比。

总共有十余名男孩在山中奔跑，但阿泽克·阿里曼和奥尔穆兹德之间只剩下两人了。他调动起全部力量，赶上了领跑者。

阿泽克·阿里曼向侧面规避，轻易闪开了一记笨拙的推搡，他回想起自己当时就料到其他男孩会如何对自己出手。另一个奔跑者同样不出意料，阿泽克·阿里曼越过对方所使的绊子，终于追到了奥尔穆兹德。兄弟脸上的喜悦极具感染力。他们共同欢笑，奋力狂奔，眼看着迅速逼近终点。他们是双胞胎，也是最好的朋友，同为第十五军团的入选新兵，然而手足兄弟之间的竞争总要决出个胜负来。

前方的那道瀑布注入一片冻结湖泊，冰面上只有屈指可数的几处薄弱点能够被男孩冲破，其余位置都像混凝岩一样厚重坚实。这就是他们的目的地，是他们从男孩蜕变为男人所要跨越的最后一道门槛。

他们共同冲向瀑布边缘，从悬崖上携手飞跃。扑面而来的冰湖引来了不可抑制的癫狂笑声，他们完全无从判断那冰面究竟是脆弱易碎还是硬如钢铁。

然而这一次阿泽克·阿里曼已经知晓了答案。他经历过这一切了。

阿泽克·阿里曼和奥尔穆兹德并肩砸碎了薄薄的冻结湖面，一头扎进刺骨冰水里。

但阿泽克·阿里曼并没有像记忆中那样遁入漆黑的湖水深处，而是突然置身于一片战场。质爆弹尖啸着从他近旁掠过。炽热冰雹般的激光火力烧焦了坦克的涂装，天空中交织着导弹尾迹、爆炸破片和飞旋残骸。

前方一片熊熊燃烧的悬崖上火光冲天，这个世界的统治者竭尽全力阻止第十五军团突破他的最后壁垒。

阿泽克·阿里曼立刻停了下来，不愿再迈出哪怕一步，因为他记得这个时刻，也记得即将发生的可怕场景。

一只披覆铠甲的拳头敲打他的肩膀。

"动起来，兄弟。"奥尔穆兹德说，即便是从作战头盔的通信器里传来，那浑厚而文雅的嗓音依旧绝难错认。阿泽克·阿里曼的兄弟彰显着星际战士的一切品质：身材高大、肩膀宽厚，凶悍可畏，同时又气度高贵、极具权威。奥尔穆兹德的右拳包裹着暴烈雷电，他的猩红战甲沐浴在那闪烁跃动的以太光辉里。

"不，"阿泽克·阿里曼轻声说，奥尔穆兹德却已经转身前进了，"奥尔穆兹德，等等。你的力量。不……"

奥尔穆兹德并未作答，径直冲入烈焰之中。

阿泽克·阿里曼摇摇头，悲伤让他全身麻痹。

他不想前进，不想再迈出哪怕一步。

但他的身体背叛了他，自顾自地跟随奥尔穆兹德穿过明亮火光，完全遵照那决定命运的昔日场景。盔甲的自动感官顿时被灼目光芒填满，剥夺了他的视野。他只是在片刻之间陷入目盲，但那足以永远改变整个世界。

阿泽克·阿里曼视野恢复了清晰，面前的景象令他窒息。

奥尔穆兹德高举双臂，整个躯体在痛苦和惊惧中剧烈痉挛。

他全身包裹着奔涌跃动的电弧。以太力量脱离了掌控，浩瀚之洋灌入他的心灵。盔甲逐渐崩裂，其中的血肉突然展开了迅猛、狂乱且不可逆转的生长。

"救……我……"

他不久之前从索贝克口中听到过同样的求助话语。

阿泽克·阿里曼向兄弟伸出手去，但他很清楚自己束手无策，这让他再一次心痛欲碎。奥尔穆兹德的头盔沿着中线崩解。右侧护目镜裂成碎片，展现出一个惊恐圆瞪并迅速充血的碧蓝眼眸。

"救我。"奥尔穆兹德重复道，他的身躯抽搐不止，整副骨架自行融合、裂解、扩张。他的血肉肆意探索着一切可能的生长形式，无论对自身多么有害。然而那个碧蓝眼珠里的哀求神色从未改变。

阿泽克·阿里曼只能眼睁睁地看着其他星际战士冲到奥尔穆兹德身旁，亮羽大师尽量放缓那非自然演化的迅猛步调，猎鹰战士则协助压制住膨胀变形的盔甲。

这一切都是徒劳。

这一切都无法阻止身体的血肉异变。

阿泽克·阿里曼闭上双眼，但奥尔穆兹德临终的景象早已烙印在他脑海里。泪水涌过他的脸颊，痛失双胞胎兄弟的深重哀伤让他的胸膛猛烈起伏。从来没有哪一份伤痛如此锐利，包括他父母在阿契美尼德帝国重建区因纳米噬菌体爆发而不幸丧生在内——那噩耗是由一份帝国通信信息传来的。

最终，就在阿泽克·阿里曼追随于帝皇左右与自己的原体初次相遇时，千子所背负的那份诅咒也会在他的身体上显现，在他的血肉中翻搅。

对于那场伟大重逢之后所发生的事情，阿泽克·阿里曼只能回想起种种零乱碎片——那段记忆里充斥着剧烈痛楚和苦涩哀泣，而在一些怪异的清晰时刻里，好像有四个身影陪伴着他，并各自给予了一份足可救他性命的恩惠。

但这些恩惠都是有代价的。

那是他的基因父亲被迫付出的代价。

当他像一只破茧而出的蝴蝶般脱离静滞的时候，阿泽克·阿里曼重获新生，奥尔穆兹德却已经死了。

他自然早就明白双胞胎之间特殊纽带的紧密。兄弟之死的沉重打击无疑会在他心中掀起波澜。阿泽克·阿里曼还记得马格努斯向他通报奥尔穆兹德死于血肉异变的时候说过什么。

"背叛向来如此。它总是由内部而起。"

阿泽克·阿里曼在悲痛中屈膝跪倒，低垂头颅。

无边的绝对黑暗将他笼罩起来。

不，并非绝对，他前方出现了一点银色光辉，如同是月黑暗夜里的一枚闪耀星辰。

他将全部注意力集中于此。

那水银般的光芒愈发夺目，像是洞穿了夜幕的一个灿烂缺口。阿泽克·阿里曼伸出手去将那光芒握在掌心。他转动手掌，张开五指，对即将看到的事物早有预期。

一枚熠熠闪亮的银币躺在他覆满老茧的粗糙手掌里，那压制而成的边缘起伏不平，印在中间的一簇橡叶图案略微偏斜。他用拇指翻转银币，展现出另一面的头像，那是一位有着凸出颧骨、鹰钩鼻子和凌厉目光的高贵君王。

"左勒·盖尔奈英。"阿泽克·阿里曼说道，那伟大君王的名号让周围的场景再度转换。

一条冷冽河流在他面前奔涌，无垠黑暗遮掩住了遥远的彼岸。阿泽克·阿里曼看不到这片空间的任何界限，他视野所及之处只有这条汹涌大河，其源头更是一份未解之谜。清算者站在河边，那对闷燃煤块般的眼睛里饱含期待。

陪同阿泽克·阿里曼造访七眠者的诸位同僚都聚集在这里，他们的狼狈状态各不相同。托贝克像躁动不安的嘶吼战犬般往复踱步，朝那漆黑如墨的河水投出一团团灼目磷火。哈索尔·玛特凝视着自己的手臂悲泣垂泪，如同一个痛失双亲的孤儿，他用拳头狠狠敲打地面，仿佛想要用痛苦来洗刷痛苦。萨纳克特将一柄颤抖不已的利剑横在脖颈上，似乎打算亲手割开自己的喉咙。

阿泽克·阿里曼不知道究竟是什么样的悲伤在他们心头重演，但他明白那至少与自己的哀痛不相上下。

唯独亚弗戈蒙状态淡然，那个禁锢在妖傀躯体里的恶魔完全免受悔恨、伤痛和悲哀的影响。未诞者对此类概念一无所知。这让它更为可憎。

阿泽克·阿里曼低头看着手中的银币，这与他脖颈上悬挂的那枚别无二致。在双胞胎兄弟启程赶往苏萨城墙脚下，去参加军团试炼的前夜，他们各自从母亲手里接过了这样一枚银币。

"奥尔穆兹德，"他说，"你就是我的代价……"

阿泽克·阿里曼站起身走向清算者。泪水模糊了他的眼睛，哀痛刺透了他的心灵。

而这还仅仅是他的部分悲伤。

更多回忆在他脑海中争抢着首要位置：一个以启明星命名的陨落世界、普罗斯佩罗的毁灭、被身体的血肉异变夺走的众多兄弟……

这一切都饱含痛苦，这一切共同在他身边描绘了一幅不断扩展的悲伤画卷，并且影响着阿泽克·阿里曼人格的方方面面。每一份重大悲剧的泪水都足以淹没整个世界，但躺在他掌心里的那枚银币代表着不可比拟的私密悲伤。

他伸出手去，将银币递给清算者。

"倘若我把这个交给你，我还会记得他吗？"阿泽克·阿里曼问道。

"会的。"清算者说着用细长的手指捏起了银币，那翻卷的指甲上覆盖着一层坟土，"我何必要取走你的伤痛？那只会抵消你的苦难。"

阿泽克·阿里曼点点头，看着清算者将银币纳入长袍里。对方身上泛起喜悦的波纹，此时此刻如果能向那贪婪可憎的未诞者施放全部力量，阿泽克·阿里曼愿意付出任何代价。

"你拿到了我们的悲伤，"他说，"现在该为我们放行了。履行你的承诺。"

"很好，"清算者说，他从千子战士们身旁经过，逐一取走某件物品或法器，但忽略了亚弗戈蒙。等到收取完所有代价之后，他便站在一旁，示意那条奔腾涌动的冰冷河流。

"前路畅通无阻，"清算者说，"河水静待诸位。"

"我们要怎么过河？"托贝克质问，他的悲伤已经被愤怒所取代。

"你们并不要过河，"清算者说着用手杖末端随意搅动河水边缘。阿泽克·阿里曼腹中顿时有一种翻江倒海的感觉，那看似寻常的动作能够在现实世界里引发种种凶险灾难与可怕剧变。

"住手，"他说，"立刻住手。"

清算者眼睛里闪动着黑暗的笑意，但他并未停止搅动。

"当河水跟随着无尽洪流从黑暗中涌升的时候，它就流入了你的记忆，流入了你的血脉。你们能感觉到，对吗？"

"我们能感觉到，"阿泽克·阿里曼承认，"立刻停手，否则我就杀了你。"

清算者大笑一声。"不，阿泽克·阿里曼，你杀不了我。因为我们头顶的墙壁上有一块位置是属于你的，而究竟是等到你性命该绝的时候，还是现在就刻下你的名字，这完全由我决定。"

"我不相信你。"阿泽克·阿里曼说。

清算者从河水里抽出手杖说："那就动手试试看。"

"今天不是时候，但我一定会回来杀掉你。"

"或许吧。但同一个人不能两次踏进同一条河流，因为那不再是同一条河流，也不再是同一个人了。"

"你竟向我引用哭泣哲人的话？"阿泽克·阿里曼升入第五层心境，"倘若你的智慧就局限于此，那么你远没有自以为的那般聪明。"

"那就走进河去，接受水流的引导，让我看看你究竟有多聪明。"

哈索尔·玛特从阿泽克·阿里曼身边挤了过去，说："走吧。我们何必与这个东西废话？快把事情办完吧。"

　　托贝克和萨纳克特也来到河边，站在亮羽大师身旁。他们回头望了阿泽克·阿里曼一眼，强压下去收拾清算者施的冲动，并肩朝河流深处走去。

　　河水在阿泽克·阿里曼身边奔涌，他隔着战靴也能感受到彻骨寒意。面前的河流只是颇具欺骗性的表象，这是浩瀚之洋的本质，仅仅幻化成了让凡俗心智能够理解的形式。

　　他转头向清算者提出了最后的问题："我们要如何返回？"

　　"当你们成功找到此行目标的时候，过去就会把你们吐出来的。"清算者说。

　　"如果我们失败了呢？"

　　"那么你们就会死，因为过去无比顽固，它会想方设法抹除那些格格不入的事物。"

　　阿泽克·阿里曼点点头。除了隐晦模糊的答复与故弄玄虚的断言之外，他还能指望听到什么呢？

　　他转回身说"前进"，接着就带领众人走入漆黑的河水。水面没过了他的大腿，随后是腰际，滚滚波涛不断冲来。势头迅猛的湍流和出乎意料的激流拉扯着他，妄图肆意左右他的前进方向，然而他毫不偏斜。

　　河面逼近了他胸膛的位置，时而拍打他的肩胛，阿泽克·阿里曼不由得放慢脚步。他迈出的每一步都让那股寒意愈发强烈。他能听到同僚们急促而尖锐的喘息声。

　　河面最终没到了他的头盔，星星点点的闪烁光芒在他的视野里飞旋舞动，仿佛是明亮火舌的倒影。他继续前进，任由那奔腾河水将自己彻底淹没。

　　声音顿时变得沉闷朦胧，视野范围也在缩小。他耳中只有水流的咆哮，他眼里只有翻涌的淤泥。他能嗅到战场灰烬以及钸素燃烧的刺鼻味道，还感知到焦灼的钢铁与融化的肉体。他的一呼一吸都灼热难忍，仿佛他的肺脏正在被烈火吞噬。

　　阿泽克·阿里曼察觉到自己胸中浮现了一丝惧意，那早已被遗忘的感受如此陌生，以至于他起初甚至没能辨别出来。

　　奔涌水流的迅猛力量呈几何量级增强，每一个脚步都变得更为艰难。虽然他踏入河面时的前进方向与水流垂直，此刻却仿佛顶着一股狂怒波涛逆向而行。

他弯下腰去对抗大河深处的湍流，顽强抗争，继续前行。恶毒的逆流拍打着阿泽克·阿里曼，试图扭转他的方向。汹涌潮水拉扯他的肢体，让他难以维持平衡，然而阿泽克·阿里曼并未停下脚步。

　　他在头盔里听到了一些惊慌或质疑的扭曲话语声，但奔涌河水的呼啸掩盖了一切。他与这势不可当的滚滚波涛展开顽强抗争，不堪重负的盔甲开始抗议，伺服部件和薄弱关节纷纷嘶鸣锁死。

　　最终，他再也无法前进。

　　一股来势汹汹的强悍激流将他猛然扑倒，阿泽克·阿里曼顿时被水流卷走，任由清算者的灵魂之河将他带向远方。

第十六章

火海现身
纯粹恨意
朦胧镜面

　　阿蒙冲出海面,猛吸一口夜晚的空气。他的胸膛剧烈起伏,肺叶迅猛扩张,眼前的飞旋金星逐渐消逝。他又深深喘息一口,终于驱散了视野里的朦胧灰幕,他方才缓缓漂向的那条光明隧道也就此远去,不见踪影。

　　呼吸稍稍平复后,阿蒙放眼检视四周。

　　他在哪里?

　　他最后的记忆就是在水中看着父亲的面孔,自己被凶猛湍流卷入河底。一条条鬼魂般的手臂拉扯着他不断下沉,他的肺脏渴求空气,全身弥漫着一股坟墓般的寒意。

　　阿蒙奋力对抗那些妄图将他溺毙的鬼手,直到它们释放了自己。

　　它们究竟是被击败了,还是仅仅厌倦了?

　　阿蒙抛开这无关紧要的想法,在水中转动身躯,试图寻找海岸或地标。

　　什么都没有。

　　他漂荡在一片漆黑大海上,强劲的洋流让水面波涛起伏。

　　莫非这就是浩瀚之洋?莫非这就是它的原本面目?

　　不,这是另一件事物,这是一份化作现实的梦想——这是个任人随心所欲的地方,丝毫没有外界强加的局限,一切的条条框框都仅是作茧自缚。

　　头顶的夜幕上铺满了不计其数的繁星,然而他找不到任何熟悉的星座。

　　穿着厚重盔甲的阿蒙奋力踩水并拍打双臂,让自己保持漂浮,他心中闪过一丝不安。作战盔甲能够抵御真空环境,那么自然能防水,然而开裂破损的盔甲就是另一回事了。

　　他能感觉到自己随着时间的分秒流逝而身体变得愈发沉重。他的胫甲内部已经被浸透,盔甲中的一切空洞和缝隙都伴着汩汩声响被逐渐灌满。

海浪涌入他口中，他把水吐了出来。

那是淡水，毫无盐分。

如此说来，这不是寻常的海洋。

阿蒙眨眨眼，众多汹涌而来的幻景像走马灯一样在他的脑海里闪现。这绝非黑鸦学派对潜在未来的预知，而是他自己过往经历的鲜活重演。

他再一次体验了在普罗斯佩罗与野狼作战，重温了在尼凯亚看到帝皇时的喜悦和随之而来的沮丧。他豪情满怀地想起自己昔日投身于伟大远征的最前线，不断探索种种精深而美妙的知识形式。他大笑着回忆百余年不曾阅读的书籍、幼年时听过的音乐，以及曾让他感动落泪的异形画作。

"这水是……记忆。"

他的手脚松懈了一刻，脑袋顿时没入水下。与他最初的猜想不同，组成这片海洋的物质并非真正意义上的水。这是液体，没错，但远远不是寻常的水。这种物质极其细密柔滑，由微不可见的颗粒组成，每一滴液滴里的每一个分子都蕴藏着无穷无尽的智慧与学识。点点光芒在海洋深处游走，像展开求偶的飞鸟般成双成对地翻转舞动。

它们是什么？

阿蒙能够品味到不计其数的生命本质与陌生经历，能够体会到众多灵魂之间那繁复无比的连锁交织，他明白自己置身于一片永恒扩张的知识海洋里。

他心想，我要游历这片梦幻海洋，要聆听它愿意倾诉的一切秘密。

阿蒙埋头扎进水里，将自己的盔甲一片片扯下。随着每一块铠甲遁入漆黑深海，他都能察觉到大洋本身的学习渴望。那些飞掠光芒蜂拥而来，它们急欲知道这套盔甲曾经沐浴哪些异星阳光，表面涂装是被什么样的弹药冲击而剥落，昔日的穿戴者又拥有何等传奇经历。

从盔甲中解脱出来的阿蒙畅享这份崭新生命之轻盈。他任选了一个方向便启程出发，全身上下精力充沛，完全摆脱了深重创伤的苦痛折磨。

阿蒙不知道自己游了多久，每一次臂膀挥动和每一片飞溅水花都向他传授着颇具新意的见解或是与众不同的观点。他翻转身躯仰面朝上，凝视着静止不动的灿烂群星，只有在他脑海里逐渐扩展的天际能够向阿蒙提供一点关于时间流逝的线索。

他放任自己没入水面之下，仔细品味木星建筑师的杰出作品，亲历喜马拉雅山脚建筑营地里某位投身于帝皇伟业的工人的一生所求，与前人分享在塔里南部那片风沙盆地深处挖掘出一片失落古城遗迹时的狂喜。

他游回海面，方才学到的种种知识远超预期，这让他满怀欣喜，近乎迷醉。就在他准备继续前进的时候，发现周围的世界已经有所改变。

远方的天际线被某个从水中升起的轮廓打破了。

一座岛屿？

阿蒙立刻朝那个方向猛力游动。

随着他逐渐靠近，一股淡淡的惊惧感也缓缓爬上他心头。在这片流动变幻、永无定形的领域里，一切都充盈着无限可能与成长潜力，然而那座岛屿却莫名散发着一种恒定意味。

阿蒙在这片海洋里无拘无束地遨游了许久，丝毫不愿踏足那片与改变背道而驰的土地，然而他还有什么选择呢？那座远方的岛屿在视野里迅速膨胀，其确切规模难以猜想，但必定十分庞大。

阿蒙最终发现那并非一座岛屿，而是成千上万座，将它们连为一体的众多拱桥恰似弗泰普金字塔内部的钢铁支架。他还注意到那些岛屿的形态颇为奇特，似乎是在刻意效仿某种他应当认得的事物。每一个轮廓都显得愈发深奥，然而他始终难以确认它们究竟在模拟什么，因为他只要稍稍移开目光，那些形态就会彻底改变。

或许这片岛屿并不是那么恒定。

阿蒙抵达了陡峭的岛屿边缘，从水里攀上悬崖。组成岛屿的多孔物质盘根错节，恰似一片从大洋底部升起的古老珊瑚礁。可供抓握的岩点很多，阿蒙轻而易举地爬到了约有十米之高的悬崖顶部。

他翻身站起，检视四周。这座珊瑚岛屿恰似一片绵延起伏的乌黑沙海，脚下的粗糙土地就像是玻璃碴或玄武岩碎屑。

他能听到广袤无垠的大海与数不胜数的奇观中传来一阵阵柔和低语。阿蒙朝水面半转过身去，凭坚定意志，抵抗着那股永远遨游于深邃大洋的强烈诱惑。他继续前行，爬上崎岖陡峭的石脊和造型怪异的丘陵。他踩着吱嘎作响的地面，走向期望中的岛屿中心。

失去了大海浮力的托举之后，他的身躯变得异乎寻常地沉重，远甚于光之躯体回归凡俗血肉时的感受。他的紧身衣松松垮垮地挂在一副干瘪的躯体上，多年来苦苦追寻失落父亲的神秘脚步已经让他饱受磨砺。

他有生以来从未感到如此虚弱。

阿蒙一个趔趄，跪倒在地。他胸中的喘息声粗重刺耳，仿佛肺里填满了碎玻璃，从地面上扬起的生硬沙尘刺痛了他的双眼。

他听到一阵脚步声沿着珊瑚岛屿的地面传来，于是疲惫地抬起头，眯着糊满了尘土与汗水的眼睛，探查来者的身份。

一位身材高大的男性迈着踽踽步伐朝他走来，对方披着一袭残破不堪的黑羽斗篷，手握一把用浮木制成的简陋权杖。他脸上满布皱纹，一头斑驳灰发扎在脑后，束成一条长度及地的发辫。绑在他脸上的那条脏污绷带遮住了双眼，其中一侧染着陈旧血迹。

"来者何人？"那位目盲男性问道，"阿泽克·阿里曼？是你吗？"

阿蒙摇摇头，挚爱的父亲竟沦落至此等境地，这让他惊惧地无言以对。

他舔了舔嘴唇。

"不，"他最终开口作答，"是阿蒙。"

"阿蒙？"那盲者说，"喔，吾儿，当然是……你来了。你终于来了……"

"我跨越了整个世界来找你。"阿蒙低垂头颅，脸颊上热泪奔涌，他意识到自己的孤独征途终于结束了。

那盲者伸出手触摸他的肩膀。

"吾儿，"赤红的马格努斯说，"欢迎来到启蒙星海。"

世界由黑暗转向光明。

阿泽克·阿里曼曾读过关于溺水者濒死经历的记录，在很多案例中，幸存者都描述过在获救之前的一瞬间看到了某种明亮光芒。有些人将此类经历归结为他们目睹了神圣事物，但阿泽克·阿里曼早就知道那是胡言乱语。此类经历无非是人体在极端危险的情况下自行产生的剥离感，是将注意力从临头末日上转移开的防御机制。

然而当漆黑水流裹着他奔涌前行的时候，他却看到了一片无可比拟的光芒扑面而来，仿佛那是一条狭窄通道的出口。

轻若无物的感觉在转瞬间消失，河水的刺骨寒意被灼人高温取代。阿泽克·阿里曼的视野一片模糊，从彻底黑暗到橙红光辉的骤然转变让他难以适应。

强烈的眩晕感狠狠捣在他胸前，让他双手撑地、屈膝跪倒。

阿泽克·阿里曼扯下头盔抛在一边，剧烈地呕出了胃里的全部残留物。他的超人体质通常能够让他免于这种虚弱感受，但此刻他却像中毒一样四肢颤抖不已，视野模糊，脏腑翻江倒海。

他低声呻吟，双手握拳，攥起一把浸满油污的黑色沙土。那难以忍受的高温源自他背后，阿泽克·阿里曼转头回望，看到一片广袤沙漠被笼罩在连天火海里。

一堵规模惊人的橙黄色火墙舔舐着苍穹，拔地而起的剧毒烟柱描绘出了古人心目中的炼狱景象。银色的钢铁筒仓在大火中融化。数公里高的钻井架如同受热的蜡像般弯折，堆满集装箱的货架纷纷因墙壁倾覆而轰然坍塌。

众多焦黑车辆被遗弃在精炼厂的火海面前，至少有数千辆履带卡车、装甲运兵车、主战坦克和油罐车。金属与血肉燃烧的刺鼻气味遮盖了一切。阿泽克·阿里曼用沾满了油污沙土的手掌捂住嘴巴，每一口呼吸中的灼热尘埃仿佛都是从火葬场里喷涌出来的。

他蹒跚起身，抓上头盔，踉跄着尽量远离这片精炼厂的燃烧废墟。酸楚泪水刺痛着他的眼睛，灼人高温和吸入浓烟烤焦了他的喉咙。他一直走到迈不动步子为止，最终瘫倒在一片焦黑弹坑里，躲在被火焰掏空的犀牛装甲车背后。

阿泽克·阿里曼呕出一团团乌黑黏液，他把手掌抬到眼前，遮挡那片如城市般辽阔的火海所辐射出来的滚滚热浪与夺目光辉。

若干身影在那朦胧热霾里移动，等到他们踉跄着冲出浓烟之后，阿泽克·阿里曼才辨认出自己军团的战士。哈索尔·玛特第一个现身，方才的糟糕经历显然让他精疲力竭。萨纳克特接踵而来，狼狈不堪，全无往日的完美状态。托贝克最后抵达，就连这位火凤大师也难以抵挡面前的狂暴烈焰。

他们逐一跪倒在损毁战车旁边。

"我们这是在哪里？"萨纳克特勉强开口。

"我不知道。"阿泽克·阿里曼回答。

托贝克抬起臂膀，用手甲擦拭犀牛运兵车的焦黑外壳。覆盖住表面的污浊灰烬被他涂抹得一团模糊，但露出了车体侧面的一幅图案，描绘着某个伟大君王伸手播撒一些看似锯齿獠牙的事物。

"你们认得这个吗？"他说。

阿泽克·阿里曼点点头，说："卡德摩斯国王播种龙牙。"

"叶扫特的徽记。"哈索尔·玛特说，"王座在上，这就是说……"

阿泽克·阿里曼站起身来爬到弹坑边缘。他看到一支足以征服星球的浩荡大军在远方安营扎寨，那里有数万辆装甲战车、几百万名士兵，以及遮天蔽日的悬浮战机。

全都背负着带有交叉闪电图案的鹰徽旌旗。

"我们在泰拉。"他说。

在众人沿着那条典礼阶梯爬向山巅的时候，勒缪尔仔细观察路旁的每一尊雕像。那些面孔并不显得陌生，他曾在提兹卡城中心的秘眼广场见过很多安置在大理石基座上的类似雕像。

"你认得这些？"寡目问。

"我曾经认得，"勒缪尔难以掩盖涌上心头的苦涩，"但你们那些审讯者的灵能排查，还有在那座地狱监牢里的多年折磨已经把它们的名字从我脑海里抹除了。"

寡目耸耸肩，仿佛这无关紧要，勒缪尔顿时怒不可遏。

"我的生命和苦难在你看来都毫无意义，是不是？"

寡目停下脚步，他听到了勒缪尔嗓音里的愤慨。

"你与恶灵沆瀣一气，"那位战士说，"你之所以活到了现在，完全是因为亚速·纳加森那认为你能够协助我们摧毁那个独眼红魔的残余灵魂碎片。莫非你不明白？"

"我……我以为……"

"你以为什么？你以为你获得了原谅？与邪恶勾结是不可原谅的。只有赎罪。"

"那么这个？"勒缪尔抬起断臂指着寡目，"这就是我在赎罪吗？"

"芬里斯在上，不是！"寡目笑道，"根据比亚奇的说法，这只是你的旅途起点罢了。"

寡目拍了拍大腿，乐不可支地摇着头继续前行，仿佛他从未听过这么好笑的事情。

"来啊，"他转头喊道，"不想死就跟紧我。"

勒缪尔快步追上对方，他将扭曲双腿中的钻心痛楚作为燃料，喂养那团针对捕捉者的熊熊怒火。他知道这毫无意义。怒火能有什么用？无论如何，他依旧将心头怒火烧得旺盛无比，暗自想象对那个野狼施加种种暴力手段。

当众人抵达阶梯顶端的时候，勒缪尔已经为寡目精心编排了一百零八种令人畅怀的死法。他机械性地迈出腿，却没有踩到下一级台阶。

这远非山脉之巅，但空气已经十分稀薄，阳光普照下的壮丽峰峦如同一幅完美无瑕的画卷，那些由岩石组成的宏伟尖顶过于棱角分明，排列齐整，绝不可能是自然形成的。

山体内部被重塑成了一座大竞技场的样子，正如古罗马帝王为了用血腥节目娱乐大众而兴建的角斗场地。在这片宽达五百余米的区域里，一列列阶梯状的石制座椅从底部的黄沙径直堆叠到令人眩晕的高度。

它足以容纳上万人。

但只有一个人在此等待他们。

勒缪尔失禁的冲动几乎无法抑制。

"不，"勒缪尔说，仿佛否认现实就能改变现实，"不。"

在竞技场彼端的帝皇高台上，赤红的马格努斯的灵魂碎片端坐于黄金王座之中，他身披青铜铠甲，将一柄光芒闪烁的出鞘利刃横在膝头。勒缪尔从未见过猩红君王的这个面相，但显然这便是整装待发，准备投身沙场的原体。

马格努斯用一枚嵌着红宝石的黄金扣环束起了满头红发，原体的独眼迸发着烈火般的目光，从中流露的纯粹恨意让勒缪尔扑倒在地，惊恐哭泣。

与之相比，他的凡人恨意实在卑微。

勒缪尔痛恨野狼打断自己的双腿，让自己在监牢里困了五年之久。他痛恨野狼与令银河燃烧的根本缘由脱不开干系。

然而这种仇怨与整个世界的覆灭及无数子嗣的死亡相比不值一提。

"你们喜欢这个行刑场吗？"马格努斯问道。

四位军团战士从犀牛运兵车的残骸出发走向帝国部队阵线，一路上满怀惊异地四处张望。他们都有数十年不曾造访泰拉了，而且谁也没有想到此生还有机会再次目睹这个世界。

即便空气中充满了石化物质和炽热灰烬，他们依旧觉得每一口呼吸都不同寻常。

"难以置信，"哈索尔·玛特说，"我一向以为旅行者被浩瀚之洋抛入时间之流只是某种掩盖在深刻真相表面的寓言或隐喻。我从未想过这竟然是真的。"

"恐怕谁都没想过。"阿泽克·阿里曼说。

"那我们此前为什么要遵从一个恶魔的话语？"托贝克质问，众人背后的炼狱火海为火凤大师的怒意推波助澜，"就为了一份虚无缥缈的希望？"

"那是我们仅有的希望。"萨纳克特指出。

"你肯定要站在他那边啊，是不是？"

"够了！"阿泽克·阿里曼厉声说，他注意到萨纳克特的手已经探向了剑柄，"看，我们已经被发现了。"

一支骑兵中队乘着锃亮坐骑朝他们疾驰而来，一面面火红旌旗迎风飘扬。

"我们军团不是参与了这场战斗吗？"哈索尔·玛特说。

"我想是的，但所有记录都与普罗斯佩罗一同遗失了。"阿泽克·阿里曼回答，他在记忆中努力搜刮关于皮奥夏战役的所有信息。

"那么从敌军精炼厂废墟里走出来的四名军团战士会让这些人感到惊讶吗？"萨纳克特说，远方的五名骑手此刻垂下了闪亮的钢铁枪尖。

"他们一定会感到惊讶。"阿泽克·阿里曼表示认同，他的声音里掺杂了一丝真切的懊悔，"但我们毕竟是星际战士，此时此刻所有阿斯塔特军团都是忠于帝皇的。"

匆匆赶来的五名骑手勒住了机械战马的缰绳，阿泽克·阿里曼注意到那些身穿绿色夹克的轻骑兵佩戴着顶覆羽饰的头盔，其华而不实的设计将士兵的面孔暴露在外。

骑手们原本低垂长枪准备战斗，然而认清面前战士的身份之后他们就立刻抬高了武器。领头的骑兵驾着钢铁战马走上前来，把武器收回坐骑躯干侧面的枪套里。

"我是博拉多·邦乔瓦尼上尉，"他用口音浓重的哥特语说道，那徐徐语调是泰拉本地人的标志，"我们没有料到有人会从那片火海里走出来，更不用说是军团战士了。"

阿泽克·阿里曼点点头说："即便是叛军乱党，一个泰拉王朝的陨落依然值得第十五军团的注意。"

"的确如此，大人，"邦乔瓦尼回答，"但预先通知一下总是礼貌些。"

阿泽克·阿里曼感到十分钦佩。帝皇的军团战士能够让绝大多数凡人敬畏折服，然而邦乔瓦尼却能保持镇定仪态。他麾下的骑兵高举长枪分散列阵，扎在枪杆上的猩红号旗被精炼厂方向卷来的热气流扯得猎猎狂舞。

"此言有理，毫无疑问。"阿泽克·阿里曼回答，"但事关紧急，需要立刻行动，这就往往令我们难以顾及同袍战士之间的职业礼仪。容我向你和赛鲁德指挥官道歉。"

"您是军团战士，大人。"邦乔瓦尼说，"您不必道歉，但赛鲁德指挥官已经卸任了。"

"当然，"阿泽克·阿里曼对这段军团历史的回忆终于追上了对话的进程，"他是在……0635 遭到解职的，对吗？"

"是的，"邦乔瓦尼说，"你怎么知道？"

"你注意到我所属的军团了吗？"

"根据数字编号，你属于第十五军团，大人。"

"那么这就足以回答你的问题了。"

邦乔瓦尼点点头，露出一副蛮勇笑容，他在鞍座上扭转身躯，仿佛在犹豫是否开口。

"上尉？"阿泽克·阿里曼追问。

"您所说的紧要事宜，"邦乔瓦尼问道，他显然急欲在帝皇精锐身边分享荣誉，"我们可以帮忙吗？"

"事实上，你们的确可以。"阿泽克·阿里曼说。

普罗姆斯谨慎地走向马格努斯，感觉仿佛有万千目光落在自己身上。层叠排列的座椅上空无一人，而呼啸风声却像是成群观众的窃窃私语。

"你认得这个地方，对吧？"比亚奇说。

普罗姆斯点点头。

"他以此嘲弄我们。他知道我能辨认出这个地方的意义。"

"那我们就要嘲弄回去。"比亚奇咧嘴一笑，转身朝地面啐了一口，将霜刃在左右手之间传递。普罗姆斯根本没有注意到对方已经拔剑了。

"老天啊！"野狼向马格努斯高喊，他挥动剑刃展开热身，"你可是建了一座不错的角斗场，但我见过更棒的。在芬里斯，法瑟克人在坚冰中开凿自己的竞技场，而伯特人的方式则更为直截了当，是不是？一排骨刺围起来，再插上几颗脑袋，诸如此类。啊，至于乌斯特曼人……喔，乌斯特曼人，就算是满足了对土地的贪欲，就算不必展开杀戮之行，他们依旧乐于大肆劫掠，抓回成群俘虏。他们会让不同部族针锋相对，在脚下铺满红雪，即便还没有到下雪的季节。"

比亚奇停顿一阵，像疯子般咧嘴笑着缓缓转身，扫视一周后点了点头。符文牧师把利剑埋进面前的土地。

"这地方当作你再次伏法受诛的场所也还不错。"

普罗姆斯站在比亚奇左侧，马格努斯则从王座上起身。原体的独眼里喷吐着怒火。

"你们真以为能打败我？"他问道。

比亚奇耸耸肩，说："或许能，或许不能。这又有什么关系？"

"有关系。"纳加森那来到野狼右侧，抽出了借用的长剑，"倘若门卡拉所言属实，那么这就关系重大。"

普罗姆斯与那位剑客的关系十分冷淡，但他依旧不愿看到纳加森那正直的模样。即便对方此刻手握的长剑是大师之作，拥有绝佳的平衡性，但那毕竟不属于他。那利刃并未承载纳加森那立下的承诺。

"盲眼先知，"马格努斯说，"好啊，让我见见我的子嗣。"

"你得到了警告，"普罗姆斯继续说，他忽略了那位原体的要求，抽出一柄由蓝钢和水晶打造而成的灵能剑刃，"我亲眼见证。我和塔古台·也速该，以及诸多同僚一起为你辩护。我们未受请求自愿发言，因为我们认定，如此才无愧于心。"

他迈向马格努斯，一股灵能力量让剑刃迸发光芒。

普罗姆斯努力压制住心头的愤怒，长久以来他的愤怒始终是一丛围拢不散的闷燃火苗，而此时此刻颇有燃作炼狱火海的势头。

他依稀察觉到乌萨拉斯在自己左翼分散列阵，沃拉克斯机器人则向右翼迂回。他不予理睬，兄弟盟约昔日遭受的深重背叛在他心里种下的怒火、伤痛和失落汇作一股悲楚洪流奔涌而出。

"你失信于帝皇，失信于兄弟！"普罗姆斯咆哮道，"我们为你辩护，你却欺骗了我们，欺骗了我们所有人。你根本无权迁怒于我们！无权！你得到了警告，而你又是为了什么背叛我们呢？就为了有机会凝视深渊，看看谁会凝视你？"

"你根本不明白我看到了什么。"马格努斯说。

普罗姆斯摇摇头，又向马格努斯逼近一步。诸位盟友步步跟上，但普罗姆斯能察觉到他们的迟疑不安，他自己也是一样。带着敌意靠近一位原体无异于自杀，即便那只是原体灵魂的暗淡碎片。

然而普罗姆斯早就不在乎了。

他举剑直指猩红君王的心口。

"我还记得帝皇的敕令，逐字逐句——'罔顾劝诫，失信于我者，必遭灾厄报偿。我将视其为仇敌，以无尽毁灭降诸其身，祸及一切亲随从属，令其日夜追悔背吾光辉之愚行，乃至万物终结之际。'你以为那是一份空洞的威胁吗？你当真以为你的谎言能够不被揭穿，你背叛父亲的恶行能够不被他发现？"

普罗姆斯剑刃上的光焰愈发明亮旺盛，迸射着恒星般的夺目光辉。

"你失信于帝皇，"普罗姆斯重复道，他终于说出了脑海里封存多年的话语，这令他心痛欲碎，哽咽难言，"那么容我问你一句。除了原体鲁斯和他麾下野狼的制裁，你还能指望落得什么下场？"

马格努斯轻轻落在沙地上，昂首阔步走向众人。普罗姆斯为即将来临的战斗做好准备，他加固了自己的灵能防线，将炽焰长剑抬在肩头。

马格努斯不疾不徐地走到竞技场正中央，如同一位将要借助战斗来赢得自由的冠军角斗士。沃拉克斯和乌萨拉斯将它们的弧形阵线拉长，彻底包围了马格努斯。除了留在勒缪尔·高蒙身旁的欧吉尔·寡目之外，其余太空野狼都与他们的领袖并肩而立。唯独西萨瑞亚修女没有靠近，她要确保自己的绝灵光环不会影响普罗姆斯和比亚奇的灵能力量，同时继续压制住门卡拉的灵能。

马格努斯微笑着检视敌方部队。

"告诉我，纳加森那先生，当你爬上分殿阶梯去杀死远征代表的时候，你究竟带了多少人？"

"大约三百名黑卫，"纳加森那说，"但我从来都不是去杀死他们的。"

"一个字都不要再说。"普罗姆斯厉声说。

"三百名？"马格努斯说，"对于一项颇具潜在危险的任务而言，这实在显得人手不足啊。"

"或许吧，但正是你的一位子嗣阻止了血战的发生，"纳加森那说，"一位名叫阿萨瓦的战士。"

普罗姆斯在猩红君王的灵气里看到了一丝转变，若是放在旁人身上，他定会将那股心痛悔恨归结为负罪感。未及他深入刺探，那股情绪就转瞬即逝了。

马格努斯环视左右，看着这个由钢铁和血肉组成的包围圈。他举起金色弯刀随手挥舞，在空气中划出一串令人目眩的"8"字形轨迹，他那个神采奕奕的独眼里燃起了一份期待。

"你觉得你今天带来的人手足够杀死我吗？"他问道。

"我们可以试试看。"纳加森那回答。

马格努斯微笑着活动脖颈，说道："的确如此。"

普罗姆斯垂下剑刃，转过头去看着待命的克里顿斯·阿拉谢和文迪卡崔斯。

他点点头，命令道："开火。"

在马格努斯所处的这座珊瑚岛上，悬浮于半空的亚空间火团照亮了一条凸出石脊的背风位置。这不需消耗燃料的温暖火光洒在阿蒙与父亲身上。他们默默坐在漆黑海面之上的悬崖边缘，并肩仰望群星的舞步。

先前在水中游动的时候，那些星辰似乎始终保持静止，而现在阿蒙意识到它们遵循着某种精密繁复的运动轨迹，看起来仿佛全然随机，但事实上却像发条装置一样循规蹈矩。

他凝视马格努斯的面孔。他的父亲已经老迈，而他从未设想过这种可能性。让马格努斯迎战黎曼·鲁斯的勇气依旧存在，被绷带遮掩的目光里似乎蕴含着同样的智慧，但他的脸颊布满了皱纹，干燥的皮肤就像是泛黄的牛皮纸。

阿蒙不知该如何开口。他和父亲的关系一向融洽紧密，但面前的身影却很陌生。难道这段时间已经久远到足以令马格努斯彻底遗忘他们的友谊了吗？

无论如何，坐在马格努斯身边毕竟令人心神振奋，自从阿蒙从海里爬上岛屿之后便萦绕的那股疲惫感如今迅速消散。然而恢复活力的代价也非常明显，先前的强健力量和深重伤痛一并归来。亮羽学派的奥艺和巧手用不计其数的支架把他的断裂脊椎拼接成一体，而脉动其中的那份碾磨剧痛将永远与他为伴。

"我很抱歉，吾儿。"马格努斯最终开口。

"抱歉什么？"

"抱歉我让你饱受苦难，"马格努斯遥望着大海，"抱歉我把你孤身抛在浩瀚之洋。那并非我的本意，但我迷失了自己。我当时……心神错乱，我必须独自着手建造启蒙星海。"

愤怒涌上阿蒙心头，他从未想到自己会对原体产生这样的情感。

"那么为何又要请求我的帮助？"

"有此事吗？"

"是的。在黑曜石高塔顶端，你曾向我承诺，我们会一同建造整个银河前所未见的伟大图书馆。你说我们会一同建造。"

马格努斯摇摇头，哀伤地叹了口气。

"我昔日实在大言不惭。"他说。

"昔日？"阿蒙问道，"你在这里有多久了？"

披着鸦羽斗篷的马格努斯耸耸肩叹息道："太久了。你花费了多少年才找到我？"

"我不知道。我想有很多年吧，"阿蒙说，他听出了马格努斯言语中的搪塞，"在巫师星球上难以判断时间。"

马格努斯点点头表示认同，两人再次陷入沉默。

"如此说来，你为建造启蒙星海找到了一个地方。"阿蒙遥望海面说道。

"是的。"马格努斯用手掌抹过面孔，阿蒙能看出父亲灵魂中的疲惫何其深重。

原体的落魄模样让阿蒙有落泪的冲动。

"先前离开你的时候我……神志不清，"马格努斯说，他始终用蒙着绷带的眼睛凝视那团冷冽火光，"我身心受创，已经有太多不可修复的伤痕，阿蒙。已经有太多难以弥补的损失。说实话，我不确定自己还能否恢复成昔日的那个完整灵魂。如果我随你一同回归的话，恐怕就会迅速消逝。"

马格努斯的脆弱状态让阿蒙的怒火烟消云散。

他和诸位兄弟对父亲肩负的重担知之甚少，父亲的不朽存在和不屈力量被他们视为理所当然。

马格努斯向火团伸出一只手，紧紧盯着那透明光焰的深处，继续说道："当我……恢复神志的时候，你我在时间和空间上的距离已经极其遥远了。我想要把你带来此处，但我在脑海中听到了这片世界海洋的呼唤。待我找到这颗星球，发现这个用于兴建启蒙星海的地方，并且目睹了这份宏大工程的惊人规模之后，我就意识到我只能独自劳作。"

"为什么？"阿蒙追问，"我可以协助你的。"

"不，你撑不到那个时候。"

阿蒙沉默了。马格努斯所谈论的时间跨度足以将近乎不朽的军团战士送入坟墓。

"从那时起你就一直在建造启蒙星海？"阿蒙问道，"用记忆填满这片世界海洋？"

"大部分时候是的，"马格努斯咧嘴一笑，"有时候我也会遨游浩瀚之洋，去探查在我缺席的时候银河里发生了什么。有一次我甚至勇闯洛加的毁灭风暴，为沃坎的失落子嗣保驾护航，让那艘不堪重负的战舰安然渡过艰险。"

"那么现在呢？"

马格努斯站起身来，他的鸦羽斗篷向两侧掀开，展露出一副由锃亮青铜和猩红熟皮组成的盔甲。"我们要与伟大军团的残存部队重聚。我要用有限的余生来尽力完结此处的伟业。"

阿蒙也挺直身躯，伸出手掌，说道："我们要携手完结此事。"

"的确如此。"马格努斯说。

第三部

开口

第十七章

灵魂回响
血与沙
好人

阿泽克·阿里曼和同伴们又花费了六个小时才抵达目的地。他们走过了崎岖的山地、苍翠浓密的树林和曾经是闪亮湖面的污浊泥潭。

酸雨泼洒在山脉上,将河流严重毒化,进一步摧毁了这个在数百年全球战火中饱受蹂躏的生态系统。基岩泄漏着易燃气体,山石上笼罩着一层逼近爆炸极限的朦胧云雾。

图波列夫枪骑兵与军团战士迅猛的行进步调保持一致,他们乘着钢铁战马踏过硬质军用道路,在一片点缀着焦黑残骸、焚毁房屋和闷燃尸堆的破碎大地上穿行。

邦乔瓦尼一马当先,他率领众人在散布于叶扫特精炼厂那片火海周围的数千座帝国营地之间寻找理想路线,朝西塞隆山周围的高大峰峦不断逼近。

一座座锈蚀废弃的助推器托架林立于西边天际,他们辨认出簇拥其间的那座广阔城邦是梅加拉,昔日古老兵团的士兵们在搭乘飞船离开家园踏上收复太阳系的征途之前正是在此宣誓的。邦乔瓦尼解释说,那座城市目前已经被彻底封锁隔离,因为反对统一的地下军事组织释放了某种可怕的基因瘟疫,能够将活体组织和无机物质以极其可憎的形式融为一体。

逐渐抬升的山麓最终挡住了那座远方城市,待他们爬上山腰之后,泰拉的壮丽景色尽收眼底。

东南方的宽阔峡谷中曾经奔涌着蜿蜒河水,但如今只剩下尘埃飞扬的干枯河床。远方精炼厂喷吐的浓厚雾霾用一层层毒云滤网将暗淡阳光筛成了阴郁暮色。

人类种族的摇篮在战火荼毒之下展现出一种令人迷醉的雄浑美感:充斥着原油碳粉的斑驳雷云在电离层翻卷横行,一座遥远的导弹发射架熠熠闪亮,遍布石化树木的废土上点缀着填满坚冰的炮击弹坑，成群结队的运输船在泰拉及其轨道板之间的繁忙航道里往复穿梭，由此引发的磁场冲撞在东部天空形成一片片灿烂极光。

肆无忌惮的毁灭竟能孕育出这般壮阔的美景，阿泽克·阿里曼至今对此感到惊异。自从灵长类学会用骨棒敲碎同类的头颅开始，正是这种矛盾令兄弟反目，手足相残。

他的目光被一片遥远的阴影所吸引，那艘飘在云中的乌黑巨兽身边围绕着成群结队的辅助舰船。如此宏伟的飞船简直不可能保持悬浮，它的轮廓在阿泽克·阿里曼心中激起了刹那间的……

是黑鸦学派预见视野？

还是一份记忆？

邦乔瓦尼的士兵们抬起长枪，高声呼吼着朝那艘巨型飞船行礼致意。他们称其为光明之击号，一遍遍念诵它的名字，祝愿那艘飞船旗开得胜，安然返航。

队伍离开了军用道路，跟随着民用运输车辆的轨迹踏上山间小道。他们脚下的"之"字形路线逐渐爬升，最终穿过两座峰峦之间的裂谷。

阿泽克·阿里曼从未造访过此处，但这里符合卡蜜尔·希梵尼的描述。一股充满了期待感的激昂颤抖扫过他的脊梁，他明白马格努斯的一块碎片近在咫尺。

"之"字形路线引领他们抵达了一块平坦高地，这是一枚流弹从山体上爆破切割出来的。三辆饱经风霜的货运6型运输车在这里组成了一个半圆，沾满山路尘土的车身之间撑着帆布凉棚，由此搭建起一座足以遮阳挡雨的临时营地。

阿泽克·阿里曼带领众人走入这片营地，仔细检查了数十个储物箱、众多密封样品罐、各式考古挖掘工具，以及排列得整齐有序的大批帆布帐篷和临时房屋。四个机仆抬起头来用空洞无神的目光凝视来者，随后便恢复了休眠模式。

"就是这里？"托贝克问，他走到了从岩壁上开凿出来的门廊面前，那巨石牌坊由两块直立石板和一块置于顶端的门楣组成。

"你以为这附近还有多少直通山脉核心的门廊？"哈索尔·玛特厉声说，"当然就是这里。"

枪骑兵纷纷下马，将坐骑的缰绳捆在卡车上，这毫无必要的奇特举动显得与当今时代格格不入。士兵们在门廊前方列阵，将步枪紧紧抵在肩头，邦乔瓦尼朝阿泽克·阿里曼点点头。

"进去把凡人赶出来，"阿泽克·阿里曼说，"切勿损坏任何东西。"

"遵命，大人。"邦乔瓦尼说着拉下了护目镜，明亮的绿色光标在上面横向扫动。

"清场之后就护送他们下山，返回帝国阵线。"阿泽克·阿里曼补充道，"动作要快，但不要伤害他们。明白吗？"

"我们一定完成任务，"邦乔瓦尼承诺，他朝门廊方向落下手掌，阿泽克·阿里曼能听到通信器的嘀嗒响动。五名枪骑兵随即消失在了黑暗的洞穴里，他们左右挥动着探照灯深入山脉内部。

"我们为什么要让那些凡人先进去？"托贝克问道，"倘若你说得没错，山洞里果真有一块马格努斯的碎片，那么就理应由我们去发现。"

"倘若我说得没错，那么我们就置身于一个困扰了军团学者们数十年之久的神秘事件中。"

"什么事件？"萨纳克特问。

"你们还是不知道为好，"阿泽克·阿里曼说，"我们此时此刻如同是踩着刀尖前行，哪怕丝毫偏差都能引发严重后果。"

托贝克迈步逼近阿泽克·阿里曼，双拳裹着熊熊烈火。

"又是些该死的秘密，阿泽克·阿里曼？"他嘶声质问。

"小心了，托贝克。"萨纳克特说，他的双剑半已离鞘。

那位火凤大师转身瞪着剑客。

"不然呢，你要拔出那两把漂亮的小剑，和我比划比划？你们这些人谁也不配了结我的性命。"

"消消火气，"哈索尔·玛特按住托贝克的肩甲，"你很快就能向敌人肆意泄火了，不必发泄在兄弟们身上。"

托贝克甩开哈索尔·玛特的手，埋头走向山岩上的巨石门廊。

"你们愿意在这里等就等吧，我要进去了。"他说。

"托贝克，等等！"阿泽克·阿里曼高声说，然而那位火凤学派大师充耳不闻，继续迈着大步走入山中，"该死……我们快追上他，以免那个蠢货搞砸整件事情。萨纳克特，你在这里等。确保无人擅闯，另外也确保洞里那些人在返回地表之后活着下山。"

萨纳克特点点头，抽出双剑舞了个剑花，阿泽克·阿里曼和哈索尔·玛特则并肩扎进山洞深处。阿泽克·阿里曼的自动感官轻易穿透了昏暗无光的环境，他注意到这条铺着琢石的隧道引向众多长廊，其中悬挂着因电流不稳而滋滋作响的照明灯。

他在一座拱顶厅堂里追上了托贝克，这个房间周遭散布着盛放祭品的陶碗和覆满尘灰的雕像，琢石隧道在此急转向下。它呈螺旋形继续延伸到两百余米的山脉深处。

阿泽克·阿里曼听到争吵声从下方传来，他对邦乔瓦尼仍未将洞穴扫清而略感恼火。他抢在战斗兄弟前面首先抵达隧道底部，走入了一间格外高大的神殿洞穴。两尊由黑玉和黄金打造的雕像矗立于洞穴远端，它们的月石眼眸配有黑曜石瞳孔。

十六名身穿考据者衣袍带着近乎麻木的困惑神色的凡人，高举双手站在原地，图波列夫枪骑兵们则用枪口指着他们。

"这些凡人为什么还在这里？"阿泽克·阿里曼问道。

没有人回答，阿泽克·阿里曼叹了口气。"我在问你问题。"他说。

"我们正在让他们撤离，长官。"邦乔瓦尼回应道。

"快。"

轻骑兵驱赶着那些困惑不解的凡人走向神殿出口。其中一些人咕哝着辩解了几句，但毫无抗争之意，阿斯塔特军团战士的意外出现让他们备受震慑。

有个人迟疑地朝阿泽克·阿里曼迈近一步，他举起手中的全息通行证。

"拜托，"他绝望地说，"拜托，我们是获得许可的考据者。你看？"

全息影像绽放开来，但阿泽克·阿里曼不为所动。他知道这证件具备效力，但他毫不在乎。

"长官，这是一项重大发现，"那人说道，"它的价值不可估量。为了子孙万代着想，它应当得到保护。我的队伍具备必要的专业技术，也有合适的工具。拜托了，长官。"

"这片区域并不安全，"阿泽克·阿里曼说，"你们必须撤离。"

"但长官——"

"我已下达了命令，凡人。"

"长官，请问我有幸得到了哪个军团的保护？"

"第十五军团。"

那人点点头，显然他知道千子是谁。阿泽克·阿里曼仔细审视此人，感觉自己仿佛应该认得他。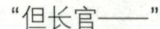

抑或他似曾相识。

"你叫什么名字？"阿泽克·阿里曼问道，此时图波列夫枪骑兵已经将大部分凡人队员带出了神殿，只剩下他一个人站在这里。他敬畏地瞪大眼睛，看到哈索尔·玛特与托贝克也步入神殿。

"你叫什么名字？"阿泽克·阿里曼再次问道。

对方不情愿地重新抬起目光，他开口回答："豪瑟尔，长官。卡斯佩尔·豪瑟尔，考据者，隶属——"

"这是个笑话吗？"哈索尔·玛特问。

"什么？"那人说道。

"你是在开玩笑吗？"

"我不明白，长官。"

"你告诉了我们你的名字。"哈索尔·玛特不耐烦地追问，"那是一个玩笑吗？是个绰号吗？"

"我不明白。那是我的名字。你为什么会觉得那是个玩笑？"

"卡斯佩尔·豪瑟尔？"阿泽克·阿里曼说，他又一次感觉到这个名字除了显而易见的意义之外，对于他来说应该还有更深的意义，"你不知道这个名字的来历？"

名叫豪瑟尔的人摇摇头说："从来没有人……"

阿泽克·阿里曼转过头看了看同僚们，随后他再次直勾勾地盯着豪瑟尔，说道："离开这里。"

豪瑟尔点点头，从阿泽克·阿里曼身旁走开。

"等到这片区域的情况稳定之后，"阿泽克·阿里曼说道，"你的队伍或许可以继续开展工作。你们需要后撤到安全位置，等待通知。"

豪瑟尔点点头，从托贝克与哈索尔·玛特身旁匆匆逃出神殿，与同事们会合。等到他离开之后，阿泽克·阿里曼肩头仿佛撤走了一份无形重担，如同是某项至关紧要的事件从他前方的一块朦胧镜面里恍惚闪过。他能察觉到自己与对方之间存在着某种联系，然而无论他如何思索，真相总是从他的指缝间溜走。

寂静笼罩了四周，三位千子大师凝视着面前的高大雕像，在那些出自古代石匠之手的精细容貌中解读出各不相同的含义。

"我们已经到了这里，"托贝克说，"现在如何？"

阿泽克·阿里曼朝雕像点头示意。

"那些考据者不敢损坏这些雕像，也就无从探知它们背后所守护的奥秘，"他说，"我们不会犯下同样的错误。"

"你和我想的一样吗？"哈索尔·玛特问道。

阿泽克·阿里曼点点头，抬起双手，以太光辉顿时迸发。

"你的猎鹰能力水准如何？"

所有沃拉克斯和乌萨拉斯机兵在同一时间开火。由夺目闪电与爆燃能量所组成的凶猛风暴顿时充斥了整座竞技场，每个机器人的准头都堪称完美，它们的火力直击马格努斯灵魂碎片所处的位置，倘若错失目标也会避开包围圈对面的己方战友。

眨眼间，比亚奇单膝跪伏，挥拳猛击地面。一条条裂隙顿时蔓延开来，冲击波伴着震耳轰鸣扭曲了周围的空气，如剃刀般锐利的坚冰碎片喷发而出，汇聚成一团冻寒刺骨的冰焰涌泉将马格努斯笼罩起来。

原体趔趄后退，他的剧痛呼吼在普罗姆斯耳中如同天籁之音。那些机械士兵的火力仅仅是一记佯攻——是用来遮掩实际攻势的虚招。比亚奇的漫天冰霜阻塞了视野，普罗姆斯冲过这团闪烁着冷冽光芒的灵能风暴扑向马格努斯，钢针般的冰雪划过他的战甲。

纷飞冰雪与风暴幽光蒙蔽了他的自动感官，然而他不必依赖凡俗感官来寻找猩红君王。那位原体的灵魂碎片是一尊光芒夺目的扭曲泰坦，是一个参天巨人的绚丽剪影。

普罗姆斯飞身跃起，横扫剑刃直取敌人首级。这是一记险招，但足以在战斗真正爆发之前了结一切。

他的炽焰长剑仅仅切开了填满寒冰的空气。

马格努斯闪向一侧，那精准微妙的动作绝非血肉之躯能及，但这位对手毕竟远超凡尘之上。普罗姆斯的剑锋以毫厘之差从马格努斯的脖颈旁掠过。在普罗姆斯立足未稳之际，原体扭转身躯用手肘猛击智库身侧。

锃亮盔甲在那惊人力量之下分崩离析。肋骨轻易断折，普罗姆斯能感觉到破碎骨片割伤了自己的强化肺脏。凶猛的冲撞令他喘不上气来，但他咬牙忍耐住对方的重击，自上而下挥动长剑递出一记迅如闪电的反手劈砍。

马格努斯用弯刀挡住剑刃，随即扭转刀柄绕开普罗姆斯的守势，将配重球砸在他的下巴上。

普罗姆斯的头颅猛地甩向后方，他的整个身躯飞上半空，划出一条完美的抛物线。紧绷的肌腱几乎要被扯断，他的头盔沿着中线裂成两半。灵能兜帽里的水晶矩阵碎成了粉末。他重重砸落在沙地上，视野里充斥着杂乱无章的信号与四分五裂的警告图标。

普罗姆斯眨眨眼逼退那剧烈的痛楚，抬起手来扯掉报废的头盔。阿苟鲁的滚滚热浪扑面而来，甚至盖过了比亚奇冰霜力量的残余寒气。他全身冰冷，耳朵里钻入一阵狼嚎。

极限战士的纪律最终重整，推动他站起身来。竞技场中枪炮呼吼，金铁交鸣。亚空间毒辣噬咬着他的皮肤。

比亚奇麾下的战士们和亚速·纳加森那将马格努斯包围起来，他们如同一群将猎物逼得走投无路的掠食者。野狼容许一个凡人与之并肩作战实在令人惊讶，而那个凡人能够存活至今更是一桩奇事。

他们向那位原体群起而攻，众人丝毫没有单挑对决或口舌交锋的打算，只求夺取敌人性命。唯独纳加森那在战斗中展露了精妙技艺，然而即便是他的招式同样体现着简单纯粹的杀意。

这蛮横而凶暴的攻势令马格努斯难以招架。

兵刃所及之处光芒流溅，然而无人能够向原体施以夺命一击。马格努斯探出弯刀，斯瓦夫尼尔·疾狼顿时单膝跪地，左腿喷涌鲜血。踢在他胸口的一脚带着足以碎骨的巨力让他飞出十余米之远，他手中那把锯齿鱼叉飞旋着落在地面。

比亚奇挥舞冰霜利刃，指尖奔涌出凛冬雷霆。叉状闪电轰击着马格努斯，将亚空间本质劈成飘散烟云。吉洛斯尼尔·盲狱用双手紧握巨斧，恰似一位经验老到的刽子手。

野狼是群战猎手，纳加森那则是扑击毒蛇。他抓住一个个绝妙时机快步突进，任何凡人面对他精准老辣的剑招必定早已丧命。

马格努斯与他们逐一交手，像复仇之子那般扭转身躯，抵挡攻势，借机反攻。原体单手抓住了盲狱迎面袭来的巨斧握柄，猛力拉动。

他让盲狱失去了平衡，然而那位野狼战士拒绝放下武器。马格努斯当头劈下弯刀。普罗姆斯重新扑入战局，然而马格努斯的利刃已经埋进了盲狱的胸膛。电光四射的炽热火焰从伤口中喷发出来，他暴怒地高声咆哮。

他瘫倒在地的时候仍旧咒骂着马格努斯。

"不！"比亚奇高喊，马格努斯则放声嘲笑他的悲痛。

最终只剩下比亚奇、纳加森那和普罗姆斯并肩对阵猩红君王，普罗姆斯终于意识到他们严重地低估了原体的个人战力。普罗斯佩罗之主以他的书卷气和求知欲著称于世，乃至于大家几乎忘记了他仍旧是一位拥有绝伦技艺和可怕怒火的顶尖战士。

马格努斯看出了普罗姆斯目光中的顿悟，露出一道狞笑。

"这是你们预想的结局吗？"马格努斯说。

普罗姆斯调动起马库拉格的钢铁纪律，容许亚空间的暴烈能量注入自己体内。

"这还没有结束。"他说着举剑指天。一股噼啪作响的碧蓝能量从苍穹之上朝他的长剑奔涌而来，那是一份足以湮灭恶魔、撕裂时空的力量。

那股能量并没有触及普罗姆斯。

它在最后一刻拧向侧面，注入了马格努斯的手掌。

"你若是以为自己能够在灵能技艺的对决中胜过我，那就实在太愚蠢了，迪奥·普罗姆斯。"马格努斯说，他的整个身躯化作了风暴核心中的一支避雷针。原体向普罗姆斯挥出拳头，天崩地裂般的巨大力量立刻攫住了他，令他的盔甲逐渐碎裂。他的胸甲不堪重负，开始凹陷。

比亚奇和纳加森那重新发动攻势。纳加森那向左侧迂回，挥剑劈砍原体的腿筋。比亚奇则绕到马格努斯背后，召唤芬里斯的力量注入霜刃。那把武器喷薄出无与伦比的极寒光焰。

"为了枪靶子！"他高喊一声，将霜刃奋力捅进马格努斯背后。利剑洞穿了原体的躯干，伴着一股弥散到整座竞技场里的七彩光芒透胸而出。马格努斯扭转身躯挥动兵器，那柄弯刀踩着一条凶恶的弧线朝比亚奇的头颅斩落。

比亚奇咆哮一声，呲着獠牙直面死亡。

两只缥缈如烟的巨狼在他身边凭空闪现，一只漆黑如焦油，一只洁白如新雪。它们扑向那夺命刀锋，奋力扯开马格努斯的臂膀。巨狼随即发动凶猛攻势，它们的抓挠、撕扯和噬咬令千子原体难以招架。马格努斯全身上下的一处处伤痕流失着光芒，然而他开口念诵一句真言，顿时令巨狼化作飞扬灰烬。

"是时候结束这场闹剧了。"马格努斯说，一团以太烈焰应声从他身上爆发出来。他张开双臂，释放出一道势不可当的灵能震荡波。

普罗姆斯、纳加森那和比亚奇像风中枯叶般飞了出去。普罗姆斯重重摔落在原体二十米之外。在他身后，两位机械神教贤者远远观望，旁边则是欧吉尔·寡目和那位记述者勒缪尔·高蒙。他看到西萨瑞亚修女与野狼战士短暂交谈，接着转身冲向战局。

他晃晃脑袋，试图站起身来。

"贤者！"他高喊，"开火！王座在上，开火！"

马格努斯大笑一声，普罗姆斯感觉到原体的靴子把自己牢牢踩住。"你带来了机器人，以为它们是与我交手时的完美士兵？它们忠心不二，没错，但你忘记了一件事。无论它们身上包裹了多少钢铁与塑料，其核心终究残留着凡人的弱点。"

普罗姆斯扭过头审视那些披着橙黄色涂装的战斗机器人。在噼啪作响的血红色火舌包裹下，每个机械士兵都将枪口瞄向了昔日的主人。

"开火。"马格努斯说。

千子战士扎进山脉之心，沿着蜿蜒小道下行了数百米。他们脚下的隐秘路径在三万年来都未曾有凡人涉足，这念头令阿泽克·阿里曼近乎沉醉，就连那些无价雕像的被迫损毁也不再让他过于痛心。

"你确定他就在下面？"哈索尔·玛特问。

"我确定。"阿泽克·阿里曼话语里的信心比他心里的更加坚定。

"在卡米提·索纳监狱你也是这样说的。"托贝克指出，然而他平日里的那股戾气却不见踪影。

"我们在那里找到了卡蜜尔·希梵尼女士。她是链条中的一环，指引我们来到了此处。想必你看得出来这里面的宇宙命数，托贝克。"

"当然，"托贝克叹了口气，他掌中的烈焰将一团忽明忽暗的橙色火光投在石壁上，"我知道你们觉得火凤学派都缺根弦，因为我们的力量往往被用于毁灭。对，我们的确是一个简单直白的学派，但我们毕竟是千子，而孟菲亚和塞瑟加大师所开创的学派决不是造就傻瓜的地方。我明白这趟旅程充满艰险，我只是对前路不明感到恼火。"

"相信我，兄弟，黑鸦学派更加恼火。"

托贝克哼笑一声，所有人都惊讶地停下了脚步。一股兄弟情谊涌上阿泽克·阿里曼心头，而自从尼凯亚议会以来他就不曾真正体会过这种感受。

显然其他兄弟们拥有同样的感触，就连一向尖刻恶毒的哈索尔·玛特也不例外。

"我们可真是个优秀团队，是不是？"亮羽大师说，"基因工匠的技艺让我们成为兄弟，征伐四方的需求让我们成为战士，灾祸无常的背叛让我们成为同伴。谁能想到我们几个竟要携手拯救军团？"

"我们的父亲就想到了，"阿泽克·阿里曼说着向哈索尔·玛特伸出手，"而我也别无所求。我们都在这里，兄弟们，我们的命运在有生之年永远紧密相连。我愿意为你们任何一人献出生命。"

哈索尔·玛特并没有握住阿泽克·阿里曼的手，只是简洁地说："我也是，兄弟们。"

"我也一样。"托贝克说。

在重铸兄弟情谊之后，三位军团战士便继续前行。阿泽克·阿里曼随手抚摸潮湿的岩壁，上面刻满了棱角分明的古代字符。这是简单的石穴雕文，还是一位漫游君王的笔迹？而阿泽克·阿里曼脑海里更为紧要的疑问是，他方才究竟为什么不由自主地说出了那些关乎兄弟情谊的言语。某种力量在此处发挥作用，但那是一股隐秘而低调的力量，众人相互冲突的性格都被它暗暗抚平了棱角。

阿泽克·阿里曼尽量压抑住心中的希望，避免自己盲目乐观，他还记得未能在卡米提·索纳监狱找到父亲的灵魂碎片时那种深切的失望。

阿泽克·阿里曼，千子军团首席智库

"有个问题。"哈索尔·玛特打断了他的思绪。

"什么？"

"有人知道我们的父亲和佩图拉波具体是在什么时候造访这里的吗？他们共同探索过这片山脉，对不对？他们共同搜寻过我们脚下的这个地方。"

"是的，"阿泽克·阿里曼说，"原体从未透露过准确的日期，我只知道是在叶扫特精炼厂起火之后。那片火海蔓延到山脉，整片区域燃烧了足足数十年。"

"那么我们能否在这里等待？"哈索尔·玛特问道，"或许我们可以警示他们对未来的局面。"

"他们难道会相信我们吗？"托贝克说。

"倘若有任何人愿意相信，那就只能是他们了。"

阿泽克·阿里曼停下脚步摇摇头，说："黑鸦学派曾经召开大会专门辩论此类事务，我们共同探讨改变过去究竟是否可能、是否应当，以及如果可能的话，是否会有人知晓发生了什么，还是说所有人都只是全盘接受新的时间线？认为我们可能改变过去的一方，举出了提托和安伯森等著名旅行者的例子，以及据说被这些人成功消解的重大灾难；另一方则认为这些旅行者的所作所为造成了时间线的混乱，远甚于他们据信得以扭转的糟糕过往。况且，马格努斯已经尝试向帝皇做出了狼神荷鲁斯发动叛乱的警告，而正是因此普罗斯佩罗才招致第六军团的斩首利斧。不，哈索尔·玛特，如果我们早年的原体父亲就在附近，我们也不该与他相见。我们试图谋求的短暂利益远远不及可能引发的重大后果。"

哈索尔·玛特点点头，但阿泽克·阿里曼看得出来，改变未来走向的念头依旧诱惑着他。

他们埋头扎入山脉之心，继续前行一个小时之后终于抵达了最深处的房间——这是一座六边形图书馆，其中五面墙壁都挤满了书架，无数典籍中承载的渊博学识让书架不堪重负地吱嘎呻吟。

房间正中央摆放着一张圆形书桌，小山一样的书籍摊开堆放在桌面上。某人坐在那里潜心阅读，他抬起头来用目光欢迎前来造访的三名军团战士。

他身穿一件镶嵌金边的猩红长袍，覆在他肩头的银色鳞甲恍若山巅积雪。此人的黝黑面孔十分高贵，正是伟大君王的容貌，那及腰的深色长发光亮润泽。他下巴上有一束结成发辫的长须，用三枚铜环扎起。

"你是谁？"阿泽克·阿里曼问道，对方小心翼翼地合上书本，倒扣在桌面。他伸手示意对面的座椅，阿泽克·阿里曼确定那张椅子片刻之前还尚未存在。

"我是卡德摩斯国王，"他说道，"卡蜜尔·希梵尼女士警告过你的到来，阿泽克·阿里曼。"

勒缪尔曾经在北非的阿扎卡·通奈瑞富铁平原上遭遇过一场电磁风暴，当时他与一群绝望之人结伴同行，追寻某个据说拥有奇迹般力量的隐世巫医……

突然昏暗的天空是最初的警示。一支正在集结的远征舰队从他们上方的低层轨道飘过，那些星海巨兽的庞大钢铁结构引发了凶恶的电磁暴风，严重干扰着本就紊乱的大气层。车队的骑乘向导立刻作鸟兽散，尽可能地远离富含金属部件的车队主体。

震耳雷霆撼动大地，不消片刻那风暴就迈着闪电腿足扑面袭来。周围充斥着刺眼光芒与隆隆巨响。最前排的车辆在一团如白磷燃烧般明亮的夺目闪光中瞬间焚化。一连串爆炸沿着车队迅速蔓延，众多燃料箱与外挂钷素罐伴着尖锐呼啸喷纷纷涌出冲天火柱。惊恐叫声尽数淹没在冷酷无情的闪电爆鸣中。

勒缪尔和朝圣旅伴们急忙寻找掩体，然而风暴全无怜悯之心，四下也没有藏身之处。九个小时后，勒缪尔与另外两人从焦黑尸体下面爬了出来。

那一夜的遭遇在他梦中重演过上千遍。

但他从未想过会再次经历同样的一幕。

欧吉尔·寡目仰面躺在他身上，那位太空野狼的惊人重量让勒缪尔动弹不得。他不知道对方是死是活。勒缪尔最后看到的景象就是盔甲上冒着青烟的寡目朝他猛扑过来，以及那些机械士兵全身迸发出刺眼电光。

他重重摔倒，在痛苦和恐惧中高声惊叫，军团战士的沉重压迫让他双腿的支架难以承受。他俯卧在地，挣扎喘息。勒缪尔看不到周围的情况。

那些机器人为什么朝他们开火？

他能听到饱含痛苦的咆哮，能闻到令人反胃的血肉焦臭。昔日在阿扎卡·通奈瑞，他被层层掩埋于众多濒死躯体下面，那种泰山压顶般的幽闭恐怖感受再度卷上心头，让勒缪尔失声哭泣。

他粗浅地喘息着，肺脏几乎难以扩张。欧吉尔·寡目的沉重躯体正在缓缓压榨勒缪尔的生命力。他奋力挣扎试图脱身，然而一动不动的寡目足有几百公斤之重。他突然听到有人呼喊自己的名字，于是抬起头来。

他眼中蒙着一层灰雾，全部视野已经缩减成了一个遥不可及的光点。

这就是死亡吗？

勒缪尔向来惧怕这个时刻。他曾拼尽全力对抗爱妻罹患的不治之症，他为了寻求灵丹妙药而跨过的漫漫路途足以环绕世界数次有余。

如今死亡降临在他的头上，勒缪尔却发现自己不再害怕了。这就是为什么玛丽卡昔日央求他不要把两人在这世间共度的最后时光白白浪费在求医问药上吗？

一片灰色阴影来到他面前。他看不清楚。

勒缪尔努力聚焦目光，眨眨眼挤出满眶的泪水。

一个小男孩向他伸出一只小手。

对方的目光空洞而死寂，脖子上那道半紫半黄的痕迹正是被母亲勒死的罪证。

不如说是我痛下杀手的。

那个男孩伸手过来。他叫什么？

一连串的名字在勒缪尔脑海里闪过，陌生的名字。究竟是地名、人名，还是物名，他无从得知。

法罗斯。法伦。

不，斐瑞斯。对，斐瑞斯——他就叫这个。

"别管我，"勒缪尔用最后一口气嘶声说道，"是我把你杀了。是我把你杀了……"

"不，"一个决不属于青少年的低沉嗓音说，"你或许能拯救我们所有人。"

那个男孩攥住他的领口开始拉扯。勒缪尔震惊地发现自己居然从寡目的瘫软身躯下面被拖了出来。勒缪尔妄图对抗那个男孩的力量，他明白在人世上等待自己的只有更多痛苦。

充盈电能的空气被勒缪尔大口大口灌进肺里。暴烈闪电四下狂舞，在上方汇聚成一个噼啪作响的雷霆拱顶。猛然涌入大脑的血氧让他的视野一片模糊。

他摇摇欲坠，然而那个男孩扶住了他。

不，不是个男孩。

那位千子战士让勒缪尔坐直身体，随后一把撕开了他的上衣。剧痛在他的双腿中迸发，沿着脊柱向上奔窜。勒缪尔挤出泪水，在救命恩人的铁腕里扭动挣扎。那位战士自言自语地嘀咕着，用双手扫过勒缪尔的胸膛，仿佛在探寻伤势。勒缪尔察觉到有个地方很潮湿，于是低头查看。他胸口被战士触及的位置鲜血淋漓。

"你在干什么？"他惊问。

"别动，"那位军团战士说着向背后瞥了一眼，"我时间不多。"

勒缪尔追随对方的目光，顿时心惊胆战。

在竞技场的核心位置是光辉四射的马格努斯。

猩红君王垂放双脚悬浮于半空，一米之下的沙地逐渐化作玻璃。他的盔甲像融金般灼目，令人难以直视。他向外平伸的双臂也迸发着灿烂光芒，恍若一位复仇天使的辉煌羽翼，带着他从天界降临于此，誓要向叛逆王国施加惩戒。

这场步入尾声的战斗已经抛弃了一切现实的伪装。众人面前的这个马格努斯并不需要血肉之躯，他是一股狂野无缚的虚幻能量。

这还仅仅是取自整体的一块灵魂碎片。

原体周围尸首横陈——皆为血肉之躯，皆为包裹着铁甲与塑钢的尸首。凡人、机械神教士兵和军团战士共赴黄泉，野狼猎群支离破碎。西萨瑞亚修女毫无生机，她的盔甲化作了飘散青烟的熔融残骸。

就连普罗姆斯和纳加森那也倒下了。

那两人是生是死，勒缪尔难以辨别。

面前的军团战士晃了晃勒缪尔，他的目光锐利无情。

"你是个好人吗？"那位千子战士问。

"什么？"

"快说。你是个好人吗？"

"不是。"勒缪尔说。

"你有没有当过好人？"

"或许曾经是吧。我不知道。"勒缪尔说。

那位战士耸了耸肩，说："为了咱们大家好，希望这就足矣。"

他一把拽起勒缪尔，此时马格努斯向两人飘来。

"门卡拉，"猩红君王说道，"当然是你。我的诸位子嗣之中还有谁能够抓住未来的惊鸿一瞥？"

"只有阿泽克·阿里曼。或许还有阿蒙。"门卡拉说，勒缪尔感觉到这位军团战士的大拇指在自己脖颈后面描绘出一个逐渐缩小的螺旋图案，"但他们被敬爱蒙蔽了双眼，无法看清真相，而且即便他们看到了我所看到的事物，他们也不具备拼死一搏来阻止你的那份勇气。"

马格努斯在空中盘旋，展望周围的惨状。

"马卡多的精锐都不能阻止我，"他说，"你凭什么认为自己可以？"

"因为我与你一样勤勉好学，"门卡拉说，"我也与你一样窥探了禁忌书卷。"

勒缪尔在门卡拉掌中扭动，他抬起双手试图遮挡原体灵魂碎片所辐射出来的星辰辉耀。他曾经与赤红的马格努斯共处一室，聆听对方讲述普罗斯佩罗的往事，然而面前的这个存在与昔日判若两人。这不是一位侃侃而谈的慈祥长者，这个灼热逼人的面相属于被愤怒、苦楚与仇恨所吞没的马格努斯。

"求求你，"他抽泣不止，门卡拉低声念诵的怪异字句钻入他耳中，让他感到十分惶恐，"不要。"

"那是什么？"马格努斯说，他突然眯起双眼，终于捕捉到一丝事态可疑的气息，全身上下顿时涌现以太烈火，"《邪魔禁典》？"

"夺魂缚魄，驱役邪魔……"门卡拉开口道。

马格努斯怒不可遏地飞身扑向他的子嗣。

"你敢……"

夺命光芒从他的双手利爪上迸发出来。

门卡拉将拇指狠狠按在勒缪尔的脖颈后面，完成了他一直暗自描绘的螺旋图案。

"吾以此宿体永锢汝魂！"门卡拉高喊。

勒缪尔尖叫着被炽热无比的马格努斯卷入怀中。

他感觉自己即将陨落。

他的意志从神智中彻底剥离。他是一个遭到驱逐的君王，自身肉体便是他失却的王座。

勒缪尔在陨落，他落入自身，落入一道绝无出路的深渊裂谷。

但他并非独自陨落。

他与一位炽热天使共同陨落。

第十八章

卡德摩斯
束缚仪式
焕然一新

　　阿泽克·阿里曼与那个伟大君主面对面坐着。他眨眨眼，恍惚间在对方头顶看到了一团由以太烈焰组成的闪烁光晕，于是将思维升入第四层心境，淡漠地仔细审视此人的面孔。他的骨骼结构颇不寻常，但那毕竟是一副与阿泽克·阿里曼相隔了数千年时光的容貌。这位君王的橄榄色皮肤平滑润泽，一头黑发修剪齐整，胡须新近涂抹过油膏。

　　那恰恰是卡德摩斯国王的面孔。

　　然而他的双眸揭露了真相。

　　那两枚眼珠深处舞动着飞旋银河的辉耀，浩如烟海的深厚学识辐射出一股永远无法被彻底遮掩的智慧光芒。依附于这个凡俗躯壳上的那股强大力量被牢牢禁锢在钢铁意志的高墙背后，但它毕竟存在。

　　"你们喜欢我的图书馆吗？"卡德摩斯国王问道，"我从帝国各处收集了近一万本书籍。底比斯和萨摩索瑞斯每一位饱学之士的著作都在这里，甚至还有一篇来自斯巴达的学术文章，简直难以置信！另有一本书的封面用了我在伊斯墨涅涌泉旁杀死的那头巨龙的皮革。"

　　"巨龙？"

　　"是头十分凶猛的野兽，"那位国王说着将一柄雕刻盘蛇图案的长长权杖摆在桌面上，"它杀死了我的很多臣民，最终我得以将其击倒，并种下了它的牙齿。"

　　"诞生了武士。"阿泽克·阿里曼顿感好奇，面前有一柄权杖凭空出现。

　　"但杀死那头野兽让我日后追悔莫及。"

　　"为什么？"阿泽克·阿里曼问，他明白自己已经无法再容忍父亲的错乱妄想了。

"我当时并不知道,那头巨龙是阿瑞斯的圣物,于是我的王朝受到了战神的诅咒,遭受灾祸、瘟疫、叛乱和战争的折磨。"

"但你并不是唯一一个播种龙牙的人,对吗?"阿泽克·阿里曼设下了圈套。

"不是。人马的养子伊阿宋携带一些龙牙前往色萨利,把它们种在了寇其斯……"

贸然提及那个古老地名的国王目光闪烁。与之同名的星球也是个受到诅咒的地方,马格努斯的一位亲密兄弟正是在那里被神祇与异教的黑暗低语所扭曲。

阿泽克·阿里曼俯身前探,将双手按在桌面上。他凝视着国王的双眼,试图与潜藏其中的父亲进行交流。

"父亲,是时候回家了。"他说。

"我就在家,"卡德摩斯国王说道,"我属于这里,我要整理这些书籍,确保我记下每一本的内容。倘若我每天都能记住一本书,那么只消不到三十年的岁月就能把它们全部读完了。"

他的话音愈发微弱:"但每当我读完一本,就会再出现三本。这实在令人费解。有太多知识需要去学习,需要去掌握。我最大的担忧就是穷尽一生也来不及知晓一切。"

"你在黑曜石高塔里也说过类似的话。"阿泽克·阿里曼说。

"黑曜石高塔?是在腓尼基吗?"

"不,那是你在巫师星球上的居所。"

国王面色阴沉地重新掀开书本。马格努斯这种认知失调状态究竟还会持续多久?这种假象何时破灭,展露出背后的惊世力量?难以为继的幻想一旦破灭,会释放出何等可怕的怒火?然而无论多么危险,阿泽克·阿里曼都明白自己必须彻底打碎父亲的妄想。

"你这就是刻意蒙骗我了,"国王目不转睛地盯着书页,双手紧握成拳,"我没听说过那个地方。我觉得你们该走了。"

"如果不能带上你,我是不会走的,父亲。"阿泽克·阿里曼说。

"卡蜜尔·希梵尼女士警告过我,她说你们会想方设法让我变成阶下囚。"卡德摩斯国王一边浏览书页一边说,"当时我说她搞错了。我说我的子嗣倘若造访此处,那么必定会是与我一样的求知之人。"

阿泽克·阿里曼听到这位国王已经认出他们，不禁极力掩盖内心的激动。他把手掌伸到桌子对面，盖住了国王正在阅读的书籍。

"我们的时间不多了，父亲。过去无比顽固，它不愿容忍那些格格不入的事物。如果你执意留下，你就会变成一个无形孤魂。我求求你，跟我走吧。我会让你恢复完整。"

国王摇摇头，神情中交织着恐惧和愤怒。阿泽克·阿里曼察觉到后者逐渐占据上风，顿时抽回手掌。

"我本该听从卡蜜尔·希梵尼女士的劝导，"卡德摩斯国王说道，"她说我应该当机立断杀死你们。"

那位古老君王从书桌背后站起身来，握在他手中的权杖灌注了以太威能，全身光辉闪烁。他的形体迅速膨胀，潜藏其中的半神抛弃了虚妄皮囊，方才维持的那副形象化作一缕缕薄雾飘散。橄榄色皮肤转化成猩红，齐整黑发变得狂野如火，那双眼眸也融为一体，其中流转着寻常与未知的万千色泽。

马格努斯的灵魂碎片展露了真实面目，这身披长袍的顶尖学者形象正是阿泽克·阿里曼记忆中那个与自己一同畅游提兹卡宏伟图书馆的基因原体。即便作为伟大整体的一部分，面前的这个马格努斯依旧能够将他们轻易毁灭。

阿泽克·阿里曼在转瞬间察觉到以太威能的聚集，随后一道由纯粹力量组成的冲击波就从原体身上爆发出来。三位战士被击飞到墙边的书架上。凶猛的冲撞让木料断折粉碎，纷纷洒落的书籍造成了一阵由纸张和皮革组成的暴雨。

托贝克第一个翻身跃起，他的灵气里充斥着还击的本能冲动。烈火在他的双拳上点燃。

"住手！"阿泽克·阿里曼命令道，"我们不是来动武的。"

哈索尔·玛特用冰寒空气包裹住托贝克的烈焰，将其瞬间熄灭。那位火凤大师满怀敌意地扭过身去，然而父亲的蛇纹长杖却出乎意料地闪现在两人之间。

三位军团战士面对自己的原体，那伟岸辉煌的存在令他们敬畏。这正是他们希望看到的原体，这个马格努斯身上笼罩着博学的光晕，并具备一份驾驭知识的智慧，他生气勃勃，精力充沛，目标明确。

"大人，"阿泽克·阿里曼单膝跪倒，另外两人也立刻效仿，"我们是你的子嗣，我们前来相助。"

"我不需要你们的帮助。"马格努斯垂下长杖说。

"但我们需要你的帮助，"阿泽克·阿里曼说，"军团逐渐凋亡，正如你逐渐凋亡。"

"你错了。"马格努斯说。

"不，"阿泽克·阿里曼说道，"倘若没有我们，你就会彻底消逝，而倘若没有父亲，我们就会变成枯枝上的败叶，注定陷入疯狂和异变。"

"倘若果真如此，那么我也无法改变那份命运。谁都无法改变。"

"这我拒绝接受，"阿泽克·阿里曼缓缓站起身来，"你是赤红的马格努斯！你是猩红君王，是普罗斯佩罗之主，是放眼银河前所未有的伟大心灵。没有任何事情是你力所不能及的。"

原体摇摇头。

"我曾经抱有与你一样的想法，吾儿，"他说，"我曾经笃信自己无所不知，比其余兄弟都更具智慧，甚至比我的父亲都更具远见。如今看来这种想法多么愚蠢、多么自负。学海无涯，学无止境，求学之人必须时刻保持谦卑，牢牢记住无论自己学到了多少，知识永远都是没有尽头的……"

"这就是为什么你踯躅于此，像个懦夫般藏在一座古老的图书馆里？"

"你想惹恼我吗，阿泽克？"

"这样有好处吗？"

"没有。"马格努斯说着转过身去，他沿着图书馆的墙壁缓步绕行，用指尖轻抚那一本本无价典籍的书脊，"我的这个面相已经超脱了愤怒，超脱了忌妒和苦涩。这代表着我人格中那个单纯为了获取知识而寻求知识的一部分。正是这一部分察觉到了你们的不睦，并尽力抚平了你们之间的嫌隙。我盼望这能促使你们避免落入自相戕害的命运。"

至少阿泽克·阿里曼现在明白山间隧道里那份莫名浮现的兄弟情谊究竟缘何而来了。

他迈向马格努斯，说道："我们如今最需要的恰恰是父亲的这个面相。你留在普罗斯佩罗的那一部分人格已经濒临崩溃。他能感觉到自身思维的超凡架构伴随一呼一吸而逐渐解离。他所采取的行动与你一样，他试图记住不幸遗失在普罗斯佩罗的一切学识，然而在目前这种四分五裂的状态下他不可能达成目标。只有在你们融为一体之后我们才能重获新生。"

"我很抱歉，阿泽克，"马格努斯说着转过身来面对他，"但我……我不能回去。在那条道路上我所看到的只有永恒的战争与恐怖，无尽的死亡和折磨。既然一切伟大事物都注定消亡，我们又何必徒劳抗争呢？"

阿泽克·阿里曼用拳头猛击桌面。

"因为有些事物值得我们为之抗争！"他喊道，"末日或许注定降临，没错，但我们决不会冷眼旁观，坐视这个银河堕入无知的深渊。我们会奋起抗拒那席卷人类种族的理性消亡之潮，牢牢抓住最后一支启迪的火把，傲然面对步步逼近的黑暗。它或许被熄灭，或许会被疯狂叫嚣的无知暴徒打落在地，但至少我们已经尽力了，我们尽可能长久地将它高高举起，令它散发光辉。而你呢，父亲？你藏在一座即将被烧成灰烬的图书馆里，可敢说自己尽力了？"

父亲脸上的震愕神色让阿泽克·阿里曼停顿了一下。

"是的，这条山脉和山中的一切很快就会化作灰烬。你不记得了吗？"

"不，"马格努斯说，"我……我不记得。"

阿泽克·阿里曼点点头，迈步绕过圆形书桌继续说："这一整片山脉很快就会陷入火海，从爱琴峡谷里那些星罗棋布的高塔一直延烧到勒班陀湾。那个伟大君王的种种成就将要尽数焚灭，但你会毫发无伤。你会孤身一人困在喀泰戎山下的黑暗之中，周围只有从指缝里流泻的尘埃与灰烬，直到你的灵魂最终消散成一缕哀叹轻风。"

马格努斯迈动脚步与他对峙，父亲心神错乱的模样让阿泽克·阿里曼心痛欲碎。他的父亲随后转过身去，向墙边书架上的大批古籍伸出手，而那些书本却逐一消逝，如同遁入过往的暗淡回声。

"我抓不住它们，"马格努斯说，他缓缓跪倒，一滴泪水沿着脸颊滑下，"我能感觉到它们在消逝，就像是走近浓雾深处不见踪影的老朋友……"

阿泽克·阿里曼来到父亲身旁，用一只手按住对方的肩膀，顿时体会到了在这副虚幻身躯中肆虐的那股深重悲伤。他清楚地意识到自己的灵魂一层层剥落，自己的记忆一点点遗失……这简直是每天都要经历的死亡感受。

他将自己的权杖伸向马格努斯。

"随我回去吧，父亲。"他说。

马格努斯点点头，握住那乌黑的手杖。

"你会让我恢复往日的模样?"他问道。

"我会的。"阿泽克·阿里曼承诺。

"那么我就随你回去。"

马格努斯的灵魂碎片注入阿泽克·阿里曼体内。

阿泽克·阿里曼睁开双眼,面前整个世界的崭新面目让他不禁惊呼一声。他再度身处于灭绝厅堂,站在那条奔腾河流的岸边。那幽暗河水里如今充斥着光辉闪烁的时间能量,散发出冷寂太空般的灼人寒意。

他趔趄着远离河岸,若非哈索尔·玛特伸手搀扶恐怕便要跌倒。对方的触碰让他匆忙退缩,他在恍惚中看到一股闪光从那位战士身上迸发出来,仿佛是两颗灿烂流星。

阿泽克·阿里曼能听到种种声响,全都来自一些嗫嚅而愚笨的生灵。他察觉到若干躯体在周围行走,那些动作迟缓的无知血肉被包裹在脆弱不堪的皮囊里,若要将其摧毁简直易如反掌。阿泽克·阿里曼像醉鬼般一瘸一拐地远离他们的刺耳话音,不住眨眼,试图驱散视野里的残像,留下这些炫目痕迹的存在以超出寻常生命千百倍的速度转瞬即逝。

充盈他四肢百骸的那股力量雄浑无比,超乎想象。

阿泽克·阿里曼捕捉到了整个世界中的所有锐利边缘。万事万物都显得过于清晰,过于明亮,过于真实,以至于他的思维难以应对。

哪怕是漫不经心的一瞥也会揭示上百万处隐秘细节。

石块表面那逐步递减的分形边缘。

飞溅水珠里蕴藏的绚丽彩虹。

未来、过去与当下的乌黑河水传来悦耳叮咚。

"我能看到一切……"阿泽克·阿里曼轻呼,"我能感觉到……"

剧烈的感官过载势如狂潮。

他埋头逃窜,仿佛加快脚步就能避开这光与声的密集轰炸。灌入脑海的巨量信息令他的心灵不堪重负。他大脑血肉中那脆弱的神经网络难以承受这无穷无尽的洪流。

"我会为你取走这份负担,吾儿。"父亲的声音在他脑海里响起。

"父亲?这就是你看待世界的方式吗?"阿泽克·阿里曼问道。

"这只是一部分。"

"你如何能够忍受？谁能拥有如此强大的力量却又不落入它的掌控？"

"你想知道的是，既然我拥有如此强大的力量，为何不加以运用？"

"是的……"阿泽克·阿里曼喘息道。

"神明之力时刻任我调遣，足以在俯仰之间毁天灭地，重塑山河……拥有这种举世无双的力量而不加以运用需要极其强大的意志。"

"我无法企及你的意志力。"阿泽克·阿里曼说。

"我的思维架构确实与你截然不同，"马格努斯回答，他的声音变得愈发微弱，已经像是一股若有若无的耳语，"我的子嗣们本就不该分享我的视野。如果你允许的话，我可以取走那些你不该目睹的景象。"

"好的，"阿泽克·阿里曼恳求道，"取走吧。替我取走吧，求求你！"

眨眼之间，那灌入脑海的信息洪流便消散无踪，阿泽克·阿里曼像临近溺亡之人那样颤抖着呼出一口气。承载一个自己望尘莫及的超凡灵魂实非易事，他的胸膛剧烈起伏，视野中那些不该令凡人目睹的景象终于被彻底滤去。

与父亲的心灵连结险些葬送阿泽克·阿里曼的性命，然而切断那条纽带仍旧令两行热泪涌过他的脸颊。

"阿泽克·阿里曼？"一个声音在他肩头响起，那如同野猪哼叫般低沉刺耳的丑恶话语让阿泽克·阿里曼仓皇退缩。对声响的敏锐感知也在逐渐失却，哀伤像一把尖刀刺入他的心头。

阿泽克·阿里曼能察觉到萨纳克特、哈索尔·玛特和托贝克站在他身后。亚弗戈蒙迈步凑近，带来一股尘埃和金属的酸楚味道。

"离我远点，恶魔。"他厉声说，他努力审视周围环境。他的双眼从洞察万物迅速转变成几乎目盲，整个视野里仿佛蒙着一团灰雾。他唯一能够确定的就是这绝非卡德摩斯国王的图书馆。

"我们在哪里？"他开口问道，自己的声音和兄弟们的一样刺耳。

"回到了起点，"萨纳克特说，"我们在灭绝厅堂。"

"清算者呢？"

"走了，"哈索尔·玛特回答，"抑或他从来都不在这里。"

阿泽克·阿里曼逼迫自己站起身来，紧握权杖维持平衡。他能察觉到其中蕴藏的那份深厚力量，并且满怀喜悦地发现那一度乌黑的杖身重新变成了象牙白色。

所有人都能察觉到其中蕴藏的力量。

"你们成功了。"亚弗戈蒙毫无掩饰自己的急切。

"马格努斯的碎片……"哈索尔·玛特难以置信地摇摇头,"王座在上,我们居然成功了。我们居然真的成功了!"

"是的,"阿泽克·阿里曼品味着他承载的超凡潜能,"我们成功了。"

"我们也该时来运转了。"托贝克嘶吼一声转身走向厅堂入口,"现在离开这个鬼地方继续前进吧。"

炮艇内部充斥着鲜血腥气和烧焦金属的刺鼻味道,身负重伤的吉洛斯尼尔·盲狱驾驶风暴鸟冲出大气层驶向朵拉玛尔号。座舱里承载着机械神教的阵亡士兵、本次任务的惨烈现状,以及此行所获的重大成果。西萨瑞亚修女的生命力正在迅猛流失,亚速·纳加森那也始终昏迷不醒,右侧额头上有一个拳头大的肿块。

欧吉尔·寡目尽力照料伤者,努力稳定他们的生命体征,纵然他对凡人躯体的生理机制仅仅略知一二。

普罗姆斯则无暇顾及伤者。

他和波德瓦·比亚奇需要全力投入另一场战斗。

勒缪尔·高蒙躺在甲板上癫狂地扭动挣扎,比亚奇用双手死死按住他的右肩。普罗姆斯负责压制他的另一侧肩膀,两位战士必须倾尽全力才能与面前的这个凡人相抗衡。

门卡拉骑在勒缪尔身上,一只手紧紧扼住对方的喉咙,另一只手用战斗匕首的刀尖在他的裸露胸膛上刻下一枚枚血淋淋的符文。斯瓦夫尼尔·疾狼则站在门卡拉背后,将爆矢手枪的冰冷枪口抵在千子巫师的脖颈上。西萨瑞亚修女的性命悬于一线,当头一枪便是他们仅有的威胁手段了。

"按住他别动,该死的!"门卡拉喊道,"束缚咒文要精准无误,否则必将崩溃!"

勒缪尔的身躯如焚炉般滚烫,沾满了湿滑的汗水和鲜血。他红彤彤的皮肤下面时而显现蠕动,被门卡拉禁锢在内的那个灵魂急欲冲破牢笼。遭到附身的勒缪尔呼吼着污言秽语,把自己的嘴唇咬得血肉模糊。他向野狼的面孔啐出一口鲜血,高声狂笑着咒骂对方的父母。

"我们已经束缚了敌人的灵魂,"比亚奇低吼道,"何不杀掉这个东西?"

"因为我们需要他。"门卡拉反驳。

比亚奇喉咙里传来一阵愈发响亮的咆哮:"我为什么要听信一个叛徒的话?"

"因为若不是我,你们早就没命了。"门卡拉厉声回答,他身下的勒缪尔像一头发情的公牛般疯狂扭动。勒缪尔扯开双唇咧嘴狞笑,口中喷溅出染血的飞沫。门卡拉俯身凑近对方,念诵着语言不清的充满亵渎意味的咒文,那一字一句都像生锈的剃刀般划过普罗姆斯的脊梁。

"你在干什么?"比亚奇高喊。

"我在拯救我们!"门卡拉回应道。

"别干扰他,比亚奇。"普罗姆斯从紧咬的牙关中挤出一句话来。

任由门卡拉施展此等可憎仪式违背了普罗姆斯毕生所学的一切教条,但他们还有什么选择呢?他的累累罪行中再添加一条又算得上什么呢?

比亚奇龇牙咧嘴,脖颈与额头上青筋暴起。狂怒光辉从他全身迸发出来,他恶狠狠地盯着普罗姆斯,仿佛要将山巅的那场惨烈屠杀全都归罪于他。

"听你朋友的话,"门卡拉厉声说,他猛然扭动埋在勒缪尔胸膛里的刀刃,从对方的灵魂深处招来一声非人的愤怒尖啸,"安静,让我完成仪式,以免这个灵魂碎片逃走!"

"等到这件事办完之后我一定杀了你,巫师,"比亚奇承诺,"这是邪恶学识。这是恶灵!"

"我的邪恶学识将要拯救我们。"

比亚奇嘶吼一声,难以置信地摇摇头,说道:"你居然还敢问野狼为何脱缰……"

普罗姆斯看得出来,门卡拉竭尽全力才压下心头的憎恨。在刹那间他竟有些敬佩那位战士的自制力。

"终有一天你会庆幸我知晓这些的。"门卡拉说。

"那一天永远不会到来。"比亚奇说,此刻巫师在勒缪尔的躯干上划下了最后一刀,记述者立刻浑身瘫软一动不动。他鲜血淋漓的双唇吐出最后一口气,如同亡者的临终喘息。

"完成了吗?"普罗姆斯问。

门卡拉点点头，反握战斗匕首，将武器交还。普罗姆斯谨慎地松开了勒缪尔的肩膀，转头看看比亚奇。太空野狼也点点头，随即从门卡拉手中抢过匕首。他猛然起身，一把抓住门卡拉，把对方砸在炮艇舱壁上。他用刀尖抵住敌方军团战士的下颌，随时准备捅进大脑。

"比亚奇！"普罗姆斯高呼，"不！"

"给我一个让他活命的理由！"

"我可以帮助你们抢在我的军团兄弟们之前找到其余碎片。"门卡拉说。

比亚奇摇摇头，说："你会背叛我们。只要一有机会，你就会把我们喂给下界幽魂。"

"那就杀掉我吧，"门卡拉说，"请你动手。你会让我逃过余生的无尽悲伤和痛苦。"

"比亚奇，不要。"普罗姆斯说着将手掌探向兵器。门卡拉喉头的皮肤被刀尖划破，淌出一滴滴鲜血。

"放开他，"普罗姆斯喊道，"立刻！"

在一瞬间里，他觉得那野狼必定会忽视命令，将匕首埋入门卡拉的头颅。

那一瞬间显得无比漫长。

比亚奇昂首长啸，那悲凉呼吼在机舱中隆隆回荡。他将那匕首抛在一边，双手抓住门卡拉的肩膀，仿佛要与兄弟相拥。他将一记头槌狠狠砸在门卡拉面孔的正中央。满脸鲜血的千子军团战士沿着舱壁滑倒在甲板上。

"斯瓦夫尼尔·疾狼，"他指着脚下这个瘫软伏地的战士说道，"把你那杆长矛抵在他胸口。只要他敢出一声，你就要像猎杀马鲸一样把他捅个对穿。"

一种比反胃更糟的感觉在哈索尔·玛特的肚子里搅动不止，他沿着神王欧西里斯号吃水线以下的一条幽暗走廊踉跄前行。在黑船盖勒力场的防护范围之外迁延许久实在愚蠢，他躯体的血肉异变愈发猛烈。

他用一只手捂住肚子，感觉到掌心下的皮肤波动起伏，野心勃勃地妄图异变成种种前所未见且恐怖至极的新形态。浩瀚之洋的沉重压迫从四面八方传来，新近吸纳了超凡力量的阿泽克·阿里曼指引这艘飞船劈波斩浪驶向目标。

哈索尔·玛特低声呻吟，暂停脚步，靠在一块宽阔舱壁上稍作休息。昏暗的照明灯沿着走廊等距排布，勉强够照亮两侧牢房卷帘门上的铭刻徽记。

他汗如雨下，长吁一口气，嗓子里像火烧般灼痛。全身细胞的不安躁动让他皮肤滚烫，有毒胆汁涌上他的喉头。

他勉强压下呕吐的冲动，继续前进。

他的步伐凌乱，肌肉中的骨骼逐渐易位。眩晕感将他吞没，感官信号在他全身各处随机浮现。

他试图回忆自己经过了多少扇卷帘门，然而剧痛在他的思维里熊熊燃烧，让他除了奋力抵抗自身血肉中的基因叛乱之外无暇旁顾。他根本不知道自己究竟走了多远。

他经过了八扇还是九扇门？

哈索尔·玛特抬起头想要看看自己是否抵达了正确的那扇门前，然而分泌物阻塞了他的视野。他用手背抹过双眼，上面沾满了丝线状的黏稠物质。他在腿甲上抹了抹手掌，运用一点亮羽学派力量来涤净神智与视野，从而得以察看面前的卷帘门。

上面除了寂静修女的符号之外别无痕迹。

"对，"他开口说道，这湿滑嘶哑的含混嗓音与平日里的完美声调毫无相似之处，"这肯定是第十扇。"

他伸手探向卷帘门的控制面板，双腿却在此时失去了力量。哈索尔·玛特沿着大门缓缓跪倒，意志防线的最终崩溃让潜藏在他体内的那份恶毒诅咒欣喜若狂。若非亮羽学派在灵能上的非凡造诣，他恐怕早就屈服于这可憎的异变了。

哈索尔·玛特抬起一条形态诡异的扭曲臂膀，然而控制面板遥不可及。强酸泪水顺着他的脸颊滚落，将沿途皮肉尽数腐蚀，露出其下的白骨。

"不，"他咕哝道，"我不能就这样死了。"

"据我所知不会的，"他背后的某个声音说道，紧接着一双手臂就把他拽了起来，"我觉得它还需要你呢。"

哈索尔·玛特眯起双眼，朦胧不清的视野勉强辨认出了帝皇之子剑客披挂盔甲的轮廓。那张经过灵能雕琢的俊美面孔带着苍白如骨的长发与满含讥讽的冷笑俯视着他。哈索尔·玛特依稀在卢修斯的身躯中看到了两个相互交缠的扭曲形体，他不知道这是自己脑海里的如焚剧痛在作怪，还是错乱神智所捏造出的幻觉。

"你……怎么……在这里？"他开口问道。

"我是来救你性命的。"卢修斯说着打开卷帘门将他拖了进去。哈索尔·玛特感觉到脊背上涌现出连结成片的肿瘤，恰似蓬勃生长的真菌。他放声发出饱含痛苦的凄厉尖叫，如此来势汹汹的血肉异变让他束手无策。

"坚持住，"卢修斯说，"你需要的都在这里面呢。"

哈索尔·玛特努力让视线穿透面前那些层叠交错的杂乱影像。与前面的九个房间一样，这里挤满了至少上百个难逃厄运的悲惨灵魂。自从飞船落入千子手中至今，长达数周的不闻不问早已让这些人情绪低落，饥肠辘辘，疾病缠身，污秽遍体。

"就按照它教你的办法，记得吗？"

哈索尔·玛特点点头，他的口腔与舌头早就肿胀变形得难以言语。他调动起最后一丝力量，趔趄着扑向那些惊恐万分的囚犯，而这份力量的源头究竟是近在咫尺的救赎还是尚未耗尽的意志，哈索尔·玛特就无从得知了。

他跪倒在一个纹丝不动的男性身旁，对方那严重营养不良的躯体近乎一具骷髅。那人抬起头来，用饱含同情的目光看着哈索尔·玛特。

凡人的怜悯向哈索尔·玛特心头注入一股怒意，他将双手深深捅进对方的腹部。哈索尔·玛特念诵着亚弗戈蒙所传授的邪异咒文，开始奋力推动。

成效显著。

那个凡人立刻全身抽搐，他的血肉开始鼓胀延展。狂乱无羁的异变生长几乎在刹那间让他殒命。血雾泼洒在哈索尔·玛特脸上，他能感觉到自己体内的那股异变能量逐渐弱化。

重新焕发活力的他转向了下一个目标，恐惧让那个凡人稍稍退却。哈索尔·玛特并没有给对方就此脱身的机会，他将更多的异变能量从身体里推动出来。数秒间，这第二个人便彻底凋零，在临死前向哈索尔·玛特呕出一大摊污血。

被成功所激励的他爬向下一个受害者，然而一道阴影落在他身上。

"不，用这个吧。"卢修斯将一个惊恐万分的青年抛在哈索尔·玛特身旁，"他的身体还年轻，比其他人更有韧性。"

哈索尔·玛特点点头，把双手埋进那个哭泣男孩的肚腹。他不停地将异变之力灌注到对方体内，直到面前这个胡言乱语的肉囊完全失去了人形。

"再来，"哈索尔·玛特说，"我还要。"

卷帘门重重落下。这里曾经是一间货舱，如今则是一座血腥坟墓，无人生还。

哈索尔·玛特的肌肤焕然一新，光洁平滑，充满活力。他的躯体像一位正值壮年的军团战士，与弗格瑞姆麾下的战士不分上下。充盈全身的雄健力量让他回想起初为阿斯塔特的那段岁月——彼时他自信放眼整个银河都难寻敌手。

他深吸一口气，将双臂平伸于面前。

"王座在上，这才是活着！"他说。

卢修斯伸手触动舱壁上的自动灭除按钮，房间里的数百具尸首顿时被焚为灰烬，那厉声咆哮的涤荡烈焰让卷帘门向外鼓胀。随后，所有残骸都被排入太空，卷帘门也随之向内收缩。

哈索尔·玛特翻转手掌，仔细检视，寻找血肉异变的残留痕迹。异变已全无踪迹，他不由得咧嘴笑了起来。

"我重获俊美了。"他说。

"的确，"卢修斯不情愿地承认，"但你我都知道这份俊美是有代价的。"

"任何代价都行。"

剑客发出一阵粗重刺耳的笑声。

"它说过你会这样讲，"卢修斯回应道，"你只要记得等到支付代价的时候别背弃承诺就好。这份债你是逃不掉的。"

"别担心，"哈索尔·玛特的讥笑中带着尖刻的轻蔑意味，"无论它要什么，我都心甘情愿。"

卢修斯凑到哈索尔·玛特面前。

"阿泽克·阿里曼一直带在身边的那本大书。"他说。

"《马格努斯之书》？怎么了？"哈索尔·玛特退后了一步。

"我们要改它一改。"卢修斯回答。

第十九章

敖顺

安库·埃南

极端险境

亚速·纳加森那不喜欢林仙号。

这艘飞船用欺瞒和伪装将自己层层包裹,仿佛是羞于展露真实面目。他初次登船的时候就有所察觉,那种气氛至今不曾消解,倒不如说是更加浓厚了。

这艘船上的一切都显得冰冷死寂,负责维持各项系统正常运行的船员以机械为主,凡人水手的数量被控制在最低限度。

无论纳加森那还是普罗姆斯都不愿在阿苟鲁多作停留,所以林仙号与朵拉玛尔号,对那座宏伟山脉施加了密集轰炸,将猩红君王的竞技场彻底抹消之后,就启航离开。如今,两艘飞船来到临近的次级星区,悬停在一颗无名巨型气体行星的低层轨道上,对接下来的去向毫无头绪。

他们已与引领他们前往阿苟鲁的那个信息源头失联了。

至少,目前如此。

一对解除了武装的机器人护送着纳加森那穿过登机甲板,他始终警惕地审视它们,右手片刻不离爆燃手枪的握柄。智控士兵在阿苟鲁的突然背叛让队伍付出了沉重代价,纵然安姆维特·乌西库保证,他已经抹除了每一台机械的记忆核心,但纳加森那很清楚,只要有一次背叛,就意味着更多背叛。

纳加森那遵照迪奥·普罗姆斯的请求来到了林仙号。他不知道奥特拉玛的前任智库所为何事,但他也不愿把事情闹得沸沸扬扬,于是便孤身来访。

最终,两个机器人带领他抵达飞船的上层甲板,来到一扇平平无奇的卷帘门前。它们在大门左右停下脚步,化作静默的卫士。

卷帘门随即打开,穿着简单作训服的普罗姆斯微微躬身以示欢迎。

"亚速,"他说着退后一步,"多谢你跑一趟。"

纳加森那躬身回礼,走进这个规模中等的房间。屋中家具寥寥无几,简约实用，符合奥特拉玛战士的一贯作风。

一套看起来不曾用过的床铺、几张盖着布料的工作台、一个书桌，以及若干标绘板都紧靠墙边。一块简单的软垫占据了房间中央，角落里则堆放着六具训练机仆的残破肢体。

纳加森那闻到了汗水、机油和鲜血的气味。

"你训练得很刻苦。"

普罗姆斯点点头。

"与马格努斯的战斗暴露出了我战斗技巧中的很多弱点，"他说，"我决不会再次辜负期望。"

"辜负期望的并非我们的刀剑，"纳加森那说，"而是我们对机械士兵的过度依赖，以及对于猩红君王的严重低估。但切莫过于自责，迪奥。我们与一位原体交手并且活了下来，我想不到还有谁敢这样讲。"

"此话不假，"普罗姆斯承认，他指着那巨型书桌旁边的一张常规座椅，"请坐。我们聊聊。"

纳加森那抽出椅子，调转过来，小心翼翼地坐下，但躯干侧面的大片淤青还是发出了一阵火辣辣的抗议，让他不禁眉头紧锁。

"情况有变吗？"他将双臂架在椅背上问道，"勒缪尔说了什么吗？"

"禁闭室里的那个东西不是勒缪尔·高蒙。"普罗姆斯说。

"这我知道，迪奥。"纳加森那说。

"我认为我们应该摧毁它，"普罗姆斯说，"我们不该把它带到林仙号来，太危险了。"

"门卡拉说他刻在勒缪尔胸膛上的那些符记足以永远禁锢住马格努斯的灵魂。"

"莫非我们要完全相信一个叛徒的说法？"普罗姆斯问，"即便我们相信门卡拉确实想要阻止他的兄弟们将马格努斯恢复完整，他也依旧不可信任。"

"门卡拉当然不可信任，但比亚奇检查过那些符文，他告诉我说其牢固程度远非他能力所及。你也检查过，那么告诉我——比亚奇的评估错了吗？"

"没有，"普罗姆斯承认，他疲惫地叹了口气，"我并不完全理解那个术士的成果，但那些缚魔咒文的强度至少不逊于修正圣殿基石上附加的防护结界。"

"所以说，我们还有时间。"纳加森那说。

"有时间干什么？"

"审讯马格努斯，探明那些千子接下来要去哪里寻找他的灵魂碎片。"

普罗姆斯绞着双手在软垫上踱步。纳加森那看得出来对方心理的挣扎。奥特拉玛的钴蓝色装甲本已是一份难以想象的牺牲，而时至今日他距离那指路星辰般的往昔理念已经偏离了多少步？

面前这一步是否太远了？

"我们什么都问不出来，"普罗姆斯说，"它只知道挣扎、尖叫和威胁。"

"那么我们就必须强迫它把我们需要的情报说出来。"

"怎么强迫？它绝不会自愿透露任何情报，而且高蒙躯体里的那股力量已经让它对乌西库贤者手中最强力的吐真药剂免疫。"

"薇勒达女士，"纳加森那说，"她的塔罗牌能读懂马格努斯，正如她读懂了勒缪尔·高蒙。"

普罗姆斯停下脚步盯着纳加森那，他脸上写满了抗拒。

"卡牌占卜？"

"那正是我们前往阿苟鲁的原因。我相信它也能指引我们迈出下一步。"

迪奥·普罗姆斯又叹了口气，说："难道我们已经落入此等窘迫境地，需要运用这种邪门歪道来寻找方向？"

"我们别无选择，迪奥。"

"据我所知，倘若运用卡牌占卜，就意味着要与高蒙体内的那个意志进行接触。薇勒达女士甘冒这种风险吗？如此可怕的重担想必令人难以独力承受。"

"她心甘情愿，"纳加森那说，"而且她并非独自一人。那个普罗斯佩罗人凯娅会协助她。"

"她又有何用？"

"马格努斯是一位才智无双的原体，但这并不是马格努斯。至少不完全是。这只是他的愤怒和苦涩，如今已经摆脱了自控的束缚。如果我们能够利用高蒙心中对自己在卡米提·索纳监狱所作所为的愧疚来挑拨那位原体的自负，或许就可以诱使他失言。"

"王座在上，风险太大了……"

纳加森那抬手拨开面前的一缕散发，说道："的确有风险，但我认为这是可控的风险。亚姆比克·索斯鲁寇寸步不离薇勒达女士，而且斯瓦夫尼尔·疾狼的绝灵鱼叉也会时刻准备动手。"

"西萨瑞亚修女呢？"

纳加森那摇摇头，说："她要在一旁待命，以备不时之需，但她的存在只会让马格努斯的灵魂更加深入高蒙的躯体。它会退缩不出，让我们一无所获。"

普罗姆斯用掌根揉了揉脸，纳加森那再一次看出了对方的深深疲惫。他并没有愚蠢到认为军团战士都不知倦怠，不需休憩，然而他如此明显的疲劳依旧令人惊愕。

"好吧，我们什么时候开始？"普罗姆斯问道。

"立刻，"纳加森那说，"千子想必已经展开了行动，他们占据着一切优势，因为他们对于自己父亲的了解是我们永远无法企及的。"

普罗姆斯坐在床铺边缘，俯身将手肘架在膝盖上。一阵短暂的沉默随之降临，但这并不让纳加森那感到尴尬，反而令他回想起两人尚未滋生嫌隙而分道扬镳的那段早年岁月。

"你为什么叫我来，迪奥？"纳加森那问。

迪奥·普罗姆斯点点头，仿佛突然想起了什么，抑或他心里有些话要说，却不知道是否应当开口。

"迪奥？"

"我有一样东西要给你。"普罗姆斯说着站起身来，走向一张工作台。他从布料下面拿起一件物品，转身呈给纳加森那。

纳加森那顿时屏息凝神。

"你干了什么……？"他倏然起身。

普罗姆斯手中捧着一副锃亮华美的黑漆剑鞘，表面缠绕着繁复金线和盘龙图案。

"你把这个留在了卡米提·索纳监狱，"普罗姆斯说，"我把它取回来重铸了。"

"你不该这样做的，迪奥，"纳加森那说道，"我的长剑正直断了。当它被凤凰麾下的那个战士折断的时候，它蕴含承诺和意义就已经不复存在。我不知道你究竟重铸了什么，但那绝不是我的长剑。"

"我明白，亚速，"普罗姆斯说，"我明白那把剑对于你有何意义。我明白——"

"不，你不明白。"纳加森那厉声说道。

"或许吧，但波德瓦·比亚奇把他对你讲的那些话也对我讲了。'切莫将剑与人混淆。前者可以折断损毁，后者则要坚韧不拔。'"

普罗姆斯重新递出长剑说道："这不是正直，永远都不会是，我明白。它已经接受了锈蚀与安息的祝祷，但那把剑的精良钢铁重铸于此，它拥有了一个新的灵魂，将要书写一篇新的传奇。收下它，以帝皇之名挥动此剑。"

纳加森那不想触碰那把武器，然而他的手掌却不由自主地抬了起来。剑柄裹着柔软的白色皮革，末端镶嵌了一块朴素的翡翠。他用左手接过剑鞘，一股熟悉的抓握感在指尖油然而生。

一掌余长的利刃跃出剑鞘，让他不禁轻叹一声。剑锋闪亮如银，他注意到一串精细铭文沿着剑身排列，但他并不认得那种语言。

"这写的是什么？"他问道。

普罗姆斯摇摇头，说："等你学会马库拉格的语言就知道了。"

"我会的。"纳加森那说着让长剑彻底出鞘。他将这崭新的兵器立在面前。利剑精美绝伦，打磨锃亮的钢铁锋刃拥有东方刀剑的标志性弧度。

热泪沿着他的面颊滚落，仿佛他初为人父，刚刚接过自己的儿女。

"我从来没有想象过能够再次拥有如此美丽的事物，"纳加森那说，他试着挥动长剑，"我要向你致以永恒的感激，迪奥。这实在是无与伦比。"

"没有宝剑的你实在是判若两人。"

"它有名字吗？"

"它叫敖顺，"普罗姆斯说，"神龙剑。"

一块椭圆形的混浊水晶坐落在阿蒙工坊的正中央。一块拳头大小的尖晶石摆放在它的核心位置，看似一枚巨大的眼眸造型，纵然原本的那块水晶早已失落于普罗斯佩罗，如今这仅仅是一件复制品，但它依旧让阿蒙感到宽慰。

他跪在这枚眼眸徽记前方，双掌平放在石板表面，让它的力量涌入全身，也让它汲取自己的力量。水晶触手温热，其深处光芒流转，随着浩瀚之洋的潮起潮落而脉动不已，仿佛是大脑中高频激发的神经突触。

在阿蒙与猩红君王从启蒙星海返回之后，军团的剩余战士便群集于他的浮空金字塔，重新向基因原体宣誓效忠。当马格努斯在露台上现身的那一刻，震耳高呼顿时让阿蒙回想起了乌兰诺大捷，昔日他与诸位有若神明的人物并肩傲立于观礼高台，放眼检视数以百万的士兵、泰坦和战争机械隆隆行进。

在巫师星球的各个角落，所有千子战士都倾尽全力为原体的光辉伟业提供协助。阿蒙也奉献出自己的力量，他的思维在第九层心境中畅快翱翔。摆脱凡俗困扰，远离现实国度，阿蒙的心灵自然地出现了一些往日幽魂。

他们像突然造访的老朋友一样在阿蒙的工坊里飘荡，虽然唐突而来却依旧令人欢欣。他看到一位位故去兄弟浮现在视野里——那些战士或是牺牲于普罗斯佩罗，或是被血肉异变所吞噬，抑或为帝皇的伟大梦想而捐躯。同僚学者们的幽魂时而停下脚步检视墙壁上的星图，无论那些是奇术图表还是徒劳愚行，都早已耗费了阿蒙的大量时间和心力。

他微笑着注意到大图书馆守护者安库·埃南的苍老面孔。那位德高望重的学者与阿蒙记忆里别无二致，一副了无生气的容貌散发着洞察万物的气度。他的外表似乎就足以驳斥军团战士不朽之躯的传说。

"你还是参入者的时候就一脸老气。"阿蒙说。

"我当时确实很老了，"安库·埃南回答，"他们差一点把我拒之门外。太年轻的男孩曾经是不允许投入战场的，但在我们身上，他们需要的正是青春年少。"

"我永远都无法想象你青春年少的模样。"

"说实话，我自己也想象不到了，"安库·埃南在巨眼徽记旁驻足，俯身将手掌按在水晶表面，那老人的嘴角浮现出一抹充满怀念的微笑，"那仿佛是梦中的另一段生命。"

"一段更好的生命？"

"一段更简单的生命。昔日的银河尚且不是今日的模样。"

"我们都今非昔比了。"

"的确，但有些事物是不会改变的。"他用沾满墨迹的手指划过一座空荡荡的书架，转过身来挑起一侧眉毛，"当野狼降临在普罗斯佩罗的时候，我也作出过类似的努力。但你们此时此地的尝试要远远超过我当日奢望达到的成果。"

那老人轻笑一声。

"我试图挽救所有实体书籍，但这样……这样要好得多。告诉我，阿蒙，你当真认为这会成功吗？"

"会的。"阿蒙说。

安库·埃南耸耸肩继续在工坊里绕行，仿佛这件事无足轻重。

"伟业已经启动，"阿蒙说，"看看帕加马陈列厅的大理石厅堂吧——那些数不尽的书架几乎空空如也了。"

"那幅景象一度会让我惊恐万分，"安库·埃南叹息一声，"如今我却满怀希望。那意味着沉淀多年的浩瀚学识穿过时间与空间的阻隔被送往了启蒙星海，那意味着规模如此惊人的伟大工作确实可行。"

阿蒙感觉豪情万丈，即便他明白那位惨死学者的话音事实上源于自己的脑海，对方仅仅是由第九层心境抽取过往记忆捏造而成的虚妄同伴。

"我太久没有体会过如此强烈的希望，以至于我担心自己再也无缘体会了。银河动荡不已，一切可靠可信的事物都被这场新的宏大战争所抹消，被这个新的耗散系统所替代。"

"不消多时，这场战争就会结束，"安库·埃南说道，"它的战火会被时间熄灭并埋没，正如历史上的所有战争一样。那时，也只有那时，你们所拯救的一切才会体现出真正的价值。"

"是的，"阿蒙说，他心里清楚这只是一份梦想，却还是不由自主地开始描绘那金色的未来，"无论是谁将要在战帅的反叛中夺取胜利，我们都会具备足够的知识来重整山河，也具备足够的智慧来善加运用。无论过去经历了怎样的错误和误解，未来都能得以重铸，宝贵的统一必将是我们囊中之物。"

"你这样想就太幼稚了，"安库·埃南说道，一丝疑虑顿时钻进了阿蒙的脑海，如同洒入井水的一滴毒药，"在未来眼中，千子早已万劫不复。今日的任何作为都休想让那份命运改变分毫，然而在史书中留下的背叛遗毒无足轻重，真正重要的在于你们为足具智计的后人留下了怎样的馈赠。当他做出选择的时候，记住这一点！"

阿蒙惊呼一声，火急火燎地抽回手掌。安库·埃南和其余逝去学者的幻象顿时不见踪影，将孤身一人的阿蒙留在空荡荡的工坊里。

不，并非孤身一人。他能察觉到某个存在。

他站起来转过身去，在工坊露台上看到了父亲披挂装甲的熟悉身影。马格努斯裹在一件深栗色的皮毛斗篷里，他此刻头颅低垂，双肩垮塌，灵气中充斥着困惑的幽光。阿蒙立刻警觉起来，让思维回落至第三层心境。不曾遗忘的老友像清晨薄雾般从脑海里消散。

他迈上露台站在父亲身边。马格努斯虽然肩负着那份伟业的重任，却依然高大魁梧，只不过他举手投足间的气势已经与两人俯瞰启蒙星海的时候大不相同了。

原体的目光从这片混乱领土上扫过，他的思维发散到任何人都不可及的遥远角落。马格努斯俯视阿蒙，那须臾间的迟疑是他在努力回想子嗣的名字。

"阿蒙，对，"马格努斯点点头说，"你刚才在和谁谈话？"

"没有谁。只是回忆。"

"关于谁的回忆？"

"安库·埃南。"

马格努斯的灵气顿时变得柔和，说道："他去哪里了？我倒想见见那个满口牢骚的老东西。"

阿蒙稍作迟疑才开口作答。一团朦胧云雾悄然渗入父亲的灵气，正如他昔日仓皇遁入浩瀚之洋时的状况。

"安库·埃南已经死了，大人，"阿蒙说，"他根本没有来过这里。那只是往日的幽魂。"

"死了？"

"死在普罗斯佩罗。"

马格努斯点点头，长吁一口气。

"是啊，当然了，你是对的。他死了，我记得，在普罗斯佩罗。我感觉自己像是活在一场无法惊醒的梦魇里。那果真发生了？"

"是的，大人。"

马格努斯双手抱着头颅说："全都在消逝，阿蒙。我的本质时刻在崩解。

我很快就会完全消失。你为什么要带我回到这里？为什么？"

马格努斯猛然扭过身来，阿蒙眼看着父亲脸上涌现的愤怒和困惑，几乎无法遮掩自己的悲伤。阿蒙伸出手放在马格努斯的臂膀上，递出自己的一份力量。

"大人，我——"

"别碰我，"马格努斯厉声说道，阿蒙清晰地察觉到了父亲双拳中迅速积聚的夺命力量，"我不认识你。"

阿蒙退却一步，将双手垂在身边，努力让声音保持沉稳平静。

"我是阿蒙，你的侍从。"

"不，如果是阿蒙我一定认得出来，"马格努斯说，"你究竟是谁？"

"我是阿蒙，你的朋友。记得吗？"

马格努斯颤抖着叹息一声，萦绕在他灵气里的云雾略微消散。他缓缓点头。

"阿蒙，是的。我现在想起来了。"

马格努斯转过身去，继续遥望阿蒙身后高塔之外的混乱景象，青铜护栏在他的紧握之下逐渐扭曲凹陷。以太风暴肆虐于天际，高大峰峦上跃动着令人憎恶的邪异色彩，仿佛山脉彼端的世界正在熊熊燃烧。

"我知道我该认得这个地方，"马格努斯说，"但我看不到任何熟悉的事物。告诉我这是什么地方！"

"唯一恰当的名称似乎是巫师星球。"

一滴泪水从马格努斯脸上滑落。

"那个名字对我而言毫无意义，"他哀伤地说，"任何名字都已经没有意义了。"

神王欧西里斯号上只有一个地方能够让他逃避这艘飞船令人麻木的死寂气氛。他走向黑船的上层部分，手中锃亮的象牙白权杖在钢铁甲板上敲打出一串规律的节奏。

飞船的狭长走廊里萦绕着种种幽魂，拱顶舱室间回荡着轻柔哀求。无端浮现的声音在阴影中絮絮低语，如同混入眼角的沙砾般挥之不去。蕴藏在阿泽克·阿里曼法杖中的那股力量让它们趋之若鹜却又避之不及，恰似一群扑火的飞蛾。

这艘飞船憎恨阿泽克·阿里曼和他的同僚。

"一旦事成，我就要把这艘船扔进一颗恒星里。"他向沿着钢铁舱壁匍匐蔓延的黑暗做出承诺。公然诅咒搭载自己穿越亚空间的飞船往往是不祥的，然而他却得到了一阵咝咝作响的赞许。

他将临时指挥权交给了伊格尼斯，对方此刻站在舰长宝座旁，《马格努斯之书》则被链条锁在指挥台上。阿泽克·阿里曼极不情愿与原体的伟大秘典分离片刻，然而与之相处太久便会唤醒父亲的灵魂碎片，从而引发种种连带效应。

猩红君王通过阿泽克·阿里曼制订了航向，船上的所有人对这段行程的最终目标和旅途跨度都全然不知。萨纳克特与伊格尼斯二话不说地接受了现实，而哈索尔·玛特却无休止地央求检视《马格努斯之书》，仿佛他或许能找到某些阿泽克·阿里曼忽视的线索。托贝克则孤身坐在他的临时军械室里，埋头清理枪械，一遍又一遍地打磨他的战甲。

自从队伍离开七眠者之后，亚弗戈蒙就始终在那些昏暗无光的偏僻走廊里独自游荡，阿泽克·阿里曼对此颇为满意。

那个愈发乌黑的妖傀出现得越少越好。

飞船表面装甲的呻吟和尖鸣透过庞大的超结构传入内部，浩瀚之洋的波涛卷着它扑向一个未知的未来。

阿泽克·阿里曼拐进一条走廊，众多兜帽遮面的雕像林立两侧，它们头顶上方是一块块鸢盾，展示着泰拉各大导航者家族的徽记。每一尊雕像都覆满尘埃，每一块鸢盾都像服丧般盖着黑布。

他沿着走廊继续前行，轻松地迈过一道道弧形的驱邪印记，组成它们的无数防护符文纷纷消解。他挥动法杖，面前那两扇密封大门立刻开启。这种遍布符文的屏障本可将绝大多数擅闯者拒之门外，唯独最为强大的邪魔才有望将之攻破。

然而它们只是让阿泽克·阿里曼放慢了脚步。

很快，最后一道防线也被突破了，阿泽克·阿里曼迈步踏上台阶。楼梯顶端还有一扇防护严密的门，表面绘制着白色线条，挂在周围的大批誓言纸张早已褪色，此刻伴着微风缓缓飘动。各式各样的护身符和纪念品被献给了门后房间里的重要人物，以此祝祷他们能够让飞船安然穿过天界抵达目的地。这样一艘飞船上竟会出现此等迷信愚行，实在令人有些费解。

门轻轻滑开，闪烁沸腾而又朦胧不清的亚空间光辉顿时扑面而来，汇作一道斑驳陆离的多彩浪潮。众多絮语阴影在那汹涌喷薄的光芒湍流面前溃散奔逃，但阿泽克·阿里曼却沐浴其中如获新生。

在神王欧西里斯号尚且为帝国效劳的时候，这里就是导航密室，导航者正是在此引领飞船直面亚空间浩瀚之洋的万变波涛。

阿泽克·阿里曼在门口停住脚步，他发现房间里已经有人了。

"你在这里干什么？"他问道。

"在等你。"亚弗戈蒙说，昔日导航者就是在它身下的那张躺椅上凝望虚空。妖傀从躺椅上垂下双腿，一度完美无瑕的人造躯体已经被藏匿其中的秽恶本质腐化得衰朽不堪，这景象令阿泽克·阿里曼寒毛竖立。

它胸前的唤魔印记早已模糊难辨，由内而外的锈蚀和腐坏在躯干表面留下了大片细密裂痕。它的头颅歪在一侧，生锈的颈部暴露出一块肿瘤般的液压装置。

"我的私人时间像母牛的幼崽一样不可侵犯，"阿泽克·阿里曼说，"立刻出去。"

亚弗戈蒙抬起一根手指晃了晃，阿泽克·阿里曼注意到对方手掌上只剩下三根指头了。

"行了，阿泽克。你我两个，我们有话要说。"

"没有，"阿泽克·阿里曼说，"出去。"

"我很快就走，"亚弗戈蒙从导航者的躺椅上站起身来面对阿泽克·阿里曼，"但首先我要提醒你，我们昔日在黄道仪的核心位置签订了一份血契。你还欠我一份债。难道你忘记了，在德雷克耶虚空魔失去控制的时候，是我救了你们所有人？"

"我没有忘记。"阿泽克·阿里曼说道。

"那就好。"亚弗戈蒙说着从胸口撕下一片漆料。金银两色的碎片洒落在地，"与吾辈签订契约却又不能履行承诺的那些凡人从来没有好下场。"

阿泽克·阿里曼大笑着将手杖递向恶魔面前，其中的闪耀光辉顿时令它胆怯退缩。

"你敢威胁我？你可知道我如今拥有的力量？"

阿泽克·阿里曼俯身前探，清楚地闻到了妖傀躯体内部那些朽坏结构所散发的甜腻腐臭。

"你让我恶心，"阿泽克·阿里曼在亚弗戈蒙身边绕行，"你寄居的机械形体几乎要瓦解了。恐怕我只需吹一口气就能让你变成风中尘埃。"

"你最该明白，羸弱衰朽的宿主形体丝毫无法代表我的真正力量。"

阿泽克·阿里曼耸耸肩，说："在我面前你休想掩饰自己的虚弱，恶魔。我如今目光敏锐远胜以往。你只能在这个现实世界里勉强维持了。倘若迈错区区一步，你就会哀号着堕入虚无，和你的同类共度千年岁月。"

"那就履行你的承诺！"亚弗戈蒙咆哮道，"你欠我一个灵魂，我会收走一个灵魂！"

阿泽克·阿里曼停下脚步，亚弗戈蒙此刻背对房门。他摇了摇头。

"你昔日提出的条件毫无意义，"阿泽克·阿里曼说，"你要求的是什么来着？'一位拥有尘埃双眼、寒冰之心、明镜灵魂与神祇面孔的子。'即便我愿意履行一份在极端险境下签订的契约，也无从知晓该如何满足你的要求。"

"仔细考虑你下一步的作为，"亚弗戈蒙警告道，"你与无生者签订了一份契约。"

"如今我弃绝那份契约。"

阿泽克·阿里曼将手杖尖端抵在亚弗戈蒙的躯干上狠狠一推。那恶魔顿时尖嚎着趔趄倒退，用乌黑的双手捂住凹陷胸甲上的一处焦痕。

"滚吧。"他命令道。

为那场审讯选用的登机甲板是林仙号上规模最小的一块，仅够容纳一艘勤垦型驳船。大厅里只有一座刻满符文的绞台矗立于格外强大的防护结界中央。甲板上的那些奥秘徽记是斯瓦夫尼尔·疾狼在西萨瑞亚修女的精确指示下用那柄绝灵长矛仔细铭刻的。

四座遥控狼蛛炮台占据着房间四角，此刻正由武器机仆们进行最后一轮调试。配备着重型爆矢枪或多联热熔的炮台全都直指大厅正中。

比亚奇、纳加森那和普罗姆斯在位于夹层的指挥所里监督一切准备工作，这个岬角状的密封船舱由厚重钢铁和防弹玻璃组成，里面塞满了逻辑引擎与停泊器械。乌西库贤者麾下的船员针对控制仪器进行了全面扫查，确保所有系统处于正常运行状态。他们只需片刻时间就可以将登机甲板里的一切排入太空，三位战士全都接受了培训，能够正确使用相关装置。

"我不喜欢这样。"迪奥·普罗姆斯双臂抱胸说道。

"我们谁都不喜欢这样，迪奥，"纳加森那说，"但我们还有什么选择呢？我们需要知道马格努斯的灵魂碎片究竟在哪里。我们需要立刻知道。"

比亚奇在狭小的监控室里踱步，他龇牙咧嘴地活动脖颈，仿佛准备大战一场。

"我们如何能够相信它吐露的任何话语？"野狼说道，"它是下界邪魔。它以谎言为生。"

"你说得对，我们不能相信它主动提供的任何信息。"纳加森那表示认同，"我们要借助它的高傲自负来获取信息。在它眼里我们都是不值一提的卑微蝼蚁。"

比亚奇低哼一声，指着下方正在开展的准备工作，说道："我觉得它的看法没错。"

普罗姆斯没有理会比亚奇的讥讽，说："仔细说说，亚速。"

亚速·纳加森那握住长剑敖顺的皮革剑柄说："高蒙体内的东西源于赤红的马格努斯。它肯定会认为自己超凡脱俗，睥睨众生。它会戏耍薇勒达女士，嘲弄她的鲁钝智能。她则会将计就计，佯装自己被那高不可攀的强大心智玩弄于股掌之中。她会放任对方的辱骂和鄙夷，直到它在心浮气盛之际为了展现自己的优越地位而贸然揭露某种隐秘真相。"

"你以为它看不出来这一招？"比亚奇说。

"如果这是完整的马格努斯，我绝不敢妄想采用如此露骨的手段。"纳加森那说，"但这只是那位原体的一块灵魂碎片，纵然极端危险，却是被激情和统治欲所左右的。我们让凯娅担任诱饵，就能利用它的强大力量，直击其弱点。"

普罗姆斯的手掌抹过面孔，长叹一声之后开口说道："我们这是在冒巨大的风险。"

"一旦事态有异，我们完全可以在眨眼间了结一切。"纳加森那说着走到了整域力场的控制台旁,"只要拉动一根操纵杆,就能把甲板里的所有东西排入太空。林仙号的侧翼面对着下方的巨型气体行星。脱出飞船的任何事物在几秒之内就会气化。"

普罗姆斯又透过防弹玻璃看了看下方的甲板,武器小队已经逐一退场,留下了弹药上膛随时待命的狼蛛炮台。

"迪奥?"纳加森那在许久的沉默之后追问道,"林仙号是你的船,或进或退由你决定。我们下一步如何安排?"

迪奥·普罗姆斯纹丝不动地站在原地,纳加森那可以想象到对方正在脑海里推演上百种潜在场景。极限战士为这种思维方式取了名字——实战可能、理论可能。

纳加森那提出的方案十分危险,但理论成效与实战风险孰重孰轻?

"动手吧。"普罗姆斯说。

第二十章

恶魔宿主

尘归尘

黑暗王子

"我要把你们都杀了。这你们知道吧？"

被束缚在钢铁囚笼上的那个物体拥有勒缪尔的嗓音，但凯娅明白它绝非凡人。它听起来就像是在借助一段模糊不清的录音来模仿勒缪尔。

它的模仿十分拙劣，然而暴露区别的却是那双眼睛。在她与老友的关系因卡米提·索纳监狱的事情恶化之前，勒缪尔的浅棕色眼睛一向充满了和善与热情。

现在，那目光已经变得残酷而空洞，没有丝毫人性。

薇勒达女士解释了勒缪尔的遭遇，但昔日原体的一部分灵魂如今寄居在旧友体内，这难以置信的现实让凯娅难以接受。那是勒缪尔的躯体，包裹着深棕色皮肤的血肉与骨骼，然而驱使其行动和言语的则是一个非人意志。

它一动不动地被锁在绞架上，仿佛是个立正待命的士兵，但凯娅能察觉到一股汹涌暗流般的压迫感。勒缪尔身上微光闪烁，他的躯体里似乎有一颗熔火之心在迸发辉耀。他的皮肤表面青筋暴起，像是承受着由内而外的巨大张力。

"我要从你开始下手。"勒缪尔说，他的漆黑双眼凝视着薇勒达女士，她弯腰坐在了一块亚姆比克·索斯鲁寇铺好的毯子上，"我要把你的脊梁连根拔起，用那个畸形头颅当作锤子。"

那位矮小的女士哼笑一声，指着自己背后的那些高大身影。

"我觉得亚姆比克·索斯鲁寇有话说，"她回应道，"他也能把你的脑袋干净利落地扯下来。"

凯娅转身看向薇勒达女士背后那位形影不离的守护者。五官扁平、体型壮硕的雪人披挂着一套由层叠铁环与模铸铜板组成的铠甲，外面还裹着一块臭烘烘的皮毛斗篷。旁边那两位军团战士的武装程度也与之类似——其中一个须发火红的巨人手握修长的锯齿标枪，另一位野狼的血肉之躯则与机械和战甲融为一体。

就像凯娅和薇勒达女士一样，那三名战士都佩戴了嗡鸣不已的机械神教识别标志，以此确保坐落在甲板四周的哨卫炮台能够将他们识别为友方目标。

"就那个基因变异的怪胎？拜托。"

"如果他不行，那么盲狱和疾狼会把事情了结。"薇勒达女士说着从小桌上捏起一支方头雪茄和一根火柴，刚才雪人卫士小心翼翼地将桌子摆在了她身旁，那精细轻巧的动作与其壮硕身形反差巨大。一副卡牌放在桌子边缘，紧挨着一套被薄纱盖住的茶具，其中包括几只茶杯、一个茶壶和一个陶罐。

薇勒达女士用拇指一划引燃火柴，点亮了雪茄的末端。她深吸一口，朝勒缪尔吐出一团淡蓝云雾。那刺鼻味道让凯娅呛咳不止，不过倒是掩盖住了身后几名卫士所散发的浓重气味。

"鲁斯的恶犬在普罗斯佩罗都没能把事情了结——你凭什么觉得他们今日可以有所作为？"

焚毁家园的名字让凯娅全身一颤，那沉痛感早已在她心头割开了一道永远无法愈合的伤痕。她紧紧闭上眼睛，双手攥成拳头。薇勒达女士事先警告过她，切莫在这个披着勒缪尔皮囊的存在面前暴露情感。它能嗅出任何弱点，正像一只噬灵蜂可以敏锐察觉到毫无防护的心灵。

薇勒达女士又抽了一口雪茄。

"因为他们现在就愿意动手，只要我开口。他们想杀掉你，非常想。他们在普罗斯佩罗死了很多兄弟，我觉得杀掉你会让他们很高兴。"她转过身去，"你们杀掉马格努斯会高兴吗？"

"就像一个双腿淹没在猎物鲜血里的猎手那样高兴。"盲狱说着用霜斧锋刃磨过盾牌边缘。

"你呢，斯瓦夫尼尔·疾狼？"

那位高大战士用锯齿长矛敲打甲板，点了点头。

"非常高兴，"他说，"只要你发话，我的长矛就会捅进他的心脏。"

薇勒达女士笑着说："你看，你的生死只是我一句话的事。你自己选。"

"那么你为何还不发话呢？"勒缪尔咧嘴狞笑着问道，嘴角的皮肤都被撕裂了，两行鲜血沿着他的下巴缓缓滴淌，"既然这艘船上的所有人都宁愿我死，而我却还活着，那么想必我有些用处，对不对？那么究竟是什么用处呢？"

"你知道我们想要什么。"薇勒达女士说。

"你们想要知道我其余的灵魂碎片在哪里？"

"是的。你愿意告诉我们吗？"

"不。"

"为什么呢？"

"倘若你被囚禁在一间暗无天日的地牢里，如今刚刚重获自由，你愿意被别人抓回去吗？"

"你是被囚禁的？"薇勒达女士问。

"当然！谁会传颂马格努斯作为战士的功绩？"勒缪尔嘶吼道，"谁会记得他展开过何等伟大对决，击杀过何其强悍的敌人？当人们谈及基因原体的超凡武艺时，谁会将马格努斯与安格隆或莱恩相提并论？"

"没人会。"薇勒达女士说。

"所以说，我凭什么要告诉你们？"

"想要复原你灵魂的可不是我们。"

"不，你们只是想毁灭我的灵魂。"

"我觉得你宁愿魂飞魄散也不想返回监牢吧。"

勒缪尔默不作声，薇勒达女士叹了口气。

"随你便，"她说着从桌边拿起卡牌，牌面朝下地一张张摆在面前，"我们来硬的。"

"卡牌占卜？"勒缪尔哼笑一声，轻蔑地瞪着那套饱受磨损的卡牌，"难道你们已经落入此等窘迫境地，需要运用这种邪门歪道来寻找方向？"

"我的牌不一般。"薇勒达女士说，她看似随机地掀开几张牌，"它们什么都能听见，什么都知道。不信我？那就说句话，让我用卡牌揭示真相。"

凯娅注意到每一张被掀开的卡牌都包着卷边，牌面上绘制了种种早已褪色的奇特图案——金杯、权杖和其他更为怪异的徽记。她看到了倾覆的石塔、强大的战士和各种神秘野兽。

"那套牌什么都揭示不了，"勒缪尔说，"阿泽克·阿里曼也有一副类似的牌，到头来还是毫无用处。伊特拉就是个骗子，你的牌则是一个骗局里的赝品。"

薇勒达女士吐出一串完美的烟圈。

"你这样认为？卡牌确实引导我们在山上找到了你。"

"那是因为我想要如此，"勒缪尔说，"你以为我愿意被困在一道伊甸之门的废墟上？"

"或许是。或许不是。但卡牌感知到了你这副皮囊的真相，从而让我们走到了这一步。谁知道它们现在又能感知到什么，嗯？"

凯娅听着薇勒达女士与勒缪尔交谈，双方如同是为了一筐鲜鱼讨价还价的商贩。她能察觉到隐藏在一字一句之间的激烈交锋，但思维不清的她难以理解。

薇勒达女士动手揭示一张张卡牌，将她不喜欢的那些收回牌库。她掀开一张牌，上面描绘着被闪电鞭笞的高塔，一位形容枯槁的死神从墙垛上飞落。

"太直白了。"她说着把这张牌收了回去。

凯娅目不转睛地盯着薇勒达女士操弄卡牌。

"看着我，凯娅。"勒缪尔说。

惊惧让她的肠胃拧成一团，心脏在胸中狂跳。她摇摇头。

"不。"

"为什么？"

"我不认识你。"她说。

"你当然认识我。看着我。"

"你可以看，普罗斯佩罗的女儿，"薇勒达女士说，她一边继续发牌，一边将小手搭在凯娅的臂膀上，"这个马格努斯怪物伤不了你。西萨瑞亚修女说疾狼的符文很强。"

"我不想看。"凯娅慌乱地咬住下嘴唇，"自从勒缪尔干了那件事之后，我已经不能再看他了。我就是不能看。抱歉。"

"行了，小妞。"披着勒缪尔面孔的那个物体用近乎失望的语气说道，"若不是勒缪尔，你的下场恐怕比死还糟糕。如果他没有推波助澜，促使那位母亲做出了她在心底一直想要做的事情，那么卡米提·索纳监狱的噬人怪物早就已经残害了你。那些怪物会把你生吞活剥，穿上你的皮囊，让你眼看着卡蜜尔在身旁惨死。难道你宁愿让那一幕发生吗？"

凯娅不情愿地抬起头来，咽了下口水。

"不想。"她轻声说着，终于和勒缪尔四目相对。

"不想，"那双目漆黑的怪物说，"他让那个男孩逃过了多年的悲惨和痛苦。他让那位母亲摆脱了被迫照顾一个任性逆子的重担，尤其是那孩子的意外降临本就毁掉了她的一生。可怜的小凯娅，你活了下来，而仅有的代价便是一个被母亲暗自憎恨的顽劣废物。如此看来你可是赚大了，小妞。"

"我不恨那孩子。"

"别说谎了，"勒缪尔带着含混喉音发出轻笑，那声响让凯娅一阵反胃，"你大可以继续骗自己，但我知道勒缪尔脑海里的一切，我知道你趁卡蜜尔不在的时候说过什么。你恨那个孩子夜夜号哭，恨他打破了你心中对美好生活与广阔天地的许多幻想。你恨他时时刻刻让你意识到那梦魇般的可怕处境完全是你咎由自取。"

"不，我没有。"两行热泪从凯娅脸上滚下。

"骗子！"

"是的！"凯娅尖叫道，"是的，我恨他，但我并不想让他死！"

勒缪尔大笑着说："我知道你想。当那些怪物离开的时候，勒缪尔察觉到了你的满腔宽慰。他察觉到了你明白那个男孩已经一命呜呼的瞬间。他察觉到了你对逃过一劫有多么欣慰。这没什么值得羞愧的。这是生存本能，你们凡人在尚未进化成灵长类的时候就已经具备了。而且话说回来，我们不都有过想要杀人的冲动吗？"

"不。从来没有。"

"但你想杀了我，是不是？"

凯娅默然不语。

"是的。"她最终柔声开口。

"你说什么？"

"我说是的！我希望你为自己的所作所为去死。我希望在野狼抓住我们的时候你就死了。我希望死掉的不是那个男孩而是你。我希望你现在就死，混蛋！"

勒缪尔的笑声在周围回荡，凯娅则从座椅上猛然起身扑向对方。然而她刚刚迈出半步，手腕就被一只厚实的巨掌紧紧钳住。让凯娅寸步难行的亚姆比克·索斯鲁寇摇摇头。

"退后，"他说，"立刻。"

"放开我，该死的！"

"退后，立刻。"

"听他的，"薇勒达女士头也不抬地说，"打破疾狼的符文那就糟了，非常糟。它想让你打破，或许它就能出来了。我不想那样。我觉得你也不想。"

凯娅低下头，发现自己的左脚距离疾狼所铭刻的外围符文只有一寸之遥。

"你不如坐下吧，好吗？"薇勒达女士说着把烟灰弹在甲板上，"你先别讲话了，好吗？"

凯娅点点头，从符文圆环旁退开，慢慢坐回椅子上。"你利用自己的力量强迫一位母亲杀掉她的孩子，"她说，"什么人能做出这等事？"

"想活命的人。"勒缪尔试图耸耸肩，但依然动弹不得。

"我说了，你别讲话。"薇勒达女士厉声道，"坐。亚姆比克·索斯鲁寇给我们倒一杯，是纳加森那的特制好茶。我新煮的一壶，可以凝神静气。需要来一杯吗？"

"好。"凯娅把全身的紧绷感凝成一口叹息长呼了出去，接着陷进自己的座椅里，那壮硕雪人则拎起了盖在茶具上的薄纱。

这套陶瓷茶具工艺绝伦，周身用蓝色线条细致地描绘了众多英雄事迹。这简直是凯娅此生所见最为精巧美丽的东西。

雪人伸手抱起一件方才被薄纱遮掩住的陶瓷物品，凯娅不由得眯起眼睛。

那是一件分外熟悉却又和此地格格不入的东西。

"它怎么在这里？"凯娅问道。

同时，亚速·纳加森那也看到了那件物品。他双眼圆瞪，手掌摸向敖顺的剑柄。

"亚速，怎么了？"普罗姆斯问道。

"让他们出来，"纳加森那转身扑向监控室的大门，"立刻。"

"出什么问题了？"比亚奇质问，"你看到什么了？"

"王座在上！我怎么会忽略了？"纳加森那跑向房间出口。

"忽略了什么？"

纳加森那暂停脚步，利剑半已出鞘。

"林仙号上马格努斯的灵魂碎片不是一块，"他说道，"而是两块。"

亚姆比克·索斯鲁寇从薇勒达女士的桌子上捧起了盛放着卡莉斯塔·俄瑞斯骨灰的瓷瓮。自从卡莉斯塔惨死之后就被勒缪尔留在身边的那件物体，在雪人的厚实巨手里显得很渺小，但他的动作谨小慎微。瓷瓮一直摆放在各式茶具之间，凯娅先前完全没有注意到它。

"亚姆比克？"薇勒达女士说，"你干什么？"

捧着瓷瓮的雪人脸上写满了困惑，他皱着粗重的眉毛，眯起双眼集中注意力。他头顶的神经冠冕发出低沉的静电嗡鸣。

他的巨大脑袋歪向一侧，缓缓点了点头。

随后他用山岩般的拳头将瓷瓮敲得粉碎。

凯娅惊愕地捂住嘴。

一团晶莹闪烁的飞旋尘云将亚姆比克·索斯鲁寇包裹起来。在星光照耀下，那团云雾如同钻石粉尘般绚丽夺目，它悬浮于半空，仿佛具备智能一样缠绕在雪人身上。

那团闪烁尘云猛然钻进亚姆比克体内，灿烂光辉灌注了他的身躯，让他弓起脊背发出一声痛呼。弧状烈焰滚滚涌入他的双眼和嘴巴。隐藏在瓷瓮里的灵魂碎片与这个活体宿主相互融合，雪人全身上下如同沸腾一般。

"恶灵！"斯瓦夫尼尔·疾狼高喊一声，举起长矛猛扑过来。他将武器捅向雪人的肚腹，然而强化护甲与刚硬肌肉挡住了突进的矛头，让矛柄在巨大压力下弯曲变形。

索斯鲁寇反手一击挡开长矛，又猛踢一脚让疾狼飞到了甲板边缘。吉洛斯尼尔·盲狱厉声咆哮着冲上前来，用方盾猛击亚姆比克·索斯鲁寇的臂膀。

雪人的手臂被甩到一旁。盲狱近身强攻敌人。

他的霜斧力道凶悍，来势迅猛。

斧刃凶残地咬进雪人大腿血肉，他痛苦地低吼一声。盲狱立刻抽回兵器，如涌泉般泼洒而出的鲜血让凯娅惊恐尖叫。亚姆比克·索斯鲁寇发动反击，然而盲狱早已迂回躲避。

他翻身扑到对手背后。

索斯鲁寇半转过身躯面向敌人。

凯娅手脚并用地从那两位咆哮战士身旁仓皇逃离，鲜血的苦涩味道让她一阵反胃。远离厮杀保住性命的本能为她的肢体灌注着肾上腺素。

斯瓦夫尼尔·疾狼重新加入战局，像一位迎击巨兽的平原猎手般低垂长矛。他高呼出一句芬里斯的誓言，将武器刺向索斯鲁寇腋窝处的盔甲缝隙。锯齿矛头深深埋进雪人的躯体。疾狼猛力搅动武器锋刃，索斯鲁寇在剧痛中放声呼号。

"停下这蠢事！"薇勒达女士喊道，在养子的壮硕身躯面前她显得格外矮小。

她的声音让雪人一愣。

那个遭到颠覆的心智是否尚有一丝残余，还记得她？

盲狱抓住良机，利用敌人的一时失神用战斧猛力敲打其膝盖侧面。凯娅听到了骨骼碎裂的脆响。然而雪人屹立不倒，他的神经系统无比迟钝，尚未觉察这足以致残的严重伤势。

疾狼将长矛从亚姆比克·索斯鲁寇的躯体里拔了出来，矛头上的锯齿倒刺割断筋腱，撕裂肌肉，划伤骨骼，留下了种种难以修复的可怕损伤。吉洛斯尼尔·盲狱快步迂回到雪人身后，却不慎迈入了铭刻符文的圆环内部，凯娅匆忙高声示警。

"停下，你要——"

被束缚在绞架上的勒缪尔骤然高声呼吼，凯娅的话语顿时被那巨响所淹没，她身为普罗斯佩罗人的超凡感知虽然已经不及往日那般敏锐，但依旧足以察觉到蓬勃涌现的以太能量。

"杀了那个矮子贱人！"勒缪尔吼道。

亚姆比克·索斯鲁寇转过身去，迈着沉重步伐逼近薇勒达女士。

盲狱和疾狼乘胜追击，用各自兵刃肆意摧残那放弃自卫的索斯鲁寇。然而数不胜数的致命创伤丝毫没有让雪人放慢脚步。

"说了，让你停下！"薇勒达女士说，她站在亚姆比克·索斯鲁寇面前，态度严厉地抬起一只手掌。凯娅注意到她的另外一只手里握着某张卡牌，但牌面图案无从得知。

雪人俯视着薇勒达女士，凯娅在他的双眼里看不到一丝亲情眷恋。亚姆比克·索斯鲁寇将薇勒达女士从地面上一把抓起，就像孩童操弄心爱的玩具那般轻而易举。

疾狼的矛头洞穿了雪人的肚腹。

一大股鲜血喷射出来，那些洒落在符文圆环内部的血滴嗞嗞作响，仿佛甲板是一口滚烫的煎锅。

"放下我！"薇勒达女士说。

索斯鲁寇放声呼号，野狼们把他大卸八块。

他发出最后一阵咆哮，将薇勒达女士像棍棒般挥动起来。她的躯体砸在勒缪尔的绞架上，顿时骨断筋折。

"不！"凯娅尖叫道。

薇勒达女士摔落在扭曲变形的金属囚笼脚下，那残破身躯瘫软在地，一动不动。凯娅爬向对方，心中明知自己无能为力，但依然不愿袖手旁观。那位女士的皮肤冒着轻烟，她的圆瞪双眼里充满了震慑与惊愕。难以置信的是，她居然尚存一息，并且朝凯娅递来一张血迹斑斑的卡牌。

"普罗斯佩罗的女儿……"薇勒达女士用最后一丝力量恳求道，"看，看明白……"

凯娅看到了牌面上的图案，但并不知道它究竟代表着什么。她将那图案烙印在脑海里，卡牌则在片刻间自燃，烧成了灰烬。

疾狼和盲狱站在亚姆比克·索斯鲁寇的匍匐身躯旁。凯娅紧闭双眼，泪流满面地捂住耳朵，试图抵挡那利刃劈砍血肉的闷响。

她突然听到金属断折的刺耳声音，以及高亢尖锐的警铃呼啸。紧急照明灯一同点亮，让登机甲板沐浴在琥珀色的闪烁光芒里。

席卷而来的烈火浪潮让凯娅惊叫一声，那无情冷焰的触摸远比她经历过的任何事物都更加冻寒刺骨。她呼出一团白气，透过浸满了悲伤与痛苦的泪水看到那血迹斑斑的扭曲囚笼已经大敞着门。

她听到一声剧痛咆哮，于是翻过身去。

凯娅睁大了眼睛，面前的景象简直难以置信。

斯瓦夫尼尔·疾狼跪倒在地，他的盔甲滚烫熔融，色泽殷红。他厉声呼号，半边面孔的血肉像热蜡一样缓缓流淌。

勒缪尔将吉洛斯尼尔·盲狱举在半空，他不费吹灰之力地抓着体型壮硕的野狼，右手埋在那位战士的胸甲里。方才占据了亚姆比克·索斯鲁寇的光辉云雾如今抛弃雪人的尸首，像一团金色烈焰般升腾而起，全部涌进勒缪尔体内。两块灵魂碎片的重聚让前任记述者的血肉迅速鼓胀，缓缓脉动。

他将一股新生的力量注入芬里斯的战士全身，将那位野狼战士的血肉烧成灰烬。吉洛斯尼尔·盲狱发出最后一声充满抗争意味的号叫，随后就被以太烈火彻底吞噬。

勒缪尔扔掉了吉洛斯尼尔·盲狱的焦黑盔甲。它砸落在地，碎裂成几块飘散青烟的残骸，关节和领口里涌出成堆的灰烬。

勒缪尔转身盯着凯娅，他的双眼如同是两颗恒星的炽热内核，在那无比明亮的夺目光芒中仿佛要融合成一只辉煌巨轮。

"我说过，我要把你们都杀了。"勒缪尔开口道。

亚速·纳加森那越过护栏，俯身落在甲板上。但他心里知道自己来迟了。勒缪尔居高临下地站在普罗斯佩罗女人面前，全身充盈着沸腾的能量。薇勒达女士和两名野狼都已经倒下，纳加森那似乎在勒缪尔的躯体上看到了两幅相互重叠的闪烁影像。

长剑敖顺伴着一声轻吟脱鞘而出，奥特拉玛的铭文在剑身上熠熠闪亮。亚速·纳加森那听到比亚奇也沿着护栏翻到了甲板上，像一头捕猎的雪豹般优雅轻柔地落在他背后。

警报的刺耳哀号充斥了整座甲板，纳加森那盼望迪奥·普罗姆斯不要立刻将所有事物排入太空。纳加森那给了他这个选择的权力，但预期对方会把这个艰难抉择留到最后一刻。

"你往左。"比亚奇咆哮着迅速超过了纳加森那。

他点点头迈步狂奔，与符文牧师拉开距离。身披厚重铠甲的比亚奇仍然比他快得多。

这座甲板并不算宽广，融合了两块马格努斯灵魂碎片的勒缪尔将目光投向二人，纳加森那不由得放慢了脚步。那位记述者的脸被扭曲成一副龇牙咧嘴的狞笑面具，充盈全身的非人力量已经让他难以承受。

寄居在勒缪尔体内的雄浑力量让比亚奇有所迟疑。右侧防爆门突然开启，纳加森那转过身去。新近将思维植入一台机械的机械神教贤者阿拉谢阔步而入，他手持一根沉重的精金长棍，其末端是一枚用绝灵金属打造的锯齿项圈。欧吉尔·寡目随之而来，身后是一瘸一拐的西萨瑞亚修女。那位不可接触者坚强地默默忍受着严重伤势。她拒绝接受任何止痛药剂，以防削弱她压制亚空间浪潮的能力。

"我们上一次仅仅勉强俘获了马格努斯……"

"如今他的力量已经倍增，我们如何能够与之抗衡？"

然而今日的血腥厮杀到此为止了。

勒缪尔小心翼翼地双膝跪倒，双手交叉抱在脑后。

"我不与你们交手，"他说，"我投降。"

"投降？"比亚奇咆哮道，他挥动霜刃，用剑尖直指勒缪尔的心脏，"你杀了我的两个战士，还以为能投降？"

"我只杀了一个，"勒缪尔说着朝低声呻吟的斯瓦夫尼尔·疾狼点头示意，"那个还活着，但你们如果不赶快救助的话，他就要没命了。"

"波德瓦？"纳加森那说，他在波德瓦·比亚奇脸上清晰地看到了挥剑击杀勒缪尔的强烈冲动。芬里斯的狂野心性呼之欲出，然而高尚意志的力量最终更胜一筹。

"你勒加饲喂的那一头！"波德瓦·比亚奇从牙缝里挤出一句话来。

"什么？"勒缪尔说。

"不要与他交谈。"西萨瑞亚修女警告道。

她的话语令波德瓦·比亚奇全身一颤，纳加森那注意到修女压制灵能的严苛力量让符文牧师厌恶地撇着嘴。仅仅靠近一位绝灵修女就足以约束哪怕最为强大的灵能者。

但这是否足以抑制一位基因原体的力量？

机械神教贤者阿拉谢走到记述者背后，勒缪尔立刻呻吟起来，皮肤上弥散的光辉也随之暗淡。逮捕项圈紧锁在勒缪尔的脖颈上，阿拉谢的活塞臂膀将他凶狠地拽起身来，那无情力道留下了斑驳血迹和一声痛呼。

欧吉尔·寡目快步冲到斯瓦夫尼尔·疾狼身旁，借助长矛将战友抬了起来。那位重伤倒地的野狼已经面目全非，焦黑熔融的脸部皮肉从骨骼上缓缓淌落。寡目一言不发地带着负伤兄弟匆匆离开了。

"我们该杀掉这个怪物。"西萨瑞亚修女说。

"我不确定这究竟是否办得到。"纳加森那说。

"我愿意一试。"比亚奇说。

"杀了他，"凯娅泪流满面地将薇勒达女士的残破尸首抱在怀里，"为了他的所作所为，为了他给我们招致的灾难，杀了他。"

"从来没想过我会同意一个普罗斯佩罗之女的话。"比亚奇说。

"不。"纳加森那抬起手，单膝跪下。他在脑海里重演着自己从监控室目睹的杀戮景象，仔细追踪摆放在那位惨死占卜者身旁的一圈古老卡牌。纳加森那感觉自己应当从卡牌的分布方式和相对位置里分辨出某种含义，但他对于此类事务实在没有头绪。

即便如此，他确实清楚地记得那些卡牌是如何散落在地的。

他也记得薇勒达女士在临死前手中还捏着一张。

纳加森那抬起头来对凯娅说："你看到了什么，对不对？薇勒达女士的卡牌究竟听见了什么？"

哈索尔·玛特扫视着神王欧西里斯号这死寂陵墓般的舰桥，黑船对灵能力量的压制在这新一批船员身上产生了明显效果。自从他们夺取飞船离开卡米提·索纳监狱至今，再没有任何一位千子战士休息过，所有人都在为此付出沉重代价。

他们的梦魇无不极端鲜活且充满苦楚，谁都不敢冒险进入睡眠，然而清醒状态与之相比仅仅是略为好受罢了。队伍中力量最强大的几名成员对于黑船的压迫与折磨感触最深刻。

伊格尼斯像个亲手掀开自身疮疤的疯子一样在指挥甲板里游荡，他不停重复着蕴含某种奥秘含义的无穷数列，在一块破损的数据板上癫狂地书写；托贝克坐在舰桥角落里的一张长凳上，双手撑着脑袋，将空洞无神的目光投向远方；许久以来如日中天的火凤学派已经逐渐衰微，强势地位的不幸旁落让这位脾气暴躁的学派大师郁郁寡欢。

阿泽克·阿里曼想必是在导航密室里凝望着浩瀚之洋寻求指引，并盲目地笃信寄居在他法杖里的那块灵魂碎片会照亮前路。

至于萨纳克特，可怜而忠诚的萨纳克特，他孤独地坐在放着《马格努斯之书》的讲坛脚下，正如一只等待主人命令的忠犬。他像着魔般不停地打磨兵器，即便那对刀锋已经不可能更加闪亮、更加锐利了。被拴在讲坛旁的卡蜜尔·希梵尼在冰冷的舰桥里瑟瑟发抖，一呼一吸都化作白气，她手中长袍的轻薄布料被拧作一团。

帝皇之子的卢修斯在甲板上踱步，面露狞笑地吹着口哨。他用指尖在剑柄配重上敲打出一串铮铮作响的节拍，即便是明知那位剑客有何诡计的哈索尔·玛特都感到烦躁不堪。站在卢修斯对面的是亚弗戈蒙，恶魔的衰朽躯体与剑客的崭新面容形成了鲜明对比，其中的讽刺意味让哈索尔·玛特乐此不疲。

在诸位千子战士之中，唯独他没有落入淡漠心态和阴郁情绪的掌握，也唯独他知晓个中缘由。

托贝克或许有所怀疑，但对此一言不发。

哈索尔·玛特的秘密险些暴露是三天前的事。当时他迈出一座塞满俘虏的舱室，刚刚把体内横冲直撞的沸腾异变排除一空。结果他转身看到托贝克就站在走廊远端的一团微弱灯光里。冰冷黏腻的恐慌顿时攫住了哈索尔·玛特的心脏，他不知道那位火凤大师会有何言行。

然而托贝克只是粗鲁地从他身旁挤了过去，仅仅稍作停留扫视那间船舱，看到了横陈其中的干瘪尸首。哈索尔·玛特心惊胆战地等待对方的反应，托贝克却一言不发地继续前行了。

他不知道托贝克究竟何故造访下层船舱，但他也想避免提醒对方那一天的偶遇。这是一个谜，一个哈索尔·玛特不愿解开的谜。

哈索尔·玛特手掌抚过面孔，惊讶地发现自己在冰冷的舰桥里满头汗水。他冒险朝监测控制台瞥了一眼，望向那位帝皇之子战士。

卢修斯的完美容貌仍然与凤凰本人别无二致——这既是冒犯也是崇敬。他挑起一条眉毛表示疑问，哈索尔·玛特则用难以察觉的细微动作点了点头。剑客露着狞笑的嘴巴顿时咧得更宽了，他的手指紧紧裹住那缠绕铁丝的剑柄。

卢修斯漫步来到埋头护理兵器的萨纳克特身旁。

他俯身攥住萨纳克特的手腕。

"打磨得再锋利也没用，你永远打不过我。"卢修斯说。

萨纳克特骤然抬起头来，一切的慵懒和涣散都在转瞬间一扫而空。

"你说什么？"

"我说无论你把剑刃打磨得多么锋利，我都会击败你。"

"你非要挑事吗？"萨纳克特说，"现在？这里？"

卢修斯耸耸肩，说："我很无聊。"

萨纳克特毫不费力地站起身来。他的黑白双剑闪现在手中，轻轻颤动。

"那就找点别的事情去干。"萨纳克特警告道，随后转头离去。

"在这艘船上？"卢修斯跟在萨纳克特身后亦步亦趋，"除了和你斗之外就没有事情可干了。"

"我们在我的高塔打过一场了，"萨纳克特厉声说，"如果当时死战到底的话，你我都要没命。你宁愿如此吗？"

"或许吧，"卢修斯说，"或许我想看看究竟谁有能力把我干掉。我本希望你可以，但我恐怕是错了。"

萨纳克特握紧了剑柄。

"你非要现在挑事吗？"

"为什么不呢？"卢修斯把脸凑到萨纳克特面前，两人相距不过一寸之遥，"你以为每一场战斗都要依照你的便利吗？难道只有把事情安排得妥妥当当你才有信心取胜吗？"

"你究竟为什么要这样？"

"因为我必须杀掉你，"卢修斯说，"只要看见你，我就会想到你或许比我更强。我需要搞清楚。要么是我杀掉你，从而知道自己更胜一筹，要么是你杀掉我，从而让我不必再目睹这张傻乎乎的脸。"

"三十分钟之后在军械大厅见，我们一决胜负。"

"三十分钟？"卢修斯摇摇头说，"这恐怕不行。就是现在。"

"那么你要失望了。"萨纳克特说。

"失望这件事我从来都不做。"卢修斯说道。

萨纳克特扭转身躯弯腰半跪，将双刃交叉举在半空，挡住了卢修斯当头劈下的长剑。那金铁交鸣在狭小封闭的舰桥里震耳欲聋。

卡蜜尔·希梵尼尖叫着抱住讲坛，两位剑术大师闪电般的一记记杀招令人眼花缭乱。他们的武器火星四溅，双方在舰桥里进退如风。哈索尔·玛特满怀敬畏地看着他们展现出的绚丽技艺，那飞旋舞动的三柄利刃简直让人目不暇接。

骤然爆发的对决像直刺心脏的一股电流般激活了其余千子战士。托贝克咆哮着一跃而起，指尖上浮现出转瞬即逝的火花，远非往日里那奔涌沸腾的烈焰洪流。

伊格尼斯暂停了对数列的重复，把一切注意力集中在战局上，将成千上万项崭新的变量融入自己的奥秘算式里。亚弗戈蒙迈步挡在了哈索尔·玛特与殊死搏斗的剑客们之间。

哈索尔·玛特立刻行动。

他跨出三个大步，穿越舰桥，站在了《马格努斯之书》面前。他抬起一只覆盖铠甲的手掌，颤抖着探向原体的秘典。

他当真办得到吗？

眼下行为的深重意义像一记铁拳般打在他心头。这是马格努斯的毕生心血，这本秘典承载着原体的万千秘密和所有智慧。

他当真能亵渎自己父亲的伟大作品吗？

藏在手套里的皮肤突然泛起一阵波动，这促使他下定了决心。他调动全部意志力升入第四层心境，将手掌稳稳按在摊开的书页上。他轻呼一声，感觉像是扎进了液氮罐里。

这本秘典的无尽书页所蕴藏的深厚力量在他体内奔涌流窜。哈索尔·玛特看到了一片海洋世界铺展在自己面前，那是一个容纳着无垠记忆和无穷智慧的世界，一个万事万物皆可求可知，且一丝一毫都不被遗忘的地方。

哈索尔·玛特恼怒地眨眨眼，将那个遥远世界抛诸脑后，强迫自己的思维回归当下。萨纳克特与卢修斯之间的对决不会持续太久，但他也只需要片刻时间。

《马格努斯之书》里的文字是由记述者马哈瓦斯图·卡里马库斯所写，那位凡人书记员在原体的操控下书写了这部伟大作品。哈索尔·玛特能够在每一个音节、法令、咒文和笔画里察觉到那个不知所终的凡人所残留的痕迹。

两位剑客决斗的轰鸣在哈索尔·玛特耳中淡去，他把自己的亮羽学派力量一股脑地投向秘典。他能感觉到书本的坚决抗拒，其中的文字固执难改，数字蛮横无理，但他将全部意志注入墨水本身，强行扭曲那些溶在油脂和树胶里的色素。

书中笔墨在他掌下蠕动，用它们与生俱来的深厚力量展开对抗。哈索尔·玛特将自己推上第八层心境，采取了更适于作战的思维架构。他在秘典里强行篡改的各处细节不消片刻便——恢复原样，但他继续拓宽自己的攻势，运用一切亮羽奥艺来推动幻变。

种种强力结界从秘典内部浮现，那些深藏不露的防护手段已经识别出了来自哈索尔·玛特的重大威胁。一股凶恶的高温在哈索尔·玛特掌下升腾而起，他的手甲顿时化作灰烬四下飘散。他的双目灼痛难忍，眼前浮现出点点光斑，脑海里积聚着滚滚热浪，整个视野被一块猩红帐幕所笼罩。

他扫视四周，但众人的注意力仍旧集中在两位剑客身上。他听到卢修斯高呼一声。莫非萨纳克特得手了？

在他脚下，卡蜜尔·希梵尼抬着头凝视他的举动。对方脸上浮现出一副刚毅神色，接着缓缓点头对他的暗中破坏表示赞同。

哈索尔·玛特拼尽全力将最后一股生化能量灌注到秘典的笔墨里，他的灵能冲击像破片手雷般在一段着重探讨虚体转化的冗长论述中轰然爆炸。

他从秘典上猛然抽回手掌，气喘吁吁，精疲力竭。他的五指骨骼蠢蠢欲动，全身上下蒙着一层黏腻汗水。他的视野里仍旧笼罩着一片猩红。他揉揉眼睛，发现手上沾满了灰烬和尘埃。

哈索尔·玛特低头检视秘典。他在书页上奋力营造的那些变化已经逐一消解。他在《马格努斯之书》里篡改的每个字母、每个数字和每个炼金符记都恢复了原样。

只有一处例外。

一个不起眼的段落，可以说只是一处注解。仅仅是在书页边缘随意写下的几行法令，一些无关紧要的内容。

但哈索尔·玛特回想起了阿蒙曾经说过的一句话，脸上不由得缓缓露出微笑。昔日在强调注重细节的宝贵价值时，原体侍从往往喜欢将弗泰普金字塔的建造过程当作鲜活的事例。

"我们先前遗漏或忽视的扰动，我们误以为无关紧要的细微瑕疵……它们全都能够引发深远影响。"

"万事皆如此。"哈索尔·玛特低语道。

即便已经死去了几个小时，亚姆比克·索斯鲁寇的伤口仍旧在流淌鲜血，仿佛他的强悍心脏尚且拒绝接受生命终了的现实。雪人的尸体被一张厚重篷布盖住，因为停尸间无处容纳他的庞大身躯。

这里灯光刺眼，由洁净的钢铁、闪亮的瓷砖和嗡鸣的手术器械组成。凯娅背后的墙上布满了用于盛放尸体的钢铁容器，长眠于此的每一个亡者都是在这毫无意义的战争祭坛上葬送了性命。

凯娅把手放在雪人的胸膛上，指望他会突然深吸一口气。但两名野狼的杀戮不留后患，即便是亚姆比克·索斯鲁寇这般强悍的战士也休想从那些致命创伤下幸存。

"他不该落得这般下场。"她开口说道，在停尸间的寒冷环境里吐出一团白气。

"我们很少有人能落得自己应得的下场。"双臂抱胸站在她对面的普罗姆斯说。那位高大战士的盔甲与周围环境相符，仿佛他的职责恰恰就在这片亡者领域里收割灵魂。

"或许我们都该自食其果，"她说，"无论善恶。"

亚速·纳加森那在雪人的尸首旁缓步绕行，用一种凯娅并不熟悉的语言抑扬顿挫地吟诵着什么。他一只手抓着剑柄，另一只手紧握在胸前。

"你在干什么，亚速？"普罗姆斯问。

"他在为这个巨兽致以战士的送别。"站在房间远端的波德瓦·比亚奇说。符文牧师将一把沉重的镂金手枪顶在一位跪伏于地的军团战士脖颈上，后者还戴着一个配有尖刺的项圈。这名囚犯被锁链紧紧束缚，臂膀上的盘卷刺青表明他属于千子军团。

门卡拉……凯娅听说此人名叫门卡拉。

"归根结底总是死亡，对不对？"她说，"无论你们如何粉饰伟大远征的目标，你们的本性是无法改变的。"

"你认为我们的本性是什么？"门卡拉问。

比亚奇一把拽紧了锁链，从门卡拉嗓子里扯出一声痛呼，也从他的脖颈上洒出点点鲜血。

"我让你说话你再说话，记得吗？"比亚奇说，"这是我们的规矩，懂不懂？"

门卡拉缓缓点头，小心地避开项圈里的尖刺。无论如何，凯娅还是做出了回答。

"你们是杀手，是生命终结者，是毁灭者。"

"我们的本性是由这个黑暗年代肆意塑造的，女士。"普罗姆斯说，"战帅的反叛已经颠覆了银河的原本秩序，我们所有人都迈上了身不由己的道路。"

凯娅绕过那张放着亚姆比克·索斯鲁寇的台子，饱含挑衅意味地站在普罗姆斯面前。愤怒让她的皮肤泛起一层红晕，十指紧紧握成拳头。

"你们的战争与我又有何干？我为什么要被卷进你们的战斗？你们有什么权力囚禁我好多年，又让我与亲友分离？"

"所有人都卷入了这场战争，"普罗姆斯说，"上至帝皇本人，下至他最卑微的子民。"

"你们知道战帅究竟为什么背叛帝皇吗？"凯娅高喊着用双拳敲击普罗姆斯的胸膛，"你们知道吗？他究竟有什么深仇大恨，值得把整个银河推进这场可怕的血战？"

她用拳头狠命捶打对方的胸甲，直到指节变得血迹斑斑。猩红手印涂抹在锃亮金属上，普罗姆斯放任失声哭泣的凯娅在自己身上发泄她心头的愤怒和悲伤。

"我无法回答你，女士。"普罗姆斯说，"但是在这场战争落幕之前，帝皇必定会从荷鲁斯的心口扯出一份答案。"

门卡拉发出一阵苦涩而绝望的笑声。

"他们都无法回答你，女士，"他说道，"他们无法回答你，是因为他们根本不明白。"

比亚奇用手枪枪托猛砸门卡拉的后脑。那位军团战士低哼一声，默默忍受着痛苦。他扭过头去，面露讥笑地看了看比亚奇。

"我告诉过你，别说话！"比亚奇咆哮道。

"不，"凯娅从普罗姆斯面前转过身，拢着青紫的双手，"我想听听他有什么话要说。"

门卡拉深吸一口气厘清思绪。他抬起头，凯娅意识到对方辨认出了自己的身体轮廓与骨骼结构。她戒备性地将双臂环抱于胸前，以免对方误以为自己在示好。

"无论波德瓦·比亚奇如何殴打我，现实是不可逆转的。战帅已经与亚空间最黑暗的力量签订了盟约，钻进他心里的那条腐化触须日日夜夜不断深入。帝皇的诸位子嗣谁都不知道狼神荷鲁斯究竟为何叛变，而且他们谁都不想知道。"

凯娅站在门卡拉面前，直视对方的双眼。她一度将这个军团视为家园世界的保卫者，将那些学识渊博且能征善战的巨人视为值得赞颂和崇敬的战士。

"他们为什么不想知道？"她追问。

"因为他们不敢了解真相，"门卡拉将目光投向普罗姆斯，"难道这不是你们所惧怕的吗？难道这不是你们真正惧怕的吗？"

比亚奇再次猛击那位俘虏，让凯娅吓了一跳。他把枪口捅在门卡拉的下颌，手指紧紧扣住扳机，只需再稍加用力就能开火。

"记清楚，叛徒，你之所以苟活到现在完全是因为普罗姆斯没有看到过我亲眼看见的那些景象。他并没有在普罗斯佩罗看到过你们的军团和原体所释放的恶灵。他还不明白你究竟有多么危险。"

门卡拉舔了舔血淋淋的嘴唇。

"你说得对，"门卡拉把一口鲜血啐在停尸间的瓷砖地板上，"我确实很危险，远比你想象中更危险，但我还是诸位兄弟之中最不好战的。那么想象一下，倘若我的整支军团能够和你的军团并肩作战，与荷鲁斯展开顽强抗争，那将是何等境况。"

凯娅看到比亚奇脸上的夺命怒火迅速淡去，并未彻底消逝，永远都不会，门卡拉暂无性命之忧了。

"倘若如此实为万幸，但命运另有决断，"比亚奇说，"命运让我们成为死敌，让我的枪口抵在你脸上。"

"我不禁要想，这局面是否曾有逆转之机？"门卡拉问道。

"有些事情是我们无从知晓的。"比亚奇说。

"一切事情都是我们应当知晓的。"门卡拉说。

亚速·纳加森那注意到比亚奇的怒火再次升腾，匆忙迈步走近。他将一只手掌按在对方的肩甲上，与比亚奇相比他显得分外渺小。

"我不敢说我理解你口中的命运，比亚奇，"他说，"但门卡拉现在在这里，难道这不就说明我们需要他吗？"

比亚奇耸耸肩，说："或许吧。他身处此时此地，我们就会尽量利用他。我只知道这些，但命运可不是那么简单的。切莫随意地去解读。"

纳加森那朝比亚奇微一躬身，重新面对凯娅。那双蜂蜜色的浅棕眼睛里迸射出来的炯炯目光让凯娅不由得倒退一步。

"薇勒达女士临死前手里握住的那张牌，"他说，"你看到了，对吗？"

"我看到了。"凯娅说。

"看清楚了？"

"转瞬即逝，但我看清楚了。"

"那就描述给他听。"纳加森那示意门卡拉。

凯娅点点头集中精神，尽力将那牌面图案的各个部分拼起来，她明白薇勒达女士的宝贵遗赠便仅系于此。那张卡牌的形象悬浮于她的脑海里，她运用自己在普罗斯佩罗接受的思维训练让图案愈发清晰。

"一位神圣形象，右手握着烈焰长剑，左手捧着鹰徽圆球，"凯娅说道，"天使在那个形象头顶飞翔，吹奏着挂有丝绸旗帜的金色号角。"

门卡拉顿时发出了半是叹息半是呜咽的声响。

"你认得这张牌吗？"纳加森那问道，他掩饰不住自己嗓音里的急切声调。

门卡拉耷拉着脑袋点点头，说道："认得。"

"是什么？"

"那张牌是审判。"门卡拉说，凯娅发现比亚奇与普罗姆斯都立刻绷紧了身躯。

纳加森那也注意到了。"它代表着什么？"他追问。

"问问普罗姆斯吧，"门卡拉说，"他当时在场。"

"普罗姆斯？"

迪奥·普罗姆斯迟疑了一阵才开口作答。

"尼凯亚。"

第二十一章

退化
灵魂冲撞
黑暗重生

阿蒙找到了浑身浴血的父亲。

一阵风暴在破碎天空中肆虐,对于陷入动荡岁月的巫师星球而言,这并不是新鲜事。在这个幻变不定的世界上,极具毁灭性的以太烈焰风暴是唯一一件恒定不变的事物。

但今天的风暴非同寻常,倘若这个黑暗星球上还有任何景象能称得上"寻常"的话。血雨倾盆而降,坍塌巨石垒成的城市中爆发出一根根冲天火柱,那城市坐落在一片凄凉丘陵之间,背后是刀劈斧凿的烟色玻璃山脉。

阿蒙的风暴鸟降落在城市外围,战机发出一阵充满敌意的低吼,逐渐关闭引擎,阿蒙则一头扎进了这片原始粗陋的聚居区。两名机仆紧随其后,负责引导那个曾经帮助他疗养脊椎断裂伤势的金色辅助宝座。

到处都是鲜血淋漓的尸体,那些生有蹄子和长角的生物或许曾是人类。它们的残躯四分五裂,仿佛是被送进了一座巨型粉碎机。弧形血迹飞溅在古老巨石上,阿蒙能够在每一处线条交叉和每一道弯曲印记上解读出几何意义。血雨将那些痕迹逐渐抹消,阿蒙脚下的泥泞地面渗出猩红的泡沫。

他追随着那条杀戮小径穿过城市,最终抵达了一片环形的硬质土地,中央矗立着一尊高大雕塑——某种近似于鸟类的形象,头上顶着带有眼眸的鹿角,背后则插着两只用金属与浮木制成的翅膀。

那些野兽究竟从何处找到了浮木?

赤红的马格努斯站在那宏伟雕塑脚下,冒着血雨疑惑地抬头凝望。此时此刻,从头到脚浸透了死敌鲜血的原体名副其实。

他周围散落着数百个命丧黄泉的怪物,他的弯刀上涂满了血迹。马格努斯转头看着阿蒙,在猩红雨滴的冲刷下神色难辨。原体凝视了阿蒙许久,用并不存在的肺脏喘着虚无缥缈的粗气。

站在他面前的究竟是哪一个马格努斯？

他的父亲抬起弯刀，在一念之间将覆盖在武器和皮肤上的鲜血化作四散云雾。再一次容光焕发的马格努斯将弯刀挂在腰间迈步走来。

"阿蒙。"他听到马格努斯说，不由得松了一口气，父亲今日至少认得他。

然而他的宽慰转瞬即逝，因为马格努斯继续说道："如此污秽邪异的生物怎么能够在晨星肆无忌惮？"

"这里并不是晨星，大人。"阿蒙说。

马格努斯的目光顿显阴沉，说道："你为何总要与我争执，阿蒙？"

"因为你教导过我，真理至高无上。"

山脉上空雷霆滚滚，玻璃碎片从绝顶巅峰倾洒下来。军团的避难星球正在自毁，效仿着普罗斯佩罗的覆灭。

"你为什么说谎？"

"我没有说谎，大人。"阿蒙努力掩盖住悲伤，放声盖过风暴的咆哮，"这里不是晨星，不是伯劳星，也不是普罗斯佩罗！这个世界愿意接受的唯一称呼就是巫师星球。"

"你一直这样讲，但这绝不是真的，"马格努斯厉声说道，"那里是尘埃山脉。这座城市名叫扎汝金。"

最后这个名称让阿蒙感到困惑，因为他对它一无所知。那听起来似乎有些熟悉，然而他向来精准的记忆中却无法找到任何与之相关的信息。

"不，大人。"阿蒙说，他的父亲迈着气势汹汹的步伐穿过血雨向他逼近，"这是一座无名城市。谁也不知道它源自何方，谁也不知道那些野兽何故来此。"

"不要再说谎了！"马格努斯咆哮道，阿蒙匆忙升起一道念力护盾来抵御原体的汹涌怒火。他近旁的巨石伴着雷霆轰鸣而四分五裂，空气中扬起一团闪耀尘埃。

马格努斯居高临下地看着他说："集结军团，阿蒙。我的父亲需要我们立刻赶往他身边。"

"我办不到。"阿蒙说，他很清楚将一份份饱含痛苦的现实当面抛给父亲的破碎灵魂是相当冒险的。马格努斯已经前后三次试图杀死阿蒙，然而若要恢复原体的心智，其他任何方法都没用。

"为什么?"马格努斯质问。

"因为军团成员大都死了。鲁斯的野狼在毁灭普罗斯佩罗的时候让我们伤亡惨重。"

马格努斯用一只带有利爪的猩红手掌将他轻而易举地拎了起来,他的念力护盾顿时粉碎消散。阿蒙的父亲把他狠狠砸在被震裂的巨石上,在他眼里,那凶悍无比的力道仿佛是安格隆所为。

"你胆敢侮辱我的兄弟?"马格努斯高声咆哮,"鲁斯是一位极具荣誉感的战士。他永远不会与我们为敌。"

"他确实如此做了,大人。担任刽子手的第六军团降临在了普罗斯佩罗。"阿蒙喘息道,马格努斯握住他喉咙的手掌愈发收紧。

"谎言也应该有一丝可信度吧,阿蒙。"马格努斯说,"黎曼·鲁斯能有什么理由要派遣他的战士来处决我们?"

阿蒙努力思索如何作答,然而马格努斯却突然抛下他扭过身去,用双手紧紧抱住脑袋。

"不!"马格努斯喊道,阿蒙匆忙爬起身来,盔甲上沾满了浸透鲜血的污泥,"我不相信你。我不能相信你!你的话,不可接受。"

"你必须恢复神智,大人。"阿蒙说,他斗胆伸出一只手按在父亲肩头。那虚幻血肉甚为灼热,仿佛回想银河现状已经让马格努斯五内烧灼。

"我能感受到他们的痛苦。"马格努斯屈膝跪倒。

"谁的痛苦,大人?"

"所有人。我的兄弟们、我的父亲……我们已经无法回头了吗?那曾经是触手可及的,只需再多迈一步即可。我们本可以共同迈出那一步。"

"求求你,父亲,"阿蒙说,"恢复神智吧。你是赤红的马格努斯,你力量深厚,心智超凡,决不能就此凋零。真相令人痛苦,真相是锯齿锋刃,是锐利倒钩,但它是真实的。"

"我已经无法分辨何为真相、何为妄想了。"马格努斯说,他的高大身躯已经失却了往日的雄壮姿态和威严气势,"一切都渐渐远去。我想要回忆起那些我理应知晓的事物,但它们全都躲进了一团迷雾里。我快要什么都想不起来了,阿蒙。我为什么想不起来?"

"因为你的灵魂残缺不全,"阿蒙说,"但阿泽克·阿里曼正在率领一支队伍去寻找你的灵魂碎片。"

军团首席智库的名号让马格努斯瞪圆了眼睛，疯狂地摇晃脑袋。

"不！"马格努斯高喊着猛然起身，"不，王座在上，不！"

"你必须恢复完整，求求你！"

马格努斯摇摇晃晃地转过身去，他随后的话语被震耳雷霆所淹没。他向那凶恶风暴致以狂怒呼吼，仿佛在挑战它的致命威力。

一道"之"字形的闪电劈开了天空。

它扎向大地，一头钻进那座巨鸟雕像轰然爆炸。熔融石块坍塌四散，一块分叉匕首状的雷石从中滚落在地。饱受折磨的天空上雷霆肆虐，阿蒙踉跄地穿过淤泥和血雨追赶痛苦的父亲。

马格努斯再次抽出弯刀高举在头顶。

"来啊！动手啊！杀了我！"

"不！"阿蒙高喊，与此同时另一道闪电裂空而来。

它击中了马格努斯。

闪电涌向那柄金色弯刀，将一股暴烈炽热的能量注入原体的身躯。马格努斯瘫倒在地，他的盔甲焦黑熔融，他的虚幻血肉飘散青烟。

阿蒙冲上去搀扶住父亲。

他们一同落入泥沼，双眼被血雨和泪水彻底蒙蔽。

马格努斯动了动焦黑的双唇和布满燎泡的脸颊，试图说些什么，但他的话语模糊难辨。他的眼睛已经彻底损毁，失去了视觉，不辨方向。

"这边，过来！"阿蒙朝机仆高喊。

他把父亲从地上抱了起来，马格努斯轻若无物的身躯令人心痛欲碎。机仆们立刻服从命令，激活了那台装置的生命维持系统。

"你能坚持下去。"阿蒙说着将枯槁衰朽的马格努斯抱上了辅助宝座。

屈居在阿泽克·阿里曼法杖里的马格努斯灵魂碎片为神王欧西里斯号设定了航向，却并没有揭示最终的目的地究竟是哪里。阿泽克·阿里曼对于黑船去向何方早就有所怀疑，而当这艘星舰进行跃迁脱离浩瀚之洋的那一刻，他的猜想便被证实了。重返尼凯亚让他全身上下的每个细胞回荡着惊恐和期待。

对于神王欧西里斯号究竟在浩瀚之洋里劈波斩浪了多久才抵达此处这个

问题，几部舰载计时器的数据相互矛盾——几个月还是几年，无从得知。这片空间里的星辰分布显得扭曲奇异，完全陌生。此处的几颗恒星在神王欧西里斯号数据库里的任何星图上都找不到对应物。

从任何角度看，这片空间都尚未被探索过。

然而千子对这个世界再熟悉不过了。

从孟德维尔点前往尼凯亚的旅途花费了几个星期，而每天都像一生那般漫长——战士们心里混杂着狂热的期待和深重的惧意。

谁也不喜欢回到这个代表着审判的地方。昔日军团在此遭到公然折辱，原体被一群背信弃义的懦弱兄弟逼迫得俯首领罪。

不，重返尼凯亚绝非易事。

他们从黑船出发，乘着风暴鸟扎进那动荡不安的大气层，阿泽克·阿里曼很清楚此次航行恰恰是命运的漆黑镜面上的一幅倒影。

他上一次造访尼凯亚的时候心中饱含希望，而那份希望被无情地打碎了。

他这一次造访尼凯亚的时候愿意付出生命来实现心中的希望。

新近组建的团队与他共同乘坐领头的风暴鸟：托贝克、哈索尔·玛特，还有萨纳克特。亚弗戈蒙则远远地坐在一旁，它的躯体已经变得彻底乌黑锈蚀。就连卡蜜尔·希梵尼都与他们同行前往地表。倘若今日就是这场追猎的结局，那么阿泽克·阿里曼定要运用手中的一切资源去面对。

在机舱彼端，卢修斯恶狠狠地凝视前方，目不转睛地瞪着驾驶舱里负责掌舵的萨纳克特。阿泽克·阿里曼知晓两位剑客在神王欧西里斯号舰桥里的对决，他听说萨纳克特最终一剑纵贯卢修斯的面孔，划出一道从额头直至下颌的伤痕，结束了那场战斗。

另外两架风暴鸟跟在后面，组成一个松散阵形，它们载着其余所有战士。其中一艘负责运送奥努里斯·海克斯麾下的圣甲虫隐修会终结者，以及梅门尼姆的安卡鲁利刃；另一艘则搭载了伊格尼斯的破灭团，还有齐吾的太阳圣甲虫与倪克透斯的披羽者。

阿泽克·阿里曼焦躁不安，他从装甲座椅上站起来，借助绳索和支柱稳住身躯走进了驾驶舱。

他透过强化玻璃望向外面。

大雨冲刷着窗户，那乌黑水滴令人回想起普罗斯佩罗覆灭当日的景象。

阿泽克·阿里曼扫视铁灰色的天空，但除了阴沉云朵和翻卷风暴之外一无所获，于是他将注意力转回到被凶暴火山塑造而成的大地上。这片充满了几何线条的壮阔景象铺陈在他面前，漆黑如墨，原始粗犷。

"一个世界的新生。"阿泽克·阿里曼不由自主地重复着父亲昔日的话语，"我们重返此处，这正是我父亲的作风。往事的回响吸引他来到了这里——强迫他在星球层面上重温那份最深重的耻辱。"

从玄武岩地面上浮现的立方、球体和带有凹槽的石柱已经不复存在，仿佛被一位心怀怨怒的神祇砸成了碎片。阿泽克·阿里曼辨认出行星轰炸留下的痕迹，成千上万个轰击弹坑相互重合，质量投射器所开凿的沟壑纵横交错，激光宏炮烧制出了一条条玻璃峡谷。

一座半壁坍塌的层状火山从倾盆大雨里突然浮现，阿泽克·阿里曼瞥了身后一眼。那雄壮峰峦曾经直刺云霄，腹中则容纳了一座宏伟超凡的圆形剧场，但一度险峻陡峭的高大山脊已经瓦解塌陷，让它沦落成一座由熔融固结的火山灰与焦黑破碎的玄武岩所组成的颓废金字塔。

灵能光辉从山脉之心迸发出来，刺透天际，像一座灯塔般点亮了滚滚雷云，正如昔日的景象。

"我们不是第一批抵达这里的。"萨纳克特说。

"我明白。"阿泽克·阿里曼说。

倾盆黑雨泼洒在圆形剧场的废墟上，湿滑的玄武岩在闪烁灯火下映着熠熠水光。长达数周的轨道轰炸永久破坏了星球大气层，酸性物质和重金属成分为空气注入了一股苦涩味道，令人在一呼一吸之间都能品尝到鲜血般的尖锐腥气。

负罪感如同一块帷幕般笼罩在迪奥·普罗姆斯身上，他自始至终都未能摆脱那份沉重如山的失败，无论他如何提醒自己，是马格努斯欺骗了所有人。

他昔日是否就站在这个位置上，在大批控诉者面前为猩红君王辩护？他无法确认。众多军团的首席智库馆长在当天一同声援赤红的马格努斯，赞扬他的优秀品性，为他营造出高屋建瓴的伟大形象，仿佛他所作所为的一切动机纯粹是人类种族的福祉。那些战士如今都是何下场？

费尔·扎罗斯特和乌摩彦如今与普罗姆斯一样，变成了脱离军团的军团战士，帝国摄政的影子特工。至于其他人的去向就只有些许传言了。塔古台·也速该返回了自身军团与兄弟们并肩对抗绿皮兽人，他的最终命运无从得知。而第一军团的埃利卡斯呢？谁能说清楚？莱恩麾下的战士行事隐秘，他们身上的谜团就连自己也难以解开。

他对其余同僚的状况几乎一无所知，但他抱着最坏的预期。

队伍在区区十个小时之前赶到了尼凯亚，为了超过千子占得先机，林仙号和朵拉玛尔号承受了巨大压力。事实证明冒那份风险值得，这个受诅咒的世界周围了无生机，仅仅飘着几艘轨道轰炸引导船的残骸。那些烧成空壳的废船在缓缓收缩的轨道上公转，周围包裹着一团被凶猛炮击扬起的细密尘埃。

依常理判断，两支完全独立的队伍无论如何也难以在相近的时间抵达同一地点。亚空间航行毫无规律可言，这意味着任何提前计划的会合时间都需要容忍几个月乃至几年的误差。

然而迪奥·普罗姆斯知道，千子很快就会抵达这个审判之处，他对此怀有令人胆寒的信心。

普罗姆斯和其余战士将要严阵以待。

从根本上讲，他的计划很简单。

用勒缪尔体内的两块灵魂碎片诱使千子来到地表，同时安塔卡·塞万负责在星球轨道上猎捕并摧毁敌方飞船。一旦千子无法脱身，机械神教贤者阿拉谢就会立刻处决勒缪尔。

普罗姆斯和其他人则会杀死阿泽克·阿里曼的部属。

这个计划的成功概率很小，他对此不抱任何幻想，但是就目前而言，这已经是他们最好的方案了。

"他们来了。"纳加森那说，他用两根手指按住耳中的通信器，与朵拉玛尔号进行联络。

普罗姆斯望着那三道冲破乌云扑向圆形剧场的遥远光芒，点了点头。

"我明白。"他说道。

这座宏伟的圆形剧场是为了见证美好奇观而兴建的，却被帝皇挪作他用，成了一场苦涩审判的代名词。建筑的基石具有绝灵功能，然而与神王欧西里斯号对灵能的压制力量相比，这简直是不值一提的烦恼。

阿泽克·阿里曼带领他的团队和众多战士穿过这片被黑雨冲刷的废墟，朝那些猎手走去。他们迈着迅捷的步伐，这三十三个人无不急于了结此处之事，尽早离开。他能察觉到前方那些战士的灵气，如同一支支摇曳烛火，其中大部分黯淡微弱，但也有几个发出耀眼光辉。

　　有些是他在卡米提·索纳监狱的旧识，有些完全不认识。

　　其中一个站在大雨里的朦胧身影迸发着内在的光辉，让人绝难错认。阿泽克·阿里曼法杖里的那股力量像一枚磁石般拉扯着他径直走向对方。他的心跳逐渐加速，因为他意识到这股引力只有一种解释。

　　但吸引他快步前行的还不止那一个身影。

　　他察觉到了某个更加伟岸、更加强大的事物深藏在尼凯亚之心，是另一块灵魂碎片，还是某种毫不相干的事物？

　　他们沿着废墟间的路径迈上一片瓦砾横陈的平台，这里曾经是圆形剧场的最底部。他的心灵之眼在空荡荡的阶梯式座椅上填充了一个个大放厥词、煽动人心的控诉者，也在那座讲坛背后摆放了公然抛出巫术罪名的马卡多。

　　旁边则是昔日高台的残骸，帝皇正是在那里对马格努斯下达了判决。

　　千子战士们分散开来，在阿泽克·阿里曼及其团队两侧组成翼型攻势。

　　一支七拼八凑的队伍与他们展开对峙。

　　双方战士的手指纷纷移向枪械扳机和刀剑激活按钮。哪怕是最微弱的一点火花都足以将这里引爆成凶恶战场。徐徐沸腾的杀气悬在空中，诱惑着众人。

　　阿泽克·阿里曼审视着面前的敌人。

　　他的目光立刻被一个橙色的高大机器人吸引，对方紧紧攥着一个躁动形体的脖颈，阿泽克·阿里曼险些没有认出此人。鲜活的灵能力量在那个遭到束缚的身影周围凝聚出一团光晕，几乎彻底遮掩了他的面目，但阿泽克·阿里曼无论如何还是能够辨别出勒缪尔·高蒙的身份。这正是方才那股引力的源头，阿泽克·阿里曼感受到了在前任参入者体内澎湃奔涌的那股非人力量，不由得面色苍白。

　　一个陌生的机械神教神父站在机器人旁边，他的枯萎身躯被一套繁复的钢铁框架和悬浮力场支撑起来。他的灵气彰显着过人的勇气，但也遮掩住了对自身躯体衰退日渐加深的强烈恐惧。

　　阿泽克·阿里曼向哈索尔·玛特送去一道带着疑问的思维脉冲，对方随即缓缓点头。

"那就动手吧。"他表示。

符文牧师比亚奇和剩余的太空野狼站在机器人左侧，阿泽克·阿里曼满腔怒火，看到门卡拉跪在地上，他身后的那名野狼面孔严重烧伤。一个带刺的项圈束缚住了阿泽克·阿里曼的故友，让他的力量大受压制。

一个披甲执锐的身影挡在门卡拉和勒缪尔之间，她的轮廓如同世间的一块可憎虚空，她来自寂静修女会。

一位身穿神龙国度传统盔甲的剑客戒备守护在一个女人身旁，后者看到卡蜜尔·希梵尼就激动地跪倒了。阿泽克·阿里曼已经数次搜刮过希梵尼女士的脑海，他轻易辨认出凯娅。

但真正吸引住他目光的则是一名沐浴在黑雨里的银甲战士，此人的灵气并不陌生。

"你是第十三军团的普罗姆斯。"他说。

"是的，但奥特拉玛已经不是我首要的效忠对象了。"

"我一度认为这是绝无可能的事情。"

"我也曾那么想。"

"你曾为猩红君王辩护。"阿泽克·阿里曼继续说，当提及普罗姆斯昔日对马格努斯的支持时，他注意到那些野狼纷纷全身一颤。

他能否借此在敌人内部楔出一道嫌隙？

"可以。"一个声音在阿泽克·阿里曼脑海里响起，他意识到那是亚弗戈蒙，"但我有一计，必当造成你难以企及的深重嫌隙。"

"你当时慷慨陈词，雄辩不绝，逻辑严明。"阿泽克·阿里曼说道，"我要为此感谢你。"

"的确，我曾经声援马格努斯，但不要以为这是我的把柄。我本该保持沉默，对此我日夜追悔莫及。那一天，你的原体满口谎言，背叛了我们所有人。"

阿泽克·阿里曼将法杖立在四分五裂的石板地面上，伸手指着勒缪尔。

"你们扣留了一件不属于你们的东西，"他说道，"我要令其物归原主。"

普罗姆斯迈出一步，摇摇头。

"阿泽克·阿里曼，我宣布你为叛逆——帝国的敌人，帝皇的逆子。准备受死吧。"

阿泽克·阿里曼转身面向卢修斯，他的声音在对方脑海里响起，让那位剑客不由得退却一步。

"动作要快。"他说。

"拜托，"卢修斯说，"你也不看看我是谁啊。"

尼凯亚会场的绝灵效果已经被轨道轰炸严重破坏。采用与灵能绝缘的特殊材料精心绘制而成的繁杂符记全都化作尘埃，其往日功能只剩下一丝萦绕不去的微弱痕迹。对于一位在黑船腹中将自身技艺磨炼得如剃刀般锐利的战士而言，此等阻碍实在不值一提。

哈索尔·玛特的力量如同一柄难以察觉的短刃刺向了阿泽克·阿里曼指定的那个凡人，用外科手术式的精准技艺轻柔地改写了对方的新皮层构造。他徐徐而为，施力稳妥，恰到好处。倘若急于求成，帝国方的灵能者们就会察觉到事态有异。

那个人头颅里的衰朽大脑让哈索尔·玛特无比反感。他正在一步步走向死亡，而且在神志清醒的状态下，他时刻都深陷在这副躯体背叛自己异变的极度恐惧中。

没有比恐惧更合适的突破口了……

哈索尔·玛特深深扎进安姆维特·乌西库贤者的心灵和身体，修复了神经退变性疾病所造成的损伤，让凋亡细胞重获生命，让萎缩肌肉焕发活力。在眨眼之间，他轻易抹消了累积数年的腐朽和衰弱。新生的肌肉鼓胀起来，哈索尔·玛特能感觉到对方思维里迸发的灿烂希望。

紧随恐惧而来的希望便是一把狠命拧动的刀刃。

他随即抽回了力量，那潜行的疾病顿时像一股腐败黑潮般卷土重来——这是一场在细胞层面上进行的战争。

哈索尔·玛特能感觉到此人的惊惧，于是将力量注入对方身躯，再次逐退了恶疾。他让那个凡人一遍又一遍地痊愈和复发，在每次治疗中掺杂一丝轻若耳语的诱惑。

他埋头于这副皮囊，专注劳作，对阿泽克·阿里曼的话语充耳不闻。无论他在说什么，那都是缓兵之计，借此分散敌人的注意力，给哈索尔·玛特足够多时间，让他咬上背叛之钩。

潜在的未来以心念一闪之速在乌西库脑海里闪现。他目睹自身躯体最终不可避免地屈服于这可怕的疾病。哈索尔·玛特投射出种种景象，展现着乌西库蜷缩在地，浑身沾满污秽，无比肮脏丑恶，以至于他的同僚技师们都难以容忍。他是一份纯粹的负担，只能由酸臭扑鼻的机仆负责照料，直到他油尽灯枯，终于走到这充满痛苦的可悲生命的终点。

哈索尔·玛特将自己对血肉异变和躯体衰败的惊恐融入了针对乌西库思维的犀利攻势，将对方的恐惧推升到非人的高度。

随后他便揭示了那份诱惑。

哈索尔·玛特为乌西库展现出一个高大强健的完美体型，一副能够抵御任何疾病和退变的身躯，一副永不衰败、永不羸弱、永不老朽的身躯，一副超凡入圣的身躯。

"求求你！"乌西库在自己脑海里呼喊道，"把我治好！"

"我会的，"哈索尔·玛特承诺，"但我需要你的报答。"

"什么都行！"

"什么都行？"

"把我治好，我就任你差遣！"

卢修斯从未遭遇过能够在速度上与自己不分伯仲的战士。

的确，萨纳克特技艺超群——将卢修斯面孔一分为二的伤疤就是证据——但他的剑术受到了预知力量的强化。就算是尼康纳·沙罗金，那个在传说中在灭绝天使的星球上将卢修斯斩杀的小渡鸦，他同样习得并运用了寻常战士所不具备的独特能力。

最终，谁也无法与卢修斯的天生迅捷相比。

他猛扑向前，翻身单膝跪立，奋力甩动左臂。那带刺的长鞭从他的手腕上自行解旋弹射出去，恰似一只昆虫猎手的夺命舌头。

它发出一声枪鸣般的爆响。

长鞭的尖细末端化作一条绞索缠绕在西萨瑞亚修女的脖颈上。恶毒的尖刺纷纷竖立，卢修斯的臂膀像活塞般迅猛抽动。

倒钩尖刺和锐利刀锋撕碎了血肉与金属。

鲜血喷涌而出，西萨瑞亚修女走向了死亡。

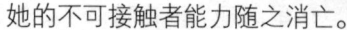

她的不可接触者能力随之消亡。

普罗姆斯看着西萨瑞亚修女颓然扑倒，她的头盔滚入碎石之间。他匆忙寻找掩护，朝阿拉谢的机器身躯高声呼喊。

"杀掉勒缪尔！"他咆哮道，"马上动手！"

但那条由活塞驱动的钢铁臂膀并没有捏碎勒缪尔的脖颈。

相反，它释放了这名囚犯。

阿拉谢的机器躯体转身面向乌西库贤者，即便它并不具备能够表达人类情感的面孔，普罗姆斯还是察觉到了它的困惑。它的肢体微微颤抖，想动起来。

阿拉谢的机器身躯怎么会突然失灵？

片刻之后他就明白了。

透过乌西库身上那套辅助装置的钢铁支架，普罗姆斯看到对方往日里灰暗病态的将死躯体已经变得平滑粉嫩，健康强壮。西萨瑞亚修女的绝灵力量不复存在，由此暴露的巫术味道也飘散在空中。比亚奇同样有所察觉，他抢在普罗姆斯之前，瞬间明白了乌西库贤者状况剧变背后的深重意义。

"恶灵！"比亚奇大喊着挥动霜刃，划出一道简短而凶狠的圆弧。芬里斯的狂怒与力量推动着比亚奇的武器，将乌西库劈成两半。鲜血和油料四下飞溅，那个叛徒的残躯摔落在尼凯亚的岩石上，然而大错已经铸成。

重获自由的勒缪尔站在阿拉谢面前，刚刚摆脱压制的深厚力量在他体内沸腾。他从岩石地面上悬浮而起，一团团光芒像熔融玻璃般从他的双脚滴淌下来。

普罗姆斯抬起爆矢枪，瞄准了承载着马格努斯灵魂碎片的宿主凡躯。

他点射一记，周围的另外数十支枪械也纷纷喷吐出火舌。

两支队伍之间的空气中顿时充满了地狱风暴般的枪林弹雨。

然而并没有一发子弹命中目标。

大批质爆弹一动不动地悬在半空。

"不，"勒缪尔说着继续飘升，"这件事不能用粗劣枪弹和原始刀剑来了结。毕竟这里有太多埋藏许久的秘密和隐情需要被公之于世。"

普罗姆斯再次扣动扳机，但武器拒绝开火。他看了看比亚奇，对方耸耸肩，摇摇头。

千子显得同样惊愕，眼前形势的剧变让他们呆若木鸡。

莫非这是他们意料之外的情况？

勒缪尔已经高悬在上，令任何人都难以触及。以太烈焰包裹着他的双臂，像冶炼厂里的火花一样从他身上倾洒下来。

"这些废墟不配见证如此伟大的时刻，"勒缪尔高喊道，他用两团冷焰般的双眸带着非人的轻蔑扫视下方的战士们，"即将为我们每个人单独上演的精彩剧目需要一座更宏大的舞台。"

黑雨在勒缪尔周围沸腾蒸发，他继续飘升，猛然挥动双臂，恰似一位将交响乐推上高潮的指挥家。

会场的玄武岩地板顿时分崩离析，基石轰然破裂，凭空出现的崭新建筑直刺天际。刀劈斧凿的几何形石柱带着无比迅猛的势头冲破地面，将源自星球深处的碎石和沙土泼洒在战士们头顶。令人窒息的浓厚尘云滚滚飘扬，晶莹闪烁的玻璃墙壁和水晶建筑拔地而起，迫使军团战士们分散躲闪，以免遭到碾压。普罗姆斯纵身翻过迅速涌现的水晶高墙和龟裂四散的地表黑石，快步奔向比亚奇和其余野狼。

"看看这水晶迷宫吧！"勒缪尔喊道。

一座城市破土而出，不计其数的方尖碑林立四周，形形色色的玻璃墙点缀其间，从完全透明到模糊朦胧不一而足。普罗姆斯和其他战士突然置身于一座棱角尖锐、线条分明的巨型建筑中央。镜面般的墙壁组成了不断扩张的金字塔，幽暗的烟色玻璃泛着光泽，仿佛沾满了油污。

这片古老陵园凭空浮现，如同是某座在海底沉眠万世，而今重见天日的神秘城邦。一个曾经以美景和奇观著称的地方被扭曲的镜面投射出了一幅黑暗倒影。普罗姆斯略加思索，借助记述者的描写和战后报告的叙述辨认出了面前的景象。

"这是提兹卡。"他说道。

"不，这是下界。"比亚奇说，话音方落，他和其余野狼的身影就被水晶高墙彻底阻隔。

第二十二章

世界的终结

迷宫

单单一个灵魂

　　阿蒙施展念动之力，阻止了另一块高大石柱的坍塌。那雄伟的巨石逐渐开裂，撒下一片雨点般的锐利碎屑，更多千子施以援手，协助阿蒙放缓石柱的崩溃速度，并将其倾覆角度转向外侧。

　　高达百米的石碑轰然砸落，扬起一团令人窒息的尘云。如同原始刀剑般的碎裂石块从天而降。阿蒙向兄弟们点头致谢，但无人回应。他能察觉到那些战士体内的异变，其中至少两人勉强抵挡住了血肉异变的恐怖侵袭，时刻命悬一线。

　　阿蒙放任他们离开，自己长吁出一口灼热的气息，疲惫不堪地跪倒在地。冰晶包裹着他的盔甲边缘，结成分形图案的寒霜覆盖在他的皮肤表面，然而他却汗如雨下。他不停歇地运用力量已经引发了严重后果，仿佛有一股熔融玻璃在灼烧他的全身血脉。

　　他手掌按在地面上，感受到了岩层深处传来的痛苦震颤。他脚下的这个世界正在崩溃，他希望自己有能力阻止它的覆灭。

　　然而唯独一人具有足够强大的力量。

　　在阿蒙身边，那些灭亡野兽的粗鄙城市已经变成了残垣断壁，众多原始建筑被贯穿世界的猛烈地震和席卷全球的以太风暴轻易推翻。

　　这场愈演愈烈的灾变将猩红君王的残存子嗣吸引到了父亲身边，自从抵达巫师星球以来，他们还不曾如此大规模地集结过。每个人都带来了充斥着疯狂与毁灭的故事，他们讲述着整块大陆四分五裂，光明城市被囫囵吞没，这颗星球的受创心脏暴露在外。

　　他们也讲述着绵延壮阔的玻璃山脉突然炸成一团如剃刀般锋利的闪烁碎片，钢铁平原向天空倾洒金属雨滴，滔滔海潮一样的黑暗物质从世界的边缘澎湃滚落。更有几百人讲述着疯狂无序的腐朽现象，整个世界将一块块皮肉蜕入浩瀚之洋。

巫师星球的存在完全依赖马格努斯对其怪异构造的维护，而失去了他的支撑后，千子的避难世界就走向了自我毁灭。

它还能支撑多久？

阿蒙站起身来，痛苦让他的五官拧成一团。

他脊柱里的骨髓像玻璃碴一样相互碾磨，他穿过废墟向马格努斯走去。在天空上奔涌闪动的电光也映在诸位兄弟的战甲上，他们束手无策，等待着世界的终结。

我们何以变得如此听天由命？

我们曾经是变革的推动者，是一个代表着成长和发展的军团。

我们竟已堕落至此……

在这座巨石城市中心点的两千米上空，阿蒙的齿轮金字塔依旧庄严优雅地缓缓转动。闪烁雷电在建筑表面流转奔涌，成千上万只闪光的蝠鳐状生物盘旋纷飞。阿蒙一瘸一拐地走向那座圣殿所投下的辽阔阴影。倘若这个世界果真末日临头，那么他也要站在父亲身边一起面对。

低语和仇视追逐着步步迈向城市中央的阿蒙。他的军团兄弟们将父亲的悲哀现状归罪于他，而阿蒙明白自己难辞其咎。难道不是他一力坚持，说服原体抛下传世伟业，回到此处面对自己的身心蜕变吗？难道不是阿蒙把军团、原体和这份可怕命运捆绑在一起吗？

在他的青铜金字塔正下方，众多悲痛子嗣簇拥着赤红的马格努斯。其中一些守护在原体身旁，自任近卫，而另一些则屈膝俯首，如同君王面前的请愿者。

阿蒙又一次心痛欲碎。

阿蒙被迫将猩红君王的烧焦躯体密封在辅助王座里。当他把原体送入生命维持系统内部的时候，其金属结构立刻像熔融流金般缓缓将其裹入其中，同时也向下蠕动钻透地面，仿佛是无孔不入的树木根须。它化作某位上古皇帝的繁复王座，既是监牢，也是病榻。

阿蒙举目凝望父亲那焦黑脱形的面孔。他难以辨别原体究竟是生是死，抑或处在某种介于生死之间的模糊状态。他在父亲的眼睛里看到了深切的痛苦，原体展望着那片脱离自己便难以支撑，却又时时刻刻妨害他性命的怪异国度。

马格努斯带领他们来到这里，以免葬送在野狼手下，然而阿蒙为众人带来了一份更加可怕的命运。

"你在什么地方，阿泽克·阿里曼？"他低语道。

我在什么地方？

那些水晶墙壁像刀刃般拔地而起，迫使诸位千子各自躲闪，将战帮成员孤立起来。阿泽克·阿里曼也看到了一些被高墙合围碾死或是被玻璃尖锋夺走性命的战士。

他匆忙翻身避开了两面伴着尖锐轰鸣迎头相撞的高墙。透明的晦暗墙面里嵌着一条条丝带状的猩红光辉，仿佛是迟缓脉动的血管。

会场的粗砺沙石不复存在，被一片光可鉴人的大理石地面取而代之，石板内部星移斗转，微光闪亮。

"阿泽克·阿里曼……"

那呼唤声让他猛地抬起头来，顿时头晕目眩，因为他四周的水晶墙壁陡然蹿升到超乎想象的惊人高度，在遥不可及的远方逐渐交会。

"这是什么地方？"托贝克说着爬了起来，烈火在指尖点燃。

"你看不出来吗？"哈索尔·玛特说，他跪在地上，双拳紧握牢牢贴在胸口。

"我要是知道就不问了。"托贝克厉声说道。

"这是提兹卡，"阿泽克·阿里曼也站了起来，"至少是另一副模样的提兹卡。"

"萨纳克特在哪里？"哈索尔·玛特说，"其他人都在哪里？"

阿泽克·阿里曼转身环视四方，却找不到那位剑客的踪影。他仔细聆听，想要探查战帮的其他成员是否就在附近。

他什么都没有听到。

"我们要独力面对这一切。"他说着缓步前行，始终用一只手按住身旁的烟色玻璃。那晶莹墙壁触手温热，不时微微震颤，仿佛一艘星船的钢铁舱壁。

"阿泽克·阿里曼……"

"你们听到了吗？"他问。

"听到什么？"哈索尔·玛特反问。

"我的名字，"阿泽克·阿里曼说，"有人在呼唤我的名字。你们两个都听不到？"

"听不到。"托贝克说。

哈索尔·玛特摇摇头。

阿泽克·阿里曼则点了点头。好吧，既然要玩这种把戏，他就暂且奉陪。

"那就前进吧，"他说道，"我们要闯到水晶迷宫的核心去。"

阿泽克·阿里曼即刻出发，托贝克与哈索尔·玛特跟在后面。走廊向前延伸了大约数百米，或许更远。水晶高墙交错纵横，其深处时刻波动起伏，他们完全无法准确判断自己究竟跨越了多远的距离。

他埋头前行，随机选取方向，同时在心里牢牢铭记脚下的路线，以备在必要的时候原路返回。然而直觉告诉他，即便此刻转过头去，他也休想找到归路了。

"阿泽克·阿里曼……"

"不，"他说，"我不会屈从于诱惑。此时此刻绝对不行。"

"你在和谁说话？"哈索尔·玛特问。

"没有谁。或许是我自己吧。"

阿泽克·阿里曼向左拐，来到一处交叉路口，三条毫无区别的走廊朝不同方向延伸出去。既然无从分辨，阿泽克·阿里曼便带领兄弟们转向右侧，他的目光不由自主地落在了墙体内部的飞旋星河上——那点点光芒看起来真切无比，仿佛触手可及。

"是的……"

他向那些嵌在墙体深处的璀璨星辰探出手去。他在最后一刻才停了下来。

倒映在水晶表面的那只手掌并不属于他。

"皆为尘埃……"

阿泽克·阿里曼抬起头，看到了站在玻璃高墙彼端的另一位战士。一个身披千子涂装的军团战士，然而他的盔甲边缘尽是乌黑，仿佛承受过足以烧焦陶钢的剧烈高温。

"阿泽克·阿里曼……"

"索贝克？"

数百个纹丝不动的身影列队伫立在他的实践者索贝克背后。他们各自用一枚饱含责难的独眼凝视着阿泽克·阿里曼，另一侧空荡荡的眼窝里倾洒着细密尘埃。

索贝克抬起手臂，挥拳敲打高墙。大片裂纹从冲击位点蔓延开来。

"我不会放任你把我们都害死。"

比亚奇抬起手抓住那枚挂在自己肩甲边缘的狼尾护身符。欧吉尔·寡目和斯瓦夫尼尔·疾狼站在符文牧师背后，一堵堵水晶墙壁在他们周围拔地而起。

尼凯亚的会场不见踪影，野狼们如今置身于一座晶莹闪烁的寒冰洞穴中央。四周墙壁恍若明镜，倒映出无穷无尽的扭曲影像。硫黄蒸汽般的烟雾从脚下岩地的裂隙里缓缓飘来，他们还能依稀听到某种吱嘎响动，如同一艘冰封海船的呻吟。墙壁上开凿了几道阴影笼罩的拱门，周围无不铭刻着令人厌憎的秽恶符号。

他们的喘息变成一团团白气。

"这真的是下界吗？"寡目问。

比亚奇耸耸肩，说："或许是的。或许这是某些人心目中下界应有的模样。"

"那么幽魂在哪里？"

从拱门深处传来的起伏呼号营造出怪异的回声，其源头迅速向他们逼近。

"你这张臭嘴。"疾狼说，他半边面孔上的巨大伤痕让话语变得含混不清。

呼号声再次响起，这一次显得更近了。

"你觉得它们真的是幽魂？"寡目又问，"我总以为它们的声音会更大一些。"

"闭嘴，"疾狼说，"你还嫌不够糟？"

"无论是不是幽魂，我们马上就能搞清楚了。"比亚奇说，他用余光瞥见某些物体在寒冰内部移动——某些姿态怪异、扭曲残破的物体。

"列阵：鲁斯在杜兰高塔。"他说。

另外两名野狼立刻反应过来，三位兄弟背靠背，并肩迎敌。

他将视野发散开来，避免聚焦在一处，他知道自己正在遭到监视，却无从判断对方潜伏的位置。他的物理和灵能感官四处刺探。他在空气中捕捉到了腐化的可憎气息，恶灵的刺鼻味道，顿时嗓子里涌起一股酸苦。

"现身吧。"他命令道。

明镜墙壁泛起波纹，一个凋零枯瘦的乌黑身躯迈向玻璃墙体的近前。它的形象映射在这座洞穴的每一块表面上，比亚奇辨认出这是与千子同行的一个构装体。他之前并没有对此多加留意，但如今意识到它的身躯绝不是被烧焦的，而是某种如癌症般由内而发的腐蚀造成的。

它的胸口嵌着一枚嘶嘶作响的开裂符文，那一度金光灿烂的徽记早已变得暗淡模糊，几近消逝。数百个倒影一同抬起头来。

"你是波德瓦·比亚奇，第三连头领欧格维·欧格维·海姆施鲁特的符文牧师，人称长牙的乌弗鲁·赫欧罗斯的血盟兄弟。"

"是的，但休要再提起我族亲的名号。"比亚奇警告道。

"好吧，狼群的战士。"那怪物说。

比亚奇的目光在对方身上游移，并没有找到火星教派那标志性的笨重实用风格。这个构装体的外形曾经十分纤巧优雅，只不过现今行将崩溃。

"显而易见，你不是那些崇敬钢铁的科技神甫所为。"比亚奇说，"那么你究竟是什么？"

"我究竟是什么？啊，那些天界学者可是就这个问题争辩了成千上万年也未有定论，"那怪物说，"对吾辈的古旧称呼是恶魔，但你可以叫我亚弗戈蒙。"

"恶魔就行了。"比亚奇说着从兄弟们身旁走开，迈向洞穴中央。他的感知探查到这个怪物极端危险，在对方心中跃动的两团火焰让他寒毛竖立。

"你有何企图？"他问道，"或许你被千子的古老巫术所困，想让我帮助你重获自由？倘若如此的话，你是否会赋予我强大的力量？"

"我确实可以。"恶魔的几百个倒影说，"你我两个，我们可以签订一份契约，正如我和阿泽克·阿里曼签订的那份契约。"

比亚奇笑了，说："不，我不会与你签订契约的，不过我倒是愿意听听你与那个叛徒签订了什么契约。"

恶魔摇摇头，抬起一根手指以示责备。

"不，因为就算是他自己都尚且不明白需要付出什么代价。"

"那么我们还有什么可聊的？你想试着诱惑我们一下吗？来吧，我听听你有什么可说的。但如果你对我和我的军团有丝毫了解，就该知道任何芬里斯的战士都不会投身恶灵。"

"你实在知之甚少，野狼，"亚弗戈蒙说，"但我带你造访猩红君王灵魂的这个部分，并不是为了探讨未来的。相反，有些秘密你该知晓。"

"有些秘密我该知晓？"比亚奇说，"我又凭什么听信你的任何一个字呢？"

"因为你能听得出真相。"

"你们这种东西恐怕就办不到了。"

洞口里再次传来呼号，那声响让亚弗戈蒙全身一缩。

"你要知道，我的本质在诸神领域中代表着一个令人畏惧的面相，未诞者先知将这种概念称为缠织命运——纯粹的意外与混沌。"

"如此说来我更不该信任你了。"

"或许吧，但所有颠覆格局的动荡年代都是由一连串缠织命运的事件所组成，在那些短暂瞬间里做出的决定能够产生惊天动地的重大后果。目前就是这样一个瞬间。"

比亚奇缓步绕行，试图判断那些倒影之中是否有某一个更加真实，更加易于摧毁。然而他并未辨别出一丝一毫的区别。

"这听起来可太精深了，像我这样的蛮子没法理解，"比亚奇说，"这就像是普罗斯佩罗的赤红术士会讲的话。"

亚弗戈蒙耸耸肩说："或许我与他们同行太久了，但我很快就会离开了。"

"那就说出你的秘密，然后快滚吧，恶魔。"比亚奇说。

"让我来给你讲讲普罗姆斯，"恶魔俯身凑近玻璃墙壁说道，"让我来给你讲讲他以汝辈帝皇之名干下的伟大事迹。"

卢修斯在迷宫的幽暗厅堂里前行，这座瞬间造就的宏伟建筑在他心中引发的笑意多过敬畏。卢修斯孤身一人，而他厌恶孤身一人。没有观众供他迎合，没有对手供他嘲弄，他的思维只能渐渐深入心底，但卢修斯有自知之明，他明白自己的内心深处绝不是一个适合盘桓的地方。

于是他迫使思绪转向外部，仔细考虑一旦他厌倦了千子的事务之后又该去往何方。一股苦涩意味顿时浮上心头，卢修斯抬起手掌抚摸那道将完美容貌劈成两半的纵贯伤疤。不管他下一步该去哪里，首先都要让哈索尔·玛特为他恢复此前的那张完美面孔，无论有什么代价。

或许他可以返回军团兄弟之间，一方面可以展现自己的崭新容貌，另一方面也可以探索他们近来发掘的感官极乐。

或许他可以专注于某一项独特的纵欲行为？

钢铁战士过于冥顽不灵，卢修斯根本不考虑与之同行，而暮气沉沉的死亡守卫想必会让他穷极无聊以至自尽。或许他可以前去追寻安格隆的战士？他们一心杀伐屠戮，也许有些趣味。

抑或荷鲁斯之子？

对，接近战帅本人必定能够让卢修斯的放纵妄为达到极致。

他的余光在墙壁内部捕捉到了某些翻卷回旋的动静，但卢修斯置之不理。他对于无生者的诡计并不陌生，他知道自己会目睹某些血肉和感官遭受恐怖蹂躏的平庸景象。

"卢修斯……"

"你这是浪费时间，"他自言自语道，"相信我，无论你要捏造什么样的肉体诱惑，我的帝皇之子军团兄弟们早就尽享过最极端的纵欲行为，榨干了其中的一切感受。"

墙壁里的动作愈发剧烈，卢修斯来到一处丁字路口，狞笑着停住脚步。左右两侧的走廊里微光游弋。

"从未拥有过肉体的亚空间存在凭什么向弗格瑞姆的子嗣传授肉体的痛苦或欢愉？你们对这两者都一无所知。你们本身就源自我们的感受，你们仅仅是伪装成感受的苍白倒影。"

"剑术只是一部分因素……"

卢修斯僵在原地，心跳加速。

他听过这句话。

"洛肯？"

"比你快得多，叛徒。"

对面的墙壁里传来另一个声音，卢修斯顿时扭过头去。

他也认得那个嗓音。

"沙罗金。"

卢修斯在转瞬间瞥见了玻璃墙体深处一个披挂黑甲的朦胧轮廓。卢修斯眨眨眼，不确定自己究竟有没有看到那个身影。

"对我而言你毫无意义——你只是一只必须被处决的疯狗。"

一道火线扫过他的脊背，他迅速扭转身躯，捕捉到了一个从墙壁上飞掠而过的阴影。他的长剑即刻跃入掌中。他能感觉到一条细如发丝的修长伤口贯穿后背，鲜血从中缓缓涌出。纵然伤口灼痛不已，他还是心怀赞叹。科拉克斯的战士动作迅捷，但卢修斯已经忘记了对方到底有多么迅捷。

"来啊，来啊，小乌鸦，"卢修斯说着让长鞭从左腕上滑落下来，"想重赛一场吗？"

他缓缓转动，双眼仔细寻觅目标。

"你的思绪暴露了你。"

卢修斯咬紧牙关。先是洛肯，之后是沙罗金，现在又是萨纳克特。

一股崭新的痛楚洞穿了他的躯干侧面，他长剑下挥，去格挡一把并不存在的武器。尖锐的刺痛又捅进他的腰背部，让他踉跄着单膝跪倒。

"来和我打啊！"卢修斯喊道，他猛然挺直身躯，看到三名幽魂般的战士从玻璃墙壁之中迈步现身：穿着影月苍狼珠白盔甲的洛肯、披挂黑甲的沙罗金，还有一身猩红的萨纳克特。他们将卢修斯包围起来，但他曾经面对过更糟糕的劣势，最终都以少胜多。

这些是他此生交手过的最强的三位剑客。

这才是一场值得回忆的对决。

洛肯率先发难，他探出短剑直取下盘。卢修斯抵挡住对手的攻势，翻转手腕朝影月苍狼的面孔猛刺一记。他感到了骨骼碎裂。洛肯退却一步，粉碎成了四散阴影。沙罗金的双刃在卢修斯背后交叉扫过。他咬牙忍住一声尖叫，扭转身躯将长剑深深埋入了暗鸦守卫的脖颈。对方同样化作破碎幽影。

卢修斯挥鞭缠住萨纳克特的利剑，打乱了对手的防御，并抓住良机把武器捅进那位剑客的肚腹，直没至柄。

伴着一声撼动墙壁的尖啸，萨纳克特的幽魂消散无踪。卢修斯凯旋地挥动臂膀，高声呼吼。一股近乎疯癫的狂乱笑声在他心底翻腾涌起。世间仅有的三位曾经胜过卢修斯的战士如今被他全部击败，剧烈的痛楚和粗野的喜悦让他瞪圆了双眼，眼眶欲裂。

他随即在玻璃墙面上看到了最后一名与他对决的战士，满脸的狞笑顿时被抹消。一个形体完美，目光清澈，容貌浪荡英俊的战士。

他几乎已经忘记那张脸了。

卢修斯的手指紧紧攥住剑柄。

他的长鞭也躁动不安。

他曾自行毁容，再来一次他也愿意，只不过今日他会用剑刃去毁容，而非一块块锐利的玻璃碎片。

让我看看你是怎么打的。让我看看你是怎么赢的。

卢修斯一头扑向自己的倒影，挥剑劈砍玻璃。剑刃洞穿了墙壁。玻璃碎片四处横飞，其中一块深深划破了他的面孔。

卢修斯不在乎。痛苦毫无意义。

他的倒影还在大肆嘲讽。

你可以打败所有人，但你永远没法打败我。

卢修斯冲进玻璃深处，手中递出凶狠无情的剑招。如刀锋般锐利的碎片在他身边汇作一团风暴。那些致命残片一次次割裂他的脸颊，喷涌而出的鲜血恍若迅猛奔流。

皮肤被掀开，肌肉被剥落。

他的咆哮声里掺杂着浓烈的狂怒、失落和憎恨。

他步步深入，扎进那团由玻璃和仇恨组成的风暴。

破碎的玻璃墙壁在他背后重组完好，将卢修斯彻底吞没，这条变幻不定的走廊里并没有留下他经过的丝毫痕迹。

又一个被水晶迷宫捕获的脆弱灵魂。

阿泽克·阿里曼和兄弟们一同在金字塔的庞杂走道里奔行。他们不假思索地随机转弯，试图甩掉破墙而出的索贝克，以及他身后那些填满尘埃的蹒跚甲胄。

但无论他们拐了多少弯，追杀者都甩不掉。阿泽克·阿里曼带着同僚们闯入宽广晶莹的长廊，跑过蜿蜒曲折的小径，冲进空旷辽阔的拱顶，其中闪烁着缤纷多彩的光芒，仿佛浩瀚之洋本身想要渗入那玻璃墙壁。

以阿泽克·阿里曼对周围环境的理解，恐怕确实如此。

爆矢弹无法阻止索贝克缓慢而坚决的步伐，灵能也难以抵挡那支全无血肉的大军。

在每个转角，尚存的千子战士都能看到更多披挂军团涂装的身躯迈着机器人一样的僵硬步伐缓缓逼近，但此处的暗淡光线为一切事物赋予了宛如海底的幽暗，让它们的盔甲染上些许怪异的碧蓝色泽。

"它们永远不会停下。"哈索尔·玛特说，他踉跄前行，仿佛身陷剧痛，纵然阿泽克·阿里曼并不记得对方遭受过任何创伤。

"那么我们就不停下。"托贝克厉声说。

他们在一间宽广厅堂的末端停下脚步，面前排列着数不胜数的分支路径。阿泽克·阿里曼举起那柄能量脉动的法杖，缓步绕行。

"有没有逃生之路的线索？"哈索尔·玛特说。

"我想要的不是逃生。"阿泽克·阿里曼说。

"不是？"哈索尔·玛特将双拳紧握贴在肚子上，"那你想要的是什么？"

哈索尔·玛特嗓音里的痛苦显而易见。

阿泽克·阿里曼之前听到过这种痛苦声调，他很清楚这预示着什么。其他人同样有所察觉，都警惕地审视着那位亮羽大师。

"前进之路。"阿泽克·阿里曼说，"我们一直受到了指引。"

"指引我们去哪里？"托贝克质问道，他的头盔护目镜里闪动着火凤学派的烈焰。

"我相信是金字塔的核心位置。"

"为什么？"萨纳克特问。

阿泽克·阿里曼说："勒缪尔体内的那股力量想要我们去那里。我能感觉到。"

"那么我就给你们争取一点时间，"萨纳克特说，就在此时，那些与索贝克一同缓步进军的战士又出现在了几人身后，"我会找一处扼要地点抵挡他们，就像温泉关的狮王一样。"

"那位狮王和他的部下都死了。"托贝克指出。

"谁也不会死在这里。"阿泽克·阿里曼感受到寄居在法杖中的那股力量传来一份洞察，"我们继续前进。一起前进。"

他埋头扎进建筑深处，听到巨型羽翼的拍打声响、刺耳的尖叫，以及可怕的低沉呻吟从墙壁内部传来，然而一旦他试图辨别声音源头，周围就会顿时寂静下来。这座迷宫并不遵循阿泽克·阿里曼所知的任何透视规律和因果法则。

他们继续前进，继续深入，最终毫无征兆地冲进了迷宫中心位置一座匪夷所思的辽阔大厅。

这个空间足有弗泰普金字塔的上百倍大，水晶墙壁的会聚顶点远在一团翻滚沸腾的风暴雷云之上。长枪般的闪电不时撕裂空气，用夺目电光将整座厅堂染成淡蓝色泽。

阿泽克·阿里曼抬起头来，绝望让他骤然心悸。

赤红的马格努斯飘在半空，那数百米之高的宏伟身躯悬浮于雷云之下——他是一位死去的参天巨人，让帝皇级作战泰坦都相形见绌。他身上那套乌黑和青铜两色的铠甲遍布焦痕，头颅低垂于胸前，松散的猩红长发遮住了面孔。

阿泽克·阿里曼察觉到兄弟们都惊异地仰起脖子，纷纷发出震愕轻呼，如此说来他恐怕难以指望面前的可怕景象只是虚妄幻觉了。

猩红君王的雄壮臂膀甩在两旁，阿泽克·阿里曼看到他的躯体本质时刻遭到蚕食，恍若一篇在熔炉中渐渐燃尽的残章。触须状的缭绕烟雾从马格努斯的庞大躯体上发散出来，像飞旋余烬般在空中飘扬。

那庞大尸首所流逝的每一丝力量都涌向了某个辐射着黑暗威能的浮空身影。

即便远在数百米之外，阿泽克·阿里曼依旧辨认出了勒缪尔·高蒙。寄居在那副皮囊里的两块灵魂碎片就像是妄图挣脱血肉的闪亮骨架，它们将这最后一块灵魂碎片渐渐纳入记述者体内，其深厚力量变得愈加强大。

成群结队的可怕怪物在马格努斯身躯下方雀跃欢腾。它们高高抬起爪子，仿佛想要抓住闪电，或是将马格努斯的尸体扯向地面。

远方的动静吸引了阿泽克·阿里曼的目光，他看到更多趔趄身影从金字塔内部的繁复迷宫里闯到了此处。他看到三名身披寒霜铠甲的野狼猛冲进来，他们对上空那具庞大尸首的震惊几乎要让阿泽克·阿里曼发笑。

他也看到普罗姆斯和那位来自神龙国度的战士从水晶墙壁的裂缝中现身。卡蜜尔·希梵尼和凯娅·帕瓦提同样闯出了迷宫，她们欢欣呼喊着冲向对方。

门卡拉是最后一个现身的。

那位黑鸦先知仿佛戴着一张鲜血面具。他扑倒在地，双手弯曲如爪，十指滴淌猩红。阿泽克·阿里曼注意到对方的两枚眼珠已经不复存在，显然是亲手从眼窝里挖掉的。门卡拉在迷宫深处究竟目睹了何等恐怖的景象，以至于要自毁双目？

"普罗斯佩罗在上……"托贝克开口道。

"那真的是马格努斯吗？"哈索尔·玛特问道，他颓然跪倒，用颤抖的双手笨拙地抓挠自己的颈甲。

阿泽克·阿里曼无言以对，仅向萨纳克特点头示意，对方迈步走到了亮羽大师背后，对眼前的必为之事了然于胸。

"的确是马格努斯，"某个褪去了一切人性伪装的嘶哑声音响起，"这是他在此凋亡的那一部分灵魂，当时他的父亲背叛了曾对子嗣做出的承诺。"

千子战士们转过身去，看到亚弗戈蒙一瘸一拐走出迷宫。妖傀的躯体近乎彻底朽坏，只剩下一副勉强包裹住滚沸腐潮的焦黑外壳。它如何能够保持直立实在难以解释，因为它的各处关节都渗透着乌黑油亮的黏稠液体，整个身躯的金属部分也早已严重损坏，蹒跚的每一步都会洒下点点锈迹。

"你在这个世界上时日不多了。"阿泽克·阿里曼快慰地说。

"我的这副形体时日不多了，"亚弗戈蒙回应道，它的嗓音显得费力而含混，就像一个肺脏积血的濒死之人，"但我尚可存续。"

"这话什么意思？"托贝克说着绕到妖傀侧面。

"问问阿泽克吧，他可以告诉你。"

"阿泽克·阿里曼？"托贝克追问，"它什么意思？"

"什么意思都没有。"阿泽克·阿里曼说，哈索尔·玛特头盔的气压密封伴着一阵嘶鸣开启了，"它所说的是我们之间一份早已作废的契约。"

托贝克迈步逼近阿泽克·阿里曼，心念稍动将双拳点燃，说："在泰拉的那座深山里，你发誓我们决不再相互隐瞒。告诉我，这恶魔究竟是什么意思？"

阿泽克·阿里曼挥手示意那些野狼和普罗姆斯，敌方迸发出夺目的灵能光辉，在群魔之间杀出一条血路，朝大厅中央逐渐逼近。

"我们没时间说这些。"他转过身去。

"告诉我，"托贝克一把抓住他的臂膀，"现在就告诉我。"

阿泽克·阿里曼升入第五层心境，他明白自己或许不得不杀掉托贝克。面前兄弟对阿泽克·阿里曼的救命之恩丝毫不知感激，这令他心中怒火勃发。

"你还记得在黄道仪上，大家险些死在德雷克耶虚空魔的爪下吗？"

"记得，"托贝克说，"那又如何？"

"我只有一个办法能救你们，"阿泽克·阿里曼让浩瀚之洋的力量灌注全身，"我和亚弗戈蒙签订了一份契约，否则你们全都会丧命。"

"你向它承诺了什么？"

"单单一个灵魂。"

"谁的灵魂？"

"我当时并不知道。它只讲了几句谜语。"

"但你现在知道了？"

亚弗戈蒙瘫软倒下，它的虚弱双腿无法再支撑身躯。

"他知道了，"匍匐在地的亚弗戈蒙说，它的胸腔已经暴露在外，"一位拥有尘埃双眼、寒冰之心、明镜灵魂与神祇面孔的王子。"

尘埃和油料从妖傀身体内部倾洒出来，病态的黄色亮点夹杂其中，愈发暗淡。不消片刻它就要凋零逝去，其恶魔本质将被卷回浩瀚之洋深处。强大的力量在阿泽克·阿里曼掌中积聚，时刻准备助这个恶魔彻底解离。亚弗戈蒙对此有所察觉，它摇了摇头。

"倘若没有我的帮助，你会失败的，阿泽克。"妖傀含混地说。

"你能如何帮助我？你行将就木。"

"付出我要求的代价，你就知道了。"

阿泽克·阿里曼将目光从那濒死躯体上扯开。

马格努斯的庞大尸首伴随分秒流逝而不断衰减，勒缪尔体内的灵魂碎片则汲取着愈发强大的力量。在军团之父的宏伟亡躯下方，迪奥·普罗姆斯及其盟友向金字塔的中心步步逼近。

"亚弗戈蒙所言不虚，"阿泽克·阿里曼转头看着诸位兄弟，心肠变得冷如铁石，"我知道它想要的是谁了。"

第二十三章

尘埃双眼

毫无实战可能

罪恶

　　众人在下界幽魂之间埋头冲杀，比亚奇的目光牢牢钉在普罗姆斯背后。其他人将这些怪物称为恶魔，但狼群的战士知晓它们的真实名号。那些怪物絮絮低语，发出死尸的干笑与尖锐的呼号，它们的秽恶躯体尽是柔韧多变的皮肤或湿滑闪亮的血肉。

　　他的霜刃喷薄着凛冬冷焰，万千幽魂皆难当其锋锐。疾狼在他左翼奋战，面对那柄锯齿长矛的刺击，众多凶残恶兽像色彩缤纷的血包般炸裂。欧吉尔·寡目高声吟唱着芬里斯的古老传奇，仿佛狼王亲临观战般倾尽全力。

　　每一剑都是复仇，每一步都让他们更加接近那个从猩红君王的悬浮形体上不断抽取力量的恶魔宿主。一股暴烈闪电轰击在他五步之外的地面上，明亮夺目的爆炸让邪异血肉四处飞溅。

　　光辉残影在比亚奇的视野里飞舞。狰狞面孔和丑恶讥笑在他的脑海里游荡。他眨眨眼甩开那些萦绕不去的模糊影像，与此同时一头有着鲜肉色泽的粉红怪物朝他猛扑过来。它探出几根蜘蛛腿足般的弯曲手指抓向比亚奇的面孔。他心念一动，将芬里斯的寒冰风暴送入敌人躯体，让它炸成一团幽蓝碎片。

　　成百上千的怪物不断加入战局，它们相互践踏着抢先出手，獠牙遍布的巨口里发出一阵阵愚蠢笑声。

　　比亚奇的猎手目光察觉到了临近的危难。

　　"纳加森那。"他高喊一声，看到两头蓝色皮肤的恶魔扑向那位凡人剑客。纳加森那屈身躲闪，长剑上扬。一只从他头顶飞过的怪物被开膛破肚。另一只则将他撞倒在地，不出比亚奇所料。恶魔仰起身躯，张开大嘴，那森森巨口足以干净利落地咬掉纳加森那的脑袋。

　　寡目狠狠一脚踢在怪物侧面。

它顿时炸成一摊斑斓腐液。寡目脚下丝毫不停，趁势一把拽起纳加森那，让他稳住身形。

纳加森那默默点头致谢，他气息紊乱，一时间难以言语。

"别落后。"寡目厉声说。

迪奥·普罗姆斯迸发着灵能耀光，在群魔之间横冲直撞。闪电从天而降，像一支支来势迅猛的长枪般刺向他身边的敌人，让焦黑的恶魔血肉弥散在半空。他用光辉四射的拳头将面前的一切恶魔碾成粉末。比亚奇一边奋力杀敌，一边审视那位奥特拉玛的战士：此人战技出类拔萃，时刻保持熊熊怒火和严明纪律的完美平衡，马库拉格的清晰逻辑与军团天生的凶暴力量在他身上融为一体。

比亚奇心中泛起一股惋惜之情，但他将这情绪抛诸脑后。

对帝王的效忠容不得多愁善感。

前方一群由裸露血肉组成的湿滑怪物如长鞭般精瘦，它们用尖啸不已的口鼻吐出一团团烈火。比亚奇俯身躲避，灵能兜帽爆发出夺目闪光，让邪焰在他一米之外熄灭。

他纵身扑向那些喷吐烈火的恶兽，将它们撕成碎片。死去的邪魔爆发出幽光闪烁的虚幻火焰，徒劳地舔舐他的盔甲。它们尖嚎着纷纷殒命，那声音就像是一条熊熊燃烧的冰橇被波涛卷入大洋深处。

"我们有什么计划吗？"寡目问道，他的盔甲上溅满了油腻的多彩血迹。

"有，"比亚奇说着将剑刃从一具迅速解离的尸体中拔了出来，"但你们恐怕不会喜欢。"

"我们能保住性命吗？"疾狼问，他挥动那把可怕的长矛，划出一道夺命圆弧。这武器的威力让恶魔大为忌惮，然而每当它消灭一头邪兽的时候，其余怪物都会发出刺耳的狂喜笑声。

比亚奇看了看身陷敌阵的迪奥·普罗姆斯，对方像复仇之子本人一样奋力剿灭邪魔。

"不是每个人都能。"

"退后，阿泽克·阿里曼。"托贝克说。

就连一向忠诚的萨纳克特眼里也显出了惊惧。

我已经渐行渐远，以至于兄弟们都以惊惧视我。

"这是拯救我们父亲性命的代价，"他举起法杖说，"别无选择。"

"它的一切承诺都是谎言，"托贝克说，"你很清楚，阿泽克。你不能相信它说的任何一个字。"

"我并不相信它，但它拥有力量。此时此刻我需要那份力量，更甚以往。"

阿泽克·阿里曼扫视诸位兄弟。他们各自具备独特品质和非凡技艺，那么亚弗戈蒙究竟是基于什么特性而选择了其中的单单一人呢？

这恐怕无从得知了，他走向哈索尔·玛特，对方头颅低垂，喘息急促。

"哈索尔·玛特。"他说。

那位军团战士抬起头来，同袍兄弟脸上赤裸裸的惊恐几乎让阿泽克·阿里曼的决心土崩瓦解。他的面孔苍白而黏腻，肌肉蠕动颤抖，皮肤表面爆发出种种增生组织。

"救……我……"

托贝克迈近一步，阿泽克·阿里曼察觉到那位火凤大师的心灵已处于作战状态。萨纳克特的双刃也稍稍滑出剑鞘。

"阿泽克，别这样，"那位剑客说，"他是自己人。"

"很快就不是了，"阿泽克·阿里曼说，"他已经陷入血肉异变。他的生命时日无多。替他了结折磨才是慈悲。"

"那就让我动手，干净利落。"萨纳克特说，他的黑白双刃伴着一阵轻吟跃出剑鞘，"让他作为一名千子军团战士光荣赴死，而不是变成献给那个怪物的贡品。"

"不。"阿泽克·阿里曼说，他很清楚自己接下来必须做什么。

萨纳克特飞身扑来，托贝克的双拳则迸发烈焰。阿泽克·阿里曼放松了对掌中法杖的束缚，令猩红君王的一丝力量涌入自己的躯体。

那恰似一股灌注他全身血脉的洪流。

成效显著。

阿泽克·阿里曼紧握拳头，彻底扑灭了托贝克心中的火焰。托贝克趔趄退步，仿佛他的生命本质骤然流失殆尽。他瘫软倒地，口中呼出的气息裹着坟墓般的死寂寒意。

萨纳克特的剑刃被拧向一边，阿泽克·阿里曼能体会到剑客对自身肌肉变异之势的沮丧。阿泽克·阿里曼向萨纳克特体内送去另一股电流般的力量，让他像个疯狂的提线木偶般剧烈痉挛。

"我很抱歉，兄弟们。"阿泽克·阿里曼说道。

亚弗戈蒙居然又站了起来，那曾经完美无瑕的身躯如今只是一团被意志和欲望凝聚成形的尘埃了。

"动手吧，阿泽克，"它嘶声说，"就是现在！"

阿泽克·阿里曼扭转身躯，用法杖末端狠狠敲击妖傀头颅上那最后一枚熠熠闪亮的召唤符文。

他出手时高声尖吼，这一击承载着他满腔的绝望、罪恶和懊悔。那个怪物的躯体径直摔落在地，飘散成一团雾气般的肮脏尘埃。

一个幽暗虚影从它的残骸里涌现，这迸发着黑暗光辉的恶灵此前始终盘踞在那副人造躯壳里。

"王座恕我！"阿泽克·阿里曼大喊，"他是你的了！"

那个幽暗鬼影一把卷起哈索尔·玛特，随即钻进他体内，如同一群无孔不入的微型萤火虫。

哈索尔·玛特的抽搐躯体不由自主地直立起来，被这股充盈全身的非人力量吊在半空。他大张着嘴，盔甲四分五裂，其下血肉迅速膨胀到匪夷所思的尺度。

一阵如同万千鸦群齐声尖叫的刺耳嘶鸣从哈索尔口中传来，他开始邪恶的变异……

"你干了什么？"萨纳克特喊道，亚空间邪光从哈索尔·玛特的扭曲形体上迸发四射。那位亮羽大师躬身伏地，背部肌肉急剧扩张变形，伴着鲜血和碎肉诞生出一对庞大羽翼。

他变成了一个怪物。

那些肉囊随后开裂，呈现出两枚生有乌黑尖喙的鸟类头颅，其中蕴藏着深不可测的恶毒心智。它们的尖利鸣叫撕碎了现实的架构，大厅之中的全部恶魔应声匍匐在地，向具现于此的诸神领域至高魔主致以崇敬。

那高大恶魔俯视着阿泽克·阿里曼，它用双腿直立，一双宽大羽翼上脉动着碧蓝光辉。它的两个脑袋摇摆不止，其中一个用目光犀利的乳白眼眸凝视阿泽克·阿里曼，另一个则张口吐露着暗藏深意的胡言乱语。

"你寻求力量,阿泽克·阿里曼,"它说道,"那么力量就是你的。"

毫无胜算可能。

对于面前的这场战斗而言,奥特拉玛的任何教导和训练都帮不了普罗姆斯。他在成群结队的敌人之间横冲直撞,有生以来从未如此肆无忌惮地施展力量。从他双拳上喷涌而出的马库拉格之火势不可当,将所过之处的邪魔都化作残烛熔蜡。

先前那些狂笑不止的敌人纷纷裂解重组,变成一个个阴郁沉闷的怪物,向普罗姆斯挥动魔爪。他单手握着爆矢枪随意开火,这滔滔海浪般的梦魇邪兽让他根本不可能错失目标。闪电在他周围奔腾,以爆破性的力量鞭笞地面。

普罗姆斯仰望那个悬浮于头顶的庞大身躯。

它的形体逐渐解离,化作一股股朦胧烟雾,被寄居在勒缪尔体内的灵魂碎片尽数抽取。

很快就能进入攻击范围了。

一团由纯粹力量组成的凶猛风暴凝聚在他身边,用更加密集的闪电抽打四周。地面龟裂崩塌,甩出一块块形态不定的巨石,扬起滚滚沙尘。普罗姆斯埋头前进,飞身跃过凭空浮现的深邃裂谷。

他不知道比亚奇等人是否与自己同行。他的一切注意力都集中在前方。杀戮,前进。前进,杀戮。他借助磁力把爆矢枪固定在大腿上,保留了最后几枚子弹,双手交握剑柄继续拼杀。

他的脚步逐渐放缓,愈发拥挤的敌群已经让他无法轻易将其冲散剿灭。他失去了时间概念,他的整个世界收缩到近战范围——剑斩、拳打、脚踢。他不知道自己摧毁了多少恶魔,也辨认不出它们之间的任何差异了。

将他团团包围的秽恶存在变得更加密集,数十个橡胶般坚韧的怪物争先恐后地爬上他的身体,想要用状如凿子的指甲抓挠他的双眼。

普罗姆斯咆哮一声单膝跪地,将长剑立在身前。他高呼基里曼的名号,剑刃上爆发出一道碧蓝火环。这毁灭浪潮汹涌扩散,将周围的恶魔化作灰烬。他站起身来,踩着恶魔的焦黑残骸继续前行。他的步伐疲惫不堪,肆无忌惮地施展力量让他付出了沉重的代价,但他还能站住。

普罗姆斯将朦胧目光投向上方。

那巨像般的马格努斯即将彻底消逝，其内在本质已经尽数流失。而勒缪尔的血肉则近乎透明，窃取的力量由内而外地灼烧着他的躯壳。

普罗姆斯从大腿上抓起爆矢枪直指目标，将准星放在勒缪尔的后脑。对方稳稳悬浮在半空，身上脉动着深厚能量，像一个活靶子。

"理论可能——你与马格努斯同生共死。"他说道。

普罗姆斯把自身力量灌注到爆矢弹里，体会着那金属的刚硬，品味着助推剂和弹药的化学成分，他将平生所学的一切驱魔法印都附着在子弹上。

"实战可能——不要失手。"

普罗姆斯迅速扣动了三次扳机。

他看着经过灵能强化的子弹精准无误地扑向目标，仿佛这里只是晴朗天空下的一片训练靶场。

一枚爆头，两枚穿心。

三枚爆矢弹在命中目标之前骤然化作尘埃。

勒缪尔将目光转向普罗姆斯，眼中闪着恶毒的笑意，他俯视着脚下那如火如荼的恶战，似乎刚刚意识到自己引发的混乱局面。

勒缪尔大笑起来，其中的残酷无情让普罗姆斯不禁心惊。

记述者斩落手臂，将一支烈焰长枪投向普罗姆斯。

那股炽热力量击中了他颈甲和肩甲之间的薄弱部位，轻易洞穿胸腔。它湮灭了骨板，将主心脏彻底损毁。他胸中的空气剧烈膨胀，致使他失去了一侧肺脏。

普罗姆斯的剑刃碎裂成一团暴雪般的残骸，锐利如刀的钢铁破片划过他的面孔。那股烈焰继续无情摧残着他的身体……

那剧烈痛苦超乎想象。普罗姆斯瘫倒在地，挣扎喘息，胸膛仿佛被一只凶蛮魔爪紧紧攫住，他的副心脏尚未意识到主器官的损毁。他眨眨眼，试图驱散迅速蒙蔽视野的明亮光点，他的盔甲则向全身血脉注入了大量止痛药剂。

普罗姆斯想要抬起臂膀，但身体拒绝从命，他的神经系统因重创和震慑而陷入麻痹。那些恶魔发出充满恨意的尖厉笑声，纷纷扑向这个动弹不得的敌人，想要将他撕成碎片。

他在痛苦中轻呼一声，副心脏终于开始隆隆跳动，让他的胸膛剧烈起伏。休眠待命的备用肺叶迅速扩张，让普罗姆斯吸入了一口苦等许久的空气。

他举起爆矢枪，扣动扳机。

击锤打在了空空的膛室上。

"见鬼。"他呛咳着咒骂一句，翻转枪械当作棍棒使用。

第一个恶魔张开巨口，伸展双臂前来索命。他奋力打翻敌人，但更多怪物接踵而至，汇作一道尖牙锐爪的汹涌潮水。普罗姆斯无力抵挡随后扑来的恶魔了。

一柄锃亮夺目的银钢剑刃骤然闪现，那锐利刀锋的完美一击将恶魔从半空斩落，是敖顺。

纳加森那挡在普罗姆斯身前，将神龙剑高高抬起，摆出一副经典的挑战姿态。

"你们休想动他。"纳加森那向那些恶魔宣告。

恶魔的海洋向两侧分散，为阿泽克·阿里曼和改头换面的亚弗戈蒙让开道路。它们毕恭毕敬地退却跪伏，向这高大强悍的怪物致以盲目而荒谬的崇拜呼号。它的一颗头颅前后晃动，像连珠炮般甩出一串串毫无意义的狂言疯语，尖喙则不断张合，仿佛想要把刚刚吐露的话语吞回腹中。

阿泽克·阿里曼的手杖微微震颤，寄居其中的力量现已苏醒浮现。近在咫尺的父亲灵魂让阿泽克·阿里曼口中泛起一股淡淡的金属腥味，自从告别古老地球以来，那股力量已经蛰伏了许久。

"你有能力把马格努斯从勒缪尔体内抽离吗？"他问道。

"不，"亚弗戈蒙说，"但你有。"

"那是什么意思？"

"你会明白的。"

在头顶肆虐的风暴变得愈发凶猛，演变成了充斥着奇光异彩的雷霆旋涡。它看起来恰似在银河黑暗角落里躁动沸腾的那枚恐惧之眼。强大力量在风暴深处翻滚积聚，引诱人们前往一个无尽创新、永不静止的时空。

马格努斯的宏伟身躯如今只剩下一个无比朦胧的轮廓，几近云烟。勒缪尔悬浮在风暴之眼，他的紧绷躯体勉强容纳着他根本不该妄加触碰，更遑论独自承载的巨大力量。

阿泽克·阿里曼踏上半空，迈步走向他的昔日学徒，仿佛脚下有一条隐形的阶梯。若是在往日，如此妄然滥用灵能力量必定会让他万分惊恐，但现在，重力已非行动的阻碍因素。他向上走了数十米、数百米。

亚弗戈蒙扇动宽阔羽翼与他同行，阿泽克·阿里曼身处的位置越高，就越能清晰地认识到这片巫术领域的宏大范围。水晶迷宫的蜿蜒走廊占据了全部视野，一直蔓延到天边，似乎将整个世界都包裹了起来。谁能知道究竟有多少灵魂陷入了它的天罗地网？

"我的战士们，"阿泽克·阿里曼说，"还活着吗？"

那怪物的疯狂头颅开口作答。

"是的，不是，谁也说不清！或许都死了，肯定都变了。还会相遇吗？喔，是的。尖刻风趣的那个，还有你将背叛的那个。众生皆要知晓阿泽克·阿里曼的名号。"

"把话讲清楚，畜生。"阿泽克·阿里曼说。

"它办不到，"另一颗头颅回答，"蕴藏在永恒之井里的可怕真相已经把它彻底逼疯了。它讲述真相，但每一份残缺的智慧里都必定交织着苦涩的谎言。就是耗费千秋万代也休想去伪存真。"

"那么你有何用？"阿泽克·阿里曼说道。

"这就要取决于你愿意接受什么了。"

阿泽克·阿里曼不再理会那个怪物，他知道对方的一切话语都模棱两可，真伪莫辨。他俯视脚下的战场，看到那些身陷重围、奋力死战的帝国将士。他们面对着不可逾越的压倒性劣势，有限兵力被无穷无尽的敌人围在中央。

这些英勇战士不该落得此等下场，但阿泽克·阿里曼回忆起野狼焚灭普罗斯佩罗的景象，立刻就变得心如铁石，摒弃了胸中泛起的一丝悔意。这些人与他为敌，而一切与他为敌者都休想得到任何谅解或怜悯。

自今日起，这就成了阿泽克·阿里曼的座右铭。

"勒缪尔体内的那股力量要胜过你我。"

这声音从阿泽克·阿里曼心底传来，虽然是一份源自父亲的警告，却仍旧为他全身灌注了令人宽慰的柔和暖意。他掌中的法杖变得愈发灼热，其木制握柄和精金内核以一种难以察觉的频率微微颤抖。

"但它毕竟寄居在凡人血肉里。切记。"{

从头到脚喷薄着以太光焰的勒缪尔向他们飘来。那位记述者已经今非昔比,阿泽克·阿里曼尽力掩饰住自己的震惊。对方快要失去人形,体内的灵魂碎片让他的血肉显得紧绷而单薄。在近乎透明的皮肤之下,他的脂肪和肌肉逐渐消解,清晰可辨的骨骼勉强维系成一体。越演越烈的灵能狱火让他的皮肤焦黑破损,化作细碎灰烬从头颅上片片剥落。

勒缪尔的目光落在亚弗戈蒙身上。

"一个无生者杂碎,"他的嗓音里回荡着奥秘学识的深沉音调,"说说看,阿泽克,它自称是谁?"

"亚弗戈蒙。"

"倒是恰当,"勒缪尔承认,"但它的真实身份是履约而来者。"

"那只是我的众多名号之一。"亚弗戈蒙说。

"这是唯一重要的名号。"勒缪尔说,话音未落,一团蓝焰从他掌中喷发出来。亚弗戈蒙厉声尖啸,那披覆羽毛的身躯立刻点燃,被光芒闪烁的舞动火舌包裹起来。这个恶魔落入了一座烈焰囚笼,它的雄壮双翼在巫术火墙里迅速凋零。

亚弗戈蒙疯狂扭动身躯,发出剧痛嘶嚎,奋力敲打这虚幻囚笼的炽热栏杆。

"这就好多了。"勒缪尔说,"这才是你应有的模样。"

阿泽克·阿里曼探出手杖,勒缪尔察觉到了蕴藏其中的力量,顿时面露微笑。

"阿泽克·阿里曼,"勒缪尔说,"你是来把那块灵魂碎片还给我的吗?"

"你明知并非如此。"

"吾儿,我——"

"你不是我的父亲,"阿泽克·阿里曼说,"这样的你并不是。"

"你应该更明白事理的,"勒缪尔说道,"我恰恰是你父亲的一切,虚荣、自负、慈爱、轻蔑、无私和自豪的父亲。我包含了这一切的面相,而任何人,无论凡夫俗子还是基因原体,都不可能由其中的单一成分组成。"

阿泽克·阿里曼点点头说:"这一切都属于赤红的马格努斯,没错,但他还远不止如此。他是心与智的完美融合,即便他偶尔被自己的光辉才能遮掩了双眼,我又凭什么因此去责怪他呢?"

"是啊,凭什么呢?"勒缪尔说,"你毕竟是你父亲的儿子,你与他殊途同归。谁也不敢忤逆你,任何不谐之音都将保持沉默。"

"倘若你果真是马格努斯，那么你就会随我一同回归。"

"回到那个恐惧之眼里的荒凉世界？我何必如此？"

"否则你就会死的。"

勒缪尔笑了，说："这就是你对法杖里那块碎片的说辞吗？"

"这是真相。"

"不，"勒缪尔说，"这不是，如果你信以为真，那么你对于浩瀚之洋的理解就实在太浅显了。如今这份力量足以让我永生不死。"

勒缪尔伸出手，说："你若是把那份力量交给我，我就可以让你与我一同永生。"

阿泽克·阿里曼紧握法杖说："我不能，因为你将会成为的那个事物绝非我的父亲。"

"你所知的那个父亲已经死了，"勒缪尔厉声说道，"难道你忘了吗？他死在了普罗斯佩罗，和你成千上万的兄弟一样。当今年代需要一位不受良知拖累、不受责任束缚的马格努斯。你留在家里的那个可悲生物已近消逝，他的枯萎心灵和疯狂思维已经为他自造牢笼。你认为我该回到那里去？我看不然。"

"既然你不打算自愿回归，那么我就只能强迫你了。"阿泽克·阿里曼说着探出法杖。

一股灼热光芒射向勒缪尔，凝聚其中的强大能量远非机械神教的任何造物可及。那位记述者挥手将光束打偏，带着轻蔑的狞笑朝阿泽克·阿里曼扑来。

阿泽克·阿里曼升起一道念力护盾。在法杖里那股力量的加持下，这道护盾的卓绝强度足以抵御轨道轰炸。

它在勒缪尔一击之下粉碎消散。

阿泽克·阿里曼借助冲击力迅速退却，勉强将法杖握在手中。他向上猛冲，急忙躲避意料之中的后续攻击，仅以毫厘之差闪开了一丛碧蓝长矛般的夺命光矢。

他从指尖甩出一枚枚火弹。

勒缪尔轻易抵挡，并将这股力量吸纳到自己体内。

他喷薄着恒星般的夺目光芒，仿佛是下凡天神的辉煌化身。他的骨骼吱嘎作响，肌肉近乎撕裂。

"你无法打败我，阿泽克。"勒缪尔说。

记述者身上涌动着闪烁烈焰，他的躯体如鼓面般紧绷，一根根膨胀的血管恍若苍白的电流。他胸口的皮肤撕开了一条细如发丝的裂痕，星光闪耀的血滴从中渗透出来。

勒缪尔发出痛苦的咆哮，他弓起脊背，努力控制在自己体内激荡沸腾的超凡力量。

阿泽克·阿里曼回想起父亲——他真正的父亲——方才所说的话。

它毕竟寄居在凡人血肉里。

阿泽克·阿里曼迅速飞向在灵能监牢里痛苦扭动的亚弗戈蒙。那个怪物饱受折磨，与炽热栏杆的任何接触都令它极端痛楚。

"把你承诺的那份力量给我。"阿泽克·阿里曼说。

亚弗戈蒙将一只爪子探向牢笼。烈火顿时无情地吞噬它的血肉，但那只爪子仍然一寸寸地从烈焰栏杆之间挤了出来，焦黑骨骼上皮肉尽失，但这就足矣。

阿泽克·阿里曼握住亚弗戈蒙的爪子，滚滚洪流般的上古知识立刻涌入他的脑海，让他惊呼出声。一切过往与将来之事灌注到阿泽克·阿里曼的思维里，万千细节令他目不暇接，只能勉强捕捉到一些转瞬即逝的零乱碎片。

他在亚弗戈蒙的魔爪里挣扎，但那怪物的枯骨将他紧紧攥住。

"不，阿泽克，"亚弗戈蒙的声音在他的脑海里隆隆回荡，"你向我索要力量，就必须接受我全部的馈赠。"

这股力量在阿泽克·阿里曼体内涌动延烧，它是亚空间的原住民，是从凡人的梦想和梦魇中浴血诞生的邪魔。此前在灭绝厅堂里，父亲的力量就险些将阿泽克·阿里曼毁灭，然而与此刻的经历相比，那仅仅是一道开胃菜罢了，所幸他此刻并非孤身一人。

他父亲的存在从法杖里涌现，渗透了他的全部身心。阿泽克·阿里曼感觉自己仿佛被推到了躯体的最边缘，赤红的马格努斯则占据了他的凡俗皮囊，其灵魂本质终于又容纳在血肉之中。

阿泽克·阿里曼无法承受亚弗戈蒙所赋予的力量。

但猩红君王可以。

阿泽克·阿里曼察觉到自身躯体充盈着神祇之力。

他已经彻底失去对身体的掌控。这份责任和荣光落在了原体肩头。

马格努斯挥动手掌，亚弗戈蒙身边的炽热监牢消于无形。那恶魔已经不如昔，其身躯萎缩，双翼破损，血肉焦黑，然而它的力量一如既往。

它的一颗头颅仍旧在胡言乱语。

"大洋被污染了，单单一处谬误就足以引来那些渴求鲜血的存在！"它尖叫道，"如此伟大的成就毁于如此细微的瑕疵，虚荣是罪魁祸首！"

勒缪尔与阿泽克·阿里曼展开对峙，记述者体内的灵魂碎片已经压下了痛苦。

他的面孔因愤怒而扭曲，说："就算有那个怪物的帮助，你的力量仍然不够。"

"或许吧，"马格努斯抬起手发出挑战，"但与你不同，我并非孤身奋战。"

他周围的空气骤然爆发出闪亮、碧蓝、金黄的烈火，但他已经展开了行动。阿泽克·阿里曼感觉到亚弗戈蒙和父亲的力量汇聚起来，原体的天才智慧与恶魔的深厚邪能融为一体，变得愈发强大。如此可畏的力量简直令人迷醉，在阿泽克·阿里曼看来这无与伦比的结合堪称坚不可摧。

马格努斯抓住来袭的烈焰风暴，将其转化成一团旋风般的夺目光芒。他向勒缪尔发动反击，对方则用一声震耳咆哮打散了奔腾而来的火流。

双方之间雷电交织，但马格努斯抵挡住了全部攻势。此等惊人力量所引发的剧烈震荡让束手无策的阿泽克·阿里曼厉声尖叫。昔日阿蒙在巫师星球上承载猩红君王灵魂的时候是否也经历了同样可怕的折磨？

这三个强大存在展开了超凡对决，汹涌奔腾的以太能量汇聚成一团凶恶风暴。他们各自轻易施放或消解的熊熊烈火、变形能量、生化法令与邪异诅咒交织在一起，其庞大威力足以把整个世界劈作两半。莫名浮现的纷乱言语在半空回荡，沉眠的神祇发出一阵叹息。

勒缪尔肆无忌惮地施展力量，急欲了结此事，将阿泽克·阿里曼体内的灵魂碎片抽离出来。他为此付出的代价也显而易见，他全身上下都出现了晶莹蛛网般的裂纹，其中渗透出鲜血一样的光芒。

"你觉得自己还能坚持多久？"亚弗戈蒙嘲讽道。

"足够我让阿泽克体内的力量物归原主。"勒缪尔说。

"你以为如此？"马格努斯说道，"这副身躯远比你的凡俗肉体更加强健。"

"那么我就抛弃这副皮囊，夺取你的身体，"勒缪尔高声咆哮，"等到它老旧破损之后，我就再去找另一个。"

"你要沦落到这种地步吗?你要变成一个盗取身体来盛放灵魂的吸血鬼,在一副副皮囊之间无尽跳跃,从而抵挡岁月的残害吗?"

"还能怎样?鲁斯已经摧毁了我的身躯。"

"我们还能重归一体,"马格努斯伸出手掌说,"随我一同返回,和子嗣们重聚。我们将要引领他们开辟一条属于自己的道路。我们勠力同心。"

勒缪尔面露狞笑,说道:"你没看到在九阳世界上等待我们的是什么吗?你要把我们装进一具枯萎干瘪的灵魂尸骸里,被永恒禁锢在一只目盲的眼睛背后,注定只能束手无策地旁观他人的作为?不,永远都别想!"

一股烈焰洪流般的凶暴能量从勒缪尔双眼里喷涌出来。它扭曲了两人之间的空气,然而马格努斯早已不知所终。

亚弗戈蒙承受了这道攻势的全部威力。

那位魔主的身躯在火海中凋零,熊熊燃烧的两颗头颅发出剧痛尖啸。勒缪尔四下扫视,搜寻对手的踪迹。

马格努斯出其不意地扑到勒缪尔身后,伸出臂膀把记述者的脖颈紧紧勒住。他将另一只手捅进勒缪尔的脊背,径直探向心腹深处,夺回那份理应属于他的事物。

勒缪尔厉声尖叫,在剧痛中绷紧了全身。

他们像两位炽焰天使一样坠向地面,相互争夺对共有灵魂的控制权。勒缪尔体内的灵魂碎片奋力捍卫这副躯壳,然而它们难以取胜。

马格努斯轰然坠地,那星辰陨落般的巨大冲击恍若一位天庭圣者被贬入凡尘。尘埃和碎石四处飞溅。身披阿泽克·阿里曼血肉的马格努斯居高临下地看着自己的对手,此刻注入躯体的那股崭新力量让他辐射出辉煌光耀。

躺在地上的勒缪尔低声呻吟,一团夺目光芒从他体内浮现,大片虚幻透明的猩红烈焰仿佛组成了他的火葬柴堆,这正是原体再度汇聚的灵魂本质。马格努斯昂首吞没了这股烈火,缓缓飘上半空。失去了意志力的维系,头顶那团怒意沸腾的风暴雷云骤然消散,提兹卡的黑暗影像也开始土崩瓦解。

刀刃般的玻璃和遮天蔽日的尘云倾洒下来,化作一阵晶莹闪烁又浓厚扑鼻的大雨。马格努斯放声大笑着感受自己重归完整的灵魂。

尚未完整……

但毕竟足以让他品味昔日的力量,以及在最后一块灵魂碎片也归位之后他能够重新拥有的力量。

阿泽克·阿里曼察觉到父亲心头闪过一份转瞬即逝的诱惑，他大可将这副身躯留作己用，将爱子彻底抹除，在崭新的肉体里重获新生。

"不，"马格努斯说，"永远不能。"

他转过身看到亚弗戈蒙也降落在地，那饱受摧残的强大恶魔佝偻着身躯，显得十分羸弱。但马格努斯心如明镜，他知道面前的恶魔终将自我修复。

"这是你想要的吗？"马格努斯问道。

"我想要什么从来都不是关键。"亚弗戈蒙回答，它的空洞嗓音里填满了痛苦。

"那么何为关键？"

"关键在于你的子嗣为了拯救你愿意做出怎样的牺牲。"

"太多的牺牲了。"马格努斯柔声说，他放眼展望崩溃坍塌的提兹卡镜像，也仔细检视阿泽克·阿里曼麾下战士们在这趟旅途上经历的一切，"我能感受到他的所作所为、他的所见所闻。这份痛苦会终其一生嵌在他心底。"

"这会成为他的末日。"亚弗戈蒙断言。

"或许是的，"阿泽克·阿里曼回答，马格努斯放弃了对他身躯的掌控，将力量重新注入法杖里，"但今天不是我的末日。"

他抬头看到不计其数的残骸以泰山压顶之势从天而降，勒缪尔所营造的宏大舞台如今失去掌控，变成了零落废墟——那数万吨的玻璃和岩石足以将任何生灵碾成尘埃。

阿泽克·阿里曼将思维发散开来，调动意志去触碰每一个跟随他抵达这个世界的灵魂，以及每一件对于千子而言具有重大意义的物品。正如他的父亲在普罗斯佩罗濒临覆灭时所做的那样，他敞开自己的心灵，用新近获得的超凡力量将他们全部包容起来。

"该回家了。"他说。

他眨眨眼。

提兹卡轰然坍塌，方才凭空浮现的玻璃和岩石如今自行碎裂，汇成一场隆隆震耳的灭世山崩。勒缪尔躺在他与马格努斯一同砸出的冲击坑里，带着令人心痛的认命意味目睹周围一切倾覆。

他欣然迎来这场死亡之雨。

他的身躯就像是一口炼狱熔炉,他体内的累累伤痕全都隐藏在血肉和骨骼之下。他动弹不得,但这样或许最好。很快,一切犹疑、一切痛苦和一切绝望都将不复存在。

他希望能与玛丽卡重聚。

她会原谅他的所作所为吗?

当然了。

玛丽卡是他平生所见最为宽厚善良的人。她会张开双臂迎接勒缪尔,他们会在死后的梦幻时光里共度永恒。

"我来了,吾爱。"面对近在咫尺的陨落残骸,他闭上了眼睛。

那震耳噪声愈发高亢,绵延不绝,似乎要永远持续下去。勒缪尔能感觉到周围一次次惊天动地的可怕冲击。尼凯亚的颤抖大地仿佛急于把他甩掉,然而提兹卡的彻底覆灭却没能伤到勒缪尔一根毫毛。

他睁开双眼,发现那些势若雷霆的建筑残骸砸在了一道波光荡漾的灵能屏障上。勒缪尔眼看着军团坦克般的庞大石块和断头利刃状的巨型玻璃在那屏障表面撞得粉身碎骨。从天而降的城市废墟全都被它导向四周,化作一道无休止的粗砺潮水,那震耳咆哮和地动山摇不知道持续了多久,最终彻底停歇。

"什么?"他嗫嚅道,"怎么会这样?"

几个鲜血淋漓、遍体鳞伤的身影带着疲惫而痛苦的喘息浮现在他的余光里。他能听到对方的声音,能听到对方的粗野吼叫。他也能听到女性的话语声,但难以分辨那些带着哭腔的字句。

勒缪尔强迫自己挺起身子,纵然这个动作从他饱受摧残的躯体里扯出了一声剧痛呻吟。

"芬里斯在上!你没说错,符文牧师,"他背后传来一声粗重而扭曲的低吼,"他还活着!我本来愿意用长矛打赌他肯定死透了。"

勒缪尔试图转过身去,但一只粗糙巨手突然攥住了他的颈背。寒光闪动,一柄利刃刺在他喉头。

"那么我们就把事情办完。"刀刃的主人说。

他认得这个嗓音,欧吉尔·寡目。

"不,"勉力维持屏障抵挡天降残骸从而保住众人性命的比亚奇精疲力竭地说，"放了他。我宁愿他死在这里，但那并不是他的命运。"

勒缪尔张口想要说话，但寡目俯身凑近摇了摇头。野狼脸上满是脏污鲜血和灼烧痕迹。

"你可以活命，但你要把嘴闭好，恶魔宿主。"他说着狠狠一推勒缪尔，让他扑倒在地。勒缪尔痛苦地尖叫一声翻过身来，他四处搜寻友好的面孔，但一无所获。

三名野狼傲然挺立，不屈不挠，迪奥·普罗姆斯则仰面瘫倒，浑身浴血，整套盔甲熔融变形，一部分已经与残破血肉连结难分，被烧焦了半截的誓言纸张由一枚蜡印固定在肩甲上，随风微微飘荡。普罗姆斯性命尚存，这堪称奇迹，不过勒缪尔目睹过军团战士忍受种种极端凶险的剧创。

昏迷不醒的剑客纳加森那躺在冲击坑边缘，他的双臂严重烧伤，却依然紧紧握着一柄锃亮长剑。卡蜜尔和凯娅正在尽力照料他，她们的重逢让勒缪尔心神振奋。他抬起手向对方示意。凯娅对卡蜜尔耳语了什么，让勒缪尔的昔日同僚望向这边。卡蜜尔目光中的纯粹恨意顿时浇灭了一切重燃友情的妄想。

波德瓦·比亚奇跪在他面前，勒缪尔急忙扭过头去。

野狼探出手，勒缪尔不由得全身一缩，准备迎接意料之中的痛苦，但比亚奇仅仅把手掌按在了他的心口上。他感觉到芬里斯的凛冬之触渗透全身，随后符文牧师难以置信地摇了摇头。

"这个凡人并非恶魔宿主，再也不是了。"比亚奇说，"猩红君王的灵魂已经离去。其他任何邪魔都休想再染指他的躯壳。这是个命运幽魂了，他内在的灵魂之光会永远将下界的黑暗生物拒之门外。"

比亚奇挺直身躯，走到普罗姆斯面前说："你能站起来吗？"

"站起来？为什么？"前任极限战士的嗓音里充斥着毁灭身心的痛苦。

"因为你要看着我的眼睛回答接下来的问题。"

普罗姆斯缓缓点头，试图借助破损的爆矢枪把自己撑起来，那位战士脸上流露出的剧烈痛楚让勒缪尔不忍直视。他右腿的下半部分已经没有了，他低哼一声重新倒下。

比亚奇朝寡目点头示意，后者俯身搀扶着那位力不从心的战士挺直了身躯。普罗姆斯向出手相助的野狼点头致谢。

"你接下来的问题是什么？"普罗姆斯迎上了比亚奇的冷峻目光。

"是不是真的?"

"什么是不是真的?"

"你谋杀同胞,"比亚奇说,"你亲手杀死忠于帝王的军团战士,这是不是真的?"

"你在说什么呢?"普罗姆斯问。

"不要对我撒谎。"比亚奇迈步逼近普罗姆斯,在勒缪尔眼中,那位身受重伤的战士虽然高上半头,却莫名显得更为矮小。

"跟随赤红术士而来的那个怪物,"比亚奇把一只手掌按在普罗姆斯心口,"它把你的所作所为都告诉了我们。它在你身上闻到了谋杀的罪恶。"

普罗姆斯面露讥笑,说道:"一个亚空间生物?这种怪物讲的一个字都不可信。"

"对,通常我会同意你的看法,但最优秀的骗子往往会把自己的谎言夹杂在真相里,而自从我们相遇的那天起,你就一直在骗我,迪奥·普罗姆斯。现在跟我说实话,你究竟为马卡多办什么事?"

比亚奇用手指敲了敲普罗姆斯肩甲上那枚焦黑破损的誓言纸张,用于固定的蜡印覆有掌印者的徽记。

"我知道我们为他办什么事,但我现在要知道,究竟是什么样的伟大事业能够让一位奥特拉玛的战士抛弃自己军团的涂装。"

"是一份你永远无法理解的事业。"

"啊,对,因为我只是一个来自死亡世界的愚昧蛮子。"

"不,因为你对军团基因之父的忠诚永远不会允许你做出我必须做的那些事情。"

比亚奇用龇牙咧嘴的暴怒掩盖了险些脱口而出的笑声:"你根本不知道第六军团能做出什么事情。难道普罗斯佩罗没让你学到什么吗?"

"我从中已经学到了很多。"

"那么告诉我,那个怪物的话究竟是不是真的。记住,我能看透你的谎言。"

普罗姆斯直视着比亚奇,勒缪尔看得出来,普罗姆斯意识到了符文牧师话语里的真相。任何谎言都会在眨眼间被揭穿。

"是真的,"普罗姆斯说,"我亲手杀死过忠于帝皇的军团同袍。"

这个可怕的答案让勒缪尔近乎窒息。即便是对此早有预料的比亚奇也面露惊愕。野狼能够做出的回应只有一个再简单不过的问题。

"为什么？"

"我不会说。"普罗姆斯答道。

"为什么不说？"

"因为我曾立下誓言永不泄露自己的责任。"普罗姆斯神色凝重地回答，"它比我在马库拉格统军殿向基里曼大人立下的誓言还要更加牢固。即便是在刽子手面前，我也不能打破它。"

比亚奇一言不发，低垂头颅，勒缪尔知道他正在权衡普罗姆斯方才的这番话。

"我是泰拉的忠诚仆人，"普罗姆斯又开口道，"我只能说这么多。"

比亚奇向斯瓦夫尼尔·疾狼点头示意，之后说："不，这并不够。你记得吗，你曾经问过，我是不是来监视你的，是不是一旦发现背叛迹象就要处决你？"

普罗姆斯点点头说："在卡米提·索纳监狱问的。"

"对，"比亚奇说，"我当时对你说，我们并不享受这种任务。但狼王有令，我们就要遵从。"

普罗姆斯想要开口回应，但未及他说出什么，斯瓦夫尼尔·疾狼的长矛就猛然捅进他的后背。

比亚奇始终凝视着普罗姆斯的双眼，勒缪尔能察觉到两人之间某种无言的沟通。

疾狼从前任极限战士的胸膛里抽回长矛，普罗姆斯轰然扑倒。勒缪尔挣扎起身，一瘸一拐地走向比亚奇。

符文牧师向他转过身来。

"你觉得我做错了吗？"

"没有。"勒缪尔说。

"我觉得我该把你也杀了，以防万一。"

"但你不会动手。"

"不会。"比亚奇表示认同。

"你知道为什么吗？"

比亚奇耸耸肩。"命运无常。有些人本不该被脚下的道路引向末日，但他们死了。有些人做了太多该死的事情，但他们活着。"

野狼俯身蹲在地上，恶战之后的疲惫感像一阵阵海浪般扑向他全身。

"我们失败了，"他说，"在一切方面都失败了。那些赤红术士会重塑他们的父亲，马格努斯会卷土重来，力量更胜以往。"

勒缪尔摇摇头，弯腰扯下了普罗姆斯盔甲上那张焦黑破损的誓言纸张。

"不，他会逊于往日。"

"为什么？"

"我承载过猩红君王的灵魂，"勒缪尔说，"我接触到了他的思绪和他的忧虑。尚有一块灵魂碎片是他无法染指的，而在我看来那是最好的一块。如今他将拥有赤红的马格努斯所具备的一切力量，但缺乏心中曾经保留的那份良善。"

比亚奇站起身来，问道："你确定？"

"是的。"勒缪尔说。

"那么我们的任务尚未结束。"比亚奇说道。

勒缪尔在掌中翻动着他从面前这位死去战士身上取下的誓言纸张，阅读此人的姓名，以及他尚未被火焰抹消的昔日作为。

"他曾经是一位可敬的人，"他说，"我会纪念他的。"

比亚奇攥住他的手臂，说："你要跟我们返回泰拉。掌印者必须了解你所知的一切，勒缪尔。"

他摇了摇头。

"我已经不叫那个名字了。"他说。

他把那片誓言纸张叠起来，紧紧握在掌中。

"叫我普罗缪斯吧。"

阿泽克·阿里曼眨眨眼。

昔日从濒临覆灭的普罗斯佩罗逃往巫师星球的经历令人痛苦万分，如同是深深落入一个由刺耳呼号组成的疯狂旋涡，然而脱离尼凯亚的过程却无比平顺，就像从睡梦里自然苏醒。

勒缪尔凭空塑造的宏大舞台踪影全无，提兹卡的黑暗镜像不翼而飞，但一场凶恶风暴仍旧在周围肆虐。阿泽克·阿里曼呼出一口饱含以太能量的气息，发现自己置身于一座由零乱巨石和破败高塔组成的荒废城市，一座充斥着鲜血腥味和死亡气息的城市。

托贝克与萨纳克特惊讶地扫视这陌生的环境。门卡拉终于归队，他跪在地上，双手抱住头颅，自残留下的空洞眼窝里淌着血泪。伊格尼斯站在一具橙色涂装的机械尸骸旁，他点点头，仿佛早已精确估算到了当前的处境。

失陷在水晶迷宫里的战帮同样回到了阿泽克·阿里曼身旁，奥努里斯·海克斯和齐吾等人都得以生还。他们的暗淡灵气如同风中残烛，阿泽克·阿里曼不禁猜想：那座迷宫究竟揭开了他们灵魂里的什么黑暗角落？不过这些谜都要留到日后再作探究了，因为他们仅仅是从一个世界末日逃到了另一个世界末日。

留守家园的千子战士们都立于一片由巨石环绕的硬质地面边缘。他们用层层叠叠的念力护盾抵挡着一股毁天灭地的以太风暴，咆哮洪流般的能量在他们周围翻涌奔腾。谁也没有向阿泽克·阿里曼等人致意，他们必须集中全部心思来拖延这临头末日的迫近脚步。

阿泽克·阿里曼终于看到了原体如今的模样，不由得愕然屏息。

"我们来晚了。"他低语道，这几个字在他嘴边晶莹闪烁，随即化作尘埃缓缓飘散。

赤红的马格努斯的尸骸被封锁在一尊辅助宝座上，被交错纵横的黄金藤蔓层层包裹。阿蒙跪在父亲面前，他的衣物残破不堪，盔甲锈迹斑斑。

阿泽克·阿里曼迈向马格努斯的凋萎尸体，但托贝克突然抢到他面前，用一只熊熊燃烧的拳头抵住他的胸甲。

"你把一位兄弟献给了恶魔，"火凤大师说，他的双眼流露着暴力倾向，"我不会忘记这一点，其他兄弟也不会。"

"我做了我必须要做的事，"阿泽克·阿里曼厉声说，他能感觉到法杖里的那股力量拉扯着他继续前进，"我也愿意再做一次。让开。"

托贝克与他又僵持了一阵才垂下臂膀。

"等到战争结束之后，你我之间必定要有一个了断，阿泽克·阿里曼。"托贝克承诺。

"好吧。现在让开，我要拯救我们的父亲。"

托贝克迈步让开，阿泽克·阿里曼匆匆赶往瘫在辅助王座里的原体身边。萨纳克特出现在他一侧，阿泽克·阿里曼摇了摇头。

"你也一样吗，萨纳克特？"他问道，"你也要来威胁我？"

"不，"剑客说，"你面对了一份无比艰难的抉择。是否背叛兄弟，是否拯救父亲。那是我无法做出的抉择，但让我担忧的并非此事。"

阿泽克·阿里曼在萨纳克特的话语中察觉到了对方的搪塞，问道："那么究竟是什么？"

"让我担忧的是你做出选择时毫不犹豫，"萨纳克特说道，"我不禁要想，面对足够重大的利益，你还会牺牲掉谁。门卡拉？伊格尼斯？我？"

阿泽克·阿里曼没有作答，他们来到了父亲的黄金陵墓面前，逐渐放慢脚步。阿蒙闻声抬起头来，原体侍从的沧桑容貌令阿泽克·阿里曼难以掩饰自己脸上的震惊。

阿泽克·阿里曼对于这趟旅程的时间跨度并没有明确的概念，但从阿蒙的模样来判断，他阔别此处想必已有数百年之久。对方的面孔就像是饱经风霜的橡树树皮，两只眼睛都蒙着混浊的白膜。

阿泽克·阿里曼被绝望所纠缠。

他们真的已经来晚了吗？

战帅的叛乱莫非已经结束？是泰拉终于陷落了，还是荷鲁斯的大军溃败四散，分头躲在某些偏远角落舔舐伤口？

"阿泽克·阿里曼？真的是你吗？"阿蒙说道，他的嗓音恰似荒漠中的燥热微风。

"是我，兄弟。"阿泽克·阿里曼说，萨纳克特俯身搀扶盲目的阿蒙站起来。痛苦扭曲了原体侍从的面孔，阿泽克·阿里曼立刻回想起那个戴着狼王面目的尘埃恶魔所造成的可怕伤害。

阿蒙抬起手触摸阿泽克·阿里曼的面孔，仿佛尚且不愿相信对方是真实的。他的手指触碰到了一个有血有肉的存在，而非一份虚无缥缈的希望，这顿时让他热泪滚滚。

"我做梦也想不到你能回来，兄弟。"阿蒙说。

"我回来了。"阿泽克·阿里曼回应道。

"你有没有……"

阿泽克·阿里曼抬起法杖，猩红君王灵魂的力量从那苍白木柄中辐射出来，顷刻间让阿蒙眼珠上的白膜踪影全无。阿蒙眨眨眼，瞪大了复明的双目。

"兄弟！"他高喊一声，以战士的方式与阿泽克·阿里曼交握臂膀，"你真是让人耳目一新！"

"你也是，"阿泽克·阿里曼说，他抬头望着父亲的枯萎身躯，"晚些时候我要听听这里究竟都发生了什么，但首先……"

"对。"阿蒙说着转过身去，引领阿泽克·阿里曼走向王座。

远远看去，父亲的状况已经让他不忍直视，但走近之后这恐怖景象才真正令人魂飞魄散。猩红君王的肉体像一具木乃伊般干瘪僵化，全无生气。昔日里强健伟岸的身躯已经萎缩发黑，仿佛正在由内而外地渐渐腐朽衰败。

"我们来晚了吗？"萨纳克特说出了与阿泽克·阿里曼相同的问题，"他已经死了吗？"

"不，"阿泽克·阿里曼说，"他还活着，我确信无疑。"

阿泽克·阿里曼升入第五层心境，将思维注入父亲的身躯，穿透那皮革般坚韧的肉体直刺核心。原体的外层皮肤早已枯萎凋亡，就像一棵石化的上古巨树。

他继续深入，经过了各种无从辨别的坏死器官，看到了一条条超乎想象的血脉网络和神经通路。帝皇麾下基因工匠的绝妙技艺令人叹为观止，但他没有时间欣赏了。

他不断探寻，在父亲的躯壳深处察觉到了一丝若有若无的生命脉动，一点濒临熄灭的暗淡火花。

"阿泽克·阿里曼？"

那思维脉冲微弱无比，阿泽克·阿里曼起初难以确定是不是自己的幻听。在父亲体内展开灵能漫游的他停下了脚步，等待那个声音再次出现。

"阿泽克·阿里曼？"

"是我！父亲！"

"我死了吗？"

"没有。"

"我觉得……我觉得我快死了，对吗？"

"是的，但我已经来了。"

"你去哪里了？"

"我去寻回了你的灵魂。"

"我的灵魂？"

"是的。"阿泽克·阿里曼说，他让寄居在法杖里的灵魂碎片浮现出来。借助阿泽克·阿里曼作为媒介，它们顿时化作滚滚怒涛一涌而出。

同类相吸。

阿泽克·阿里曼高声尖叫，猩红君王的若干面相通过他各自归位。那股强大力量深不可测，阿泽克·阿里曼感觉自己的心灵剧烈膨胀，一触即碎，仿佛立刻就要爆裂崩解。在一瞬间里，他几乎要对勒缪尔感到怜悯，那个区区凡人的柔弱躯体居然能够承载如此沉重的负担。

马格努斯的灵魂碎片像灌注枯井的清泉般在原体的凋萎身躯里弥散开来，化作一剂无与伦比的灵丹妙药。它所过之处起死回生，朝气蓬勃。猩红君王像一头从漫长休眠中苏醒的强悍巨兽般褪去了岁月的尘埃。

阿泽克·阿里曼感觉到法杖中的最后一丝力量也全部流逝，急忙一声痛呼将心灵扯回自己脑中。与那枚灿烂星辰的辉煌核心融为一体必将对他造成从未经受过的严重后果，但为了让父亲恢复完整，他时刻都愿意付出这份代价。

他蹒跚退后，眼看着那尊禁锢父亲的王座迅速解离，纵横交错的金藤破裂粉碎，化作风中尘埃。

马格努斯皮肤上的沉沉死气彻底消退，那光彩鲜活的猩红色泽卷土重来。凋零的肌肉鼓胀新生，恢复了往日的强悍。猩红君王胸中传来一阵低沉的隆隆声响，那铜绿斑驳、铁锈遍布的铠甲焕然一新，光可鉴人。

他抬起头颅，稀疏打结的头发突然重获光泽——狮鬃般的猩红长发上佩戴着一顶黄金王冠。

最终他睁开了眼睛，阿泽克·阿里曼屈膝跪倒。

看到父亲那清澈而清醒的目光后，阿泽克·阿里曼脸上涌过两行狂喜热泪。原体的眼珠里旋动着匪夷所思的斑斓色彩，即便刚刚恢复神志，他那深邃而高远的目光也足以让阿泽克·阿里曼望尘莫及。

原体的视野或许更胜以往。

马格努斯从四分五裂的辅助王座上站起身来，像一位重拾辉煌本质的神明般俯视众生。原体显得比以往更加高大威武，他的深厚力量无穷无尽，而且终于彻底摆脱了自制的束缚和良知的拖累。马格努斯的灵魂得以重塑，不过阿泽克·阿里曼明白，原体最好的那一面尚未回归，他的至真至诚之心依

赤红马格努斯的重生

旧在外漂泊。

从原体身上迸发出来的金色光芒泼洒在四周，让巨石环外面的凶恶风暴安然停歇，他的伟大意志再度抵御住了湮灭之潮，为他的国度恢复往日的秩序。雄伟巨石之外的整个世界在众人眼前自行重铸，那千变万化的奇妙形态完全遵照猩红君王的意愿。

方才倾尽全力抗拒风暴的千子战士纷纷转过头来，恢复了昔日模样的父亲让他们在精疲力竭之际仍旧满怀欢欣——原体容光焕发，体态强健，精力充沛，更胜以往。

成百上千名战士齐聚一堂见证父亲的重生，阿泽克·阿里曼已经不知道他们有多久不曾目睹原体的真正面目了。众人的步伐像灌了铅一样沉重，他们的极度疲惫显而易见。诸位千子仿佛是刚刚脱离终身监禁的囚徒，抑或是与指挥链切断联系的无脑机械。

众人的灵魂早已被逼到了绝望悬崖的边缘，但伴随战士们向马格努斯迈出的每一步，原体的光辉都唤醒了更多人的记忆和心智。几百名战士围绕在阿泽克·阿里曼及其团队身旁，朝他们饱受磨难的盔甲伸出手臂，恰似向圣人或圣物致以崇敬的朝圣者。

"阿泽克·阿里曼。"马格努斯开口道，所有千子的注意力都被父亲的声音吸引过去。

阿泽克·阿里曼像一只被无形丝线牵动的木偶般立刻起身，军团兄弟们纷纷为他让开道路。他带领着共同出征寻找猩红君王灵魂碎片的几位战友昂首前行，沿着人群中的小径朝父亲走去。

他来到马格努斯面前，发现那本跟随自己告别家园的超凡秘典已经自行回到了原体腰间。他记得自己并未带着那本书前往尼凯亚地表，然而此时此刻它确实紧锁在父亲身旁。

阿泽克·阿里曼单膝跪地，俯首致意。

"不，"马格努斯说，"我的诸位爱子，从今日起，你们再也不必向我屈膝了。"

阿泽克·阿里曼起身仰望父亲的面孔。

"你们拯救了我，"马格努斯说道，"你们一同拯救了我，那是一份我永远无法回报的恩情。你们的信念和勇气令我万分钦佩，然而我还另有所求。"

"请说！"阿泽克·阿里曼高喊，"我们必尊汝命。"

"浩瀚之洋的波涛已经揭示了我们的道路，揭示了我们必须踏上的征途，"马格努斯说，他的雄浑声音传入了在场的每一位战士耳中，"荷鲁斯集结大军，一鼓作气剑指太阳系，我们要与他同行，亲身参与泰拉大好河山上的最后一战。"

原体终于公布了军团的未来方向，这是阿泽克·阿里曼等待已久的。但是进军泰拉？攻打人类种族的摇篮？

"我们要集结舰队，全速前进，与战帅会合。时机已到，千子必须加入这场我们原本无意牵涉其中的战争，让那些妄图令我们卑躬屈膝的人自食苦果。"

成群结队的战士们爆发出一阵欢呼，但马格努斯仍然有话要讲。

"诸位要明白，"他继续说，"未来的日子我们所有人会经受严峻考验。当黑暗围拢、希望暗淡的时候，务必牢记一点——我并非为荷鲁斯而战，并非为任何一个堕落兄弟而战。我并非为那些妄图执掌整个银河的原初伟力而战。不，我之所以战斗，是为了延续一份关乎光明未来的希望，是为了守护当远征舰队初次扬帆闯荡浩瀚之洋时萌芽生根的那个梦想。"

马格努斯抽出金色弯刀，高举在头顶。

"我将与荷鲁斯并肩战斗，直到冲破我父亲的壁垒！待到帝国宫殿门户大开之际，我最初也最伟大的那个灵魂碎片就会摆脱桎梏，物归原主！"

九阳光辉照耀在弯刀的锃亮锋刃上，为原体的全知全视之眼投射出九枚倒影。

父亲的坚决意志、充沛活力与专注信念让阿泽克·阿里曼放声欢呼，喊哑了嗓子。

马格努斯重获新生。

猩红君王以烈焰加冕。

在战争中，结局只是个虚伪假象。

普罗斯佩罗的覆灭教会了我这一点。我的父亲很快也会学到同样的教训。纵然英勇奋战，满怀荣誉，悍勇无畏，仍旧会落败。

战争没有胜利者，有些人说这是一份与时间同样古老的教训，但帝国的缓慢陨落会催生出某种更伟大的事物、某种永恒的事物。

启蒙星海。

知识是连续不断的。正如祖先为我们展示了得来不易的基本学识，作为新一任智慧卫士的我们也要着眼于子孙万代，确保知识能够永不断绝地延续下去。

等到滔天战火的亲历者全都被死亡带走，那场即将在泰拉爆发的恶战以及随后不可避免的百年厮杀也会从人类的记忆中淡去。伴随故事的一遍遍复述，荷鲁斯所作所为的真相会被冲刷殆尽，直到鲜活翔实的记述被简单直白的传说彻底取代。

我兄弟这场叛乱的血腥锋刃会磨损钝化，胜利者的真相将用那势不可当的耀眼光辉抹消掉一切模棱两可的细节，仅仅留下一段正义战胜邪恶的童话。

我决定着手保留一份关于这个年代的真实记录。对真相的守护必须延续下去，但此事决不可交给那些目睹了人类摇篮陷入火海的冷酷心灵。

提兹卡的图书馆仅仅是千子浩瀚学识里的沧海一粟——是我浩瀚学识里的沧海一粟。而我在这片海洋里播种的事物远超如此：这将是人类有史以来一切知识的总体合集。

豪瑟尔在探讨凡人知识体系中的漏洞时提出了深刻的见解，谁也无法掌握人类究竟知晓什么，又遗失了什么，而如此说来，人类帝国如何能够确保自己的根基牢固？

启蒙星海就是我的答案。

但我们先前遗漏或忽视的扰动，我们误以为无关紧要的细微瑕疵……

它们全都能够引发深远影响。

作者简介

格雷厄姆·麦克尼尔已经为黑图书馆执笔了大量小说,包括《猩红君王》《复仇之魂》,还有登上了《纽约时报》畅销书榜的《千子》,以及收录在《基因原体》短篇集里的《碎裂倒影》。他以乌瑞尔·文翠斯连长为叙事中心的极限战士系列小说,如今已有六部,并与同样由他执笔的钢铁战士系列故事联系紧密,其中《钢铁风暴》一书更是受到了黑图书馆读者们的多年热爱。他撰写了围绕机械教的"火星铸造厂"三部曲,以及战锤恐怖故事短篇《上校的专论》。他还撰写了战锤编年史"西格玛传奇"三部曲,其中第二部在 2010 年赢得了大卫·格美尔传说奖。

译者简介

赵笛,毕业于清华大学生物系,常用网络 ID 为 Haldir。埋首阅读英美奇幻文学作品多年,熟悉并热爱马哲里两兄弟、秘银厅六英雄、费诺七子、护戒九人、终焉八位化身、帝国十九原体等传奇人物,现旅居瑞典小城北雪坪。

版权所有　侵权必究

图书在版编目（CIP）数据

猩红君王 /（英）格雷厄姆·麦克尼尔著；赵笛译 . —杭州：浙江科学技术出版社，2022.10（2023.9 重印）

ISBN 978-7-5341-8659-2

Ⅰ . ①猩… Ⅱ . ①格… ②赵… Ⅲ . ①幻想小说—英国—现代 Ⅳ . ① I561.45

中国版本图书馆 CIP 数据核字（2022）第 025182 号

著作权合同登记号　　图字：11-2020-214号

书　名	猩红君王
著　者	［英］格雷厄姆·麦克尼尔
译　者	赵　笛

出版发行　浙江科学技术出版社
　　　　　杭州市体育场路 347 号　邮政编码：310006
　　　　　办公室电话：0571-85176593
　　　　　销售部电话：0571-85176040
　　　　　网址：www.zkpress.com
　　　　　E-mail：zkpress@zkpress.com

排　版	浙江新华广告有限公司
印　刷	浙江海虹彩色印务有限公司

开　本	710×1000　1/16	印　张	23.75
字　数	360 000		
版　次	2022 年 10 月第 1 版	印　次	2023 年 9 月第 2 次印刷
书　号	ISBN 978-7-5341-8659-2	定　价	60.00 元

责任编辑	吕路明	责任校对	李亚学
封面设计	孙　菁	责任印务	叶文炀